Cicatrices en el alma

Cicatrices en el alma

Noa Alférez

rocabolsillo

Primera edición en este formato: febrero de 2023
Segunda reimpresión: julio de 2023

Av. Marquès de l'Argentera 17, pral.
08003 Barcelona
actualidad@rocaeditorial.com
www.rocabolsillo.com

Impreso por QP PRINT

ISBN: 978-84-18850-75-2
Depósito legal: B-22945-2022

RB50752

PRÓLOGO

Londres, 1864

El trueno resonó en los altos techos de la mansión, dejando a su paso un eco que se desvaneció poco a poco en la oscuridad de la noche. Vincent Rhys se despertó de su espantoso sueño sobresaltado y sudoroso, con el corazón tratando de escapar de su garganta. Tuvo que parpadear varias veces para que sus ojos se acostumbraran a la oscuridad de la habitación, y su mirada vacía se posó en las nalgas desnudas de su compañera de cama. La marquesa gimió juguetona y somnolienta, intentando mantener a su amante entre las sábanas un rato más, pero Rhys no solía repetir con la misma mujer más de una vez, y ya le había regalado esa noche todo el placer que tenía para ella.

Un movimiento bajo las mantas atrajo de nuevo su atención hacia el lecho, donde la complaciente doncella asomó su cabeza de rizos oscuros con una sonrisa lasciva e invitadora. Había sido divertido, pero Vincent ya había tenido suficientes jueguecitos por esa noche. Negó con la cabeza y la joven se encogió de hombros, volviendo a recostarse como una gata en celo contra el rotundo y caliente cuerpo de su señora.

Un nuevo trueno hizo que se encogiera ligeramente mientras se colocaba la camisa. La pesadilla esta vez había sido muy real; aún sentía un hormigueo desagradable en la espalda y los nervios tensos. Puede que fuera efecto de la tormenta o de ese extraño licor que la marquesa casi le había obligado a beber. Lo cierto era que por un momento había vuelto a ser ese chiquillo de trece años, asustado y encogido por el dolor y el frío.

Vincent había vuelto entre las brumas del sueño al desván desvencijado y siniestro donde su abuelo, el condecorado e ilustre capitán Stone, solía encerrarlo para forjar su carácter y endurecer su personalidad. Era solo un crío. Un niño que había perdido a todos los que quería demasiado pronto. Pero su abuelo deseaba que aprendiera lo dura que podía ser la vida, quería mostrarle que la indulgencia y la bondad solo eran aceptables para los débiles de condición. Y su nieto no sería un pusilánime ni un blandengue. Quería un guerrero, duro e invencible.

Vincent abandonó la mansión para volver a casa. Salió al frío amanecer londinense, se subió el cuello de su abrigo y se caló el sombrero más profundamente para protegerse de la lluvia. Agradecía el aire helado que despejaba sus adormecidos sentidos y lo hacía sentirse de nuevo él mismo. Las farolas estaban apagadas y el resplandor de un relámpago iluminó unos instantes las fachadas de la parte noble de la ciudad.

Pero él no podía quitarse de la cabeza la molesta imagen del oscuro desván, que se había adherido a su consciencia igual que una pegajosa telaraña. Estiró la espalda, como si aún pudiera sentir la tirantez y el escozor de las cicatrices fruto de la última paliza de su abuelo. El vago recuerdo comenzó a tomar forma haciéndose tan presente como los charcos que no se molestaba en evitar. Recordaba perfectamente ese día en concreto y por qué se encontraba encerrado en el desván, con apenas unos calzones y una manta con la que echarse en el sucio suelo. No importaba que afuera arreciara el frío invierno, en el campo de batalla el tiempo no tenía clemencia con los hombres ni con las bestias. Había mirado con aprensión el trozo de pan duro y la jarra de agua que el lacayo le había llevado esa mañana. Se negó a comer un menú tan precario, en un vano intento de salvaguardar su dignidad, pero la sed era mucho más implacable que el frío, el hambre o la incomodidad.

Podía paladear, después de tantos años, el sabor enrarecido de aquellos tragos que se veía obligado a racionar, el regusto metálico del líquido que llevaba demasiado tiempo en aquella jarra de zinc. Vincent no podía dejar de temblar en aquel estrecho espacio en el que apenas podía andar encorvado debido a su altura. Resonaron en su mente las palabras de su abuelo antes de cerrar la puerta con llave, recordándole que debía ser consciente de su posición. Era imperativo que se deshiciera de cualquier rasgo que pudiera suponer debilidad. Su pecado, haber tratado a un mozo de cuadra al que conocía desde la niñez como si fuera su igual. La empatía, la generosidad, la humildad eran virtudes que solo beneficiaban a los holgazanes que las recibían y que raramente eran merecedores de ello.

Stone achacaba siempre esas taras de su personalidad a la sangre de su padre, un afeminado sin carácter, según él.

Su única hija había cometido el terrible error de enamorarse de un hombre de letras, un maestro de pueblo, un tipo sin honor, sin orgullo ni estatus, ni nada que fuera digno de mención. Alguien incapaz de cuidar y proteger a su familia, un parásito que había aceptado vivir bajo su techo como un chupóptero aprovechado. Un ser deshonesto que había cometido la desfachatez de preñar a su única hija con el fin de asegurarse de que así quedaría marcada como suya para siempre, como si fuera una res. Un cobarde que la abandonó incapaz de soportar el peso de la verdad de su incompetencia. Lo despreciaba, y se encargó de demostrárselo con esmero durante los años en los que Malcolm Rhys aguantó bajo su techo, antes de huir una madrugada para no volver a mirar atrás, abandonando a Vincent y a su madre para siempre. Y cuando su única hija apareció colgada de una viga incapaz de asimilar su marcha o la desoladora tristeza que la embargaba, lo odió con toda la fuerza de su podrido corazón. Y a Vincent, como su viva imagen que era, también.

Vincent, a fuerza de palos, frío y hambre, descubrió que su abuelo tenía razón. Era mucho mejor no sufrir por nadie, no preocuparse por el bienestar de los demás. ¿Acaso alguien se preocupaba por el suyo?

Para Stone solo había dos cosas importantes en la vida: el honor y la lealtad a la patria. Ser un verdadero hombre valeroso y capaz.

Pero ni siquiera esos sentimientos honorables consiguieron germinar en el joven Rhys. Aprendió a aguantar los golpes, a volverse inmune a las pullas, a despreciar con la misma rabia fría y sinsentido con que lo despreciaban a él. Aprendió a vivir con el alma muerta y los sentimientos adormecidos.

Vincent Rhys era un canalla, y de los mejores, ya que llevaba toda la vida ensayando para serlo. Frío, insensible, sin un solo sentimiento honesto que recorriera su enorme y perfecto cuerpo.

Porque en eso la naturaleza había sido más que generosa con él, regalándole un físico fuera de lo común, una envergadura y una fuerza por encima de la media, unida a una cara de ángel que no combinaba en absoluto con la oscuridad de su interior. Un demonio guapo, seductor y cruel. Vincent se esforzó en convertirse en todo lo que su abuelo despreciaba. Desde muy joven se dedicó con ahínco a pulverizar todos los límites. Alcohol, peleas, mujeres, juego… Todo era poco si con eso podía conseguir la satisfacción de torturar a su abuelo. Aunque eso supusiera destrozarse a sí mismo. Incluso se permitió el lujo de acudir a su funeral borracho como una cuba, acompañado de dos de las fulanas más ordinarias y escandalosas que pudo encontrar. Solo el oportuno desmayo de su abuela evitó que orinara sobre su tumba recién tapada.

Rhys había convertido la depravación en un arte, hasta tal punto que estaba seguro de que, a sus treinta y tres años, ya había conseguido una parcela con las mejores vistas en el infierno.

Vincent Rhys era un canalla, sí. Y se vanagloriaba de serlo. Pero solo él sabía que, si hubiera tenido los suficientes arrestos, hacía mucho que se hubiera volado él mismo la tapa de los sesos. Sin embargo, su abuelo había tenido razón en algo más: Vincent Rhys era un cobarde.

1

Londres, primavera de 1864

Solo había que echar un vistazo al taller de Madame Claire para entender por qué era la modista más afamada de todo Londres. Muestrarios de telas de la más alta calidad y de cualquier color imaginable, botones que parecían en sí una joya, cintas de terciopelo, raso, seda..., sombreros con flores de tela que rivalizaban en belleza con las naturales o las más exquisitas prendas de ropa interior.

La discreta lady Alexandra Richmond, hermana de Thomas Sheperd Richmond, actual duque de Redmayne, se sentía totalmente fuera de lugar en aquel ambiente frívolo y distendido. Pero su cuñada Caroline había insistido —más bien la había obligado— a renovar totalmente su vestuario y deshacerse para siempre de toda la ropa de colores oscuros y vestidos de medio luto con los que solía vestir. Debía empezar una nueva vida, y verse a sí misma de manera diferente era el primer paso.

Pero no era un paso fácil para ella. Su vida no lo era.

A los veintiséis años ya había enterrado a demasiada gente, ya había derramado demasiadas lágrimas, y desde luego ya había completado con creces el cupo de soledad que le correspondería a toda una vida. Su existencia debería haber estado predestinada por nacimiento a toda suerte de placeres y alegrías, belleza, posición, dinero..., pero Alex se había encerrado en el campo, en aquel alejado y solitario rincón del mundo donde ya nadie se asustaba cuando la veía, donde ya se habían acostumbrado a la monstruosidad de su rostro, donde todos conocían su desgraciada mala suerte y ya no se sorprendían por su aspecto. El monstruo de Redmayne nunca se había atrevido a pasear con libertad, a enfrentarse a su aspecto, a vivir como los demás.

Subida en la tarima, esperando a que una de las ayudantes de Madame Claire trajera uno de los vestidos para probárselo, no pudo evitar que sus ojos se deslizaran como tantas otras veces por las marcas irregulares de su piel.

Apenas recordaba cómo había sucedido, pues era solo una niña, y los ligeros retazos de imágenes que llegaban a su mente habían sido rellenados con los recuerdos de quienes le habían relatado lo que sucedió.

Imágenes de su padre, ese hombre déspota, frío y cruel, acudieron reales y dolorosas a su mente, unidas a las de aquella mañana en la que su vida y su rostro quedaron marcados para siempre, como si estuviera de nuevo en su pasado y no en una hermosa tienda rodeada de lujo y glamur.

Aquella fatídica mañana, Steve y Thomas habían tenido una clase especialmente dura en presencia de su padre.

Como siempre, el hombre había potenciado una rivalidad insana entre ellos para que ambos intentaran superar sus límites. Pero Steve, siempre paciente y apocado, no había aguantado más sus ataques y había estallado de la peor manera posible, primero gritando y luego pagando su frustración lanzando piedras contra la fachada gris de la mansión. Cuando escuchó los gritos desaforados de Steve, nada ni nadie hubiera podido evitar que ella acudiera en su ayuda. Recorrió el pasillo corriendo, con sus faldas remangadas y el corazón queriendo salirse del pecho, terriblemente asustada, ya que jamás había oído a su hermano levantar la voz. Algo ocurría y debía ayudarlo. La cristalera que daba al jardín estaba delante de sus ojos y ella debía cruzarla para saber qué ocurría. No escuchó los gritos de advertencia de Thomas, ni del profesor, ni de uno de los criados intentando detenerla... Solo el estruendo de la enorme piedra quebrando la puerta como una explosión, el sonido del cristal tintineante y casi irreal. El gran panel de vidrio se deshizo en cientos de pedazos punzantes como dagas, que cayeron sobre ella como una cascada lacerante. A partir de ahí todo fue confuso, hubo gritos e histeria. Y sangre, mucha sangre. La cara de Alex lucía una herida abierta desde el final de su ojo izquierdo hasta la comisura de su boca y una multitud de cortes de diferentes tamaños desde el hombro hasta el pecho. La infección y la fiebre habían hecho el resto.

La herida profunda no había cicatrizado bien y, a pesar de que con los años el color se había hecho menos llamativo, el surco irregular seguía marcando su mejilla, imposible de obviar. Pasó los dedos sobre las marcas blanquecinas y ligeramente abultadas que descendían desde su hombro izquierdo hasta su pecho y se sobresaltó cuando la mismísima Madame Claire abrió la cortina y se introdujo con ella en el pequeño espacio, luciendo una sonrisa. Era un privilegio que ella personalmente se encargara de tomarle las medidas y hacerle los arreglos.

Alex, llevada por la fuerza de la costumbre, se tapó como pudo con la mano para ocultar de los ojos de la modista las marcas de su cuerpo, pero la mujer le sujetó la mano con suavidad.

—No debe esconderse de mí, lady Richmond. Debe verme como si fuera un sacerdote. Suelo guardar el secreto de confesión mejor que ellos y seguramente le serviré de más ayuda.

Alex sonrió tímidamente. No estaba demasiado acostumbrada a socializar, aunque llevaba en Londres desde el otoño. Puede que por eso Caroline hubiese tomado cartas en el asunto. Ante su inminente viaje, su luna de miel atrasada, le había buscado una ocupación a su cuñada que la mantendría bastante distraída durante el mes y medio que ella y Thomas estarían fuera.

Sería la acompañante de lady Duncan, la venerable y anciana tía de la condesa de Hardwick, una de las damas más influyentes, ricas y carismáticas de la ciudad. Una mujer que era lo suficientemente vital como para no necesitar una acompañante, ya que ella solita sería capaz de animar hasta un velatorio, pero era la excusa perfecta para introducirla en sociedad de manera sutil y sin que Alex sintiera la presión de una debutante en busca de marido.

Lady Duncan tenía un ojo certero para juzgar a las personas y en cuanto conoció a Alex se había prestado encantada para tal fin. Pero para que Alex brillara en los salones debía dejar de ser una persona enjuta y gris, camuflada bajo vestidos anodinos, cofias y velos, que lo único que conseguían era que la gente la mirara con una curiosidad insana. Madame Claire era la persona idónea para obrar el milagro. La mujer extendió un impresionante vestido de color vino y escote de barco delante de sus ojos. El corte era sencillo, sin los excesivos volúmenes que algunas damas usaban, adornado con un cinturón del mismo tono, bordado en hilo de plata y pedrería. El color combinaba a la perfección con el tono de su piel, su pelo oscuro y sus ojos color avellana, pero Alex sintió un nudo en el estómago cuando la modista la ayudó a ponérselo. Sus hombros quedaban al descubierto, y ella jamás expondría sus cicatrices de esa manera.

Madame Claire notó su nerviosismo y, antes de que Alex hablara, cogió de una de las perchas un trozo de tul del mismo tono que el vestido.

—Tranquila, milady. Yo nunca dejo nada al azar. —Con manos diestras, frunció el chal sobre los hombros y lo sujetó al centro del escote con un broche de plata. El efecto dejó a Alex con la boca abierta.

—No es necesario que vaya usted vestida como una monja o que se cocine dentro de su ropa de cuello alto. El tul consigue disimular lo que hay debajo, pero sigue siendo sugerente y favorecedor. Su piel es muy bonita y no debería ocultarla. Ni siquiera esta parte, si me permite decirlo. —La mujer era directa y sincera, había que reconocerlo.

—Supongo que le hago un bien a la sociedad ocultando esa parte en concreto —dijo sin poder evitar deslizar los dedos por el tul fruncido que ocultaba las marcas de su hombro. El chal estaba colocado con tanta pericia que parecía parte del vestido y resultaba realmente bonito.

—Tonterías. Y eso me recuerda otro complemento. Su cuñada me lo pidió expresamente. —La mujer salió y volvió a entrar con un coqueto tocado que llevaba añadida una redecilla para el rostro del mismo tono que el vestido—. Si desea ocultar su rostro, puedo hacérselo en varios colores para que combine con todos sus vestidos, al menos no tendrá que llevar ese horrible velo oscuro de viuda que suele usar.

Alex se lo probó y le pareció que la redecilla disimulaba lo suficiente la marca de su cara, con la ventaja de que no era tan tupida ni tan siniestra como el velo, y era mucho más favorecedora.

—Gracias, Madame Claire. Es usted realmente una artista. Le agradezco el esfuerzo.

—No tiene por qué, es mi trabajo. Llámeme entrometida si quiere, pero conozco este mundo muy bien, lady Richmond. Los velos, las redecillas y cualquier cosa que use para ocultarse de esos chacales solo conseguirá hacerla más vulnerable a sus ojos. Olerán su inseguridad y su miedo, y tendrán vía libre para atacarla.

—Caramba, no es que me esté pintando un panorama demasiado halagüeño. Quizá deba replantearme lo de volver al campo —bromeó Alex, tratando de aflojar el nudo de su estómago.

—Solo espero que llegue el día en que entre a mi tienda con la cabeza bien alta y sonriendo sin nada que la oculte. Y sé que eso sucederá. Lo presiento. Es usted bella y tiene una luz especial, y algo me dice que tiene más fuerza de la que usted misma cree.

—¿Todo bien por aquí? —interrumpió Caroline, asomando la cabeza por un hueco de la cortina, tras probarse los vestidos que había encargado para ella.

—Solo le decía a su cuñada que estoy deseando recibir la noticia de que se ha convertido en la sensación de la temporada.

—Si todos los vestidos son como ese, no me cabe duda de que lo será —la admiró su cuñada con una sonrisa complacida.

Tras la visita a la modista se dirigieron a su siguiente destino, el cual era, al menos para Alex, bastante más apetecible. Caroline se detuvo en la acera antes de entrar en el establecimiento y se tapó la boca con la mano enguantada, tratando de contener las ganas de darle una salida poco digna al desayuno de esa mañana. Respiró hondo y se hizo aire con la mano recuperando la compostura.

—¿Estás bien? —preguntó Alexandra preocupada.

—Sí, falsa alarma —contestó Caroline, esforzándose en componer una sonrisa y controlar las náuseas que cada mañana le ponían el cuerpo del revés.

—¿Cuándo piensas decírselo a Thomas?

—Supongo que cuando subamos al barco o, mejor aún, cuando ya hayamos zarpado. —Sonrió con gesto travieso.

—¿Estás segura?

—Sí, el médico me ha dicho que estoy perfectamente bien y saludable. Si Thomas se entera de que estoy embarazada, sabes perfectamente que utilizará su recién descubierta autoridad ducal para envolverme en algodón y no dejarme salir de la cama hasta que dé a luz.

Alex rio y le dio la razón.

—Bueno, no puedo culparlo. Después de todo lo que habéis pasado, es normal que quiera protegerte.

—Sí, y me encanta que se preocupe por mi bienestar. Pero no tuvimos luna de miel, y nos merecemos este viaje. Thomas ha pasado unos meses muy duros con todo lo que conlleva el ducado de Redmayne. Y, además, nuestros planes son muy tranquilos, y prometo que me cuidaré muchísimo.

Thomas la había sorprendido con un viaje en el que pasarían algo más de un mes en el sur del continente y Caroline esperaba que el tiempo fuese benévolo y pudieran disfrutar de la tranquilidad del campo y del sol. Suspiró sin poder quitarse la sonrisa de la cara al pensar en su marido. No recordaba haber estado tan feliz jamás, la vida les había regalado un nuevo comienzo y ninguno de los dos estaba dispuesto a desperdiciarlo. Cada día parecía que el amor entre ellos, la complicidad, la confianza aumentaban un poco más, y descubrir que iban a ser padres era un motivo más para estar agradecidos. Estaba ansiosa por ver la cara de Thomas cuando al fin lo supiera.

Ya lo tenía todo listo para emprender el viaje y había decidido pasar por la librería para hacerse con un par de novelas donde no podían faltar capitanes, piratas y damas en apuros. Cada noche se acomodaban en su pequeña y confortable sala de lectura donde colgaban los cuadros que Thomas había pintado para ella, y que se había convertido en su pequeño refugio.

Leer un libro a medias era un pequeño vicio que ambos disfrutaban, y, aunque Thomas añadiera a cada gesta uno de sus sarcásticos comentarios, tenía que reconocer que escuchar la voz de su mujer relatándole disparatadas aventuras románticas era uno de los mejores momentos del día. Sobre todo, porque casi siempre acababa quitándole el libro de las manos y amándola hasta hacerle olvidar su propio nombre.

Ambas entraron en la tienda y una campanilla anunció su llegada. Había algo mágico en el olor de una librería. Los tomos de papel nuevo o usado, la piel de las cubiertas, la tinta con la que se había escrito... Todo impregnaba el aire de un aroma característico que fascinaba a Alexandra. Por suerte, habían encontrado una bastante bien provista de títulos en una callejuela del centro de Londres, en la que la presencia de una dama no estaba mal vista. Al menos si la dama en cuestión deslizaba una moneda lo suficientemente grande en el mostrador nada más entrar. El silencio, casi monacal, la hacía sentirse en un lugar sagrado en el que sería un pecado perturbar la paz existente alzando la voz.

Su cuñada Caroline le indicó entre susurros que iba a buscar entre los libros de arte un regalo para Thomas y se marchó para hacerse con algo interesante en esa sección, aunque ya llevaba convenientemente sujetos bajo el brazo dos libros románticos a los que era tan aficionada. Alexandra no llevaba una idea establecida de lo que quería adquirir, puede que una novela gótica o algún libro interesante sobre historia. Paseó los dedos enguantados distraídamente sobre los lomos para ver si, como tantas otras veces, se obraba el milagro y un ejemplar llamaba su atención antes siquiera de abrirlo.

Nada. No sintió nada especial.

Llegó al final del estrecho corredor y un rincón que ya había visto en anteriores visitas llamó su atención: un pasillo semioculto por una cortina de terciopelo donde unas estanterías que llegaban hasta el techo contenían libros reservados para un tipo determinado de clientes, por supuesto del género masculino. Alexandra sabía qué tipo de temática tenían esos libros, todos transgresores. Temas políticos, actos violentos o depravados y otros temas delicados para el gran público, pero en su gran mayoría eran de índole sexual.

Nunca había tenido acceso a ellos, pero sabía que contenían historias potentes y prohibidas, escenas tórridas excesivamente explícitas, y en algunos casos ilustraciones. Puede que el dueño o algún cliente descuidado hubieran dejado la cortina invitadoramente abierta, dejando a la vista infinidad de palabras atesoradas allí, esperando que alguien abriera sus cofres para dejarlas en libertad. Sintió como si algo la llamara desde aquel pasillo poco iluminado, como si en sus entrañas los tambores de una tribu lejana la invocaran, y paso a paso se adentró en aquel mundo vetado para una dama soltera de la buena sociedad.

A esas horas la librería estaba casi desierta, por lo que la posibilidad de ser descubierta en flagrante delito era mínima. Se quitó los guantes para sentir la piel de los lomos en las yemas de los dedos y los deslizó sobre los tomos de distintos colores, y esta vez sí, la anticipación por encontrar algo interesante hizo que su cuerpo se tensara ligeramente.

Su mano se detuvo sobre un volumen que, *a priori,* debería haber pasado desapercibido entre los llamativos colores que lo rodeaban. Alexandra sostuvo unos instantes el libro entre sus manos y acarició el cuero de color negro de la cubierta con reverencia, con la impresión de haber encontrado un tesoro. La piel era fina y suave y en la portada tenía grabada una flor de loto con tinta dorada. Las letras, del mismo color, resaltaban altaneras sobre la oscuridad del fondo: *Entre tus pétalos rosados.*

Alex lo leyó moviendo los labios sin darse cuenta y sintió que se ruborizaba ante lo que seguramente era una referencia al sexo femenino. Abrió la pasta y se sorprendió gratamente al encontrarse una página interior de un rico color carmesí, con una breve frase:

Tus pétalos rosados, tu olorosa fragancia dulce y picante serán el bálsamo que cure mis heridas, el único recuerdo que me llevaré como postrera ofrenda en mi último viaje.

La frase le provocó una pequeña conmoción interior y un anhelo irrefrenable de leer el resto de su contenido. Como la ávida lectora que era, no pudo evitar pasar la página.

Capítulo 1

La suave y ardiente brisa del desierto acarició sus mejillas y jugueteó atrevida con el velo blanco que cubría parcialmente su cara...

—La tímida y aburrida Alexandra Richmond haciendo algo deliciosamente inadecuado. Y yo que creía que jamás encontraría nada excitante en una librería... —La voz penetrante de Vincent Rhys, demasiado cerca de su oído, la sobresaltó, y muy a su pesar el libro se escapó de entre sus dedos. Con unos reflejos envidiables, Rhys atrapó entre sus manos el pesado volumen que Alex había dejado caer, antes de que llegara al suelo. El espacio en el estrecho pasillo pareció hacerse mucho más pequeño ante la presencia del enorme cuerpo del último hombre al que ella hubiera deseado encontrarse en aquella situación, mientras el aire se espesaba y se caldeaba entre ellos. En un acto instintivo, Alex presionó la espalda contra la estantería e inclinó la cabeza, intentando ocultar la cicatriz llevada por la fuerza de la costumbre.

Vincent observó cómo se tocaba nerviosa el pelo, intentando ocultarse y disimular la franja de piel irregular que cortaba su mejilla izquierda desde la sien hasta casi la comisura de sus labios. Se sintió molesto por el gesto que denotaba su inseguridad.

Se conocían desde niños, ya que las fincas de sus familias eran colindantes, pero no se podía decir que fueran amigos. Vincent era siete años mayor que ella, pero esa no era la razón por la que no se llevaban bien. La razón era simplemente que Vincent Rhys era un cretino sin escrúpulos y dedicaba cualquier ocasión a fastidiarla con comentarios mordaces, y hasta crueles, sobre el aspecto más doloroso de su vida.

Vincent giró el libro para leer el título grabado en el lomo.

—*Entre tus pétalos rosados*... —Levantó la vista hacia ella con una sonrisa lobuna y Alex sintió que las plantas de los pies le hormigueaban amenazando con no sujetarla más.

—Yo..., yo... —Odiaba sentirse intimidada por él, pero su aplomo, su envergadura, su belleza, todo él estaba creado para ello, más aún cuando la había sorprendido en un momento tan bochornoso—. Solo miraba por curiosidad, no iba a comprar nada.

—Es una pena, Alexandra. —Su nombre en sus labios, sin diminutivos, sin formalismos, la forma de arrastrar cada letra, siempre sonaba a sus oídos como un verso, como si su cadencia escondiera un secreto—. Contiene unos textos muy edificantes. Si no fuera un escándalo que lo compraras, yo mismo te lo recomendaría, pero dudo que el librero acceda a venderle algo así a una dama.

—¡No pienso comprarlo de ninguna manera! —dijo más alto de lo que se podía considerar normal en un sitio así, y un ligero carraspeo llegó desde uno de los pasillos adyacentes, probablemente el dueño o algún cliente molesto.

—Shhh... —la silenció Vincent, colocando su dedo índice sobre los labios entreabiertos de Alex—. No queremos que nos echen, ¿verdad?

—Rhys, apártate, por favor. He entrado aquí por error y...

—Cobarde —susurró él junto a su oído.

Alexandra se atrevió a apoyarle una mano en el pecho y apartarlo. El latido de su corazón palpitaba con tanta fuerza, tan vital, que lo notaba contra su palma a través de las capas de ropa.

—¿Alex? —Ambos se giraron hacia la entrada para encontrarse con la cara sorprendida de Caroline, pero ninguno hizo amago de apartarse—. Oh, señor Rhys. Me alegro de verle.

Vincent recuperó por fin la capacidad de movimiento y salió del reservado para posar un suave y seductor beso en su mano enguantada.

—Duquesa, más me alegro yo. Dos bellezas juntas en un sitio tan poco común. Debe ser mi día de suerte.

Alexandra pasó de largo junto a ambos poniendo los ojos en blanco, un gesto que hizo reír a su cuñada. Cogió un libro al azar de una de las estanterías y lo colocó en el mostrador con un golpe seco mientras rebuscaba en su bolsito unas monedas para pagarlo. El vendedor torció la cabeza para leer el título y disimuló una pequeña risita con una tosecilla nerviosa.

Métodos tradicionales para mitigar las enfermedades estomacales del ganado, de Edmund Tobias Mercks.

Fantástico.

Solo faltaba que Vincent Rhys se acercara al mostrador a tiempo de ver cuál había sido su maravillosa elección literaria. Ni siquiera sabía por qué debería importarle lo que él pensase de ella. Al fin y al cabo, aprovechaba cualquier ocasión para menospreciarla y burlarse de su físico, de su cicatriz, de todo lo que ella representaba, siempre presto a atacarla donde más le dolía. Desde niños había sido así, cruel y sin pizca de empatía.

Debería haber permanecido allí ojeando aquellos libros prohibidos sin importarle lo que él pensara. Qué diantres, debería haber elegido uno de ellos y haberlo comprado, el más escandaloso de todos, uno con ilustraciones a ser posible. Y, sin embargo, había elegido el tratado del bueno de Tobias, que a saber cómo habría llegado a recopilar cuatrocientas cincuenta y ocho páginas sobre semejante tema. Alex rezó para que al menos no incluyera dibujitos.

—¿Se lo envuelvo, milady?

—No será necesario, gracias —cortó secamente, apretando el libro contra su pecho para que nadie viera la portada, al tiempo que Caroline se acercaba para pagar su compra acompañada de un encantador y solícito Rhys.

La tensión y el malhumor de Alexandra no se disiparon en ningún momento, como siempre que se encontraba con él. Ni siquiera cuando, ya montadas en el carruaje descubierto de los Redmayne, Caroline se despedía agitando la mano a un Vincent Rhys sonriente, plantado en la acera con su confianza habitual, más guapo de lo que ningún mortal se merecía ser. Ella se limitó a responderle a su sonrisa socarrona con un seco movimiento de cabeza, mientras se abrazaba a su ejemplar sobre flatulencias bovinas.

2

Caroline cogió sus guantes y enumeró mentalmente por enésima vez las cosas que le quedaban por guardar en su bolsa de viaje. Alexandra, apoyada en el umbral de la puerta, la observaba divertida, mientras ella, frenética, cogía y dejaba los objetos una y otra vez. El perfume, el cepillo, el chal...

Todo lo primordial ya estaba empaquetado, y a estas horas posiblemente ya estaría embarcado y acomodado en el lujoso camarote del barco que llevaría a los flamantes duques de Redmayne a Francia. La cara sonriente de Thomas apareció en la puerta por encima del hombro de su hermana.

—Cariño, ¿estás lista?

—Sí, enseguida termino —contestó Caroline con una sonrisa embelesada.

Thomas besó en la mejilla a su hermana a modo de despedida y le guiñó un ojo a su mujer.

—Te espero abajo, no tardes.

La duquesa de Redmayne suspiró al ver cómo su apuesto marido se marchaba de la habitación.

—A veces no me puedo creer que haya tenido la suerte de casarme con él. —Su historia había tenido momentos realmente duros, pero una vez superados eran la viva imagen de la felicidad conyugal, y Thomas se desvivía por hacerla feliz.

—Ambos sois afortunados. —Alex sonrió sin poder evitar sentir una pequeña punzada de envidia.

—Alex, un mes y medio pasa muy rápido. —Caroline se acercó hasta ella y sujetó sus manos entre las suyas—. Pronto estaremos de vuelta y podré acompañarte a todas esas veladas maravillosas, a los museos, al teatro…, al menos hasta que tu futuro sobrino lo permita, claro. —Ambas se rieron y se dieron un abrazo. Se habían convertido en un apoyo mutuo y esas semanas, con seguridad, se echarían mucho de menos—. Vas a pasarlo muy bien con lady Duncan. Cuando la conozcas mejor, te sorprenderás gratamente, y estoy segura de que te presentará a la gente más interesante de la ciudad.

La sonrisa de Alex se transformó en un gesto nervioso, no estaba segura de que eso le apeteciera demasiado.

—Y… otra cosa más —añadió Caroline titubeando un poco, sin saber cómo continuar para no ser hiriente—. Puede que yo no sea la más indicada para decirte esto, ya que fui bastante insistente a la hora de acercarme a Thomas, por decirlo de alguna manera. Con seguridad vas a conocer a muchos hombres, algunos posibles candidatos y otros que serán un completo fiasco. Vincent Rhys no encaja en ninguna de esas categorías, Alex, y tú lo sabes bastante mejor que yo.

—No sé por qué dices eso. Yo no… Jamás pensaría que soy el tipo de mujer en la que Rhys se fijaría —tartamudeó Alex, sonrojándose hasta la raíz del pelo.

—Hablas como si tú no merecieras su atención, pero es al revés. Le tengo mucho aprecio a ese sinvergüenza. En los últimos tiempos se ha portado muy bien con nuestra familia y le estaré eternamente agradecida por salvar la vida de Thomas. Pero él no es el tipo de hombre que pueda redimirse, Alex. Vi cómo os mirabais en la librería y...

Alex levantó la mano para interrumpirla antes de que la conversación se volviera más embarazosa.

—Nunca he tenido interés en él. Me incomoda, me enfurece y me hiere cada vez que cruzamos dos palabras. Solo espero que entre el selecto círculo de amistades de lady Duncan no se encuentre ese ser insoportable.

Hacía rato que lady Alexandra Richmond había hecho uso de una de las lecciones más útiles que le había enseñado alguna de las carísimas institutrices de su infancia, y que jamás creyó necesitar. La de aparentar que estaba prestando atención a la conversación que tenía lugar a su alrededor, cuando en realidad estaba inmersa en su propio mundo.

Lady Duncan seguía con su repaso a las familias con las que tendría que relacionarse en los próximos eventos, dándole detalles sobre las rencillas y afinidades entre ellas, las filias y las fobias, con la finalidad de no meter la pata a la hora de hacer algún comentario. Estuvo a punto de bostezar y recordó con añoranza el libro sobre el ganado que descansaba en su mesilla de noche, con el convencimiento de que conocer la conveniencia de alternar el pasto en machos adultos sería mucho más interesante que descubrir que lady Dolby odiaba a su cuñada por haber adquirido un fantástico vestido de tafetán al que ella le había echado el ojo previamente. Y lo peor era que tendrían que coincidir con ambas damas la noche siguiente en una velada musical y en la cena posterior que tendría lugar en la casa de los Dolby.

La anciana se llevó la taza de porcelana a los labios, haciendo que tintinearan las numerosas pulseras de oro de su muñeca, lo que devolvió a Alex al salón de té. Levantó la vista para encontrarse con los inquisitivos ojos verdes de la mujer.

—¿Has prestado atención a algo de lo que he dicho, niña?

—Sí, por supuesto, lady Duncan.

—Bien, continuemos entonces.

Por suerte, un lacayo tocó a la puerta de la salita interrumpiendo la disertación.

—Señora, han traído un paquete para lady Richmond.

Alex, sorprendida, se volvió hacia el lacayo sin entender.

—¿Para mí? ¿Han dicho por qué lo han traído aquí? —preguntó extrañada.

Ya era lo bastante raro que alguien le enviara un paquete, más todavía que en lugar de dejarlo en la casa de Thomas, donde ella vivía, lo hicieran en casa de lady Duncan.

—Tenían orden de entregarlo en mano, lady Richmond. Al no encontrarla en su casa, su mayordomo les indicó que podrían encontrarla aquí.

Alexandra aprovechó que lady Duncan se había

levantado para encenderse uno de sus cigarros, un vicio que solía permitirse en la privacidad de su hogar, para abrir el paquete discretamente. Tiró del extremo del cordel que lo rodeaba y abrió un poco el rústico papel en el que venía envuelto el presente, como si le diera miedo lo que iba a encontrar dentro. En contraste con el tosco envoltorio apareció la cubierta de lisa piel oscura del libro que había estado ojeando en la librería cuando Rhys la sorprendió. Las letras doradas y la flor de loto brillaron insolentes, delatoras, y Alex cerró rápidamente el envoltorio antes de que la anciana regresara a la silla junto a ella.

—¿Qué es?

—Un libro, había olvidado que lo había encargado en la librería y... Aquí está. Ya me lo han enviado. Y... me lo han traído. Porque yo lo encargué, claro. Al librero —contestó atropelladamente ante la ceja arqueada de Margaret Duncan, que la miraba sospechando de su actitud.

—¿De qué libro se trata?

Alex vio cómo la mano arrugada de la anciana se acercaba despacio hasta el paquete intentando cogerlo y de un salto se puso de pie, abrazando el libro contra el pecho.

—¡Un tratado sobre ganado! —mintió con la voz demasiado alta y aguda—. Sí, eso es. Es muy interesante. Las vacas... son maravillosas. Me apasiona el ganado.

A estas alturas, si esa venerable mujer no estaba convencida de que era totalmente idiota, debería faltarle poco. Lady Margaret le dio una larga calada a su cigarro, expulsando el humo despacio.

—A mí también, pero muy hecho y con guarnición de patatas.

—Si me disculpa, creo que voy a marcharme ahora. Tengo que asimilar toda esa información que me ha dado y... Volveré mañana por la mañana, si no le importa.

Y, antes de que la mujer pudiera contestar, Alexandra salió de la salita con un libro que sonaba a pecado bajo el brazo.

Con su casto y cómodo camisón blanco abrochado hasta la garganta, Alexandra miraba el libro envuelto en papel marrón que había dejado sobre la mesita de su sala privada como si estuviera mirando una boa a punto de salir de un canasto de mimbre. Daba paseos nerviosos delante de la mesa mientras estrujaba compulsivamente entre sus manos la tela del camisón y tamborileaba con sus finos dedos sobre los labios.

Odiaba a Vincent Rhys. El muy descarado, insensato y descerebrado había enviado el libro a casa de lady Duncan. ¿Quién iba a ser, sino él? Alexandra se pasó las manos por el pelo imaginándose qué podría haber pasado si la anciana hubiese insistido en conocer el título del libro y se sonrojó solo de pensarlo. Ya de por sí era imprudente hacerle un regalo a una dama soltera, pero regalarle un libro presumiblemente escandaloso era pasarse de la raya. Era un provocador nato, y seguro que ahora estaría en su casa regodeándose de la hazaña que acababa de conseguir: escandalizar a Alexandra Richmond y desenmascararla como la pecadora que era. Bufó al darse cuenta de que, probablemente, el último sitio donde Vincent estaría a esas horas de la noche sería en su casa, y mucho menos pensando en ella. Para él habría sido solo una pequeña travesura y en un par de días se habría olvidado de su existencia, si es que no lo había hecho ya.

¿Dónde estaría Vincent?

Imágenes no demasiado apropiadas para una dama soltera e inocente llegaron a su mente. El río que pasaba junto a Redmayne, una calurosa tarde de verano, un muchacho insolente con el pelo aclarado por el sol quitándose la camisa mientras le sonreía burlón, un deseo adolescente cargado de inocencia que ella aún no entendía y mucho menos dominaba…

Pero ese Vincent ya no existía.

No le iba a dar el gusto de alterarse por él, envolvería ese maldito libro y lo enviaría de vuelta a su comprador. Aunque se ahorraría adjuntar una nota informándole de lo que le parecía ese absurdo detalle. Dudó al caer en la cuenta de que ni siquiera sabía de qué trataba la historia. Puede que versara sobre ganado lanar o sobre la pesca del salmón y ella estuviera haciendo una montaña de un grano de arena.

Quizá debería echarle un vistazo antes de devolverlo para formarse una opinión adecuada. Después de todo, siendo justos, no podía tachar a Rhys de indecoroso sin saber en qué consistía el regalo. Dirigió su mano temblorosa hacia el paquete y tiró del cordel con suavidad, con la sensación de estar a punto de descubrir un gran tesoro. Retiró el envoltorio de forma ceremoniosa, lo giró despacio entre sus manos y acarició el lomo de piel con reverencia. Siempre que comenzaba un buen libro llevaba a cabo esa especie de ritual para agradecer las nuevas aventuras que la esperaban.

Leyó el nombre del autor: Samuel Shyr. No lo había oído jamás, pero si le había dado una oportunidad al bueno de Tobias y a sus vacas, ¿por qué no dársela también a él?

—Bien, Samuel. ¿Qué secretos escondes? —susurró.

Se acercó el libro a la cara aspirando con fuerza y el olor a papel nuevo la reconfortó inmediatamente. Aunque sintió una pequeña punzada de desilusión, como si su subconsciente esperase encontrar alguna traza de un perfume diferente, el olor del hombre que la sacaba de quicio. Se sentó junto a la chimenea dispuesta a empezar la lectura con una perspectiva diferente.

Al fin y al cabo, no tendría que continuar si el libro era demasiado escandaloso, soez o desagradable, y le bastaba con cerrar sus tapas y no volver a abrirlo más. No tendría nada de malo leer el primer capítulo para poder emitir un juicio justo. Abrió la tapa y deslizó las yemas de los dedos por la página de color carmesí y volvió a leer la hermosa frase. Seguramente sería una dedicatoria del autor para su amante o para algún amor imposible.

> Tus pétalos rosados, tu olorosa fragancia dulce y picante serán el bálsamo que cure mis heridas, el único recuerdo que me llevaré como postrera ofrenda en mi último viaje.

No pudo evitar suspirar. Pasó la hoja y encontró otra dedicatoria, esta vez para ella, escrita a mano con una caligrafía de trazos fuertes e inclinados.

Espero que esta lectura te resulte un verdadero placer.

Como única firma una V.

Alexandra no se dio cuenta de que estaba sonriendo mientras se mordía el labio, antes siquiera de comenzar a leer.

Capítulo uno…

3

Lady Margaret Duncan pasaba entre los invitados como Moisés abriendo las aguas, y sus admiradores, o más bien aduladores, se apresuraban a colmarla de cumplidos que la mujer no apreciaba y mucho menos creía. Pero, sin duda, ella no era el centro de atención esa noche, sino Alexandra, que se había convertido en protagonista involuntaria de todos los corrillos reunidos en la casa de los Dolby.

Puede que la alta sociedad presumiera de ser educada en la rectitud, el recato y la moralidad, y puede que creyera que representaba esos valores a la perfección, pero el juicio de Alexandra iba un poco más allá, y estaba descubriendo a marchas forzadas que la mayoría no eran buenas personas. Ni una de las maravillosas creaciones de Madame Claire, ni la redecilla de color azul que le cubría parcialmente la cara, ni su actitud discreta podían librarla del poco disimulado escrutinio de todos los que querían conocer de primera mano cuán espantoso era el monstruo de Redmayne.

Los cuellos se giraban a su paso y las cabezas emperifolladas de las damas se unían para chismorrear.

Alex solo pretendía pasar desapercibida, disfrutar de la música, saludar a un par invitados y volver a casa indemne. Pero debería haber previsto que no se lo iban a poner fácil. Ya había vivido en sus carnes cómo las damas de la alta sociedad que visitaban a lady Duncan para tomar el té, aquellas que se suponía que la miraban cargadas de comprensión, amabilidad y camaradería, torcían el gesto en cuanto pensaban que ella no se daba cuenta, espantadas por tener que contemplar su cara marcada.

Caroline y Thomas, e incluso Margaret Duncan, estaban cargados de buenas intenciones, pero la realidad era esa. Ella, a los veintiséis años, no era más que una solterona sin habilidades sociales. Alexandra no era como los demás y no se lo perdonarían tan fácilmente.

De repente hacía demasiado calor en aquel viciado salón, las conversaciones eran demasiado ruidosas, la luz demasiado estridente. Aquel no era su lugar. Aprovechó que las damas habían comenzado a despellejar a una pobre muchacha para dar varios pasos atrás intentando pasar a un segundo plano. La joven en cuestión no había hecho nada para ser merecedora del azote de sus afiladas lenguas, simplemente ser la prometida de un duque que no tenía prisa por convertirla en su esposa. Pero eso no importaba, seguro que la culpa era de ella, ¿verdad? La culpa siempre era de ellas. Era carnaza, y ellos, chacales hambrientos. Y aquello en sí era una lección muy importante que haría bien en no olvidar. No importaba lo que hiciera, ni lo buena o mala que fuera. Si ellos decidían que no era digna de sus elogios, la machacarían sin piedad, y ella tenía razones de sobra para encontrarse en esa tesitura. Un saco lleno de razones.

Era la hija de un duque poderoso que nunca se molestó en disimular sus conquistas. Su madre no pudo aguantar sus faltas de respeto y su crueldad, y se quitó la vida lanzándose desde una torre cuando ella era una niña. Su hermanastro, el actual duque, era fruto de una relación extramatrimonial, y, si no fuera uno de los hombres más poderosos de la ciudad, nadie se privaría de escupirle la palabra bastardo a la cara. Sin contar con la fatídica muerte de su hermano Steve por culpa de la ambición de sus primos. Sin duda, este era el hecho más dramático y doloroso que debía sobrellevar, aunque por suerte los rumores se habían contenido con eficacia, ya que recordar su terrible final o asumir la curiosidad insana de los demás al respecto hubiese sido insoportable.

Alex poseía algo peor que un padre díscolo y un hermano bastardo, algo todavía más imperdonable para las mentes hipócritas y superficiales. Su pecado era la marca de su cara que la hacía totalmente imperfecta a ojos de los demás.

Por si faltara algo para empeorar la noche, una alta figura llamó su atención al otro lado de la sala, y, si no hubiese sido una señorita bien educada, habría soltado una maldición soez. Vincent Rhys, con una sonrisa deslumbrante, charlaba con una bella mujer, alejados del resto de los invitados. Observó el derroche de encanto que utilizaba, tan alejado del sarcasmo y de la prepotencia que usaba con ella.

La anfitriona anunció que la velada musical iba a reanudarse después del pequeño descanso, y todos los invitados se apresuraron a ocupar de nuevo sus asientos delante de la tarima, donde dos muchachas rubias y perfectas esperaban para deleitar al personal con sus dulces voces. Todos menos Alexandra, que aún permanecía inmóvil en su lugar. Sin pensarlo demasiado, giró sobre sus talones y abandonó el salón en busca de un momento de sosiego. Caminó por los pasillos poco iluminados hasta llegar a una galería, donde retratos de los ancestros de los Dolby adornaban las paredes. Y allí, rodeada de silencio y de sombras, pudo al fin librarse de la opresión que sentía en el pecho. Sus faldas crujían en el pasillo desierto perturbando la paz de aquel lugar, hasta que unos pasos acercándose volvieron a ponerla en alerta.

Miró a su alrededor buscando una vía de escape en una absurda huida que no tenía ninguna razón de ser, sintiéndose como una niña pillada infraganti en una travesura.

Pero no le apetecía tener que justificar qué hacía deambulando por una zona de la casa que no estaba abierta a los invitados, ya tenía bastante para que encima la acusaran de metomentodo, de chismosa o de algo peor. La rara y extraña Alexandra Richmond merodeando en la oscuridad, en una casa ajena, no solo resultaría descortés, también ayudaría a pensar lo peor de ella.

En una de las paredes laterales, una cortina de terciopelo hasta el suelo llamó su atención. Con el cuerpo en tensión, mientras escuchaba los pasos cada vez más cerca, se asomó para ver qué había detrás, rezando por hallar una salida hacia alguna parte, para descubrir una estrecha puerta de madera oscura. Giró el tirador, desesperada, pero estaba cerrada con llave.

Unos susurros y una risa femenina le indicaron que ya era demasiado tarde para salir airosa y decidió refugiarse en el estrecho hueco que quedaba entre la puerta y la cortina, justo en el momento en que lo que parecía ser una pareja en busca de un encuentro furtivo se paraba a escasos metros de donde ella estaba.

Maldijo en silencio al darse cuenta de que acababa de cometer una estupidez, ya que hubiese sido mucho más fácil justificar que había salido a dar un paseo que dar una explicación de por qué se encontraba oculta tras una cortina. Solo le quedaba rezar para que los amantes siguieran su camino. Pero Dios no debía estar de su parte esa noche, ya que parecían no tener prisa por marcharse.

Se mantuvo estoica intentando pensar en otra cosa, concentrada en el ligero olor a polvo y a humedad de la cortina, en los puntitos de luz tenue que se filtraban por los minúsculos huecos que quedaban entre la tela y la pared, esperando su turno de volver al salón. Los susurros, las palabras cómplices y las risitas femeninas llegaban hasta ella amortiguados por el espeso terciopelo y la distancia, y al cabo de unos minutos decidió asomar un poco la cabeza vencida por la curiosidad. Abrió unos centímetros la tela y la cerró de golpe al reconocer de inmediato la figura masculina de espaldas, que a varios metros de distancia se dejaba querer por una llamativa dama. Rhys y la mujer con la que lo había visto hablar un rato antes. No podía creer su mala suerte.

Alex no quería imaginar lo que tendría que aguantar si Rhys la encontraba en aquella situación, sus burlas serían más hirientes que nunca y la mortificaría hasta el fin de sus días. Se mordió el labio, intrigada, ya que ahora los sonidos que le llegaban eran diferentes, más apagados, entrecortados incluso. Sabía que no debía hacerlo, que Dios la castigaría por ello, pero no pudo evitar volver a entreabrir la cortina para ver qué sucedía al otro lado.

Se tapó la boca con la mano, con los ojos abiertos como platos, al ver a la mujer arrodillada delante de Rhys. Estaba a cierta distancia, la luz del pasillo era bastante escasa y el enorme cuerpo de Rhys tapaba lo que fuera que estuviera haciendo ella, pero si algo tenía claro es que el acto era totalmente depravado. Ella lo estaba besando... ¡¿ahí?!

¡Santo Dios bendito! Aquello no podía estar pasándole a ella. Ser testigo de semejante indecencia no era el final que ella había previsto para esa inocente velada musical. Rhys emitió una especie de gemido y arqueó un poco la cabeza hacia atrás, mientras su mano se enredaba en el pelo de la mujer. De repente, la actitud de Rhys cambió, como si hubiese percibido que algo iba mal, como si hubiese notado su intenso escrutinio.

Le susurró algo a la mujer, pero ella volvió a concentrarse en lo que fuera que estaba haciendo con su boca allí abajo. Alex vio cómo Rhys giraba ligeramente su cabeza, un gesto casi imperceptible, hacia la dirección en que ella se ocultaba y rápidamente se echó hacia atrás rezando para que el movimiento solo hubiese sido casual. Pero Alexandra no tenía suerte en la vida y esa noche no tenía por qué ser diferente. La tela de la cortina, un tanto polvorienta, rozó su cara y un incómodo picor hizo que arrugara la nariz. Justo cuando pensaba que podría mantenerse inmóvil y camuflada, un inoportuno estornudo sacudió su cuerpo.

—¿Qué ha sido eso? —susurró con voz aguda la acompañante de Vincent, levantándose presurosa.

—No lo sé. Probablemente no haya sido nada, Nancy.

—¿Crees que nos habrán seguido? Si mi marido se entera…

Alexandra, que mantenía sus dos manos tapándose la boca y la nariz para evitar emitir sonido alguno, puso los ojos en blanco, sin entender cómo aquello la sorprendía viniendo de alguien como Rhys.

—Vuelve al salón. —Fue la seca orden de Vincent, y las pisadas rápidas resonando en el pasillo le indicaron que la mujer había obedecido sin rechistar.

Otros pasos más fuertes y lentos sonaron al otro lado de la cortina alejándose también, y, después de lo que a Alex le parecieron horas, el silencio se volvió a instalar en aquel rincón solitario de la mansión. Alex, sintiéndose a salvo, decidió que ya era hora de salir de su escondite y volver en busca de la reconfortante compañía de lady Duncan, y, tras soltar despacio el aire que había retenido casi sin darse cuenta, levantó un poco la cortina para salir de allí.

—Buenas noches, lady Alexandra.

Alex contuvo el grito de sorpresa al escuchar la voz profunda de Vincent Rhys a su lado, que esperaba pacientemente apoyado de forma relajada en la pared, con los brazos cruzados sobre el pecho.

—¡Rhys! ¿Quieres matarme del susto?

—No eran esas mis intenciones cuando vine a este rincón de la mansión, sinceramente.

—Prefiero no saber cuáles eran tus intenciones. Sinceramente —lo imitó ella, girando sobre sus talones para marcharse. La mano de Vincent en su muñeca la detuvo sobresaltándola.

—Oh, no, no. Vas a explicarme qué hacías espiándome detrás de una cortina.

—¿Yo? Yo no estaba espiándote. ¡Serás pedante! Necesitaba un momento a solas.

—Qué casualidad, ya somos dos —la interrumpió con su habitual sonrisa burlona.

—En realidad éramos tres.

—Cierto. Las matemáticas nunca han sido mi fuerte. Pero eso no justifica que no nos alertaras de tu presencia y hayas permitido que intimáramos mientras tú nos observabas. —La voz de Rhys se volvió más intimidante y la sonrisa desapareció de su cara.

Alex jadeó indignada, a pesar de que sabía que él tenía razón.

—No quería interrumpir. Además, cómo iba yo a imaginar que tendrías una conducta tan depravada en una casa honorable. Ni siquiera entiendo qué haces aquí. Eres la última persona que esperaría encontrar en una velada musical rodeada de gente respetable.

Lejos de acusar la pulla, Rhys sonrió.

—En algún sitio tengo que establecer mi coto de caza —dijo, encogiendo los hombros—. Aunque supongo que con el tiempo tú misma lo averiguarás, debes saber que no es oro todo lo que reluce. En estas reuniones no solo abundan las mujeres hermosas, también las desesperadas, las desesperanzadas, las viciosas... Y lo mismo en cuanto al género masculino. Pero vayamos a lo importante. ¿Qué has sentido mientras me observabas? —se burló intentando provocarla.

Alexandra tragó saliva sin saber cómo contestar a una pregunta tan descarada.

—Yo..., yo... No te observaba.

—¿Quieres que crea que cerraste los ojos mientras esa mujer me...? —Vincent se detuvo y se puso alerta, como si hubiese detectado un peligro inminente.

Miró a su alrededor y, maldiciendo con los dientes apretados, arrastró a Alexandra hasta el lugar donde ella había estado oculta. Aquel maldito pasillo parecía estar más concurrido que Hyde Park a media mañana. Ella lo miró sin entender, mientras se resguardaban en la penumbra de aquel minúsculo espacio que apenas era suficiente para una sola persona.

—De nuevo los dos solos en un oscuro rincón —susurró inclinándose hacia ella, demasiado cerca de su oído, haciendo que se le erizara la piel. Alex intentó salir de allí, pero él apoyó una mano en su hombro deteniendo el movimiento—. Créeme, tu reputación no resistiría que te encontraran conmigo en un pasillo a solas.

Alex lo miró sin entender, hasta que escuchó cada vez más cerca unos pasos airados y una especie de letanía, una voz masculina mascullando algo.

Le parecía increíble que Vincent hubiese sido capaz de escucharlo antes, cuando ella estaba tan absorta en su presencia que apenas era consciente de lo que les rodeaba.

—Charles, querido, la partitura… Charles esto… Charles lo otro… —La voz se paró cerca de donde se encontraban. Alexandra reconoció la voz grave y ronca del anfitrión en lo que parecía ser una animada conversación consigo mismo.

El escondite era tan pequeño que la nariz de Alexandra prácticamente chocaba con el chaleco de Vincent. Su cuerpo se tensó al tomar conciencia de que estaban a punto de rozarse, de que sus largas piernas se enredaban entre sus faldas, de que, cada vez que ella inhalaba, su perfume fresco e intenso la aturdía, despertando una especie de nostalgia, un anhelo doloroso de algo que jamás había sucedido. Vincent Rhys olía a bosque, a tierra mojada por la lluvia y a algo más intenso que la enardecía por mucho que ella quisiera negarlo.

Y si había algo que Vincent podía detectar por instinto era el deseo, la excitación de una mujer. A pesar de la penumbra y de que él evitaba bajar la vista hacia ella, era plenamente consciente de su respiración superficial, del calor y la tensión de su cuerpo inexperto, del aire que salía entrecortado de sus labios entreabiertos. Ella lo deseaba.

Y que Dios le ayudara, pero saberlo no apaciguaría la excitación que trataba de imponerse a su sensatez en ese momento, una excitación que no tenía nada que ver con el placer que su amante había intentado brindarle sin éxito, sino al morbo que le provocaba saber que Alexandra lo había estado observando. Tampoco ayudaba que ella hubiese abandonado su anodina ropa de luto a favor de un recatado vestido azul cielo y que hubiese cambiado el velo oscuro que solía llevar en público por un tocado y una redecilla mucho menos tupida y del mismo tono del vestido que, a pesar de poco habitual en un atuendo de noche, resultaba favorecedora.

Vincent se asomó un poco por la rendija para encontrarse al anfitrión parado con los brazos en jarras delante de un enorme retrato de un caballero con una peluca empolvada y porte regio. El hombre se desordenó el pelo con las manos y continuó con su airado monólogo.

—¡¡¡Tengo docenas de lacayos, pero esta condenada esposa mía disfruta mandándome como si fuera un sirviente más!!! Pisoteándome delante de todas esas urracas que la acompañan. «¿Puedes traerme la partitura, Charles?» —terminó, tratando de imitar la vocecilla aguda de su mujer. El hombre paseó visiblemente furioso y se paró de nuevo delante del cuadro—. ¡Al cuerno la partitura! Por mí pueden quedarse esperando sentados hasta que amanezca y sus traseros se vuelvan cuadrados. Al cuerno todos. ¡Voy a tomarme una copa como el dueño de la casa que soy! A tu salud, abuelo. Eso haré.

Y dicho esto, emprendió de nuevo su camino dispuesto a tomarse esa pequeña e inofensiva venganza contra su esposa. Ambos se hubieran reído de la situación si no estuvieran confinados en ese reducido espacio y con la reputación de Alex pendiendo de un hilo. Rhys tenía razón: si alguien la encontraba a solas con él, no habría manera de borrar esa mancha. Tras la pequeña discusión matrimonial unilateral que habían presenciado, el tenso silencio volvió a asentase en aquel solitario rincón de la mansión, solo interrumpido por el bullir de la sangre que golpeaba densa y caliente el cuerpo de Rhys, sobre todo en una zona en particular.

—¿Has empezado a leer el libro? —La pregunta pilló a Alex desprevenida y titubeó antes de ser capaz de negarlo. Lo cual fue suficiente respuesta para Rhys, que dibujó una sonrisa maliciosa en su rostro. Puede que no fuera el momento para hablar de literatura, pero necesitaba saberlo, y la pregunta que le rondaba desde que le había enviado el paquete salió de su boca por propia voluntad.

—No debiste enviármelo. No es adecuado.

—Probablemente —contestó Rhys, abriendo de un tirón la cortina y emprendiendo el camino de vuelta al salón, sin volverse a mirarla.

4

Grace Davis se levantó antes que su marido y salió de su tienda para ver el amanecer, envolviendo su cuerpo en una manta de lana de oveja para cobijarse del aire frío. Dentro de unas horas, cuando el sol se alzara inmisericorde sobre el horizonte, el calor se volvería insoportable. El cuerpo de Grace aún no se había habituado a esos contrastes tan extremos, como tampoco se había acostumbrado a su vida de mujer casada. Quizá fuera solo que la travesía a través del desierto para llegar a su destino definitivo estaba durando demasiado, o tal vez que todavía tenía muy presentes las palabras de su madre intentando convencerla de que seguir a su marido hasta un país extraño y lejano, por muy exótico que resultara, podía ser peligroso.

Como esposa de un diplomático, podía disfrutar de una vida cómoda en Inglaterra esperando que su esposo volviera a casa una vez cumplida su misión. Pero ella quería vivir, quería amar, quería descubrir. Aunque hasta el momento nada había resultado tan excitante como ella esperaba.

En el campamento los hombres ya comenzaban su actividad, y Grace dio los buenos días al pasar junto al que parecía tener más autoridad que los demás, que la miró ceñudo mientras inclinaba la cabeza a modo de saludo. Ese hombre le provocaba escalofríos. Pero en esos momentos ese era el menor de sus problemas.

John salió al fin de la tienda, tan pulcro, perfecto e impersonal como siempre, y sonrió a su mujer. Esa sonrisa había sido en parte la culpable de que ella se hubiera enamorado hasta el punto de dejarse arrastrar por medio mundo tras él, aunque, siendo sinceros, él nunca había insistido demasiado en ello. Después de unas semanas juntos, Grace estaba empezando a aborrecerla, ya que no era más que un gesto sin valor que utilizaba indiscriminadamente con todo aquel con quien se cruzaba. Aun así, su esposa le devolvió el saludo con una sonrisa que contenía tan poca sinceridad como la de él. Todavía no había perdido la esperanza de que su vida matrimonial pudiera encauzarse, de que su marido pudiera entender sus anhelos sin escandalizarse, que fuera capaz de amarla y desearla en la misma medida que ella lo hacía.

Entre tus pétalos rosados, extracto del capítulo 1

De camino a la casa de lady Duncan, Alex apoyó la cabeza en el respaldo del asiento de piel de su carruaje, mientras este avanzaba lentamente entre la multitud de vehículos que atestaba el centro de Londres a esas horas. Suspiró soñadora, repitiendo en su mente las escenas que había leído la noche anterior. Era una lectora empedernida, pero hacía tiempo que una historia no la atrapaba de esa manera. El argumento la había seducido: una joven inglesa de buena cuna que se casa con el hombre que su familia ha elegido para ella. Un joven diplomático destinado a un exótico país, al que se marchan justo después de la boda. Su mente fantasiosa ve en ello una oportunidad única para vivir la aventura con la que siempre ha soñado, cruzar el desierto, conocer gentes y mundos que la mayoría solo puede recrear en su imaginación, en compañía del hombre del que cree haberse enamorado. Pero cruzar las dunas ardientes en condiciones precarias no era una aventura tan atractiva como había pensado, sino un viaje extenuante para una dama criada entre algodones. Y lo que esperaba que fuera una luna de miel llena de descubrimientos y placer estaba resultando decepcionante.

Aunque sus vidas fueran completamente distintas, Alexandra no pudo evitar sentirse identificada con la aventurera Grace Davis. Ella también soñaba aventuras por vivir, viajar, conocer otros mundos, vivir otra vida... y, quizá demasiado a menudo, con ser otra persona. Entendía a la perfección las ansias de descubrir nuevas sensaciones y por qué ella había depositado toda su ilusión en una maravillosa noche de bodas que al final no había sido en absoluto lo que esperaba.

Las descripciones de las relaciones maritales entre los Davis eran cada vez más detalladas a medida que las páginas avanzaban, aunque a Alexandra le resultaba casi más atrevido la valentía de la protagonista a la hora de reconocer lo que deseaba que la propia descripción de lo que pasaba en su cama.

Entró a toda prisa en la mansión de los Duncan y el mayordomo la condujo hasta la salita donde la señora de la casa ya estaba atendiendo a las visitas. Tenía que reconocer que disfrutaba realmente de la compañía de lady Margaret, pero sus amigas eran insufribles, y una tediosa tarde de cotilleos no era lo que más le apetecía en esos momentos. Frenó bruscamente al entrar y casi se enreda con sus propias faldas al reconocer al caballero con el que lady Duncan charlaba animadamente.

Vincent Rhys se puso en pie en un despliegue de caballerosidad para saludarla con una reverencia perfecta. Aquello debía de ser una broma de mal gusto o una pesadilla. Sí, justo debía de ser eso, un horrible sueño. La noche anterior había cenado espárragos gratinados y no le sentaban demasiado bien. Probablemente aún estaría dormida en su confortable cama soñando que aquel insufrible hombre estaba delante de ella con su sonrisa de suficiencia, creyendo que podría descifrar todos sus secretos. Estuvo a punto de pellizcarse para cerciorarse, pero seguro que a él no se le hubiese escapado el gesto.

Pero no le hizo falta hacerlo para ver que estaba despierta. La voz de lady Margaret y el tintineo de sus pulseras al extender su brazo hacia ella la sacaron de su estupor.

—Alex, querida. Justo estábamos hablando de ti. Me extrañaba que tardases tanto en llegar.

—Qué gratificante ser la protagonista de su charla —musitó para sí misma, aunque la sonrisa de Vincent le indicó que la había oído—. Las calles estaban muy transitadas a estas horas, discúlpeme.

—No te preocupes por eso. El señor Rhys y yo estábamos cerrando un negocio. Como ya sabes, quiero catalogar la colección de cachivaches de mi marido.

—Por cachivaches lady Duncan se refería a antigüedades, obras de arte y curiosidades que su difunto esposo había atesorado durante sus numerosos viajes y que probablemente tendrían un valor exorbitado—. Me gustaría darle un fin loable a esos caprichos que tanto distraían a mi esposo y estoy segura de que a él le hubiese agradado la idea. Lo que obtenga por la venta se destinará al orfanato de Santa Clara. Seguro que sabrán emplearlo mejor que esta pobre vieja, que cada vez necesita menos cosas para vivir.

Era irónico que dijera eso cuando de todos era sabido que la mujer era una amante del lujo, y no era extraño que se gastase una auténtica fortuna en un buen vino o una caja de puros. Pero era su dinero y, al fin y al cabo, quién era ella para juzgarla. Alex seguía intentando encontrar el sentido de la presencia de Rhys allí, ya que dudaba que a él le interesara adquirir algo así, y mucho menos que pudiera permitírselo. Pero la dama no la dejó investigar al respecto y, antes de que ellos pudieran decir una palabra, ya se encaminaba hacia la puerta de la sala. Alexandra abrió la boca para decir algo, pero la anciana levantó la mano para detenerla.

—Ya que estás aquí, acompaña al señor Rhys a dar un paseo por el jardín, está magnífico. Recuérdame que tengo que subirle el sueldo al jardinero. Yo voy a atender la correspondencia. Nos vemos dentro de un rato.

Ambos miraron cómo la puerta se cerraba y Alex se quedó muy quieta sin saber muy bien de qué forma actuar. Rhys se encogió de hombros con su actitud desenfadada de siempre.

—Tú primero. —Le indicó con la mano la puerta acristalada que daba al exterior.

Alex lo precedió por el camino de piedra hasta que salieron al cálido y agradable sol que se filtraba entre los árboles.

—De nuevo tú y yo a solas, esto se está convirtiendo en una costumbre inquietante.

—Lo que es verdaderamente inquietante es verte dos veces la misma semana en una casa respetable. Estoy empezando a pensar que tu mala fama es solo una leyenda sin fundamento.

—Harías muy mal si pensaras eso. Por cierto, tu lengua se está volviendo bastante mordaz. —Vincent se detuvo para mirarla, enarcando una ceja—. Me gusta. Al menos no pareces un conejito desvalido. Aunque esta casa es igual de respetable que la de los Dolby, mis motivos para estar aquí son bastante diferentes.

—Gracias a Dios, estaba empezando a sospechar que querías cazar a lady Duncan —contestó, recordando la justificación que le había dado para estar en la velada musical.

—Hasta yo tengo mis propios límites, querida. Y tampoco quiero cazarte a ti, si es lo que te inquieta. No eres mi tipo.

—Qué suerte la mía. ¿Y a qué se debe tu presencia aquí? —Alex arrancó una pequeña florecita de jazmín y jugueteó con ella, hasta acercársela para aspirar su olor.

Vincent no pudo evitar clavar la vista en los pétalos blancos que giraban entre sus dedos y en cómo, después de olerla, en un acto totalmente casual deslizaba la flor sutilmente por sus labios. En cualquier otra mujer hubiese pensado que ese pequeño gesto estaba diseñado para seducir, pero en ella sabía que no era premeditado. Por eso precisamente su efecto fue mucho más potente. Sus ojos estudiaron con calma el camino que había seguido el jazmín: el perfil de su boca, el valle encima de su labio superior, la forma más voluminosa de su labio inferior, su color rosa oscuro, parecido al del vino tinto; y mientras tanto, ella, ajena a su escrutinio, admiraba los macizos de rosas que bordeaban el camino.

—Por negocios, como ha dicho lady Margaret. Quiere vender la colección y yo me encargo de catalogar las piezas, asesorarla sobre el precio que puede pedir y, por una módica comisión, ponerla en contacto con algún posible comprador.

Alex se detuvo y lo miró sorprendida.

—¿Así es como consigues fondos?

—Esa es una de las formas, sí. El resto proviene de mi asignación como único heredero de los Stone, del juego, las apuestas y algún que otro asuntillo. Pero debo decir que ser intermediario, por así decirlo, es muy lucrativo. Los aristócratas desean el dinero con avidez, pero consideran de muy mal gusto hablar de él. Tú debes saberlo, eres uno de ellos.

—Sí, pero yo jamás confiaría en ti para tratar algún asunto económico. Ahora que lo pienso, no confiaría en ti en ningún aspecto.

—Bien, eso demuestra que tienes cierto nivel de inteligencia y muy buena vista, a pesar de haberte criado como un ratón de campo. —Alex bufó y lo miró ceñuda ante su nueva comparación con un animal. A ella también se le ocurrían varios con los que compararlo a él, y casi todos de granja. Pero Vincent continuó como si no lo hubiera escuchado—. Soy el eslabón perdido entre la gente con suficiente dinero para gastar y los que necesitan desprenderse de algo, joyas, propiedades, obras de arte… Los nobles consideran poco elegante ser pobres y jamás reconocerían que, en realidad, necesitan deshacerse de sus pertenencias para obtener algo de dinero. Y ahí entro yo. Es la ventaja de caminar entre dos mundos, ser un caballero y un sinvergüenza a la vez.

Alex rio y el sonido quiso abrirse paso en él, pero no lo dejó.

—Me sorprende que todavía te consideres un caballero. Supongo que el marido de la tal Nancy no estaría muy de acuerdo contigo.

Alex se mordió el labio, arrepentida por haber hecho alusión a un momento tan indecoroso, pero cuando estaba con Rhys parecía no poder filtrar lo que pensaba o decía.

—Admito que me da exactamente igual todo ese decálogo de buenas costumbres y formalidades inservibles. No me importa lo que piensen de mí, hago lo que quiero cuando me apetece, y me va bastante bien. ¿Puedes decirme de qué te ha servido a ti portarte siempre como la perfecta dama, seguir todas las normas de rectitud en un lugar alejado de la realidad, de la gente, de la vida?

Rhys se adelantó unos pasos por el camino poniendo distancia, intentando que la tirantez no siguiera creciendo, como siempre solía ocurrir entre ellos.

—Me esperan varios días de trabajo aquí, así que deberías hacerte a la idea de que tendrás que verme más de lo que tu puritano carácter podrá soportar.

—El sufrimiento es un camino más para conseguir la pureza del alma —dijo Alex con un sonoro suspiro.

—¿De dónde has sacado semejante idiotez?

—Me lo acabo de inventar.

—Se nota. A mí, en cambio, el único camino que me interesa es el del placer, la frivolidad, el disfrute..., deberías abrir la mente. Y un par de botones de tu vestido también. Comprobarías que el cambio en tu ánimo es abismal.

Alex le dedicó una mirada cargada de censura y cruzó el camino para detenerse frente a un rosal que florecía exuberante. Rhys la siguió como si estuviera atado a ella por una cuerda invisible y se detuvo justo detrás. Puede que demasiado cerca. Alargó la mano hasta una de las rosas que estaban más próximas a Alexandra. La flor aún conservaba gotas de rocío en su interior y Alexandra se quedó clavada en su lugar, mirando cómo las yemas de los dedos desnudos de Rhys se deslizaban sobre los pétalos de color rosa claro con delicadeza. A pesar de estar al aire libre, la presencia de Vincent a su espalda consiguió que se sintiera atrapada entre su cuerpo y el rosal.

—Pétalos rosados. Son hermosos, ¿verdad? —Su voz, tan cerca de su nuca, la hizo sentirse vulnerable, y de nuevo surgió esa punzada de anhelo que tanto la alteraba—. Es una pena que no te hayas atrevido a comenzar a leer el libro. Su visión de la cultura india es muy interesante.

El libro no tenía nada que ver con la India, y Alex, llevada por la costumbre, abrió la boca en un acto reflejo para corregirle, a pesar de que sabía que era una burda táctica para que reconociera que había comenzado a leerlo. Su reacción duró solo una fracción de segundo, apenas un jadeo y una leve tensión en los hombros, pero eso fue suficiente para Vincent. Su risa resonó detrás de ella.

—Sabía que no podrías resistirte a una buena historia.

—No me gusta juzgar un libro solo por su portada o por lo que otros dicen de él. Decidí darle una oportunidad.

—Esta es una buena filosofía de vida, Alexandra. Créeme.

Rhys dio por finalizado el paseo, y se despidió con una pomposa y formal reverencia, pensada para los que pudieran estar observando más que para complacer a Alex, y se marchó. Ella se quedó en el mismo lugar mirando durante largo rato las rosas entreabiertas y sus pétalos sedosos, desconcertada por no haber notado hasta ese momento el verdadero alcance de su belleza.

Lord Travis, lord Sanders y Phil Johnson recibieron a Rhys con el escandaloso saludo habitual cuando entró en su reservado del club esa tarde.

—Por fin llegó el cuarto jinete, ya puede comenzar el Apocalipsis —bromeó Sanders, a lo que el resto contestó con aullidos y golpes en la mesa.

Un lacayo se acercó, rojo como un tomate, pidiendo un poco de moderación, y todos bajaron el tono a regañadientes.

—¿Y bien? ¿Cómo ha ido la caza? —preguntó Johnson inclinándose hacia él, en tono cómplice.

Vincent miró a su alrededor para ver si algún caballero andaba cerca, pero a esas horas el club se hallaba casi vacío y estaban a salvo de miradas indiscretas. Se metió la mano en uno de los bolsillos de su levita y sacó una tela blanca enrollada que, con un rápido movimiento de su muñeca, estiró sobre el tapete de la mesa ante los ojos de sus amigos. Una media de seda. Un coro de risas un poco ebrias acompañó su gesta y él les correspondió con una sonrisa triunfal. Uno de los chicos giró la prenda y mostró a todos las iniciales bordadas en el extremo: N. D.

Nancy Dornan, la dama con la que lo había sorprendido Alexandra en la casa de los Dolby, y con la que había conseguido culminar su encuentro al día siguiente.

—Santo Dios, vas a arruinarme, maldito cabrón —dijo Travis, sacando varias monedas y lanzándolas sobre el tapete en su dirección.

—Sí, esto está dejando de ser emocionante —alegó Sanders, saldando también su deuda—. Buscamos un objetivo que suele ser bastante apetecible, Rhys disfruta de sus encantos y encima le pagamos por ello.

—Yo no tengo la culpa de que seáis pésimos conquistadores o de que las damas prefieran mis encantos a los vuestros. Sois libres de volver a apostar en las carreras de caballos o limitaros a las partidas de *whist*.

—Deberías darnos cierta ventaja. Al menos a Johnson. El pobre aún no ha ganado ni una sola apuesta. ¿Quieres que bajemos un poco el listón para ti, Phil? —bromeó Sanders, dándole una sonora palmada en la espalda al muchacho.

El joven se revolvió molesto, pero no se atrevió a enfadarse. ¿Cómo podría...? Johnson era el tercer hijo de un vizconde. No heredaría el título, ni las tierras, ni sentía vocación para dedicarse al clero como su madre insistía. Tampoco había heredado ni un gramo de inteligencia o sensatez. Era un chico normal, destinado a pasar por la vida con más pena que gloria, sin oficio conocido, más allá de mendigar para que su padre le subiera la asignación y poder mantener el mismo nivel de vida que sus amigos, a los que tanto idolatraba. Quería integrarse en el grupo de Jinetes del Apocalipsis, como a ellos les gustaba llamarse, y ganarse su respeto.

Rhys no sentía especial aprecio por ninguno de ellos.

De hecho, la mayoría del tiempo le revolvían las tripas, pero todos eran hijos de buenas familias, bien posicionadas, y, aunque fueran las ovejas negras, le venían muy bien esos contactos para su negocio. Y por qué no admitirlo, también le venía de perlas la incontenible tendencia que todos ellos tenían a perder dinero, bien fuera con esas absurdas apuestas o jugando a las cartas, cosa que Rhys agradecía y aprovechaba en su beneficio. Porque no había que olvidar que Vincent Rhys no tenía escrúpulos. Solo pensaba en sí mismo y en su propio provecho, y si para ello tenía que revelar los secretillos de alguna mujer hastiada de su marido o de alguna viuda cansada de su soledad, no le temblaba el pulso al hacerlo. Solo había alguien a quien respetaba y apreciaba, y al que consideraba digno de llamarse su amigo, Jacob Pearce, que en este momento se acercaba a la mesa donde ellos bebían.

Era la única persona que intentaba aportar un ápice de sensatez a la vida desenfrenada de Vincent y que odiaba los tejemanejes que los llamados Jinetes se traían entre manos habitualmente. Jacob no entendía cómo Rhys podía relacionarse con esa gentuza, pero la mayoría de las veces tenía que sumarse a sus reuniones con ellos para que Rhys no se desmandara demasiado, aunque estaba empezando a cansarse de tener que actuar siempre como si fuera su ángel de la guarda.

—Ya llegó la voz de nuestras conciencias para recordarnos que somos unos pobres pecadores —espetó Sanders con la voz cada vez más pastosa por la ginebra.

—No te preocupes, Sanders, por mí te puedes ir al infierno cuando gustes. Cuanto antes, mejor —cortó Pearce sin disimular cuánto le desagradaba.

La sonrisa socarrona del noble se borró de su cara y Travis siguió hablando antes de que se enzarzaran en una discusión.

—Estábamos contemplando la posibilidad de darle un poco más de emoción al asunto. Aunque no contamos con que participes en nuestras angelicales apuestas, Pearce.

—Por supuesto que no. Tengo cosas mejores que hacer que presumir de mis conquistas y menospreciar a las damas.

Rhys cruzó una significativa mirada con su amigo pidiéndole calma en silencio.

—Quizá deberías volver a White's. Allí las apuestas más emocionantes versan sobre la cosecha de remolacha o sobre el clima —apuntilló Sanders.

—Vamos, caballeros. Centrémonos en lo importante. Hemos pensado que las señoras experimentadas son un objetivo difícil para nuestro amigo Johnson. En cuanto empieza a tartamudear, salen espantadas, y ahí está Rhys al acecho para aprovechar la ocasión y de paso desplumarnos.

—Todos sabemos que Rhys es infalible —reconoció Johnson.

—Pero eso es solo porque conoce el terreno donde caza. —Sanders dio un trago a su bebida y miró largo rato al techo como si estuviera experimentando una revelación bíblica—. ¿Y si cambiamos de tercio? ¿Y si en lugar de una gallina vieja buscamos un tierno pollito inexperto? ¿Aguantarían los envites del viejo zorro de Rhys o correrían a refugiarse bajo las faldas de sus madres?

—Oh, no... De eso nada. No tentaré a ninguna debutante. Una cosa es una mujer con experiencia y capacidad de decidir, que acepta de buen grado mis atenciones, y otra arruinar a una joven inocente —cortó Rhys, sorprendido, y alzó las manos en señal de rendición. No participaría en nada semejante. No solía autoimponerse demasiados límites en cuanto a su conciencia se trataba, pero eso los sobrepasaría. Ese límite era infranqueable.

Alguien comenzó a imitar a una gallina y el resto de los amigos lo siguió, excepto Jacob, que miraba espantado lo que ocurría. No era ningún mojigato, pero no podía soportar que tratasen a las mujeres con semejante falta de respeto. Docenas de veces había intentado convencer a Vincent de que dejara ese absurdo juego, pero siempre alegaba que todas las mujeres que pasaban por su cama eran mujeres de escasa moral, que buscaban el mismo placer sin ataduras que él, y por qué no sacar un pequeño beneficio extra. A veces parecía que se empecinaba en sumergirse en esa espiral destructiva que acabaría sin duda con su alma.

—Oh, vamos, no hace falta llegar a mayores. Para empezar, nos conformaremos con un besito de amor. Hay al menos media docena de debutantes apetecibles que… —dijo Travis entre risas socarronas.

—Si son apetecibles, no tiene ninguna emoción. ¿Dónde está la aventura entonces? —contestó Sanders, dando un golpe en la mesa para darle más énfasis a su afirmación—. Competiremos por alguien que de verdad sea un reto para nosotros mismos. Cuanto más detestable, mejor. La hija de lord Rowland, por ejemplo. Santo Dios, esa muchacha tiene más bigote que mi abuelo, que Dios lo tenga en su gloria.

Johnson rio tímidamente, mientras Travis y Sanders parecían cada vez más emocionados con la idea. Jacob miró a Rhys con cara de querer asesinar a alguien, esperando que acabara con aquel disparate, pero Vincent sabía que intentar discutir con ellos solo haría que se empecinaran más en el asunto. Con un poco de suerte, la borrachera haría que al día siguiente su interés se dirigiera hacia otros derroteros y olvidaran su absurdo plan.

—Espera, está esa chica…, la prima de los Pryce, aunque quizá necesitemos refuerzos. Su cintura es tan ancha que necesitaríamos tres personas con los brazos extendidos para rodearla. —Las carcajadas soeces resonaron en la estancia, mientras Rhys daba un trago a su copa para disimular su desagrado.

—¡Lo tengo, lo tengo! —Sanders se puso de pie con los ojos brillantes por el alcohol.

Rhys apretó la mandíbula con un mal presentimiento, como si antes de que las sílabas salieran de su sucia boca él ya supiera cuál era su espantosa elección. Sin darse cuenta, había apretado las manos con tanta fuerza que sus nudillos se le pusieron blancos.

—El monstruo de Redmayne.

Travis y Johnson parecieron momentáneamente impactados por la elección y las risas cesaron. Un beso. Un simple beso que podría destrozar para siempre el espíritu y el amor propio de Alexandra Richmond. Sin piedad ninguna, establecieron el suculento premio, treinta libras nada menos, por conseguir arrastrar a lady Alexandra hacia una situación que ella probablemente no podría digerir si se enteraba de la realidad.

Jacob intentó como siempre mediar y quitarles la idea absurda e innecesariamente hiriente de sus alcoholizadas mentes, pero se negaron a escucharle. Rhys ni siquiera había intentado hacerles cambiar de parecer, sabiendo que eso solo sería un incentivo más para ellos. Se había quedado rígido en su silla, escuchando lo que ocurría a su alrededor como si fuera un eco lejano, ensordecido por el bullir de su sangre en sus oídos. Escuchar el horrible mote en sus sucias bocas era ya en sí como una profanación. Lo más sensato sería mantenerse al margen y confiar en el buen juicio de Alexandra para esquivar los avances de esos miserables, pero ella no tenía experiencia con los hombres y no era difícil que un lobo con piel de cordero consiguiera embaucarla.

Necesitaba salir de allí para deshacerse de la náusea incomprensible que se había instalado en su estómago, seguido de Jacob, que lo miraba intrigado por el primer gesto de humanidad que le veía en mucho tiempo.

5

Los guías parecían mucho más silenciosos ese día, casi expectantes, y Grace miró a su alrededor por enésima vez con la sensación de que el número de hombres que los acompañaba era menor que en días anteriores. Le preguntó a su esposo, que con una sonrisa nerviosa intentó quitarle hierro al asunto, alegando que toda su intranquilidad se debía al cansancio. Pero ambos eran conscientes de que el ambiente en el campamento estaba enrarecido y de que ya deberían haber avistado la ciudad el día anterior. Algo se estaba cociendo a su alrededor, algo que no presagiaba nada bueno.

Una nube de polvo surgió en el horizonte, acercándose hasta ellos a gran velocidad, y los caballos comenzaron a ponerse nerviosos al percibir la tensión de sus jinetes. John se giró para observarla, temiendo que fuera una tormenta de arena, pero de pronto otra nube de polvo surgió desde otro de los flancos. Les estaban tendiendo una emboscada. Instintivamente colocó su caballo delante del de su esposa, pero pronto fue consciente de que estaban totalmente desvalidos. Los hombres que debían protegerlos y guiarlos los rodearon para que no intentaran huir, a la espera de que quien se acercaba envuelto en el polvo ocre del desierto los alcanzara. Rifles y enormes cuchillos, que habían permanecido convenientemente ocultos bajo su ropa, aparecieron como por arte de magia en sus curtidas manos, en un gesto inequívoco de advertencia. Los habían traicionado y su destino en ese momento era más incierto que nunca.

Entre tus pétalos rosados, extracto del capítulo 2

Había tantos objetos y tan variopintos en el enorme estudio del difunto lord Duncan que Rhys estaba empezando a pensar que lady Duncan había conseguido un trato excesivamente ventajoso a su costa, ya que iba a necesitar mucho más tiempo del que esperaba para revisar todo lo que había allí. Unos suaves golpes en la puerta abierta le indicaron que tenía visita, y levantó la vista para ver a Alexandra allí plantada con una bandeja en las manos.

Alex carraspeó, visiblemente incómoda, esperando a que se dignara a invitarla a pasar.

La luz de la tarde entraba a través de las cortinas descorridas, arrancando reflejos al pelo castaño claro de Vincent, y Alex recordó cómo, cuando era niño, los mechones se volvían mucho más rubios por el sol y su piel se tostaba haciendo que sus ojos parecieran más brillantes, como dos lagunas azul verdosas. Los recuerdos de su infancia, haciendo travesuras en el río que cruzaba las propiedades de sus familias, siempre le dejaban una sensación agridulce.

Vincent se había quitado la chaqueta y remangado las mangas de su camisa para trabajar con más comodidad, y lucía unas gafas de montura dorada que le daban un aspecto totalmente diferente al que solía tener, como si no hubiera rastro en él del peligroso depredador que en realidad ocultaba. Dejó el tomo de papeles que estaba ojeando sobre la mesa y miró a Alex con la ceja arqueada.

—Lady Margaret ha pensado que quizá te apetecería una limonada, o un poco de ayuda, tal vez.

—Pensé que cualquier noble que se preciara de serlo tendría exuberantes doncellas sonrosadas para traer la merienda. No sé si podré conformarme con esta inesperada suplantación.

Alex se dirigió hacia el pasillo llevándose de vuelta la bandeja, con la intención de dejarlo sediento por idiota, pero su carcajada divertida la hizo volverse con cara de pocos amigos.

Soltó la bandeja bruscamente sobre la mesa y el contenido de la jarra se agitó de forma peligrosa, hasta el punto de que Rhys contuvo la respiración temiendo que el líquido ácido pudiera manchar los papeles que había estado revisando.

—Seamos claros, Rhys. Sé que no te gusto, nunca te he gustado y no pretendo mover ni una sola pestaña para cambiar eso. Lo que ves es lo que soy. Lady Duncan me ha dicho que es un trabajo laborioso el que te traes entre manos y me ha sugerido que te ayude, siempre que no interfiera en sus planes y sus salidas. He querido ahorrarle el tramo de escaleras a la hermosa doncella sonrosada y curvilínea que venía a traerte el refrigerio, y puedes dedicar unos minutos a odiarme por ello después. Pero ahora, si quieres que te ayude, suelta lo que sea que tengas que decir de una vez para que podamos dedicarnos a hacer algo útil. Puedes meterte con mi dote, con mis medidas, con mi cara, con mi nula habilidad social o con lo que te apetezca, pero hazlo rápido para que acabemos con esto y podamos aprovechar el resto de la tarde en algo productivo.

Vincent se quitó las gafas y la miró con intensidad, en absoluto silencio, durante tanto tiempo que ella pensó que no iba a decir nada.

—¿Por qué piensas que quiero insultarte? —Alex durante un instante pareció desconcertada, como si la pregunta fuera totalmente absurda.

—Porque es lo que siempre haces, porque te desagrada mi apariencia, y probablemente también mi personalidad, y siempre lo has dejado bastante claro. Supongo que porque soy el monstruo de Redmayne y nada puede cambiar eso.

Rhys tomó aire ante el apelativo destructivo, sintiéndose totalmente miserable por haberlo usado alguna vez. Odiaba sentirse así. Provocarla e incluso herirla solía dejarlo frío, o al menos le protegía de cualquier tipo de sentimiento contradictorio hacia ella.

Siempre había evitado ponerse en el lugar del otro o sentir cualquier tipo de misericordia por nadie y le había ido muy bien así. Alexandra no podía ser su excepción.

No sabía si estaba preparado para cambiar su actitud con ella, o si quería hacerlo. Solo sabía que oír a sus amigos hablar de ella de esa forma tan despectiva le había revuelto el estómago.

—No te fustigues de esa manera por la idiotez de los demás.

—¿Qué quieres decir?

La pregunta pareció irritarlo. No era una persona dada al sentimentalismo y mucho menos a ofrecer consuelo a los demás.

—No voy a adularte, Alexandra. No fingiré que no he dicho todas esas cosas ni me flagelaré por ello. Pero no asumas ese tipo de necedades como si fueran verdades absolutas. Son solo las palabras de un cretino y no serías mucho mejor que yo si las dieras por ciertas.

Y eso era lo más parecido a una disculpa que Vincent Rhys estaba dispuesto a ofrecer. Vertió la limonada en los vasos y le dio un sorbo al suyo, sin molestarse en ofrecerle el otro a ella en un deliberado gesto descortés, destinado a mantener la distancia.

—La próxima vez prueba a añadirle ginebra, seguro que nos hace la tarde más entretenida.

Le entregó un tomo de papeles a Alex, que ella cogió y empezó a ojear.

—¿Qué tengo que hacer?

—El orden no era una virtud de la que lord Duncan pudiera presumir, como podrás ver. Las invitaciones, las facturas y el correo personal no me interesan. Sepáralos del resto de los documentos. Si encuentras algo interesante, dímelo. —Se puso las gafas y se volvió a concentrar en su propio montón de papeles amarilleados por el tiempo.

Alex se sentó en una butaca cerca de la ventana para empezar con su labor y le dirigió una última mirada. «Algo interesante...» En ese momento estaba observando algo bastante interesante, sí. Pero preferiría pasear descalza sobre ascuas ardientes antes que reconocer que jamás lo había visto tan atractivo como en ese momento, con el ceño fruncido por la concentración y desordenándose el pelo con los dedos de cuando en cuando.

Rhys, por su parte, pasó la mayor parte de la tarde mirándola de manera furtiva cada vez que pasaba a un nuevo documento o a un nuevo objeto. La luz que entraba por la ventana jugaba con su pelo oscuro y se reflejaba en su vestido de color marfil.

Vio cómo tamborileaba con los dedos sobre el reposabrazos de la silla, cómo se tocaba el lóbulo de la oreja, cómo jugaba con un mechón rebelde y, en un gesto inconsciente, deslizaba esa pequeña porción de pelo sobre sus labios.

Observó también cómo de cuando en cuando deslizaba el dorso de sus dedos sobre la franja de piel irregular que cruzaba su cara, delimitando su longitud, como acariciando a un viejo amigo que no te cae bien, pero que tienes que soportar por lealtad o por costumbre. Durante un fugaz instante deseó ser él quien lo hiciera, quien le dijera que esa pequeña fracción de su cuerpo no podía ser el eje sobre el que se asentara toda su vida. Pero no lo hizo, jamás lo haría. Después de varias horas, al fin habían conseguido sumergirse en lo que estaban haciendo y la voz de lady Duncan los sobresaltó desde el umbral de la puerta.

—Caramba, qué concentración. Casi me siento como una intrusa profanando un santuario.

La señora de la casa había subido para informarles de que ambos se quedarían a cenar, y, como era su costumbre, no fue una sugerencia, ni mucho menos una petición. Así que una hora más tarde los tres degustaron una suculenta cena en un pequeño y acogedor comedor que la dama solo utilizaba con las amistades más íntimas. Como buena anfitriona, Margaret los entretuvo contando mil aventuras y anécdotas de sus viajes por todo el mundo.

—... lo único que me apetecía era meterme en una bañera con agua perfumada y comer algo. Llevábamos todo el día cruzando el desierto, encima de ese endiablado animal, y Duncan seguía allí discutiendo con aquel anciano. —Alex podía sentir la penetrante mirada de Rhys sobre ella, y no tenía duda de que, si levantaba la vista, se encontraría con su sonrisa burlona. De todos los viajes que había hecho con su marido y todos los lugares fantásticos que habían visitado, tenía que elegir precisamente sus aventuras por el desierto para amenizar la velada. Sería el destino o, más probablemente, su condenada mala suerte—. Cuando llegamos a nuestras habitaciones, le pregunté de qué habían estado hablando. ¡Y el muy descarado me dijo que el anciano estaba haciendo una oferta para comprarme! ¡Quería cambiarme por tres cabras y un par de sacos de harina!

Rhys no pudo evitar soltar una carcajada y Alex casi se atragantó con el vino al escuchar aquello.

—Y lo peor es que me dijo que, si hubiera incluido un par de babuchas en el lote, le hubiese sido muy difícil rechazar el trato. Santo Dios, estuve sin hablarle... No sé, creo que no llegué a cinco minutos. Me resultaba imposible estar enfadada con él. Siempre hacía algo para provocarme una sonrisa.

—Me hubiera gustado conocerle —dijo Vincent con sinceridad.

—Os hubierais entendido bien, sin duda. —Lady Duncan suspiró nostálgica y dio un sorbo a su copa—. Era un golfo, pero yo siempre he tenido debilidad por los sinvergüenzas. No hay nada más interesante que un sinvergüenza redimido.

Alex sintió que sin ninguna explicación aparente su cara se había vuelto del mismo color que el contenido de su copa. Probablemente fuera por el vino. Tras la cena, lady Duncan los acompañó a ambos hasta el recibidor para despedirlos. Alexandra estaba ansiosa por salir de allí, llevaba demasiadas horas en compañía de Rhys y su presencia estaba empezando a intoxicar sus sentidos. Era demasiado consciente de su olor, de su risa, de su voz, del calor que emanaba su cuerpo cuando pasaba junto a ella.

Jamás se había permitido tomar conciencia de todos esos aspectos de él, siempre lo había visto como alguien desagradable y dañino a quien esquivar, y él no había hecho nada que le indicara que debía verlo de otra manera. Puede que fuera porque su mente se estaba abriendo a lo que había a su alrededor, a su nueva realidad, o simplemente que ese dichoso libro que él le había regalado estaba exaltando una parte de su imaginación que prefería que siguiera dormida.

—Vincent, querido, ¿no has traído tu carruaje? —preguntó la anciana con tono inocente a pesar de que su mayordomo ya le había dado esa información.

—No, hacía tan buena tarde que decidí venir dando un paseo. Pero no se preocupe por mí.

—De ninguna manera permitiré que te vayas andando. —Rhys estaba a punto de rechazar la oferta de lady Duncan de prestarle su propio vehículo, pero la dama tenía otros planes y no le dio tiempo de negarse—. Seguro que Alexandra estará encantada de llevarte en su carruaje, al fin y al cabo, le pilla de paso.

Alex titubeó pensando cuál de las dos opciones era más indecorosa, si negarse a la petición de lady Duncan y hacerle un desplante o viajar en un vehículo cerrado de noche con uno de los mayores crápulas de la ciudad. La mujer la miraba sin plantearse siquiera que ella fuera a negarse, pero lo que de verdad la hizo reaccionar fue la mirada retadora de Vincent, que la desafiaba claramente con la ceja arqueada, diciéndole sin palabras que no sería capaz de aceptar.

—Por supuesto, le llevaré.

A pesar de que el carruaje era bastante amplio y confortable, Alex sentía que el aire no era suficiente para ambos en aquel espacio cerrado.

—¿Qué capítulo estás leyendo, Alexandra?

Alex estaba tan tensa que dio un respingo al escuchar su voz rompiendo el tenso silencio. Carraspeó y trató de hablar sin darle importancia al asunto.

—Estoy a punto de empezar el tercero. El cobarde rastrero de John Davis ha dejado que los guías que la acompañaban se lleven a su esposa a cambio de clemencia. Ha sido vendida a un sultán al que todos temen y ha sido conducida a su palacio.

—No seas tan dura con el pobre diablo.

—Es un canalla —respondió, volviendo la cara para concentrarse en las calles que discurrían al otro lado del cristal de la ventana.

—¿Por qué? ¿Qué es lo que no le perdonas, que su instinto de supervivencia le hiciera suplicar por su vida? Puede que lo hiciera para conseguir refuerzos e intentar rescatarla. Muerto no sería de gran ayuda. O puede que lo que no le perdones sea su incapacidad para complacer a su mujer en el lecho o que no se haya molestado en intentar cumplir sus sueños.

Alex dejó de mirar las calles iluminadas por la luz anaranjada de las farolas para clavar su mirada indignada en su indeseado compañero de viaje. Rhys soltó una pequeña carcajada al ver su reacción.

—No finjas que no has pensado que era un egoísta por no esforzarse un poquito más. —Alex puso los ojos en blanco y se mordió la lengua para no darle el gusto de contestar. Pero claro que pensaba que ese patán se podría haber esforzado en escucharla, en tratar de entender sus anhelos. Vincent la miraba como si pretendiera desgranar cada uno de sus pensamientos y algo en el aire cambió, la expresión de su cara perdió cualquier atisbo de sorna—. Me encantaría leerlo contigo, ver tu reacción… —Se detuvo durante unos segundos en los que Alex fue capaz de escuchar los engranajes de su cerebro girando—. A las doce.

—A las doce, ¿qué? —Alex se quedó desconcertada por el cambio de conversación. Vincent se inclinó hacia ella y sin que pudiera evitarlo su cuerpo también se acercó hasta él ligeramente, como si un imán invisible la atrajera de manera irremediable.

—A las doce ambos leeremos el capítulo tres, será como si lo estuviésemos leyendo juntos. —Su voz sonaba como un hechizo, uno al que ella era incapaz de resistirse—. Imagina que es mi voz la que te susurra cada frase al oído y que son mis dedos los que se deslizan por cada página para pasar a la siguiente.

Solo cuando la mano de Vincent abrió la puerta del carruaje, ella se dio cuenta de que ya habían llegado a su destino y se habían detenido. Estaba demasiado concentrada en el latido frenético de su corazón castigando su pecho como para percibir nada más.

—A las doce —repitió Vincent desde la acera, antes de cerrar la puerta, con el convencimiento de que lo que le había propuesto era una locura, y, aun así, sintiéndose incapaz de arrepentirse de ello.

Las campanadas de un reloj en algún punto de la mansión anunciaron la media noche y Alex, que ya estaba ansiosamente preparada desde hacía un buen rato, acarició la cubierta de suave piel, marcando con las yemas de los dedos las letras doradas. Abrió el libro por el capítulo tres y comenzó a leer, imaginando que, tal y como había dicho, la voz de Vincent se arrastraba sobre los renglones, convirtiendo cada palabra en una tentación.

No muy lejos de allí, Vincent se arrellanaba en su cómodo sillón de piel, dispuesto a leer de nuevo aquel libro que se sabía de memoria, aunque esta vez las palabras cobraban un nuevo sentido, la misma historia, pero contada de manera totalmente diferente. Vista desde unos ojos muy distintos a los suyos, unos ojos inocentes y ansiosos por descubrir.

Sin esforzarse demasiado, su mente se recreó en la imagen de Alexandra acurrucada en su cama, solo cubierta por el pelo y las ganas, leyendo para él, con su voz suave convertida en un susurro enloquecedoramente erótico.

«Capítulo tres…»

6

Ni en su más escandalosa fantasía Grace hubiese podido imaginar que, oculto en aquel árido e inhóspito lugar, pudiese esconderse aquella maravilla creada por el hombre. Columnas de mármol y alabastro, cortinas de seda y oro, suelos brillantes como espejos, fuentes que llenaban el ambiente de frescor y vida, plantas exuberantes... Cuando al fin estuvo sola en la enorme estancia a donde la condujeron, se sintió pequeña y simple, demasiado vulgar para la ostentosidad que la rodeaba. A pesar de que estaba aterrorizada por lo que le deparaba el destino, aquello no parecía ser la cárcel que ella había imaginado en su cabeza.

Uno de los guías, un chico joven que siempre la había tratado con amabilidad, había intentado tranquilizarla mientras la trasladaban hasta allí. Aunque lo que le había contado no tenía nada de esperanzador. El joven estaba totalmente convencido de que era una afortunada por haber sido adquirida por el sultán, y no por algún hombre menos civilizado que seguramente la hubiese tratado de manera menos digna.

Aunque su concepto de dignidad parecía diferir bastante del suyo. Ser comprada para servir de concubina de un hombre, por rico que fuera, era una abominación, una pesadilla de la que parecía que no iba a poder despertar. Un enorme espejo frente a ella le devolvió la imagen de una mujer distinta a la que había partido de Inglaterra. Una mujer que se negaba a doblegarse ni a suplicar, dispuesta a afrontar las adversidades y a luchar por salir de allí.

Se quedó petrificada al escuchar unos pasos que se acercaban por el pasillo. La alta figura de un hombre vestido de blanco surgió detrás de ella y sus miradas se encontraron a través del espejo. El hombre, joven y atractivo, de tez morena, que le devolvía el espejo no cuadraba en absoluto con la aterradora idea que ella se había formado del sultán.

Durante lo que pareció toda una vida, sus ojos fueron incapaces de apartarse de aquella mirada oscura que la quemaba, la invadía, atrayéndola y repeliéndola con la misma intensidad.

Entre tus pétalos rosados, extracto del capítulo 3

La mañana había sido bastante productiva y Vincent había catalogado la mayoría de los bustos que adornaban el pasillo del piso de arriba. Hizo una última anotación en un papel para consultarle a un conocido suyo que trabajaba en el Museo Británico, pero tenía bastante claro el valor de las piezas y varios posibles compradores que estarían dispuestos a dejarse una buena suma por ellas.

No había descansado bien, y notaba los músculos de los hombros tensos y una sensación de desasosiego de sobra conocida. Siempre alternaba noches en las que dormía moderadamente bien con otras en las que las pesadillas se hacían mucho más vívidas, e intuía que pasar tanto tiempo con Alexandra hacía que las heridas que no terminaban de cerrarse supuraran de nuevo. Leer normalmente le ayudaba a descansar, pero aquella noche, tras terminar el capítulo, se había desvelado pensando en cómo habría reaccionado ella, si habría sentido la misma extraña ansiedad que él. El sueño acudió bien entrada la madrugada, en forma de dolorosas pesadillas. Su recuerdo era algo confuso, lleno de imágenes inconexas y de sensaciones abrumadoras, pero Rhys sabía perfectamente que había vuelto a soñar con aquel espantoso día. Rhys recordaba esa fecha demasiado bien, había sido el comienzo de algo, o quizá el fin de todo.

En su sueño estaba oscuro, no podía ver nada a su alrededor, pero sabía exactamente que su abuelo no estaría demasiado lejos. Probablemente acabando con las botellas de *brandy* o puede que hubiese decidido usar el resto de su ira contra su abuela por haber tratado de defenderle.

Vincent se pasó la mano por la cabeza y el pelo recién rapado le hizo cosquillas en las yemas de los dedos. Se había resistido con tanta fiereza al castigo que, a su pesar, el lacayo que le había rapado el pelo le había hecho algún corte accidental. Habían tenido que sujetarlo entre dos personas para terminar el trabajo.

Su pelo. A su madre le había encantado siempre su pelo e insistía en que lo llevara largo. Los mechones castaño claro se enroscaban en las puntas; «son rebeldes e indómitos como tú», le decía siempre ella. Por eso, después de que ella muriera, no había querido cortárselo más y lo llevaba atado en la nuca con una cinta de cuero, tal y como ella se lo peinaba de pequeño. Pero ya tenía casi dieciséis años y su abuelo pensaba que solo era un capricho de niño mimado. Sus palabras y sus insultos resonaban en sus oídos de nuevo, le resultaba imposible olvidarse de su voz a pesar de los años.

«Los hombres en el frente llevan el pelo corto. ¡Las liendres se los comerían si fuese de otra forma, pero tú eres solo un consentido que no sabes nada de la vida!»

Rhys había intentado zafarse de su brutal agarre, sintiendo que si no lo apartaba, le arrancaría el cabello a tirones.

Y entonces llegó el primer bofetón y Vincent cayó al suelo acurrucándose sobre sí mismo. Tambaleándose por la borrachera, su abuelo sacó la navaja de su bota e intentó cortar uno de los mechones, pero el alcohol había mermado sus reflejos y Vincent lo empujó sin esfuerzo. Aunque el terror estaba ya tan afianzado en él que no intentó huir, puesto que eso traería peores consecuencias. Su abuela trató de sujetar a su marido, asustada al verlo con el cuchillo en la mano, y entonces fue ella la que se llevó el golpe, cayendo de espaldas contra uno de los muebles.

—Eres un afeminado, eres una pequeña mierda sin valor, como tu padre…, un parásito, una sanguijuela…, basura irlandesa.

Al día siguiente Vincent se pasó más de una hora mirándose en el espejo, respirando con fuerza, intentando aceptar que el niño que había sido, el niño cuya madre no le había querido lo suficiente como para quedarse con él en lugar de rendirse, ya no existía. Junto con su cabello, ese que su madre acariciaba mientras él leía poesías para ella, había desaparecido la poca inocencia que le quedaba. Pero su abuelo tenía razón: era un cobarde incapaz de enfrentarse a él.

Hacía calor esa mañana y sabía que los Richmond estarían como siempre junto al río. Mientras recorría el camino hasta allí a grandes zancadas y los puños apretados con fuerza, la rabia y la frustración fueron hirviendo a fuego lento en su interior.

Steve Richmond, sumergido hasta casi las rodillas, luchaba con su caña de pescar, mientras Thomas le gritaba instrucciones desde la orilla y la pequeña Alexandra reía junto a él. Probablemente ella aún no había cumplido los once años en aquel momento. Otros tres niños del pueblo probaban suerte intentando capturar alguna pieza cerca de ellos.

Se acercó hasta ella, que levantó la cara hacia él, entrecerrando los ojos a causa del intenso sol, dedicándole la misma sonrisa dulce de siempre. Vincent apretó los labios en una línea recta y tomó aire por la nariz con fuerza. Él no era un débil, ni un parásito, ni sentiría empatía ni debilidad por nadie jamás. Sería tan vil y ruin como se esperaba de él. Sentía la imperiosa necesidad de hacer daño, de devolverle al mundo una pequeña porción del dolor que había recibido, de descargar aquella ira ciega y deshacerse de la sucia sensación de cobardía que tenía dentro.

—¿Por qué me miras así, estúpida? No deberías sonreír de esa manera, no tienes motivos —gritó con rabia con los dientes apretados.

—Rhys, cierra la boca y déjala en paz —amenazó Thomas, que se tensó inmediatamente, colocándose entre él y su hermana.

—¡¿Por qué he de callarme?! Alguien debería decirle lo que es para que entienda qué le espera en la vida. ¿Es que no lo veis? —gritó para que todos lo oyeran—. ¡Es un monstruo! El monstruo de Redmayne.

La sangre se quedó congelada en el delgado cuerpo de Alex, pero fue incapaz de llorar, de moverse, a duras penas podía respirar ante el peso de una realidad cruel para la que no estaba preparada. Vincent no pudo verla, ya que Thomas se abalanzó sobre él propinándole una lluvia de golpes que no se molestó en devolver, solo lo justo para que Thomas no se detuviera. Para que lo machacara. Necesitaba esa paliza, como tantas otras que vinieron después a lo largo de los años. Thomas Sheperd era un digno adversario siempre dispuesto a ofrecérselas. Aún recordaba el sonido de los golpes sobre su carne, de su cabeza al golpear la tierra, el regusto metálico de la sangre en su boca, los gritos de Steve intentando parar aquella sinrazón y los de los otros niños jaleándolos para que se pegaran más duro.

Era la primera vez que alguien la llamaba de esa manera tan aborrecible, pero no sería la última.

La puerta principal, al abrirse, lo sacó de sus ensoñaciones devolviéndolo a una realidad algo más amable, pero igual de desconcertante. Escuchó la risa de Alexandra en el piso de abajo y no pudo evitar asomarse a la barandilla. Ella y lady Duncan volvían de su paseo matutino y Alex deshizo los lazos que sujetaban su sombrero para deshacerse de él y de aquel espantoso velo que usaba siempre que salía para ocultar su rostro.

Como si hubiese notado sus ojos sobre ella, volvió la mirada hacia el piso superior, y él no pudo reprimir el impulso de ocultarse como si fuera un colegial pillado infraganti. Sonrió sintiéndose estúpido por aquella reacción infantil, pero ya era tarde para asomarse y saludar sin más.

Un rato después, estaba revisando sus notas en el despacho cuando la voz de Alex en la puerta lo sobresaltó.

—¿Qué hacías antes espiándome? —Vincent se arrellanó en el confortable sillón de piel gastada y la miró de arriba abajo intentando ponerla nerviosa, deteniéndose más tiempo del necesario sobre los pequeños botones de madreperla que adornaban su corpiño a la altura de sus pechos.

—Qué más quisieras tú, milady. Antes espiaría los repollos que hay plantados en la parte de atrás del jardín. Su vida, sin duda, es más interesante que la tuya.

—Te han dicho alguna vez que…

—¿Que soy encantador? Sí, y esos elogios siempre salen de dulces labios femeninos.

—Pues de los míos dudo que salgan alguna vez.

—He dicho dulces. Tú no entras en esa categoría.

Alex torció el gesto, intentando que no le afectara la ya esperada pulla.

—He subido para decirte que lady Duncan quiere que tomes el té con ella. —Él asintió observándola sin decir una palabra, volviendo a repasar su anatomía descaradamente. Alex se giró para marcharse, pero antes de poner el primer pie en el pasillo se detuvo y se quedó parada en el umbral.

—¿No piensas preguntarme qué me pareció el capítulo? —preguntó, mordiéndose el labio. Debería haber aprovechado la ocasión para olvidarse del asunto del maldito libro y no exponerse a las inquisitivas miradas de ese hombre, pero quería entender el punto de vista de alguien experimentado, alguien como Rhys, que no la juzgaría, al menos en el terreno de la moralidad.

—A decir verdad, tengo curiosidad por saber qué te pareció que Grace aceptara la proposición de convertirse en la concubina del sultán.

—A ti te pareció bien que su marido aceptara que se llevasen a su esposa por una cuestión de supervivencia. La decisión de ella es igual de aceptable en este caso.

Rhys se rio y se levantó del sillón. Dio varios pasos hacia la puerta y se detuvo tan cerca de ella que estuvo a punto de hacerla retroceder. Se mantuvo allí con uno de sus hombros apoyado en la jamba de madera, mirándola de una manera indescifrable.

—¿Supervivencia? Él le dio la opción de rechazarlo y buscarle cualquier otra ocupación en palacio. No era una decisión a vida o muerte.

—Pero quizá el sultán no hubiese reaccionado bien ante su rechazo. ¿Cuántas personas se hubiesen atrevido a desafiar sus deseos? Puede que lo aceptara por no ganarse su enemistad o…

—¿O…? Admítelo. Lo deseaba. Un hombre misterioso, atractivo, culto, rico. Un hombre que lo único que le ha pedido es que se entregue a la búsqueda del placer mutuo, sin restricciones ni prejuicios. Un hombre joven y bastante vigoroso, a juzgar por su primer encuentro.

Alex no pudo evitar sonrojarse ante la alusión a la primera y ardiente escena sexual entre Grace y el sultán. El hombre le había pedido que se desnudara y la había tomado como un salvaje allí mismo, de pie, contra una de las paredes. Lejos de amedrentarse, ella se había retorcido contra él dejándose llevar por la lujuria. Alex ni siquiera había imaginado que hacerlo en esa posición fuera posible.

—¿Quién podría culparla? Estaba furiosa por todo lo que había pasado. Probablemente se dejó llevar para vengarse de su esposo.

—Puede ser. —La mano de Vincent sujetó uno de los bucles que se había escapado del recogido enroscándose sobre su pecho y jugó con él entre los dedos—. O puede que la respuesta sea más simple. Ella quiere sentir, quiere ser deseada, y su marido nunca consiguió hacerla sentirse de esa manera. Al contrario, la hizo sentirse sucia por querer disfrutar del placer, por querer conocer su propio cuerpo. Y, sin embargo, este hombre le promete la posibilidad de descubrirse a sí misma de maneras que nunca había soñado.

Alex tragó saliva sin dejar de mirarlo, tratando de memorizar cada uno de sus rasgos por si no volvía a tenerlo tan cerca nunca más. Era incluso más alto que Thomas, su envergadura mucho mayor, sus rasgos angelicales no escondían la dureza de su carácter, ni sus hermosos ojos azules podían camuflar su cinismo. Su nariz, a pesar de las muchas peleas que habría vivido en sus noches de excesos, seguía conservando su perfección, y sus labios eran tan apetecibles que no podía evitar desear que se callara y la besase. Pero él no haría eso jamás.

Vincent se acercó el mechón para aspirar su olor sin dejar de mirarla a los ojos y ese gesto tan simple hizo que su corazón ingenuo se saltara un latido.

—Dime, Alexandra. ¿Qué decisión hubieses tomado tú?

Durante unos segundos, el espacio pareció reducirse un poco más entre ellos, enmarcados bajo el umbral de la puerta, el aire se había vuelto demasiado cálido, demasiado asfixiante. Alex imaginó que Vincent le hacía la misma proposición que el sultán le hizo a Grace.

«Tu placer a cambio del mío.»

Carraspeó y salió al pasillo incapaz de continuar impasible frente a él.

—Me marcho, lady Duncan me ha mandado a casa a descansar. —Se sintió obligada a seguir hablando, aunque él se había limitado a mirarla levantando una ceja—. Esta noche vamos al teatro. Lady Amelia nos ha invitado.

—¿La esposa de lord Wright? —preguntó, tratando de que no se notara la súbita tensión de sus músculos.

Lady Amelia Johnson, vizcondesa de Wright. La madre de Phil Johnson.

—Sí. Vino ayer a visitar a lady Margaret, y hoy hemos ido a pasear con ella y con su hijo. Nos han invitado a acompañarlos a ver una obra esta noche.

—¿Con su hijo Phil?

—Sí, ¿lo conoces?

—Por suerte o por desgracia, sí. Bastante bien, de hecho. No te dejes engañar por su apariencia, no es de fiar. Es un sinvergüenza.

—Supongo que eso será un requisito indispensable para ser tu amigo, ¿no?

Vincent vio cómo se alejaba después de clavarle esa pequeña daga. No había vuelto a pensar en la maldita apuesta, y lo mejor hubiera sido seguir así, manteniéndose al margen de los problemas de Alexandra y confiando en su propia capacidad para lidiar con ellos. Pero ese movimiento de Johnson lo había desconcertado, por lo que parecía pensaba jugar fuerte sus bazas y dudaba que se fuera a conformar con treinta libras.

7

Aún no estaba preparada para aquello, y solo el firme agarre de lady Duncan sobre su brazo consiguió que lady Alexandra Richmond no saliera corriendo del atestado *hall* del teatro.

Avanzaban intentando mantenerse ajenas a lo que las rodeaba, pero, aunque lady Margaret saludara con la mejor de sus sonrisas, era consciente del intenso escrutinio al que Alexandra era sometida, y sabía a la perfección que la mayoría de los comentarios que generaba su presencia no serían bienintencionados.

También sabía que toda aquella expectación que generaba solo era fruto de la novedad, y cuanto más apareciera en público y con más frecuencia, más fácil sería que el insano interés en ella se diluyera. De nada servía que la redecilla de color azul noche que cubría su cara parcialmente disimulara su marca, ya que eso provocaba que el escrutinio fuese aún más intenso, tratando de vislumbrar lo que había debajo.

Al menos lady Wright, aunque no parecía del todo cómoda, trataba de hablarle con normalidad y no como si tuviera un tercer ojo en la frente. Su hijo, en cambio, la estaba poniendo terriblemente nerviosa.

En el palco la habían sentado entre él y lady Duncan.

El joven sudaba copiosamente y se daba pequeños tironcitos en la ropa continuamente, como si le rozaran las costuras o estuviera llena de chinches. El cuello de la camisa, los bordes del chaleco, la solapa de la chaqueta... Daba la impresión de que en cualquier momento iba a comenzar a hablar, pero luego carraspeaba, cerraba la boca y guardaba silencio, o simplemente sonreía con expresión bobalicona.

Al fin bajaron las luces y Alex pudo soltar el aire que retenía y relajar un poco la tensión de su espalda. Se dispuso a disfrutar de algo con lo que había soñado mil veces mientras leía a solas, en las oscuras habitaciones de Redmayne Manor durante todos aquellos años de soledad autoimpuesta, y que hasta ahora solo había hecho en un par de ocasiones.

Por un momento se concentró únicamente en la voz de los actores en el escenario, recitando escenas que ella sabía de memoria de tantas veces que las había leído.

—¡Oh! ¿Eres honesta?

—Señor...

—¿Eres hermosa?

—¿Qué pretendéis decir con eso?

—Que si eres honesta y hermosa no debes consentir que tu honestidad trate con tu belleza.

—¿Puede, acaso, tener la hermosura mejor compañera que la honestidad?

Y mientras la voz de Hamlet inundaba el escenario, las palabras tomaban un sentido distinto para ella.

Belleza. Algo que Alexandra jamás tendría y que al parecer Vincent Rhys valoraba más que cualquier otra cosa.

Honestidad. ¿Era ella honesta consigo misma? Fingía que no era tan superficial como el resto, que sus valores eran más elevados y que anteponía otras cualidades a la belleza, y, sin embargo, daría cualquier cosa por ser otra persona. Al menos Vincent era honesto dentro de su mezquindad. No fingía que sus cicatrices no existían, no le mentía diciendo que los demás la aceptarían tal como era, o que cuando la conocieran de verdad la mirarían a los ojos como si esas marcas fueran invisibles. Por otro lado, no debería importarle lo que pensara Rhys. Y, sin embargo, no dejaba de preguntarse dónde estaría esta noche.

—Lady Rich... Rich... Richmond, ¿le gusta a usted Shakespeare?

La pregunta, aparte de obvia, era tan inoportuna que Alex parpadeó unos segundos anonadada, y simplemente asintió volviendo a mirar hacia el escenario. El muchacho carraspeó y resopló incómodo.

—Cuando q... qu... quiera la acompañaré en... encantado a ver sus obras.

Un sutil carraspeo en el palco le indicó que no era el mejor momento para una conversación y, aun así, el joven continuó esperando a que ella contestara.

—Señor Johnson, no le gusta demasiado el teatro, ¿verdad? —susurró Alex lo más bajo que pudo.

—No de… demasiado —contestó con una nueva tanda de tirones a su ropa, pero no captó el sarcasmo, y en lugar de eso creyó que lady Alexandra valoraría que, a pesar de no gustarle, se prestara a acompañarla.

Alex suspiró agradecida cuando Johnson se excusó alegando que necesitaba estirar las piernas, pero a juzgar por el exagerado olor a *brandy* que lo acompañó a su vuelta, más que las piernas, parecía haber estirado el codo para acercarse la petaca a la boca. Varias damas acudieron al palco para saludarlas durante el descanso, y de nuevo la molesta sensación de que estaba siendo juzgada le impidió comportarse de manera cordial. Tampoco ayudaba que Phil Johnson tratara de acaparar su atención con comentarios no demasiado brillantes. Alex no sabía por qué, pero aquel hombre no le gustaba. La incomodaba, y en su mirada había algo que la inquietaba.

Antes de que se reanudara la obra, un lacayo se dirigió hasta ella discretamente portando una bandejita de plata con una nota.

Capítulo 4. A las doce. V.

Sintió el calor subir por su cuello coloreando sus mejillas hasta que sus orejas comenzaron a arder. Alexandra levantó la vista para buscar en la platea la figura de Vincent Rhys, pero justo en ese momento sonó el aviso y bajaron las luces.

Grace avanzó por los pasillos precedida por dos de los guardias personales del sultán. Al llegar a las habitaciones se hicieron a un lado para franquearle el paso. La puerta se cerró tras ella y no pudo evitar dar un respingo. Estaba sola en la morada del hombre más poderoso del desierto, el señor de aquella tierra árida y ardiente. Sobre una mesa baja habían dejado varios libros en inglés y una caja de plata labrada que contenía puros.

Las mujeres que la habían atendido le habían contado que el sultán había pasado varios años estudiando en Europa, y disfrutaba de la lectura y de una buena conversación con los extranjeros que visitaban el lugar en son de paz. Pero estaba claro que de ella no esperaba obtener una charla amena, precisamente.

Una enorme jaula con varios pájaros exóticos ocupaba una de las esquinas cerca de la ventana, junto a una fuente de agua cantarina. Si cerraba los ojos, los sonidos podrían llevarla a pensar que estaba perdida en mitad de la selva. Pero lo más parecido a eso eran las exuberantes palmeras en macetones de barro que adornaban la estancia.

No se engañaría pensando que había tenido algún poder de decisión sobre su futuro. No era más libre que aquellas aves que se agitaban inquietas en su jaula de barrotes dorados.

Grace pasó su mano por la tela brillante y suave de su túnica. Jamás había imaginado vestir de esa manera tan atrevida, ni siquiera en la intimidad de su habitación. La prenda, del color de las fresas maduras, caía amoldándose sugerente a sus curvas, rozando su carne desnuda bajo ella. La sensación de libertad era muy estimulante sin las restricciones del corsé, las ballenas y las rígidas enaguas. Solo había piel y seda, y eso la hacía sentirse sensual, femenina, seductora. A cada paso la tela rozaba sus muslos desnudos y sus pezones erectos potenciando la sensación de inquietud y cálida anticipación.

Y entonces él entró en la habitación inundándolo todo con su magnetismo. Se acercó hasta ella en silencio y la rodeó muy despacio observando cada uno de los detalles de su cuerpo. Deslizó sus dedos entre los mechones del color del trigo que ondulaban hasta su cintura, mientras ella respiraba aceleradamente por su cercanía. El sultán observó sus rasgos delicados en un intenso escrutinio que la hizo sonrojarse, hasta que al fin atrapó sus labios con los de él.

Grace se tensó ligeramente ante el contacto, un contacto completamente distinto a cualquier beso que hubiera recibido jamás. Los de su marido eran agradables, suaves, gentiles, puede que incluso alguna vez hubiesen sido seductores. Pero los de este hombre eran voraces e incendiarios.

Interrumpió el intercambio sensual un instante para conducirla a la cama y Grace acusó de inmediato su ausencia. Absurdamente pensó que podría vivir sin aire, sin agua, sin más alimento que el roce de aquella boca que la estaba transformando en algo diferente y más vivo.

Él se deshizo de su túnica y la contempló a placer, marcándola con sus pupilas oscuras y dilatadas por el deseo. La recostó sobre los mullidos cojines y se inclinó sobre ella. Su voz, arrastrándose con ese acento ronco, la excitó tanto como sus besos.

—Tus labios son como alas abiertas, como un cáliz que alberga la esencia de un pecado que aún no has descubierto. Quiero beberme toda tu alma a través de ese beso que ahora me entregas.

Ella solo pudo suspirar deseando que su boca volviera a obrar su magia sobre la suya.

—¿Quieres que te ayude a descubrir esos dulces pecados, Grace?

Y no hizo falta que Grace contestara, él ya conocía su respuesta.

Entre tus pétalos rosados, extracto del capítulo 4

Alexandra no sabía si realmente quería hablar con Rhys de ese capítulo en particular, pero tampoco tuvo opción de hacerlo, ya que durante los dos días siguientes estuvo bastante ocupado recabando información en el museo sobre algunos bustos similares a los que poseía lady Duncan.

Tenía que reconocer que había echado en falta su presencia, pero no tenía sentido anhelar estar con alguien así. En cuanto terminara su trabajo en aquella casa, no coincidirían más que de manera casual en algún evento, y probablemente él no se tomaría el trabajo de parecer amable.

Esa noche lady Duncan asistiría al baile de los Talbot y ella, por supuesto, tendría que acompañarla. Se miró al espejo asombrada del efecto del vestido color vino que Madame Claire le había confeccionado. Se ajustaba perfectamente a su silueta enmarcando sus pechos, resaltando su forma, pero sin exagerar su tamaño. El escote barco favorecía la forma marcada de sus hombros y el aplique de tul del mismo tono, aparte de disimular la zona de su piel que ella no deseaba mostrar, le daba un aspecto sutil y elegante.

La doncella había peinado su pelo ondulado en un recogido alto y los bucles se enroscaban en una cascada oscura hasta su nuca. Ajustó el tocado de pedrería plateada y Alex suspiró antes de bajar la redecilla granate y cubrir su rostro. No se le había escapado el detalle de que en cada creación la modista usaba una red cada vez menos tupida para sus tocados.

El bullicio y la actividad eran incesantes en la mansión de los Talbot. Los invitados hacían cola para saludar a los anfitriones y agradecer la siempre codiciada invitación a su casa, mientras los lacayos pasaban incansables portando bandejas cargadas de comida y bebida para lo más granado de la sociedad londinense.

Docenas, cientos de velas iluminaban el enorme salón atestado de tules, gasas, sedas e ilusiones. Las de las inocentes debutantes ansiosas por ser la sensación de la temporada, las de las madres exultantes que barajaban las mejores opciones, las de los pretendientes que calibraban la cuantía del amor o la dote que las damas podían ofrecer.

Lady Alexandra Richmond, a sus más de veintiséis años, ya no tenía edad para ser una tierna debutante, y, más que a ser la sensación de la temporada, aspiraba a pasar lo más desapercibida posible entre aquella marabunta de extraños. Y, sin embargo, sintió que la ilusión aleteaba transformada en cientos de mariposas en su estómago, al ver al otro lado del salón la alta e imponente figura de Vincent Rhys.

8

—¿Podrías decirme qué demonios hacemos aquí? —preguntó Jacob Pearce, paseando la vista por el atestado salón.

—La comida es buena y la bebida también —contestó Rhys sin mirarlo, mientras le daba un sorbo a su copa.

—¿No tendrá nada que ver con la maldita apuesta ni con lady Richmond?

—Por supuesto que no.

—Menos mal, porque lady Duncan acaba de entrar, y creo, sin temor a equivocarme, que es ella quien la acompaña.

Rhys se tensó inmediatamente, dirigiendo su vista hacia la entrada del enorme salón, y entonces la vio, saludando tímidamente a algunos invitados. Incluso desde aquella distancia podía percibir su inseguridad, como también pudo notar que con ese vestido estaba más favorecida de lo que la había visto jamás. Una mano en su hombro lo sobresaltó sacándolo de golpe de sus pensamientos. Se giró para encontrar la sonrisa un tanto ebria de lord Travis.

—Buenas noches, chicos, ¿habéis venido para uniros a la caza?

Vincent movió el hombro para soltarse del desagradable contacto.

—¿Qué haces aquí? ¿Dónde está Sanders? Es difícil veros a solas, parecéis el uno la sombra del otro.

—Hemos venido a vigilar el trofeo. Puede que Sanders incluso se anime a intentar ganar la apuesta. Aunque parece que Johnson va bastante avanzado.

—Dudo que eso sea cierto —contestó Rhys con acritud.

—Yo no diría eso precisamente. —Travis señaló con su copa el lugar de donde Alexandra no se había movido y Vincent trató de no torcer el gesto al ver a Phil Johnson hablando con ella. El imbécil parecía haber estado al acecho para acaparar su atención en cuanto ella entró—. El pobre diablo cometió la torpeza de pedirle consejo a su madre sobre dónde encontrar al monstruo de Redmayne y la señora interpretó que por fin había decidido sentar la cabeza, y, encima, con una de las dotes más generosas de la temporada.

A Jacob no se le escapó que los dedos de Rhys apretaron más de lo necesario la copa de cristal amenazando con quebrarla, al escuchar el odioso sobrenombre.

—Y ahora no hay manera de que la vieja afloje sus mandíbulas. Con un poco de suerte, Johnson ganará treinta libras, y, quién sabe, puede que haya resuelto su economía de por vida. Voy a buscar a Sanders. —Y guiñándoles un ojo se perdió entre la gente buscando a su compinche.

—Así que piensan llevar a cabo la apuesta esta noche.

—Gracias, Jacob, por aclarar lo obvio. —Rhys miró con fastidio la copa vacía, sin molestarse en disimular su disgusto.

—No entiendo por qué te enfadas. Según tú, esa mujer no te preocupa lo más mínimo. Y, por otra parte, puede que todo esto desencadene una proposición de matrimonio. Algo que debería albergar un rastro de decencia.

—Ella no me preocupa en absoluto. Al menos no más de lo que me preocupa que cualquier mujer una su futuro a un inútil con tan pocas luces como Johnson.

—Ya veo... —contestó con la voz impregnada de sarcasmo.

Rhys maldijo poco diplomáticamente y se marchó en busca de alguna bebida que templara su ánimo, dejando a su amigo con una sonrisa de suficiencia en los labios. Era un asco preocuparse por alguien que no fuera uno mismo, y, aunque tuviera que anestesiar su cerebro a fuerza de alcohol, conseguiría deshacerse de esa molesta sensación.

La conversación de Johnson era mitad soporífera mitad enervante, y no precisamente por su tartamudez, rasgo que a Alex no le molestaba en absoluto. No sabía si se debía a un exceso de champán o al estado natural de su cerebro, pero era imposible mantener una charla medianamente ordenada con él. Saltaba de unos temas a otros y casi nunca le daba a ella tiempo para contestar. Alex se excusó argumentando que debía ir al tocador de señoras y al fin respiró cuando se encontró en un pasillo vacío.

Un lacayo le informó por dónde continuar y unas risas femeninas le indicaron que había llegado al sitio correcto. Tomó aire profundamente antes de entrar, vacilando insegura, convencida de que, si no empezaba a dar pequeños pasos hacia delante, jamás avanzaría en su vida.

Al fin y al cabo, solo eran mujeres como ella, no una jauría de lobos hambrientos. Entraría y saludaría sin más. ¿Qué podía pasar?

Levantó el pie para dar el primer paso, pero se detuvo en seco al escuchar cómo una voz aguda y desagradable dentro de la habitación pronunciaba su nombre.

—Su madre se suicidó antes de su accidente, ¿verdad? —preguntó, y un coro de lamentos de espanto llenó la habitación cuando una de ellas lo confirmó.

—... pero era muy pequeña cuando ocurrió. No debería notarse tanto la cicatriz, aunque no he tenido oportunidad de verla de cerca.

—Mi padre era muy amigo del suyo y le contó la historia. Por lo visto el médico que la atendió tras el accidente era un carcamal aficionado a tomarse sus propias medicinas. Lady Alexandra había perdido mucha sangre y el hombre se limitó a poner un emplasto en las heridas y ordenar que no se destaparan hasta que él lo dijera. —La voz de la joven que relataba su historia hizo una pausa dramática y las oyentes la instaron a continuar—. El problema es que el médico se olvidó del asunto y, para cuando volvió a visitarla días después, las heridas se habían infectado y..., bueno, esto es un poco desagradable..., tuvieron que limpiar las heridas en profundidad, debió ser horrible, pobrecita.

Pequeños gemidos de estupor resonaron en el tocador, mientras Alex, con la espalda apoyada en la pared junto a la puerta y los ojos apretados con fuerza, no podía moverse.

—Lucy, eso debió ser espantoso. No me extraña que quiera ocultarse, ha tenido que ser horrible para la pobre chica —dijo alguien en tono comprensivo.

—Pues yo la he visto de cerca y no es tan monstruosa como dicen. Aun así, no es algo agradable de ver.

—Lo que está claro es que su hermano tendrá que engordar su dote para que alguien se anime a acercarse a ella. Y que además parezca tan hermética no ayuda demasiado —dijo de nuevo la mujer desagradable de antes.

No reconoció la voz de quien había contado la historia, pero se había aproximado bastante a la realidad. Se sentía como si la hubiesen paseado desnuda por una plaza pública atestada de gente y hubiese tenido que aguantar que todos vieran lo horrible que era.

Durante unos segundos pensó que lo mejor sería marcharse de allí antes de que la descubrieran, antes de que la convirtieran de nuevo en un monstruo de feria al que observar con lupa. Pero de pronto sintió que algo se rebelaba dentro de ella. No podía seguir escondiéndose, no había hecho nada malo, ni podía hacer nada para mejorar eso que tanto parecía espantar a todos. Cuando la figura de Alexandra apareció regia y segura en la puerta del tocador, las mujeres se callaron súbitamente, como si acabaran de ver a un fantasma, y Alex sintió un inesperado regocijo por su entrada triunfal.

Tres de ellas, incluida la de la voz desagradable, se excusaron rápidamente deseosas de salir de la habitación. Solo una dama se molestó en mostrar un mínimo de decoro y se presentó antes de huir. Pero Alex no se molestó en memorizar ni su nombre ni su cara.

Solo quedó una muchacha joven de aspecto amable, que la miraba directamente a la cara sin titubear. Cuando se presentó, reconoció la voz que había narrado su historia.

—Buenas noches, lady Alexandra. La vi llegar con lady Duncan, pero no hemos tenido ocasión de ser presentadas. Soy Lucy Talbot. Mi familia y yo estamos encantados de conocerla al fin.

—Gracias, lo mismo digo.

—Si me disculpa, mi madre debe de estar buscándome para que la ayude a atender a los invitados. Siéntase como en su casa; si necesita cualquier cosa, no dude en decírmelo. Nos veremos más tarde.

Una vez se quedó sola en la habitación, Alex soltó al fin el aire con fuerza tratando de calmar los latidos de su corazón. Su reacción normal hubiese sido marcharse de allí antes de que nadie se percatara de su presencia, dejándose ningunear, queriendo volverse invisible.

Ahora se sentía como si hubiese ganado una pequeña batalla contra sí misma, pero no estaba segura de si quería seguir librando el resto de la guerra. Se miró al espejo, levantando el velo que la cubría apenas lo justo para difuminar los rasgos, y tapó su mejilla marcada con una mano. Ojalá todo fuera más sencillo.

Volvió a colocarlo en su sitio y regresó a la fiesta tratando de asimilar que nunca sería solo Alexandra, siempre sería la pobre chica de la cicatriz, y no estaba segura de si la lástima era un sentimiento más llevadero que la repulsión. Pero lo que tenía claro era que estaba harta de que toda su vida girase en torno a esa circunstancia, ella era mucho más que eso. Su vida debería ser algo más que eso.

Buscó a lady Duncan entre la gente y al fin la localizó en un extremo de la habitación, sentada junto a las damas más mayores.

Cuando se dirigía hacia allí, un lacayo apareció en su camino y al tratar de esquivarlo chocó con un caballero, volcándole su bebida sobre la chaqueta, que a decir verdad se veía un poco arrugada y con pinta de haber vivido tiempos mejores.

—Oh, perdóneme, por favor. Es culpa mía, iba un poco despistada —se disculpó mortificada por ser de nuevo el centro de atención.

El joven frunció el ceño con cara de pocos amigos, mientras se sacudía con las manos el estropicio, hasta que levantó la vista y algo cambió en su expresión. Inclinó su cabeza hacia un lado para observarla, y a Alex le recordó a un perrito curioso observando un árbol, y la sensación no le gustó nada. Entonces sonrió, como si la hubiese reconocido justo en ese momento, una sonrisa de dientes perfectos enmarcada en un atractivo rostro.

—No se preocupe, siempre se debe perdonar a una bella dama, aunque creo que la culpa es enteramente mía por no prestar atención a mi alrededor.

Alex le devolvió la sonrisa dispuesta a continuar su camino, pero él se lo impidió.

—Sé que no es lo más ortodoxo presentarse uno mismo. Pero no puedo esperar a que alguien lo haga y desperdiciar esta deliciosa coincidencia del destino. Soy lord Sanders.

—Lady Alexandra Richmond, encantada de conocerle. Pero si me disculpa…

—¿Tiene usted prisa, lady Richmond? Sería un placer hablar un poco más con usted.

Otro hombre se acercó hasta ellos y parpadeó perplejo y con poco disimulo al verla allí junto a Sanders.

—Travis, permíteme que te presente a lady Richmond. El destino ha querido que nos encontrásemos de una manera un tanto aparatosa. Pero nada que no se pueda solventar con… ¿un baile quizá? A no ser que ya tenga usted todos los bailes comprometidos, lo cual me rompería el corazón.

—Sanders, no atosigues a la dama. —El tal lord Travis parecía un poco menos feroz que su amigo y la saludó con una pulcra reverencia—. Discúlpelo, no viene mucho a este tipo de eventos, lady Richmond, y sus modales parecen haberse oxidado.

—No se preocupe.

—Se ha trasladado hace poco a Londres, ¿no es así? —preguntó Travis con amabilidad, pero Alexandra apenas podía mantener una conversación amigable ante la incomodidad que le producía la inquisitiva mirada del otro hombre sobre ella.

—Me trasladé hace unos meses, pero no he acudido a demasiad... —La presión de una mano sobre su brazo la hizo detenerse en mitad de la frase. Cuando levantó la vista, se encontró con los ojos de Vincent Rhys, mucho más serios de lo que los había visto jamás. Por un momento tuvo la impresión de que estaba enfadado con ella, pero no tenía sentido. Aun así, agradeció la interrupción, no le apetecía sentirse el centro de atención de esos dos individuos.

—Lo siento, pero debo robaros a lady Alexandra unos segundos.

—Rhys, no seas descortés, seguro que lo que sea puede esperar —rogó Travis sorprendido por la poco diplomática aparición.

—Nuestro querido Rhys, tan egoísta como siempre —se burló Sanders, dándole una palmada en el hombro.

Vincent no estaba de humor para sus bromas y sujetó el brazo de Alexandra con más firmeza. Sin añadir nada más, la arrastró con disimulo entre el resto de los invitados en dirección contraria a donde estaban sus supuestos amigos. Ella tironeó de su brazo tratando de no llamar la atención, más de lo que ya lo hacía la extraña pareja que formaban. Vincent aminoró el paso y se volvió hacia ella con una angelical y falsa sonrisa.

—Tienes una extraña tendencia a relacionarte con los peores sinvergüenzas de la ciudad.

—Debe ser mi destino —contestó ella con sarcasmo.

—Vamos, te acompañaré a buscar a lady Duncan. Esa gente no es de fiar —continuó, dirigiéndola entre la gente a pesar de la insistencia de Alexandra en detenerse. Sobre todo, porque lady Duncan estaba en la dirección contraria. Pero Rhys parecía obcecado y no atendía a razones.

—No me trates como si fuera una niña pequeña e indefensa —dijo entre dientes, acercándose un poco más a él—. Para.

—No es el momento para reivindicaciones absurdas. Mañana me contarás cómo de bien te desenvuelves en terreno hostil, pero ahora mismo, y aunque solo sea porque lady Duncan me lo ha pedido, vas a alejarte de esos…

—Rhys, ¿puedes escucharme? —Pero él estaba demasiado preocupado tratando de alejarla todo lo posible de aquellos dos crápulas como para fijarse en la dirección que tomaban sus pasos.

—¡Rhys!

—¡¿Qué?! —Se detuvo en seco para mirarla.

Alex no pudo evitar morderse el labio para contener la risa cuando vio la cara de sorpresa de Vincent al escuchar a uno de los músicos anunciando que el baile estaba a punto de reanudarse justo a su lado. Estaba tan ofuscado tratando de recorrer el salón esquivando a los invitados que se había metido de lleno en la pista de baile, justo en el momento en que los músicos volvían de un breve descanso y avisaban a los bailarines para que tomaran posiciones.

Vincent jamás bailaba y Alex lo sabía, pero en ese momento al menos una docena de parejas los rodeaba preparada para comenzar el vals, mientras otras tantas docenas de ojos se situaban en el borde de la pista para disfrutar del espectáculo.

—No se te ocurra dejarme aquí plantada —le advirtió con los ojos entrecerrados.

Vincent resopló sabiendo que estaba atrapado y cogió la mano que ella le tendía con desgana. Comenzaron los primeros compases y se mezclaron entre los otros bailarines, con pasos un poco inseguros al principio. Pero, en cuanto giraron un par de veces, cualquiera que se hubiera detenido a mirarlos habría pensado que llevaban toda la vida bailando juntos.

—Mira qué cosas me obligas a hacer, Alexandra Richmond —se quejó fingiendo estar enfadado, aunque la risa se reflejaba en sus ojos—. Yo bailando un vals. Creo que solo lo he hecho un par de veces en toda mi vida.

—He intentado detenerte, pero me has arrastrado hasta aquí como si fueras un toro.

—Si llego a saber esto, te habría dejado a merced de esos caníbales. Esto me pasa por intentar ser amable contigo.

—Tú jamás has sido amable conmigo —se burló ella sin poder disimular una sonrisa.

—Pero toda esa gente que nos observa embelesada no lo sabe.

Alex se atrevió a apartar los ojos de Vincent y miró a su alrededor, percatándose de que era cierto que un buen número de invitados los miraban con curiosidad.

—Santo Dios, la noche no puede ir mejor. Mi primer baile rodeada de la flor y nata de la aristocracia y mi pareja es el mayor sinvergüenza de la ciudad.

Rhys se rio atrayendo las miradas de los cotillas deseosos de chismorreo.

—Consuélate pensando que en estos momentos eres la envidia del salón. ¿Tienes idea de cuantas antes que tú han tratado de arrastrarme hasta aquí?

—Intuyo que les resulta más fácil arrastrarte hacia otros lugares —bromeó fingiendo un tono inocente.

—Lady Alexandra, se está volviendo usted una descarada —susurró con tono travieso, acercándose a su oído.

Ella trató de no reírse, pero sentía una extraña euforia, una especie de optimismo impropio en ella, como cuando comenzaba a leer una buena historia y la trama se volvía cada vez más emocionante.

—Es una pena que lleves ese horrible velo, no deberías privar a la gente de ver tu sonrisa.

Alexandra estuvo a punto de tropezar con sus propios pies ante el inesperado cumplido, pero Vincent le sonrió de manera burlona rompiendo el hechizo.

—Y así es como comenzaría la caza, si tuviera algún interés en cazarte.

—Pero no lo tienes, Rhys, qué suerte la mía.

—No, no lo tengo. —Y a partir de ese momento ambos pensaron que aquel era el vals más largo de la historia.

Rhys estaba empezando a arrepentirse de haber tenido la nefasta idea de acudir a aquella maldita fiesta. A esas horas debería estar en su cómodo sillón junto a la chimenea con un buen *brandy* en la mano, en el club desplumando a algún pobre diablo en una partida de *whist* o entre los dulces muslos de alguna mujer hermosa.

Y, sin embargo, allí estaba, aguantando las miradas socarronas de su amigo Jacob, que llevaba toda la noche burlándose de él por andar de niñera de una Alexandra que estaba ignorando totalmente sus recomendaciones.

—Creo que tienes trabajo —se burló, señalando con la cabeza un rincón del salón que Vincent se estaba esforzando mucho en ignorar.

Vio cómo Alex se inclinaba para escuchar lo que Johnson le decía demasiado cerca del oído y como después de eso salían por una de las puertas que comunicaban con el jardín.

—Niñata descerebrada —masculló entre dientes mientras se disponía a alcanzarlos e impedir que esa mujer, que se volvía más enervante por momentos, arruinara su vida.

9

—Quizá deba sentarse hasta que se le pase, señor Johnson —aconsejó Alex, a pesar de que a Phil no se le daba demasiado bien fingir mareos y sofocos repentinos. Siempre había pensado que esa era la manida táctica que usaban algunas damiselas para llamar la atención de algún pretendiente poco atento, pero estaba realmente sorprendida de que ese hombre pretendiese hacerla caer en una trampa tan burda.

—No, cr... creo que el paseo me sentará m... mejor. Si no le importa acompañarme... Hace demasiado calor dentro de la mansión.

Alex entrecerró los ojos sin creerse ni una palabra sobre el súbito malestar de aquel personaje, que parecía estar constantemente hablando con la puntera de su zapato. No era tan ingenua como para adentrarse en la oscuridad del jardín con un hombre que era casi un desconocido y que no le inspiraba ninguna confianza. No daría ni un solo paso que supusiera alejarse de la seguridad que le proporcionaba estar junto a la puerta abierta que daba al salón, a la vista de otros invitados, y solo había accedido a salir a la terraza por una cuestión de cortesía. Era más que obvio que él no quería mirarla a la cara, sobre todo a su mejilla izquierda, y Alex no iba a continuar dando pie a aquella situación absurda. Lo mejor sería volver a la fiesta.

—Johnson. —La voz dura de Rhys los sorprendió y Alex hubiera jurado que el muchacho se había encogido sobre sí mismo—. Tu padre me ha preguntado por ti.

Johnson abrió la boca, sorprendido, pero al instante apretó los labios en una fina línea y su cara se volvió de piedra.

—Lo veré más tarde —contestó secamente sin titubear por primera vez.

—Quería presentarte a uno de sus influyentes amigos. Vamos, no debes hacer esperar a tus mayores. —Su tono cínico llevaba implícita una dolorosa pulla. El padre de Phil lo despreciaba, y lo consideraba un inútil y un parásito. Sabía que jamás le presentaría a nadie respetable, ya que se avergonzaba de él, y Rhys también lo sabía.

—Dis... discúlpeme, lady Richmond. —Phil se marchó con grandes zancadas hirviendo de furia, consciente de que Rhys le había vuelto a ganar la partida.

Vincent miró a Alexandra de arriba abajo sin disimular su disgusto y ella se giró en dirección al jardín.

—¿Adónde vas, Alexandra? Volvamos dentro.

—A dar un paseo. Vuelve tú, yo ya he tenido bastante emoción por esta noche. —Rhys la siguió a unos pasos de distancia mientras ella avanzaba por el camino de grava—. Dime una cosa, ¿lady Duncan te paga un suplemento por ser mi guardián? —preguntó encarándolo furiosa.

—Está preocupada porque quizá no sepas ver dónde está el peligro, y por tu comportamiento parece que tiene motivos para ello.

Unas antorchas alumbraban el camino del jardín y, aunque en esa parte la iluminación era bastante escasa y no pudiera ver sus facciones bajo el velo de redecilla, sabía que estaba totalmente indignada.

—Puede que no haya socializado tanto como vosotros, pero tengo veintiséis años, casi veintisiete, y sé perfectamente defenderme sola.

Vincent soltó una carcajada cínica y se acercó un poco más a ella.

—¿Y cómo es eso? ¿Lo has aprendido encerrada en la biblioteca de Redmayne Manor?

—Me han pasado suficientes cosas malas en la vida y me he cruzado con tantos indeseables que puedo detectarlos a leguas de distancia. El dolor te ayuda a madurar mucho más que estos estúpidos bailes. —Se dio la vuelta y siguió avanzando por el camino.

—¡Espera! —bufó frustrado al ver que lo ignoraba—. ¿Puede saberse adónde vas?

—A la maldita pagoda china que tanto celebraba ese idiota amigo tuyo.

Rhys se tensó.

Estaba seguro de que ese sería el punto elegido por los Jinetes del Apocalipsis para culminar la apuesta. Siempre seguían el mismo método: trazaban a grandes rasgos un plan y elegían un sitio donde los testigos pudieran verificar que la apuesta se llevara a cabo correctamente.

—Al menos podrías agradecerme que te lo haya quitado de encima, ¿o acaso pensabas que él quería dar un inocente paseo bajo la luz de la luna? Te hubiera comprometido antes de que te hubieses dado cuenta.

—Por supuesto, esta noche te recordaré en mis oraciones —contestó sarcástica—. Pero la próxima vez déjame que sea yo quien solucione los asuntos que me conciernen.

—Oh, espera, un momento. ¿Es eso, Alexandra? ¿Por eso estás tan enfadada? ¡Pensaba que tendrías mejor criterio, pero si quieres acabar casada con ese pelele te lo traeré de nuevo en una bandeja de plata!

Su razonamiento había sido tan absurdo que Alex no sabía si comenzar a reír a carcajadas o echarse a llorar ante semejante perspectiva.

—¡¡No quiero nada parecido!! Simplemente me dijo que se sentía mareado y necesitaba aire, y lo acompañé hasta la terraza, a la vista de todos. Lleva toda la noche hablándome de ese dichoso cenador chino, pero no pensaba ir con él. ¿Acaso me consideras tan estúpida que no se te ha pasado por la cabeza que no accediera a sus caprichos? Así que ahora, si me disculpas, voy a dar un paseo alejada de tus amigos, y alejada de ti, a ser posible.

Alexandra siguió caminando hasta que llegó al final del camino. Se sentía rabiosa consigo misma. Se había permitido sentir algo cuando habían bailado, había visto cómo la miraba mientras elogiaba su sonrisa..., pero al final él siempre sería Vincent Rhys, y siempre acabaría hiriéndola. Y lo más humillante era que solo estaba protegiéndola de sus amigos porque lady Duncan se lo había pedido y no porque sintiera afecto o un mínimo de simpatía por ella, y eso la hacía sentirse tremendamente ridícula.

Tal y como había dicho Phil, el cenador era una construcción de dudoso gusto, fabricada en madera lacada en rojo imitando una pagoda, con picos y penachos pintados en dorado, que de día debía destacar, o más bien chirriar, en mitad del sobrio jardín inglés, pero que en la penumbra de la noche parecía la carcasa de un fantasma fuera de lugar.

—No, no es posible. No me voy a marchar. —Alex lo miró perpleja al ver que la había vuelto a seguir hasta allí—. No voy a dejarte aquí sola expuesta a…

—¿A las atenciones de un libertino? —preguntó irónica, cruzándose de brazos—. ¿Sabes? No sé qué te ha poseído esta noche para asumir la función de mi protector, pero no te sienta nada bien el papel de caballero. Ambos sabemos que no lo eres.

Entre los arbustos resonó algo parecido al ulular de un búho. Era la señal. Ellos estaban allí. Travis y Sanders estaban observando, a la espera de su correspondiente dosis de humillación ajena. Rhys miró a Alexandra calibrando las opciones que tenía. Puede que fuera la influencia de lady Duncan, pero nunca la había visto tan segura de sí misma, ni tan rebelde, ni tan testaruda, ni tan…

Pero eso no la libraría de que alguno de los Jinetes tratara de conseguir su objetivo de humillarla, y en el caso de Johnson asegurarle una condena de por vida. Subió los escalones hasta situarse frente a ella en el centro de aquella horrible estructura de madera.

—¿Prefieres acaso mi papel de sinvergüenza?

—Al menos estoy más familiarizada con él. Ya estoy más que acostumbrada a sus desprecios y sus comentarios hirientes.

Vincent apretó la mandíbula, aunque no se detuvo, y se acercó a ella hasta que sus piernas rozaron la tela de sus faldas. Deslizó los dedos debajo del velo y lo subió despacio hasta que su rostro estuvo descubierto.

—Odio esta cosa —susurró demasiado cerca de su cara.

—Creí que odiabas más lo que escondía. —Alex tragó saliva esperando el insulto que, como bien sabía, llegaría en cualquier momento.

—No, lo que odio es que te escondas. —El susurro salió cálido de su boca, mientras sus labios recorrían despacio la piel de su cuello hasta llegar a su oreja.

Deslizó la lengua por todo su contorno y mordisqueó con suavidad el lóbulo, provocándole un escalofrío. La caricia continuó perturbadora y caliente por el borde de su mandíbula, por su mentón, mientras ella entreabría los labios para intentar que el aire entrara en sus pulmones. Los dientes le rozaron la garganta con suavidad y los labios siguieron ese mismo camino calmando su piel, mientras con la lengua la marcaba como fuego líquido.

Posó una mano en el pecho de Rhys para alejarlo, sabiendo que no podía permitirse soñar con que aquello continuara. Sentirse merecedora de sus besos, de sus manos, de su deseo era más de lo que ella se había atrevido a soñar jamás.

No supo si el latir frenético que notó contra su palma era el corazón de Vincent, el suyo propio o solo su imaginación, pero fue incapaz de apartarlo de ella. La boca de Rhys se aproximó a la suya, hasta que sus respiraciones se mezclaron robándose el aire el uno al otro. Entonces Vincent rozó sus labios con suavidad, una leve presión, una caricia efímera pero que parecía hecha de brasas.

... Tres, cuatro..., cinco.

Cinco segundos que Vincent contó mentalmente antes de alejarse de ella, los cinco segundos estipulados para declararse vencedor. Se separó lo suficiente para mirarla a los ojos, y sus labios entreabiertos y su expresión de rendición estuvieron a punto de tentarle a continuar. Alex se sorprendió al notar que su respiración estaba tan alterada como la de ella.

—Esto no cambia nada entre nosotros, Alexandra. —El hachazo, aunque esperado, no dejó de ser doloroso.

Cinco segundos. Treinta libras.

Eso era todo.

Nada mejor que acudir al local de Heaven, uno de los prostíbulos con mejor fama de la ciudad, si es que eso era posible, para olvidarse de los sinsabores de la noche y compartir un rato de placeres mundanos con alguno de sus «angelitos».

Rhys estaba empezando a cansarse de la mirada condescendiente de Pearce y se preguntó en silencio por qué demonios le había concedido el título de mejor y único amigo verdadero a ese tipejo tan irritante. Entonces recordó cómo le había salvado la vida, en más de un sentido, hacía tantos años.

Aunque Pierce no hablaba del asunto, Rhys no podía olvidar aquella época tan destructiva para él. Por aquel entonces hacía poco que habían empezado a trabajar juntos, pero, a pesar de que Jacob había depositado su confianza en él, Rhys no variaba ni un ápice su comportamiento insano y sus hábitos nocturnos.

Bebía hasta casi perder el sentido y se mezclaba en cualquier cosa que oliera a peligro, ya fueran combates de boxeo ilegales, asuntos de faldas o partidas de cartas en las que se jugaban verdaderas fortunas o se apostaba con objetos de dudosa procedencia. Parecía que Rhys clamaba a gritos para que la siguiente paliza o el siguiente encontronazo fuera el definitivo.

Estuvo a punto de conseguirlo, y su fin hubiese sido inevitable si Jacob no lo hubiera rescatado de aquel callejón en el que yacía empapado en su sangre y su propio vómito.

Aquella fatídica noche, como siempre, la suerte le había sonreído, al menos en el azar. El juego había perdido la emoción después de llevar toda la noche desplumando a los dados a uno de los dueños de los antros más peligroso de la ciudad. Los ánimos estaban muy crispados, pero el alcohol hacía rato que lo había despojado de la poca sensatez que le quedaba y tuvo la brillante idea de intentar seducir a la mujer del tipo delante de sus propias narices. Alguien que lo conocía había avisado a Jacob, que llegó a tiempo de que no le asestaran la puñalada de gracia en aquella mugrienta calleja.

Desde entonces Jacob le había dado un ultimátum y, si quería seguir conservando el trabajo, debería al menos moderar sus hábitos dentro de lo razonable. Aunque seguía siendo un sinvergüenza, su actitud había cambiado drásticamente, al menos sabía dónde estaban sus límites y no solía rebasarlos jamás.

Vincent suspiró volviendo al presente con desgana.

—Deberías elegir una de las chicas tú también. Puede que un rato de buen sexo te quite ese rictus agrio de la cara. Y de paso dejarías de meterte en mis asuntos el resto de la noche.

—Yo no pago por sexo, Vincent —aseveró Jacob negando con la cabeza.

—¿Y cómo llamarías tú a hacerte cargo del alojamiento, la comida, la ropa y las joyas de tu amante?

—No es lo mismo.

—Es igual. Solo que a ti te sale más caro.

—Es una relación, aunque sin ataduras.

—Bueno, ya sabes que a mí no me gusta repetir más de una vez con la misma mujer. Sería incapaz de mantener una amante.

—¿Tampoco repetirías el beso con la dulce Alexandra Richmond?

—No, no volvería a besar a lady Alexandra. —Jacob sonrió al ver cómo enfatizaba su título a pesar de que él nunca lo usaba—. Para empezar, ni siquiera debí besarla hoy. Solo lo hice para terminar con esa apuesta estúpida; espero que con esto demos por zanjado el tema y se olviden de ella. No me apetece seguir siendo su niñera.

Una robusta y sugerente joven se acercó depositando una botella sobre su mesa y se sentó en el regazo de Rhys. Jacob la observó mientras ella intentaba complacer a su amigo acariciándole el pecho y los hombros. Su pelo era rubio y voluminoso, y sus pechos, exuberantes rozando el exceso. Para Jacob era demasiado obvio que había elegido a la mujer con el físico más diametralmente opuesto al de Alexandra.

Y dudaba que fuera casualidad. De lo que tampoco dudaba era de que pretendía fingir que Alex no le importaba en absoluto, y lo único que conseguía era que su preocupación fuera más palpable. La chica continuó con su comportamiento zalamero y se acercó seductora a Rhys. Deslizó la mano por su mejilla para girarle la cara y poder besarlo en la boca, pero él, en un rápido movimiento, la sujetó por la muñeca deteniéndola.

—Mira, preciosa, no es necesaria toda esta parafernalia. Nada de besos, ni arrumacos ni falsas palabritas de amor. ¿De acuerdo? Voy a pagarte por tu trabajo y te daré una buena propina por él. Y ahora sé buena chica, tómate una copa y espérame arriba mientras termino mi bebida.

La chica cogió la moneda que le tendió y se alejó en dirección a las escaleras que comunicaban con el piso superior, donde estaban las habitaciones.

—No era necesario ser tan duro, Rhys. La pobre chica solo pretendía agradarte y ganarse tu favor.

—Pues lo único que tiene que hacer para agradarme es llevar a cabo su trabajo de manera entregada. —Rhys se levantó para marcharse en busca de un placer que, como sabía de antemano, lo dejaría frío e insatisfecho—. Te estás volviendo un blando, Pearce.

—Me temo que no soy el único —dijo para sí mismo, mientras su amigo se alejaba tras la que sería su compañía esa noche.

Mientras la prostituta se desnudaba para él, no pudo evitar sentirse ansioso y con un humor extraño, pero no quería molestarse en buscar una justificación. Era consciente de que esa noche las pesadillas acudirían sin piedad a torturarle, así que cuanto más tardara en meterse en su cama, mejor. Se dejó acariciar, más concentrado en apartar las imágenes de Alexandra de su cabeza que de disfrutar de la compañía de aquella entregada mujer.

Cinco segundos. Solo habían sido cinco malditos segundos. Pero puede que necesitara cinco vidas para borrarlos.

10

Era sorprendente cómo algunos olores, algunas situaciones, te llevaban de vuelta al pasado de una manera tan vívida.

El olor de Vincent Rhys siempre tenía ese efecto sobre Alexandra.

Dejó el libro de poesía que llevaba más de una hora intentando leer, una lectura ligera, sin grandes pretensiones y fácil de digerir para su mente distraída. Pero esta noche ni siquiera eso podría apaciguarla. Y la verdad es que tampoco estaba de humor para continuar con el capítulo sobre diarrea en los terneros de menos de un año, por muy preocupante que le resultara el asunto.

Se levantó para dar un paseo por la habitación, asomarse por enésima vez por la ventana que daba a las oscuras calles de la ciudad y quedarse de nuevo mirando la piel oscura del pecaminoso libro que descansaba sobre la mesita.

De nuevo Vincent Rhys.

Imágenes del chico que fue acudieron de nuevo a su cabeza, llenándolo todo junto con su aroma inconfundible. Pensó que probablemente esa sería su poderosa arma a la hora de conquistar a las mujeres y sonrió. A él no le hacía falta ningún arma para eso. Ni siquiera necesitaba ser amable. Trató de recordar si alguna vez lo había sido con ella. Probablemente no, probablemente lo que fuera que lo repelía era más fuerte que ninguna otra sensación.

«Esto no cambia nada entre nosotros.» ¿Acaso habría algo que pudiera cambiar lo que había entre ellos?

O quizá la pregunta que se había formulado era errónea, probablemente entre ellos solo existía la nada más absoluta. Alex se volvió a sentar en la butaca con las piernas encogidas y se frotó la cara con las manos intentando despejar las imágenes de un Rhys casi diez años más joven, aunque no más inocente.

A Rhys nunca lo habían dejado ser inocente del todo, igual que a ella.

Podía verlo como si hubiese sido esa misma mañana cuando volvió de la ciudad aquel verano. Con sus aires de caballero sofisticado, su traje hecho a medida, que le sentaba como un guante, su sonrisa de pícaro y sus ojos tan hermosos como siempre, unos ojos que eran incapaces de sostener su mirada.

Alex no sabía qué ocultaba; con el tiempo llegó a la conclusión de que Vincent temía que ella descubriera que el brillo cegador solo estaba en su fachada.

Durante esos días se habían encontrado varias veces a solas en el río. Vincent le hablaba de sus correrías, de las últimas obras que había visto en el teatro, de sus estudios..., haciéndola reír con sus ocurrencias. Y ella se permitía soñar con quimeras y fantasías de cuento de hadas, aunque sabía que no se materializarían nunca. Delante de todos la ignoraba deliberadamente, como siempre. Un par de bromas de mal gusto, un par de comentarios pedantes y poco más. Apenas alguna intensa mirada mientras creía que los demás no lo observaban, pero que ella percibía como si fueran lenguas de fuego sobre la piel.

Recordó el día en que su hermano Steve y él se habían marchado al pueblo muy temprano por la mañana para celebrar su vuelta y la pequeña punzada de decepción que le produjo no ser incluida en los planes. Pero al fin y al cabo era solo una chica entrometida y ellos ya eran jóvenes que se creían hombres maduros, ansiosos por compartir sus batallitas.

Aunque la verdad era que Steve se limitaba a escuchar con admiración, y un poco de envidia, las aventuras de su amigo en la ciudad, mientras él por su precaria salud tenía que conformarse con tontear con alguna de las chicas del pueblo y jugar a los dados en la posada.

A media tarde Alex los había visto bajarse del carruaje de los Redmayne y había salido corriendo a recibirlos al ver que Steve se tambaleaba sin poder sostener ni el peso de sus propias botas. No supo si sentir alivio o furia al acercarse y comprobar que estaba borracho como una cuba. Miró con rabia a Vincent, que se limitó a encogerse de hombros y sonreírle, fanfarrón. Aunque sus ojos estaban enrojecidos por el alcohol, saltaba a la vista que él no estaba borracho, al menos no del todo.

—¿Te parece gracioso? Eres un descerebrado, Rhys.

—Un hombre tiene derecho a divertirse de vez en cuando, madre superiora —la provocó.

—Aléjate de él. No voy a permitir que lo conviertas en alguien como tú.

La sonrisa desapareció de su cara de inmediato y simplemente se giró para marcharse andando hacia su casa. El mayordomo y uno de los lacayos se hicieron cargo de Steve para llevarlo a su habitación. Alexandra vio cómo la alta figura de Rhys se perdía entre los árboles siguiendo el camino que llevaba al río. Estrujó la tela de sus faldas entre las manos intentando contener el impulso de salir corriendo detrás de él, pero sus ansias ganaron la batalla. Corrió intentando alcanzarlo, mientras él, con largas zancadas, se perdía por la senda que serpenteaba entre árboles y matorrales.

—¡Rhys! ¡¡Espera, por favor!! —Pero Rhys no quería parar. Sus demonios le empujaban a continuar alejándose.

«Alguien como tú.»

Ella también detestaba quién era él y Dios sabía que tenía más motivos que nadie para hacerlo. Vincent era consciente de que ella conocía el monstruo que habitaba en él, sabía que su alma estaba cubierta de una maldad ponzoñosa que tarde o temprano mancharía a los que se atrevieran a acercarse. Porque él no era una buena persona, no. Era un parásito, un ser ruin, egoísta, cobarde y carente de bondad.

¿Qué sentido tenía entonces prolongar esa agonía, tratar de fingir que podría ser ese alguien que los demás deseaban, si tarde o temprano el fango de su interior saldría a la superficie? Su madre no lo había querido lo suficiente para aferrarse a la vida, su padre jamás había vuelto a buscarlo, sus abuelos eran incapaces de amarlo. Todos sabían que tras su bella apariencia no había nada que mereciera ser amado.

No quería convertirse en un esclavo de los deseos de los otros, no quería vivir ansiando que lo aceptaran o lo quisieran. Era menos doloroso aceptarlo desde el principio. Solo se preocuparía por sí mismo y eso excluía a todos los demás, incluida Alexandra Richmond.

Cuando Alex lo alcanzó, encontró a Rhys de espaldas a ella, mirando el agua del río como si en ella estuvieran escondidos los secretos del universo. Lo observó unos instantes en silencio, mientras recuperaba el resuello. La luz de la última hora de la tarde se filtraba entre las copas de los árboles y le daba a su silueta un aspecto extraño y, aun así, terriblemente hermoso.

—Vincent. —A pesar de estar a varios metros de distancia, notó cómo se tensaba al escuchar su voz.

—No uses mi nombre, por favor.

Alexandra se detuvo sin entender.

—Llámame Rhys. O, mejor, no me llames de ninguna manera.

—Lo siento, no debí decirte eso. Pero sabes que mi hermano no es tan fuerte como tú. Me preocupé al verlo en ese estado.

Vincent se giró para enfrentarla y dio varios pasos hacia ella. La luz detrás de él no la dejó ver la expresión atormentada de su cara hasta que estuvo junto a ella.

—Tienes razón, Alexandra. Destruyo todo lo que toco. Soy una mala influencia para Steve. Y también para ti. Y, sin embargo, estás aquí, persiguiéndome como un perrito faldero, observándome con tus ojitos de admiración, como si solo con eso pudieras cambiar lo que soy en realidad, esperando que algún día te mire y descubra la mujer que hay en ti. Pero eso no pasará.

—Vincent...

—Por favor, no lo hagas. Esa forma en que dices mi nombre, la forma en que me miras... No intentes encontrar en mí al hombre que tú esperas que sea. No vas a cambiarme.

—No pretendo cambiarte. Es solo que... No te entiendo, Vincent. Ayúdame a entenderte.

—Cómo podrías, si ni yo mismo lo consigo. Alexandra... Cuando mi nombre sale de tus labios, yo... me permito soñar cosas que no debería, cosas que duelen demasiado.

El alcohol hervía en su sangre desatando su lengua, pero los nudos alrededor de su corazón se estaban apretando con más fuerza, amenazando con asfixiarle.

—Dímelas, dime qué sueñas.

Durante unos segundos Rhys guardó silencio, pero lo que guardaba pesaba demasiado. Quizá pudiera, aunque fuera una vez, soltar ese lastre que no lo dejaba respirar. Aunque eso supusiera que ella tuviera que llevar su carga a partir de ese momento.

—Sueño que vengo hasta aquí y tú ya estás esperándome, desnuda sobre la hierba. —Las manos de Rhys acunaron sus mejillas con suavidad—. El sol baña tu piel dorada y tu melena está extendida a tu alrededor, como un halo oscuro y brillante a la vez. —Poco a poco sus cuerpos se fueron aproximando como si algo invisible los empujara sin remedio. Hasta que la frente de Rhys se apoyó sobre la suya y su voz se convirtió en un susurro—. Entonces dices mi nombre. Me tumbo junto a ti y trenzo flores de manzanilla y jazmín entre tu pelo, y espigas de trigo y rayos de luz. Y después me pierdo en tu cuerpo, Alexandra. Me pierdo en ti.

Alexandra se aferró a la tela de su chaleco rogando que no se alejara, que no destruyera ese momento que había deseado desde que era una niña. El momento de tenerlo tan cerca, notando cómo su calidez traspasaba las barreras hasta caldear su propia piel. Y lo inevitable ocurrió como si estuvieran predestinados a ello. Sus bocas se fundieron en un beso que, a pesar de ser el primero, sabía como si fuera el último, porque con toda seguridad sería así, porque ese beso estaba sentenciado a muerte antes de nacer.

Los labios se buscaron ansiosos, desesperados, sus bocas se abrieron queriendo beberse toda la pasión que sabían que no les pertenecería jamás, y las lenguas buscaron su camino de saliva y lágrimas.

Cuando fue capaz, al fin, de separarse de ella, la observó unos instantes, sabiendo que era la última vez que se verían de esa manera. Sin decir nada más, se alejó y emprendió el camino de vuelta a aquella casa que nunca podría llamar hogar, con las manos temblorosas y el corazón encogido.

—Vincent, espera… —Alex sabía que la batalla estaba perdida de antemano, antes siquiera de saber que estaba inmersa en una guerra.

Él quería huir de allí cuanto antes, como el cobarde que era, pero su cuerpo se detuvo al escuchar su voz.

—Alexandra, no esperes nada de mí. El hombre que crees que soy solo existe en tu imaginación infantil. Probablemente este beso ni siquiera haya existido. Y sería mejor para los dos que hubiese sido así.

—¿Te arrepientes de haberme besado? Solo eres un cobarde jugando a ser un hombre, un niño asustado que no es capaz de…

—Esto no debería haber pasado. —La interrumpió antes de que las verdades siguieran taladrándolo. Tomó aire y exhaló despacio como si controlando su respiración pudiese detener la espiral que lo envolvía—. Esto no cambia nada entre nosotros. Adiós, Alexandra.

Al día siguiente Vincent Rhys acudió a visitar a Steve para asegurarse de que sus correrías no le hubiesen afectado. Alexandra estaba allí, aunque hubiera deseado estar en cualquier otra parte, en lugar de en aquella silla incómoda, escuchando cómo Rhys repetía hasta la saciedad que el alcohol le había hecho olvidar todo lo que había ocurrido desde que había salido de la taberna. No recordaba nada, así que era fácil deducir que no habría ocurrido nada memorable. Ambos sabían que estaba mintiendo, pero lo reiteró tantas veces que él mismo parecía habérselo creído.

Al igual que él, Alex había perdido la cuenta de las veces que se había negado a sí misma que aquel beso había sido real, tratando de olvidar lo que llevaba grabado debajo de su piel.

11

De las miles de cosas que se podían hacer en la noche londinense, la que menos le apetecía a Vincent Rhys era acudir al club, pero cuanto antes cobrara la apuesta y zanjara el tema, mejor para todos. Así al menos podría alejar a Alexandra Richmond de su cabeza y de su vida de una maldita vez.

Los tres Jinetes estaban en la mesa de siempre, bebiendo y charlando, aunque esta vez el recibimiento que le prodigaron fue menos efusivo que de costumbre, sobre todo por parte de un Johnson que no dejaba de jugar con los dados entre sus manos sudorosas, evitando mirarle a la cara.

—Vaya, vaya, amigo. Ya pensábamos que no vendrías a recoger tus ganancias. Travis, que es un romántico, había sugerido que quizá el beso de la dama era suficiente premio para ti —espetó Sanders cargado de sarcasmo y maldad.

Johnson bufó riéndole la gracia. Rhys quiso partirles la cara, estamparles la mesa contra las cabezas y orinar sobre sus heridas y sus cuerpos magullados cuando estuvieran en el suelo.

Eso debía escocer bastante. Pero se limitó a contar las monedas que le tendieron fingiendo una sonrisa de suficiencia.

Al fin y al cabo, eran sus amigos, ¿no? Aunque ninguno de ellos fuera merecedor del aire que respiraba, habían salido de muchas situaciones peliagudas juntos. Era cuestión de tiempo que las aguas entre ellos volvieran a su cauce, Rhys estaba seguro de ello.

—Parece que estas han sido las treinta libras más fácilmente ganadas de la historia —dijo Sanders, dándole una larga calada a su puro y expulsando las volutas de humo en círculos perfectos, que se iban difuminando mientras se elevaban sobre sus cabezas.

—No me quitéis el mérito tan rápido. He tenido que esforzarme bastante. Si fuera tan sencillo, lo hubieseis conseguido vosotros —fanfarroneó, provocando las carcajadas de todos, menos de Johnson—. Y ahora, si me disculpáis, hay una dama bastante desatendida por su esposo que quizá agradezca mis afectos —mintió mientras se ponía de pie con las treinta libras en el bolsillo.

—Vamos, tómate una copa con nosotros. Tenemos que contarte nuestro nuevo reto. Puede que te interese participar —sugirió Travis, llamando al camarero para que trajera otra ronda.

Rhys se sentó y dio un largo trago a su copa disfrutando de la reconfortante sensación del alcohol quemando su garganta. Puede que una noche de desenfreno no le viniera mal después de todo. Tras una copa vino otra y accedió entre risas a jugar un rato a los dados para destensar el ambiente.

—Bueno, aún no me habéis dicho cuál es vuestro nuevo plan maquiavélico —preguntó después de haber perdido cinco libras. La suerte esa noche parecía no estar de su lado—. ¿Una cantante o una viuda quizá?

No pensaba entrar en sus juegos esta vez, estaba empezando a cansarse de eso, aunque no reconocería que en el fondo tenía un ápice de conciencia.

—Es cierto, joooder. Ganarte hace que olvide las cosas importantes. Las noches se están volviendo aburridas por aquí y necesitamos darle un poco más de emoción —dijo Travis, limpiándose la boca con la manga después de beber. El alcohol tenía un curioso efecto sobre sus modales.

Sanders rio y apuró su enésima copa mientras Rhys se arrellanaba en su silla dispuesto a escuchar atentamente la proposición, como si tuviera algún interés en participar. De nuevo un poco más de emoción, de nuevo una falta total de escrúpulos, de nuevo alguien saldría malparado.

—Queremos llegar hasta el foooondo de la cuestión —continuó Travis, haciendo un gesto ascendente con la mano sin poder contener su risa bobalicona.

Johnson lo imitó, pero saltaba a la vista que no tenía ni idea de lo que estaban hablando.

—Al grano, chicos —insistió Rhys, tratando de mantener el mismo tono distendido de antes.

—Como yo lo veo, hemos encontrado un verdadero filón. La apuesta anterior nos ha resultado realmente fácil. Lo que me lleva a pensar que el resto del reto tampoco nos va a resultar complicado.

Johnson miró a Sanders con cara de no entender absolutamente nada y después miró a Rhys, que se había quedado petrificado en su silla. Travis se rio de nuevo, lo que indicaba que ya había sobrepasado la tasa de alcohol que su empequeñecido cerebro podía soportar.

—La idea es la siguiente. Por lo visto, lady Monstruo está tan falta de atención masculina que parecía bastante ansiosa por salir al jardín con cualquiera que se lo hubiera pedido. Y ahí, Rhys, como zorro viejo que es, supo aprovechar su momento.

—Ánimo, Phil. Seguro que esta vez tú también tendrás tu oportunidad —bromeó lord Travis, dándole un golpe tan fuerte en la espalda que a punto estuvo de volcarle la bebida.

—La cuestión es que estamos seguros de que la dama se abrirá de piernas, más pronto que tarde, ante cualquiera que le regale un poco el oído, y esta vez, amigos, no os va a resultar tan fácil porque pienso sacar toda la artillería para ganaros —anunció Sanders con su perfecta y repugnante sonrisa.

—¿Y qué piensas que hará su hermano cuando se entere? Le arrancará las tripas al que se atreva a tocarla, sin darle tiempo a pestañear —consiguió decir Rhys con la voz cortante a pesar del nudo que le atenazaba la garganta. Su mirada se volvió tan dura que, si sus compañeros de mesa hubiesen estado lo bastante sobrios para notarlo, se hubiesen congelado en sus asientos.

—Te estás volviendo tan aburrido como una vieja, amigo. Ya solucionaremos ese problema si llega a producirse.

—¿Y de c… cu… cuánto dinero estamos hablando? —tartamudeó Phil Johnson, salivando ante la posibilidad de llenar sus bolsillos.

—Yo no me acercaría a esa mujer por menos de trescientas libras —dijo Travis, levantando las manos como si no quisiera tocar algo pringoso. Todos sabían que no era demasiado voluntarioso, además de tener una más que holgada situación económica, por lo que era el que menos empeño pondría en ganar.

—¿Solo eso? ¡¡¡Travis, eres un tacaño!!! —se burló Sanders.

Vincent estaba asqueado, terriblemente furioso, y ninguno se percató de que sus dedos se aferraban con tanta fuerza al borde de la mesa que hubiese podido partirla con las manos. Pero de nuevo tenía que mantener silencio y no alentar a las fieras. Debía confiar en la lucidez de Alexandra para esquivar a esos seres despiadados. Ingenuamente había creído que la amenaza había terminado, pero como en una de sus pesadillas todo parecía repetirse de nuevo.

La voz de su abuelo resonó en su cabeza mientras la sangre rugía furiosa en sus oídos.

«Un hombre de verdad no se preocupa por nimiedades, un hombre de verdad debe seguir su camino, un hombre de verdad no sufre por nadie, un hombre de verdad no puede dejarse vencer por el sentimentalismo… Un hombre de verdad tiene un fin, y un método para llegar a él, las distracciones no están permitidas.»

Pero en ese momento, mientras se fraguaba el desastre, lejos de sentirse como un hombre de verdad, se sentía como una auténtica basura. Se había quedado bloqueado escuchando las tremendas barbaridades que se decían en aquella mesa con una total falta de humanidad, donde se destrozaba a una persona sin titubear, como si no fuera más que un espantapájaros relleno de paja.

—¿Tacaño yo? —Travis se puso de pie vaciando el contenido de sus bolsillos sobre la mesa de manera jocosa—. Añado doce chelines y… un botón.

—Puedes quedarte con el botón, y veo los doce chelines, pero si, como bien dice Rhys, nos estamos jugando el pescuezo, creo que lo justo es que sean mínimo quinientas libras.

—Eso es una puñetera fortuna. —Se quejó Johnson, que no tenía fe en sus posibilidades.

—Preocúpate solo por esforzarte en ganarla. Quinientas libras y doce chelines, entonces —resumió Sanders, dando un golpe con el vaso en la mesa haciendo que su contenido se derramara, mientras Vincent apenas podía contener la arcada que le produjo la bilis subiendo por su garganta.

Hacía más de dos horas que había vuelto a casa, pero, aunque su cuerpo fuera incapaz de tolerar ni una gota más de alcohol, se sentía sin fuerzas para meterse en la cama y enfrentarse a sus sueños tortuosos. Se levantó para coger la licorera y sus dedos fueron incapaces de retenerla, dejándola caer sobre la alfombra con un ruido sordo, derramando parte de su contenido. Se agachó con dificultad y la cogió llevándosela directamente a la boca, provocando que su estómago se rebelara en respuesta.

Se dejó caer en el sofá de su despacho e intentó fijar la vista en un punto concreto de la roseta que adornaba las molduras. Pero todo había empezado a darle vueltas hacía rato. Casi tanto como su propia vida, que parecía girar a un ritmo endiablado y en cuyo epicentro estaba Alexandra Richmond. Antes de estar totalmente ebrio, había llegado a varias conclusiones de las que trataba de autoconvencerse con todas sus fuerzas.

La primera era un hecho irrefutable: Alexandra no era estúpida. Estaba totalmente seguro de que sabría calibrar perfectamente la calidad humana de aquellos tres sinvergüenzas antes de que trataran de embaucarla. Aunque también estaba el asunto de que, con toda probabilidad, él era el peor de todos ellos, y, sin embargo, le resultaba bastante sencillo acercarse a ella. Y ojalá no fuera así.

Analizó con detenimiento a los que estaban involucrados en aquella atroz apuesta.

Alexandra le había manifestado su falta de aprecio o interés por Phil Johnson, por lo que el muchacho no tendría ninguna opción. Con lo cual él no le preocupaba en absoluto. No era un muchacho peligroso, solo un descerebrado.

Lord Travis era demasiado holgazán y rico como para tomarse el trabajo de perseguir a una dama. De hecho, no tenía conocimiento de que jamás hubiera mostrado interés por ninguna, y lo que más le deleitaba era ver la destrucción de los demás desde su cómoda butaca en primera fila.

Luego estaba lord Sanders. Sanders era con diferencia el más cruel y falto de escrúpulos de todos.

Esa noche había descubierto un brillo de maldad en sus ojos que pocas veces había tenido ocasión de ver, lo cual resultaba extraño, porque no tenía ningún motivo personal para querer desearle el mal a Alexandra ni a su familia. Y, sin embargo, parecía estar ensañándose de lo lindo con ella.

Vincent no apreciaba especialmente a ninguno de ellos, más allá de compartir ratos de ocio y haberse salvado mutuamente el trasero en alguna pelea. Pero Travis y Johnson resultaban bastante más inofensivos.

Esa noche, tras abandonar el club, había recordado un episodio preocupante y poco claro que había tenido lugar el año anterior mientras él estaba en el campo. Sanders se había encaprichado de una de las debutantes más populares esa temporada. Una chica preciosa, frágil como el cristal y con un porvenir bastante halagüeño. Una joven inocente destinada a ser una de las niñas mimadas de la sociedad. Sanders la había engatusado mostrando su cara más aduladora, y falsa, por supuesto, hasta que la chica había caído rendida a sus encantos. A partir de ahí todo era muy confuso, pero, por lo que Travis le contó, habían encontrado a Sanders con ella en un carruaje en una situación más que comprometida.

Tanto Sanders como ella se habían negado a arreglar aquello mediante un matrimonio, y el asunto se había solucionado con la pobre chica casada con uno de los ancianos amigos de su padre y desterrada al campo hasta el fin de sus días. ¿Por qué motivo una chica elegiría casarse con un anciano, al que apenas conoce, en lugar del joven atractivo del cual se supone que se ha encaprichado?

Travis había preferido ahorrarse los detalles, pero, incluso a alguien con tan pocos valores como él, el asunto le había resultado bastante escabroso.

Rhys recordó cosas en las que nunca se había parado a pensar, pero que ahora taladraban su mente de manera persistente. Sanders era un cerdo que usaba a las mujeres a su conveniencia, y a Rhys esa conducta le enfermaba y asqueaba.

No podía permitir que se acercara a Alexandra. Era lo suficientemente lista como para alejarse del peligro por sí sola, pero tendría que tratar de estar vigilante con respecto a Sanders.

Aunque la idea de inmiscuirse en la vida de Alexandra no era una perspectiva agradable. No significaba nada para él, no era de su familia, no sentía nada por ella…, ¿por qué sufrir, por qué implicarse, por qué preocuparse por algo que no le concernía? Se levantó demasiado rápido del sofá haciendo que su cabeza diera vueltas y se fijó en el libro que descansaba sobre la mesita.

Entre tus pétalos rosados.

Quizá Alexandra estuviese leyendo el libro en esos momentos. Pensó en su boca inexperta, en su piel suave, en su recién descubierta valentía. Quizá estuviera pensando en él mientras leía cómo el sultán le hacía el amor a Grace. Quizá se acariciase pensando que eran los dedos de Rhys los que entraban en su cuerpo profanando sus propios pétalos rosados. Y, a pesar de que el alcohol amenazaba con tumbarlo, se endureció de una manera feroz y dolorosa. Metió su mano en sus pantalones y cerró los ojos imaginando que era ella quien lo acariciaba, desesperado por liberarse y desprenderse de esa maldita ansiedad.

Vincent Rhys era el cuarto involucrado en la apuesta, y no cabía ninguna duda de que era el más canalla de todos.

El sultán no era un hombre dulce, no era delicado, pero su forma de tocarla conseguía que todas las terminaciones nerviosas de su piel permanecieran en alerta todas las horas del día y de la noche. Las suspicacias estaban empezando a ser palpables entre las esposas del sultán, que veían con recelo cómo una advenediza ocupaba la mayor parte del tiempo de su esposo.

Pero ella no era su esposa ni lo sería jamás, ella solo era un medio para conseguir un fin, un cuerpo en el que saciar sus instintos, un preciado tesoro, una joya exquisita totalmente diferente a las demás.

Grace se abandonaba a sus deseos como si se dejara arrastrar por una marea invisible. No hacía nada para conquistarlo, no trataba de excitarlo, le bastaba con existir y con que él supiera que existía. Lo subyugaba con su mirada lánguida, con su entrega pasiva y silenciosa. Y a él le volvía loco cada jadeo que conseguía arrancar de su garganta, cada estremecimiento de su carne. Sentía como un triunfo cada vez que ella alcanzaba el éxtasis para él, cada vez que le pedía un poco más entre susurros en el fragor de sus batallas carnales. Aunque después del placer ella se recompusiera como la perfecta dama que era, como si no acabara de lamer su verga, como si el sabor de su semen no amargara aún en su lengua y su garganta.

Entre tus pétalos rosados, extracto del capítulo 7

Alexandra cerró el libro y se dejó caer de espaldas en la cama, suspirando. Desde la fiesta de los Talbot unos días antes, no había vuelto a ver a Rhys ni había tenido ningún tipo de noticia de él. Sería una ingenua si creyera que Vincent estaba leyendo en esos momentos o que le había dedicado algún pensamiento esos días. La lectura había conseguido alterar su cuerpo y su mente, pero ella no podía pensar en la piel y los ojos oscuros del sultán mientras leía. En su lugar, cientos de imágenes obscenas donde Rhys era el protagonista acribillaban su imaginación.

Deslizó las yemas de sus dedos sobre sus labios y cerró los ojos pensando que Vincent estaba allí. Continuó bajando por su cuello perdiéndose lentamente en el escote abierto de su camisón. Se levantó de golpe y volvió a abrochar los botones de la prenda, completamente avergonzada por lo que había estado a punto de hacer.

Pensar en ese hombre estaba acabando con toda la decencia que le habían inculcado desde que nació, aunque también estaba consiguiendo que se sintiera un poco más viva.

12

Vincent estaba seguro de que tenía algo importante entre manos. Sentía ese pálpito inconfundible que le indicaba que un tesoro andaba cerca, esperando a ser descubierto. Había encontrado una caja llena de documentos antiguos y estaba seguro de que estaba a punto de dar con algo bueno. Aunque le resultaría mucho más fácil concentrarse si sus sentidos no estuviesen alerta a cualquier sonido que le llegaba desde el piso inferior.

Lady Duncan y lady Alexandra parecían tener últimamente una vida bastante animada y las visitas se sucedían, así como sus constantes salidas para acudir a tomar el té, a pasear por Hyde Park en carruaje, a reuniones de caridad o cualquier cosa a la que se dedicaran las damas de alcurnia, y que a él no deberían interesarle lo más mínimo.

Con suerte, el trabajo en casa de lady Duncan terminaría en pocos días y podría concentrarse en buscar uno o varios compradores para la colección. Se quitó las gafas y se apretó el puente de la nariz con los dedos aliviando su huella, y dio por terminado su trabajo por ese día. Al salir del despacho se encontró con lady Margaret, que subía las escaleras.

—Querido, ¿ya te vas?

—Sí, lady Margaret. Necesito consultar algunos libros para continuar. Pero creo que terminaré en los próximos días. Nos veremos mañana.

—¿Tienes planes para esta noche?

—No, la verdad. Pensaba pasar una noche tranquila en casa.

La mujer lo miró con la ceja arqueada como si no hubiera creído una palabra. Todos deducían que la vida de un libertino consistía en una sucesión interminable de orgías, borracheras y escándalos constantes, pero al menos en su caso distaba bastante de la realidad.

—Alexandra y yo vamos a ir de nuevo al teatro. Lady Wright nos invitó la semana pasada y he decidido devolverle la invitación a ella y a su hijo.

—Es muy amable por su parte. —Rhys la halagó con una tensa sonrisa. Contra todo pronóstico, Phil Johnson iba a tener de nuevo una oportunidad para estar con Alexandra, mientras él ni siquiera había reunido las suficientes agallas como para encontrarse con ella de manera casual.

Y en realidad no debería preocuparle en absoluto, ya que ir al teatro bajo la estrecha vigilancia de lady Duncan no era lo peor que le podía pasar. Lady Duncan movió su mano en el aire con un tintineo de pulseras, quitándole importancia al asunto.

—Y un cuerno amabilidad. Mi palco está mejor posicionado que el suyo, y nunca está de más poder regodearse de esos pequeños triunfos de la vida.

Quedan un par de asientos disponibles, me encantaría que vinieras.

—Le agradezco la invitación, pero creo que ocuparé la noche en echarle un vistazo a los libros que le he comentado.

—Bien, como gustes. Pero mantendré la esperanza de que cambies de opinión.

Y sin saber ni cómo, esa noche, Vincent esperaba en la entrada del teatro, ansioso como un colegial, a que lady Duncan y su acompañante aparecieran. Había preferido esperar en el interior de su carruaje, discretamente estacionado a una distancia prudente, para pasar desapercibido, con la intención de salvaguardar un poco su dignidad. Hacía rato que había visto llegar a Johnson acompañando a su madre. La pobre mujer probablemente estaría paladeando la idea de hincarle el diente a la jugosa dote de Alexandra, emparentar con el ducado de Redmayne y, como premio final, deshacerse del inútil de su hijo. Al fin sería el problema de su esposa y no el de sus padres, que ya estaban más que agotados de lidiar con él.

Pero Alexandra cargaría con semejante cafre solo por encima de su cadáver, y, viendo cómo estaban las cosas, tenía la impresión de que ni Johnson ni ninguno de sus colegas tenía la intención de jugar limpio. Sabía por experiencia propia que los teatros poseían suficientes recovecos y pasillos oscuros donde tener una cita clandestina o comprometer a una dama, y, aunque dudaba que fuera el caso, no pensaba dejar nada al azar.

Se enderezó en su asiento en un acto reflejo cuando al fin divisó el carruaje que esperaba, y un lacayo acudió a abrir la puerta y colocar la escalinata para que la primera dama bajase. Alexandra fue la primera en bajar y Vincent se dio cuenta de que se había aferrado sin darse cuenta al tirador de la puerta como si fuera vital llegar a ella antes que nadie más. Movió la cabeza sintiéndose estúpido y esperó a que ambas damas estuviesen dentro del teatro.

En cuanto Rhys entró al *hall,* varias personas se acercaron a saludarlo, y, a pesar de que correspondió cortésmente, sus ojos no podían apartarse de Alexandra, que parecía brillar en medio de todos los demás.

Su vestido era como una cascada de seda gris, pero muy alejado del tono sobrio de medio luto que solía usar. Los hilos de plata bordados por toda la falda reflejaban la luz de las lámparas y la parte del corpiño estaba adornada con cuentas brillantes que parecían de cristal. El escote estaba diseñado de manera tan exquisita que cubría los hombros, que ella jamás mostraba, pero exhibía la unión perfecta de sus pechos, de manera que era muy difícil apartar la vista de allí. Y así lo demostraba la mirada bobalicona que Johnson le estaba dedicando a esa parte concreta de su anatomía, mientras le ofrecía su brazo para escoltarla al palco.

Rhys consiguió zafarse de la conversación que lo retenía para llegar justo a tiempo de encontrarse con la sonrisa sabia de lady Duncan, que lo había estado observando desde que puso un pie en el interior del teatro.

—Vaya, vaya, mi pícaro preferido ha decidido complacerme con su presencia. —Rhys besó su mano afectuosamente mientras le cedía su brazo para acompañarla, intentando que no se notaran sus prisas por alcanzar al resto de la comitiva.

—No podía negarme a una invitación de la mujer más bella y encantadora de Londres.

—¿Seguro? ¿No será que quizá te encante otra cosa? ¿La obra que se representa tal vez?

—Para ser sincero, no tengo la más remota idea de la obra que vamos a ver, pero apuesto lo que quiera a que la mitad de los que hay aquí tampoco. —Ambos rieron mientras continuaban avanzando.

Llegaron al palco, y, mientras saludaba a lady Wright y a una anciana prima de lady Margaret que también había sido invitada, Rhys vio por el rabillo del ojo cómo Phil se posicionaba discretamente cerca de Alexandra, con el claro objetivo de ocupar la silla junto a ella. Apretó la mandíbula sintiéndose un estúpido por haber perdido el tiempo esperando en su carruaje y haber desaprovechado la ventaja.

Alexandra se percató de su presencia y, a pesar del velo, pudo ver cómo sus labios se entreabrieron por la sorpresa de encontrarlo allí. Su pecho se hinchó disfrutando de su pequeño triunfo. Phil estaba hablándole, pero, con toda seguridad, ella ni siquiera lo estaba escuchando, pendiente de cómo Rhys saludaba a sus ancianas compañeras de palco sin apartar su mirada burlona de ella.

De pronto un pequeño y controlado revuelo atrajo la atención de todos.

—¡Oh, Dios mío! Creo que acabo de perder una pulsera —dijo lady Duncan con voz afectada moviendo sus faldas, buscando algo desesperadamente en el suelo.

—¿Estás segura, Margaret? ¿Has visto cómo se caía? —preguntó su prima preocupada, sabiendo el valor de las piezas confeccionadas en oro y piedras preciosas.

—Sí, sí que lo estoy. Señor Johnson, por favor. ¿Sería tan amable de ayudarme? —Phil se sonrojó por no haber tenido la precaución de ofrecerse antes de ser reclamado—. El señor Rhys es demasiado grande para colarse debajo de las sillas. Creo que ha debido caer por aquí.

Vincent no tenía un pelo de tonto y era experto en aprovechar las oportunidades. En cuanto Johnson se arrodilló, con el consiguiente riesgo de reventar las costuras de su traje demasiado estrecho, siguiendo las instrucciones de una lady Margaret afectadísima, inmediatamente ocupó su lugar junto a Alexandra con el fin de que tuviera más espacio para continuar su prospección bajo los asientos.

—Buenas noches, milady —susurró cerca de Alexandra, que no se atrevía a mirarlo a los ojos tras su último encuentro.

—Buenas noches, señor Rhys. No esperaba encontrarlo aquí. No sabía que tenía inquietud por el teatro.

—Así es, hay muchas cosas que me provocan inquietud. Algunas hasta a mí mismo me sorprenden.

Y realmente era así. Él era el primero que estaba sorprendido. No por sentir deseos de acudir al teatro, cosa que hacía con cierta frecuencia, sino por sus propias reacciones hacia Alexandra, por su necesidad de estar allí, protegiéndola, en vez de en cualquier otro lugar de Londres, lo cual sería lo más sensato.

Después de besarla, se había repetido a sí mismo que no se volvería a acercar a ella. Y, después de conocer la nueva apuesta, se había convencido de que la vigilaría desde la distancia.

Y, sin embargo, ahí estaba, aprovechando lo que seguramente sería una treta de lady Duncan para colocarse a su lado y robarle el sitio a Phil. La campana anunció que la obra estaba a punto de comenzar, instando al público a ocupar sus asientos, y Rhys acompañó a Alex al suyo, situado en el extremo del palco, decidido a ocupar la silla a su lado.

—Un momento, joven. Dos, tres, cuatro... —Lady Duncan levantó el brazo y de manera teatral comenzó a contar sus pulseras, mientras Phil, aún de rodillas, levantó la cabeza, rojo como un tomate y sudando copiosamente—. Dios mío, discúlpeme, señor Johnson. Creo que están todas. Ha debido ser un error de esta pobre vieja despistada.

Rhys sonrió discretamente a la anciana, que le guiñó un ojo, y se dirigió a ocupar su asiento seguida del resto, y de un Phil que maldecía con poco disimulo al ver cómo Rhys le había ganado la mano de nuevo.

—¿Puedes explicarme qué demonios ha sido esto? —preguntó Alexandra ante la poco cortés manera en la que le había quitado el sitio a su supuesto amigo.

—Lady Duncan creyó haber perdido una de sus pulseras, ¿no es obvio?

Alexandra suspiró cuando por fin bajaron las luces. Puede que el beso que habían compartido fuera insignificante para Rhys, puede que no cambiara nada entre ellos, pero estar sentada junto a él era una tortura. No podía obviar su presencia, tan magnética, tan masculina, tan... impertinente.

—¿Tienes ganas de ir al baño? Alguien debería haberte advertido de que esas cosas se hacen antes de salir de casa o al menos antes de que empiece la función —susurró irónicamente acercándose a ella. Aunque su actitud jocosa se disipó un poco cuando el olor de su perfume llegó hasta él. A pesar de ser sutil y cálido, lo sintió como una bofetada, despertando sensaciones que no estaba dispuesto a analizar.

—Yo..., yo no... —Alex bufó frustrada.

—No paras de dar toquecitos nerviosos con el tacón en el suelo. O has bebido demasiado té, o es que mi presencia varonil te altera hasta el punto de...

—¡Rhys! —susurró apretando los dientes—. Claro que me alteras. Eres un maleducado, y un bruto. ¿Nunca te enseñaron que a una dama no se le habla de esas cosas?

—Me enseñaron muchas cosas que no debía hacer con las damas, y confieso que, gracias a Dios, no les hice caso, porque son las más divertidas.

Alex se abanicó con el programa de la obra hasta que Vincent se lo quitó de un tirón para intentar ver bajo la escasa luz el nombre de los actores. A punto estuvo de atragantarse al descubrir como actriz principal a una de sus antiguas amantes. Le devolvió el programa y la observó durante unos segundos.

—Quítate eso —ordenó.

Alex giró la cara hacia él para mirarlo sorprendida. Recordó la anterior visita al teatro en la que Johnson no era capaz de guardar silencio. ¿Acaso no había manera humana de ver una obra con tranquilidad? Rhys le señaló con el dedo el velo de color plata que le cubría la cara parcialmente.

—Es imposible que puedas ver el escenario desde aquí con esa cosa horrible tapándote la cara. —Si se levantaba el velo, él, sentado a su izquierda, tendría una panorámica perfecta de esa parte de su cara que tanto odiaba, aunque Vincent ya estaba más que acostumbrado a verla y no le importaba lo más mínimo.

Alexandra clavó la vista en el escenario, donde uno de los actores ya recitaba las primeras frases, tratando inútilmente de ignorarlo. Rhys se fijó en cómo su pecho subía tomando aire, haciendo que el borde de la tela aprisionara sus senos un poco más, y cómo bajaba lentamente al exhalar. Santo Dios, estaba perdiendo el juicio, no había otra explicación.

—Aparta el velo o lo hago yo por ti. —La amenaza surtió efecto en cuanto Vincent se volvió hacia ella y comenzó a alzar la mano en dirección a su rostro.

Ella lo fulminó con la mirada mientras se levantaba la red plateada y dejaba expuesta su cara. Él le sonrió en respuesta y suspiró satisfecho dirigiendo la vista hacia el escenario.

—Mucho mejor.

Si la vida de Alexandra dependiera de repetir una sola de las palabras que se decían en esa representación, caería fulminada en ese momento. No podía dejar de percibir cada minúsculo movimiento de Vincent. Su mano enguantada se apoyaba de manera descuidada sobre la tela de sus pantalones, deslizándose apenas unos centímetros en un gesto casual, atrayendo como un imán los ojos de Alexandra. Ella trató de concentrarse de nuevo en lo que ocurría en el escenario, donde una voz de mujer cantaba, o al menos lo intentaba, con un tono demasiado estridente. Volvió a mirar, sin querer, sus largos muslos y los músculos que se marcaban bajo la tela de color azul oscuro. Sus faldas plateadas casi lo rozaban y solo con estirar un poco la mano..., pero siempre era así entre ellos, tan cerca y a la vez tan lejos.

—¿Crees que la raya de mis pantalones está perfectamente planchada o me aconsejas despedir a alguien del servicio en cuanto llegue a casa? —Alex apartó la vista agradeciendo que la tenue iluminación no permitiera ver el molesto sonrojo que le llegaba hasta las mismas orejas. Era vergonzoso que la hubiese descubierto examinándolo tan concienzudamente y no pudo evitar odiarlo un poquito por su falta de discreción.

—Eres odioso. Cállate de una maldita vez, no me dejas escuchar —dijo en el momento en que la actriz principal daba todo de sí con un grito que amenazaba con romper los cristales del teatro, desafinando terriblemente al final.

—Pues deberías agradecérmelo —susurró en tono mordaz—. Las desinformadas malas lenguas dicen que el director de la obra solo la mantiene como actriz principal por sus buenas dotes en el lecho.

Alexandra vio un brillo travieso en su mirada y, aun así, formuló la pregunta.

—¿Y tú piensas que no es así?

—Pienso que en realidad el tipo debe estar encaprichado de su voz, porque en la cama no es para tanto...

—Ese comentario, además de poco caballeroso, es soez y... —Un leve carraspeo proveniente de las damas que los acompañaban hizo que ambos se callaran, y Rhys la amonestó moviendo los labios. Ambos tuvieron que contener la risa nerviosa, como si fueran dos niños haciendo travesuras durante la misa del domingo.

Alexandra intentó concentrarse en la obra, pero ya había perdido totalmente el hilo de la trama y un nuevo gallo de la actriz la hizo volver a mirar a Rhys, que a duras penas aguantaba la risa.

—¿En serio ella es tu amante? —preguntó acercándose un poco para que los demás no los oyeran.

—Lo fue. Una sola vez. Nunca repito con ninguna mujer. Y nunca las beso.

Rhys se arrepintió inmediatamente de ese repentino ataque de sinceridad. No debió contárselo precisamente a Alexandra, a la que había besado en dos ocasiones, aunque una vez dicho ya no se podía volver atrás. Notó la pequeña conmoción que se produjo en ella, ese breve y casi imperceptible instante en que Alexandra había dejado de respirar para luego recuperar la compostura y mantenerse en su sitio como si nada hubiese pasado.

Rhys ignoró convenientemente la mirada asesina que Phil y su madre le dedicaron cuando se despidió de ellos para acompañar a lady Duncan y a Alexandra sanas y salvas hasta su carruaje. Lady Duncan subió al vehículo con asombrosa agilidad, a pesar de su edad, y, mientras ella acomodaba sus faldas en el asiento, Vincent sujetó la mano de Alexandra para ayudarla a subir durante más tiempo del necesario. Alex no pudo evitar que el ritmo de sus latidos se acelerara al notar el calor de su agarre a pesar de sus guantes, y, antes de poner el pie en el escalón del carruaje, lo miró a través del velo, que ya volvía a estar en su lugar.

—Capítulo ocho —dijo en un tono de voz tan quedo que pensó que él no la habría oído.

—Has seguido leyendo sin mí —la amonestó Vincent con una sonrisa.

—El mundo no se detiene solo porque tú no estés presente, Rhys.

Aquella respuesta parecía toda una declaración de intenciones, a pesar de ser un comentario casual.

—Procuraré no olvidarlo. —Vincent se inclinó y depositó un casto beso sobre el dorso de su mano, sin dejar de mirarla a los ojos—. Capítulo ocho, entonces.

Permaneció allí parado sintiéndose extraño y un poco ridículo hasta que el carruaje de lady Duncan desapareció de su vista, perdiéndose entre las calles del Londres más exclusivo. De pronto, allí de pie, tuvo la extraña sensación de habitar la piel de un hombre desconocido, una piel y una vida que no eran suyas del todo, y que ni mucho menos merecía.

13

Era imposible controlar su propio cuerpo, sus reacciones, cuando su propia respiración se escapaba de su pecho, sin seguir las leyes de la naturaleza o de la lógica. Desde niña le habían enseñado a dominar el arte de la mesura, la contención, el comedimiento… Pero ahora, por más que se mordiera los labios, apenas podía contener el deseo de gritar.

Cómo podía mantenerse indemne ante aquel asalto brutal a sus sentidos, si, a pesar de aferrarse a las sábanas, su cuerpo no podía mantenerse pegado a ellas, alzándose, retorciéndose en busca de las manos y la boca del sultán. Sus ojos oscuros la miraron desde su privilegiada posición entre sus piernas, insaciable, incansable en su afán por hacerla perder la compostura, deseoso de hacerla desfallecer de tanto placer, de escuchar sus gritos.

El primer orgasmo fue rápido y fulminante, pero él no pensaba detenerse ahí. La acompañó besándola con lentitud mientras su respiración se acompasaba, para volver a devorarla con más intensidad instantes después.

No se cansó de lamer, acariciar, morder su sexo, hasta que volvió a hincharse por el deseo y el placer. Continuó su avance implacable hasta que su lengua se hundió en su interior saboreando su humedad. Era incapaz de detenerse en su obsesión por pervertirla, por volverla loca. Siguió su descenso con su lengua y sus dedos hasta sus nalgas, rozando con suavidad su hendidura.

Grace se rebeló un instante, pero luego se paralizó ante la caricia prohibida que escapaba de cualquier cosa que hubiese considerado decente, o incluso natural. El sultán sonrió, una sonrisa malvada cargada de lujuria. Se encontró con la mirada turbia de ella mientras volvía a sus rosados pliegues para continuar con su labor.

—Hoy no, Grace. Pero prometo descubrirte cada punto de placer de tu cuerpo. Sin censura. Pero hoy no. Hoy solo quiero beber de tu néctar, empaparme de él hasta que solo quede de ti la mujer, hasta que olvides a la dama..., hasta que solo me recuerdes a mí, y rechaces todo lo que existe detrás de estas paredes. Porque ya nada te espera ahí fuera. Solo existimos tú y yo, y el placer que podamos inventar con nuestros cuerpos.

Entre tus pétalos rosados, extracto del capítulo 8

Esa mañana Rhys se había demorado más de la cuenta en el museo, y cuando llegó a la mansión de lady Duncan, le informaron de que esta se había marchado, pero lady Richmond se encontraba en el jardín. Se detuvo unos instantes calibrando si sería oportuno ir a saludarla, pero decidió que lo más sensato era priorizar su trabajo y dejarse de zalamerías que no lo llevarían a ninguna parte.

Después de un par de días lluviosos, la mañana cálida y soleada invitaba al optimismo, y tras quitarse la chaqueta abrió el ventanal que daba al jardín para dejar entrar el aire limpio y fresco. La voz de Alexandra y su risa cantarina lo atrajo como un poderoso imán.

Hablaba con uno de los chicos del servicio que le había llevado un vaso de limonada. Se apoyó en el alféizar, tratando de atisbar entre las ramas de los árboles pequeños retazos de Alexandra. Ella caminaba infatigable de un macizo a otro, con su cesta de mimbre y sus tijeritas de podar. La escena era encantadora, demasiado encantadora para que un ácido libertino como él pudiera disfrutar de algo así.

Y, sin embargo, allí seguía un rato después, observando un puño de encaje de su pulcra camisa blanca mientras quitaba unas hojas secas, el vaivén de sus faldas de cuadros de tonos azules agitadas por el viento, su pelo oscuro, que había recogido en dos trenzas que se unían en la parte de atrás y que caía en bucles serpenteantes hasta la mitad de su espalda, meciéndose cada vez que ella se inclinaba sobre algún rosal.

Alexandra se detuvo en mitad del claro quitándose los guantes, y, tras coger su cesta, se perdió de la vista entrando en la casa. Vincent resopló, ya que se había quedado sin su inesperado entretenimiento, y decidió que era hora de volver a su trabajo.

Apenas cinco minutos después ya bajaba las escaleras y se dirigía a la sala donde el mayordomo le dijo que se encontraba Alexandra.

Alex dio un respingo cuando escuchó la puerta de la sala cerrarse tras ella, y se giró para encontrar a Vincent Rhys en mangas de camisa, tan perfecto y peligroso como siempre.

Se sonrojó al pensar que probablemente el aire la habría despeinado y que su atuendo era demasiado sencillo en comparación con la perfección que Vincent representaba. En fin, qué importaba. A él no le interesaba en absoluto su apariencia, siempre encontraría algo que criticar.

—No sabía que estabas aquí. Lady Duncan ha salido para visitar a una de sus numerosas primas —dijo Alexandra, volviendo a su labor.

Rhys, con las manos en los bolsillos, se acercó con paso lento hasta ella, que se encontraba de pie junto a la mesa, quitándole las hojitas a una rosa de tallo largo. Aprovechó que ella no lo miraba para observarla con detenimiento.

La falda se ceñía a su cintura con un lazo de la misma tela, marcando sus formas delgadas y estilizadas. Así, de espaldas, parecía más alta, y cayó en la cuenta de que no estaba, como siempre, ligeramente encorvada y encogida sobre sí misma. Ante él no se escondía, y no sabría decir si era porque no le importaba en absoluto su opinión o porque no esperaba nada de él.

—Lo sé, me lo dijo el mayordomo. Me extrañó que no la hubieses acompañado.

—La mujer está delicada y no le sientan bien los alborotos. Lady Margaret me dijo que la esperase aquí para comer con ella.

—Las palabras «alboroto» y «Alexandra Richmond» en una misma frase no combinan demasiado bien.

Alex puso los ojos en blanco, pero no se molestó en mirarlo, y eligió una dalia blanca para terminar el jarrón. Lo colocó en una mesita baja en el otro extremo del salón, y regresó a su lugar con otro florero de porcelana para realizar un nuevo arreglo floral.

Rhys se sentó sobre la mesa dando un pequeño saltito, decidido a fastidiarla un rato por el puro placer de entretenerse, aunque ella parecía empeñada en ignorarlo.

—¿Y bien? —preguntó Rhys, acercándose una rosa amarilla para aspirar su aroma, sin dejar de mirar sus mejillas sonrojadas por el sol y los finos mechones rizados que se habían escapado de las dos trencitas y que rozaban su cara.

—¿Y bien, qué? —Le devolvió la pregunta quitándole la rosa para ponerla en el jarrón.

—¿Leíste el capítulo?

—Sí.

—¿Y?

—Muy entretenido. —Rhys cogió otra flor de la cesta haciendo rodar el tallo entre sus dedos.

—¿Y eso es todo? Creí que encontrarías el capítulo bastante instructivo —dijo sin poder deshacerse de la sonrisa traviesa.

Alexandra intentó continuar con la tarea, pero las tórridas escenas entre Grace y el sultán bombardearon su mente.

—Podría ser, pero… —Levantó la vista para encontrarse con la mirada azul de Vincent, que parecía querer leer su mente, y no pudo evitar titubear—. Yo… no sé… La verdad es que hay muchas cosas que no termino de entender. —Terminó la frase frustrada, a la espera de la consiguiente burla.

—El lenguaje es bastante claro, incluso demasiado explícito algunas veces.

—No estoy hablando de semántica —lo interrumpió Alex demasiado cortante—. Supongo que no tengo suficientes vivencias para comprender algunas situaciones.

Y era cierto. Obviamente podía usar su imaginación para tratar de entender todo lo que Grace vivía, pero su experiencia sobre el deseo era demasiado escasa o prácticamente nula.

—Quizá aún no estés preparada para un libro así.

—Pues debiste pensarlo antes de regalármelo. No pienso dejar de leerlo hasta que sepa si su marido consigue encontrar las agallas para ir a rescatarla.

—¿Ese sería el final feliz, según tú? ¿Piensas que Grace sería más feliz en la vida que otros han diseñado para ella, protegida en la burbuja de un matrimonio totalmente frío, tedioso y sin sustancia, inmersa en la espiral tóxica de las buenas costumbres? Y, por supuesto, sin hacer mucho ruido, para que las malas lenguas se mantengan en su sitio.

—Hablas como si la estabilidad fuese algo despreciable, pero muchos aspiramos a ella.

—Confundes estabilidad con aburrimiento y desidia —añadió Rhys con un tono más cortante de lo que hubiera deseado.

—¿Crees que será más feliz atrapada contra su voluntad, sometida a los deseos de un hombre que la posee como si fuera un objeto más de su colección?

—¿Acaso su marido no la poseía de igual manera? —respondió con vehemencia. Alexandra reflexionó sobre eso unos instantes, puede que tuviera razón, puede que de una manera u otra Grace no llegara a ser libre jamás—. El sultán nunca la ha obligado a nada. Al menos la hace sentir viva, importante, única... Con cada caricia, con cada encuentro, con cada beso la hace querer quedarse a su lado. Si supieras algo sobre el deseo, cambiarías de opinión.

Alexandra sonrió, de pronto tuvo la impresión de que estaban discutiendo sobre personas reales e importantes para ellos, y no sobre dos personajes ficticios. Rhys le pasó una flor rosada y ella, diligentemente, cortó las hojas que sobraban con unas tijeras y la colocó junto a las otras en el jarrón. Suspiró mientras acariciaba levemente los pétalos con las yemas de los dedos.

—Supongo que tienes razón. Me faltan datos para juzgar convenientemente. Al fin y al cabo, qué se yo sobre la pasión. Mi único acercamiento a ella fue el decepcionante simulacro de beso que me diste en la casa de los Talbot.

Los ojos de Vincent se abrieron como platos acusando la pulla. Alex se mordió el labio arrepintiéndose de inmediato de haber dicho algo semejante. Solo quería fastidiarle fingiendo que ella también había olvidado su primer beso hacía tantos años, pero aquello había sonado como un reto. Un reto totalmente innecesario, ya que el encuentro en la casa de los Talbot no había tenido nada de decepcionante, y aún parecía notar la ardiente huella de sus labios sobre los de ella cada vez que lo recordaba.

—Deberías sentirte afortunada, pocas mujeres pueden decir que las he besado, aunque el resultado no haya sido de cuento de hadas, como esperabas.

La Alexandra de siempre ni siquiera hubiese sido capaz de sostenerle la mirada, mucho menos hacer un comentario como ese, pero en ese momento... puede que se sintiera igual que Grace. Quería vivir, quería saber, aunque tuviera que conformarse solo con la teoría.

—¿Por qué? —Vincent no fingió que no entendía la pregunta, pero no se lo iba a poner fácil.

—Te has convertido en una chismosa, Alexandra —bromeó sopesando si debía o no contestar—. Por cada pregunta que formules yo te haré otra a ti. ¿Estás segura de querer continuar con el interrogatorio?

Sin levantar la vista de las flores, Alexandra respiró profundamente calibrando cómo de peligroso podía resultar. Después de todo, ella no tenía vergonzosos secretos que ocultar, al menos ninguno que Vincent no conociera ya, y a cambio podía resolver todas las dudas que la asediaban. ¿O estaría siendo demasiado ingenua?

Vincent estaba expectante y sintió la excitación de la caza bullendo por su sangre, la extraña euforia que precedía al éxito, sin entender que de los dos él era quien más peligro corría.

—¿Por qué nunca repites con ninguna mujer?

Le sorprendió gratamente que fuera tan directa, así que le respondió de manera sincera.

—Porque no quiero involucrarme de ninguna manera con ninguna mujer, ni que ellas lo hagan conmigo. Tener más de un encuentro implica que se adquiere una confianza, unos hábitos, un vínculo afectivo o de cualquier otro tipo. Simplemente, no quiero que ocurra eso.

Alex abrió la boca para volver a preguntar, pero él levantó la mano indicándole que era su turno.

—¿Te excitas cuando lees el libro, cuando imaginas el placer de Grace?

—Sí —dijo sin levantar la vista del jarrón. Vincent se dio cuenta demasiado tarde de que había formulado mal la pregunta y que se tendría que conformar con un monosílabo en lugar de la descripción exacta y torturadora de lo que ella sentía. Un error de principiante que la muy tramposa había sabido aprovechar.

—¿Por qué no besas a ninguna mujer? —Vincent se bajó de la mesa y permaneció a su lado observándola, mientras ella continuaba de manera parsimoniosa con lo que estaba haciendo, fingiendo que no la afectaba, que no notaba sus ojos sobre ella como una caricia.

—Supongo que me resulta demasiado íntimo, hay líneas que prefiero que no se traspasen.

—Pero... —Alexandra tenía mil dudas, pero no encontraba las palabras adecuadas para formularlas y ni siquiera sabía si quería saber la respuesta. Además, era el turno de Vincent.

—¿Qué haces entonces, cuando te excitas en la soledad de tu habitación, Alexandra?

—Nada. Solo imagino que..., que soy yo quien está recibiendo esas caricias. —Alex tragó saliva ansiosa por cambiar de tema—. ¿No las besas solo en los labios o... es algo generalizado? —El color rojo de sus mejillas se intensificaba por momentos, rivalizando con el de la rosa que intentaba, sin éxito, encajar entre las demás.

La escena de la amante de Vincent arrodillada frente a él proporcionándole placer hizo que su cuerpo reaccionara. Se preguntó si él le habría devuelto la caricia más tarde. Las imágenes que la habían torturado durante la noche se hicieron muy presentes y de pronto imaginó que en lugar del sultán era la boca de Vincent quien le daba placer a Grace.

Lo que ignoraba era que la mente de Vincent no hacía más que fabricar imágenes de ella tendida sobre su cama, junto al libro que él le había regalado. Alexandra, desnuda, esperando impaciente a que él deslizara su lengua por cada rincón oculto de su cuerpo.

—Solo en la boca. —Alexandra se volvió hacia él confundida. No entendía cómo un simple beso le parecía más íntimo que todo lo demás, si con toda seguridad llevaría a cabo cosas depravadas y libidinosas con sus labios.

Entonces recordó su primer beso junto al río, cómo la devoró a conciencia, cómo se entregaron a esa extraña danza, cómo sus lenguas se buscaron, cómo bebieron el uno del otro hasta quedar exhaustos y desarmados… Puede que se refiriera a ese tipo de intimidad, esa entrega que no podía ser sustituida por ninguna otra cosa, eso que sabía que no sentiría con nadie más.

—¿Crees que hay una extraña conexión entre tu lengua y tu alma o algo así? —preguntó Alexandra, tratando de contener una repentina carcajada fruto de los nervios, y de paso intentando romper aquella sensación tan sofocante que de pronto se había instalado entre ellos. Su inocencia, o puede que su inexperiencia, le impidió comprender lo que una simple palabra podía desencadenar.

—Me tocaba a mí, maldita tramposa.

Aun así, se sentía lo suficientemente magnánimo como para saltarse el turno. Alex cogió una rosa blanca para terminar el jarrón y siseó al clavarse una espina. Una minúscula gotita roja y brillante apareció inmediatamente en la yema de su dedo índice, y se sorprendió cuando Vincent lo sujetó para calibrar la gravedad de la pequeña herida.

—Sobrevivirás —susurró. Pero Alex dudaba de que su corazón fuera a aguantar mucho más si seguía mirándola de esa manera. Estaban tan cerca que podía notar perfectamente el olor de su colonia a pesar de estar rodeados de flores, y tuvo que reprimir el deseo de aspirar más profundamente para embeberse de él—. Corrígeme si me equivoco, pero creo que no he dicho que tenga ningún problema con mi lengua.

Alex se quedó sin respiración cuando Rhys se llevó su dedo a los labios para chupar la minúscula gota de sangre, transmitiendo una descarga desde ese punto hasta cada terminación nerviosa de su ser. El enorme cuerpo de Vincent se cernió sobre ella hasta que quedó atrapada contra el borde de la mesa, aunque no tenía intención de escapar a ninguna parte. Vincent soltó su mano y se acercó tanto a ella que por un momento pensó que iba a besarla, pero se detuvo a solo unos milímetros de su boca, respirando el mismo aire, que de pronto parecía quemar. Entonces, él le deslizó el pulgar con suavidad por el labio inferior y presionó hasta que su boca se entreabrió y su humedad brilló bajo la cálida luz que entraba por la ventana. La lengua de Alex, inexplicablemente y por voluntad propia, salió a su encuentro tímidamente, rozando apenas ese retazo de piel masculina, pero el breve gesto fue tan potente como la caricia más ardiente.

Rhys deseaba besarla, con desesperación, casi de manera dolorosa. Pero no lo haría, no infringiría sus propias normas, no permitiría que nadie traspasase sus barreras. Deslizó su nariz por su mejilla, por su cuello, aspirando su aroma. Cómo era posible oler a sol, a vida... Era fascinante. Sus manos se dirigieron hacia los primeros botones de la camisa blanca inmaculada de Alex, y en el proceso rozó de forma sutil sus pechos con los nudillos por encima de la tela de encaje, una caricia tan leve que ella no sabría decir si había sido accidental o no.

Sus dedos desabrocharon el primer botón de manera lenta pero precisa, mientras la lengua de Vincent recorría el contorno de su oreja y encontraba un punto sensible en su cuello que la hizo contener un jadeo. Alex percibió con claridad la sonrisa traviesa de siempre contra la piel de su garganta. Un nuevo botón siguió al primero, con el mismo deleite de quien deshoja una margarita para descubrir su destino en el amor.

Las manos de Alexandra se aferraron al borde de la mesa sobre la que estaba apoyada, temerosa de que cualquier movimiento pudiera romper la magia y hacer que él se detuviera. Dejó caer un poco la cabeza hacia atrás llevada por los besos de Vincent, por su lengua, que trazaba cada tendón, que se entretenía en el hueco de su garganta, en la forma de su clavícula.

Su mano se deslizó entre sus pechos, sobre la tela de su corsé, marcando la distancia hasta su ombligo, a través de la cuña que la camisa abierta dejaba al aire, pero aquello no era suficiente, ni de lejos, para calmar su necesidad. Estaba tan concentrado en lo que hacía que no se dio cuenta de que ella había apretado los ojos con fuerza cuando él introdujo las manos dentro de la prenda para deslizarla sobre sus hombros, hasta que los dedos temblorosos de Alexandra se aferraron a su muñeca.

—No, por favor. —Su voz fue tan inestable que él tuvo que hacer un esfuerzo para entender lo que le había pedido. Se detuvo de inmediato con los dedos aún rozando la piel de sus hombros bajo la camisa.

—¿No, por qué, Alexandra? ¿Porque no lo deseas o porque quieres ocultarte de mí? —Alexandra abrió los ojos de golpe reflejando una mezcla de pena y mortificación, y él no necesitó que contestara a la pregunta. Sin apartarse ni un milímetro, bajó la tela despacio acariciando sus brazos en el proceso—. No te ocultes de mí. Jamás. Si no me deseas, si quieres que me detenga, solo tienes que decirlo ahora, y no volveré a tocarte. Pero si es solo por miedo…

Vincent se tomó su silencio y la expresión anhelante de sus ojos como un consentimiento para continuar, y a pesar de que sabía lo difícil que le resultaría a Alexandra, necesitaba liberarla de esa vergüenza, de esa inseguridad. No soportaba verla sufrir por esas malditas marcas. Comenzó a deslizar la boca con suavidad sobre su hombro izquierdo, con tanta dulzura que Alex no pudo evitar que sus lágrimas comenzaran a resbalarle sin control por las mejillas.

Vincent resiguió con la lengua cada pequeña cicatriz, cada marca rugosa. Lo hizo con reverencia, con dulzura, como si así pudiera curarlas, como si pudiera hacerlas desaparecer, como si no importara que su piel fuera terriblemente imperfecta. Su boca continuó vagando hasta encontrar el ribete de encaje y lazos de su camisola y su corsé, y lo siguió con la misma lentitud, como si en realidad no estuvieran en la sala de visitas de una casa que no era la suya, expuestos a ser descubiertos en cualquier momento.

Sus manos se apoderaron de sus pechos y Alexandra se olvidó por un momento del dolor, de heridas y vergüenzas, y solo pudo pensar en él, en su boca descubriéndole aquello que dudaba estar destinada a vivir. Vincent bajó las prendas que la ocultaban, lo justo para acceder a la parte que tanto deseaba de ella.

Sus senos quedaron expuestos al aire y a su mirada, pero Alex no fue capaz de sentir pudor, no después de que él hubiese besado sus cicatrices, de que hubiera aceptado esa parte de ella que tanto odiaba.

Vincent Rhys jamás hacía algo que no deseara, jamás era prudente, ni considerado, ni diplomático. Si había hecho eso, era porque deseaba hacerlo.

Así de simple.

Sus manos hábiles acariciaron sus pechos elevándolos, apretándolos, acariciándolos hasta que Alexandra se arqueó hacia él en una súplica silenciosa. Rhys apresó un pezón entre los dientes, torturándolo con suavidad, deslizando su lengua alrededor de la punta endurecida, mostrándole todo el surtido de besos que estaba dispuesto a prodigarle. Mientras, dedicaba intensas caricias al otro, hasta que Alexandra no pudo contener el gemido de excitación que intentaba retener en su garganta.

La sensación era mucho más vibrante de lo que había imaginado, pero era solo el preludio de lo que debería venir después. Entrelazó sus dedos en el pelo castaño de Rhys, sujetándolo justo donde estaba, donde ella lo quería. Él la miró con una sonrisa perversa antes de dedicarle las mismas deliciosas atenciones al otro pecho.

Un resorte se accionó en su cabeza y Alexandra fue consciente de que no debería estar deseando eso, no podía sucumbir a todo lo que estaba sintiendo, o acabaría destrozada.

—Vincent… —Rhys se tensó inmediatamente al escuchar su nombre en sus labios, en ese tono susurrante y entrecortado, impregnado de deseo, que tantas veces había imaginado—. Por favor. Para.

Se incorporó y tiró de su chaleco y de su camisa intentando disimular que estaba igual de afectado que ella, o incluso más.

—Deja que te ayude. —Se ofreció para recolocar las prendas al notar que a Alex le temblaban las manos, pero ella se negó a que volviera a acercarse.

Quizá habían ido demasiado lejos, quizá todo aquello estaba resultando demasiado para ambos.

—¿Prefieres que te deje sola?

—Sí, por favor.

No lo prefería, lo necesitaba, porque temía lo que vendría después, ese momento en que con una sola frase certera empañara lo que acababa de ocurrir, sabiendo que él renegaría de esa pasión, de ese deseo, anunciando lo que ambos ya sabían, que nada entre ellos cambiaría.

14

—Perfecto entonces, lady Duncan. Le diré al comprador que está de acuerdo con el precio y, si le parece bien, esta semana me encargaré de que le manden las estatuas a su casa.

—De acuerdo. Si mi querido esposo supiera el precio que has conseguido por ellas, se asombraría. En realidad, ambos las odiábamos, pero un amigo nos las ofreció como pago de una antigua deuda y mi esposo siempre pensó que lo habían engañado. Cuando pasaba junto a ellas maldecía. Me dijo que me deshiciera de ese horror en cuanto pudiera, y ahora gracias a eso muchos niños van a poder dormir sobre colchones decentes en habitaciones acogedoras.

—Están haciendo una labor encomiable en el orfanato.

—Sí, eso intentamos. Pero siempre queda tanto por hacer… En fin. Ahora, si me disculpas, he quedado precisamente allí con mi sobrina Marian.

Alguien llamó a la puerta de la mansión. Los ecos de una conversación entre el mayordomo y otro hombre llegaron apagados hasta el despacho donde estaban reunidos.

—Me temo que tiene visita, milady.

—No, debe de ser la visita de Alexandra.

Rhys se puso de pie para ayudar a la anciana a levantarse de la silla, bastante extrañado por lo que acababa de escuchar.

—¿Va a recibir una visita masculina ella sola?

—Para ser un libertino y un sinvergüenza eres demasiado melindroso —se rio la anciana.

—Precisamente porque soy un sinvergüenza veo el peligro desde lejos. —Sonrió, aunque no pudo disimular la tensión.

—No se van a ver aquí en casa. Coincidimos con él en casa de una de mis amigas, y después el joven vino a visitarla hace unos días. Ha insistido mucho en invitarla a dar un paseo. —La mujer le dio unos golpecitos en el pecho con su abanico cerrado y sonrió—. Para tu tranquilidad, irán en un carruaje descubierto, y pasearán a la luz del día bajo la atenta mirada de la mitad de Londres.

—No tiene que darme ningún tipo de explicación, no se ofenda, pero no es de mi incumbencia. De hecho, me alegro de que tenga la posibilidad de encontrar un buen hombre con el que casarse.

—Ya lo veo, ya. Yo también me alegraría si fuera así. Esa chica ya ha sufrido suficiente para una sola vida. —La mujer se posicionó diligentemente para que Rhys le colocara el chal sobre los hombros—. Gracias, hijo. Mis huesos ya no son lo que eran. —Se atusó el pelo antes de volver a la conversación anterior—. Aunque no sé si este joven será el adecuado. Lord Sanders no es, digamos, el hombre que yo hubiese elegido para ella. Pero es atractivo, viene de buena familia…

—¿Lord Sanders? ¿Ese es el caballero? —La sangre de Rhys se fue a sus pies e inmediatamente inició una vertiginosa subida hasta su cerebro. Ese golpe sin duda no lo esperaba—. No puede dejar que salga a solas con ese hombre. No es el tipo de persona que le conviene.

Lady Margaret levantó una ceja y lo observó durante unos segundos; no se le escapó que Rhys había cerrado los puños y los apretaba contra los costados, y que en su mandíbula latía un músculo mostrando la tensión latente. Suspiró y se atusó de nuevo el pelo con calma.

—Pues deberemos confiar en la inteligencia de la muchacha. Alexandra no es ninguna niña, tiene veintiséis años y sabe juzgar bien a la gente.

—Pues no debe hacerlo demasiado bien, si, a pesar de haberle advertido sobre él, ha aceptado su invitación —añadió exasperado.

—Ahora que lo dices, me comentó algo sobre eso. Le dijiste que no era de fiar, ¿verdad? En fin. Me voy, mi sobrina me estará esperando —dijo con una indiferencia que estaba sacando de quicio a Rhys.

—¿Quiere decir que, a pesar de eso, va a dejar a Alexandra a solas con él? —preguntó atónito.

Lady Margaret se dirigió hacia la puerta dando por finalizada la conversación a pesar de la visible frustración de Rhys. Antes de salir, lo miró como si Rhys fuera corto de entendederas.

—Si tan preocupado estás, puedes hacer tú mismo de chaperona. Ven luego a cenar si te apetece. Nos vemos, querido.

Y se marchó con el tintineo de su media docena

de pulseras, dejando solo el rastro de su empalagoso perfume de lavanda y a un Rhys con una cara indefinible.

—Bien, entonces. Que así sea. Que salga con él, si quiere. He intentado ser buena persona… y, total, ¿para qué? ¡¡¡Para que ignoren mis consejos!!! Pues, si piensa que voy a ser su niñera, está más que equivocada. —Rhys dio una patada infantil en el suelo antes de continuar la conversación consigo mismo—. Se cree muy listilla, pero Sanders se la merendará antes siquiera de que parpadee. Y no me importa lo más mínimo.

El traje de Sanders, de un peculiar tono dorado pálido, relucía extrañamente bajo la brillante luz de la mañana, pero nada en comparación con el chaleco rojo sangre que asomaba debajo. A Alexandra le resultaba un contraste un tanto chirriante, pero, al fin y al cabo, Sanders en general le chirriaba, y no solo por la advertencia de Rhys.

A pesar de haberla visto siempre con el velo, bajaba la vista en cuanto ella trataba de mirarlo a los ojos. Tenía la certeza de que le repugnaba su cara, lo notaba, estaba demasiado habituada a las reacciones de la gente y sabía detectar perfectamente cuándo la esquivaban por pudor, diplomacia o repulsión. Y Sanders, que saltaba a la vista que era un dandi perfeccionista, parecía no poder soportar la imperfección de su piel.

Precisamente por eso le había sorprendido tanto que, tras el primer encuentro, aparentemente casual, hubiese acudido a casa de Margaret para visitarla. Por suerte, Rhys ese día no estaba, porque no hubiese podido lidiar con los dos. Y más le había sorprendido que, tras rechazarlo dos veces, hubiese recibido una tercera invitación a pasear con él. Se había visto en la obligación de aceptar, aunque solo fuera para que el joven se diera por vencido de una vez.

El ostentoso carruaje descubierto que la esperaba en la entrada era casi tan chirriante como la indumentaria de su dueño. Los asientos estaban tapizados también en piel de color rojo, y tenía tantos adornos dorados que parecía una corona descomunal. Alex se miró su sencillo vestido de paseo de color verde agua con mangas al codo y se sintió demasiado insulsa en comparación con aquel despliegue de glamur y elegancia aristocrática. Lord Sanders hizo una floritura y le tendió la mano para ayudarla a subir, y en ese momento la puerta de la mansión volvió a abrirse de golpe.

Ambos giraron sus cabezas hacia allí y sus expresiones fueron de idéntica sorpresa al ver cómo Rhys bajaba los escalones con su elegancia natural, enfundado en un traje de color gris claro, con el bastón y el sombrero en la mano, y unas brillantes botas de piel que contrastaban con los casi ridículos zapatos con borlas de Sanders.

Donde Rhys era todo masculinidad y belleza, Sanders era… Sanders.

Era innegable que Sanders era atractivo, envuelto en su ropa cara y sus complementos rimbombantes, pero totalmente fuera de lugar para un sencillo paseo de mañana. O al menos eso le pareció a Alexandra, que solo podía parpadear mientras veía a Vincent acercarse, como si acabara de ver al dios Apolo dirigirse directamente hacia ella.

—Sanders, no esperaba encontrarte aquí. —La sonrisa de Rhys fue tan perfectamente falsa que hasta Alex se dio cuenta de la tirantez existente entre ellos.

—Yo tampoco, desde luego. Si nos disculpas, lady Richmond y yo nos dirigimos a dar un paseo por Hyde Park.

—Un paseo. Qué encantador y qué apetecible —dijo mirando a Alex, que tragó saliva ante la mirada de censura que le dirigió, que parecía haberla traspasado por dentro—. En ese caso me uniré a vosotros. Lady Duncan me ha sugerido que, para una dama soltera, no es muy adecuado pasear sola, sin carabina.

—Es un paseo perfectamente decoroso y decente. No necesitamos que nos acompañes —se quejó Sanders sin saber cómo quitárselo de encima para que no arruinase sus planes.

—Pues yo creo que sí —insistió Rhys, en un tono que anunciaba que no daría su brazo a torcer.

Sanders se acercó un poco más a él, intentando que Alex no los escuchara.

—Ni de broma vas a subir a mi carruaje. Yo hice la invitación antes, acéptalo.

—No necesito subir, os puedo acompañar con mi caballo, solo que tendremos que mantener la conversación a gritos. ¿Qué prefieres? —sugirió Rhys con una encantadora sonrisa y un brillo peligroso en los ojos.

Sanders lo conocía lo suficiente para saber que no se daría por vencido en su intención de aguarles el paseo, aunque tuviera que colgarse del vehículo en marcha. La mirada asesina que le lanzó no intimidó en absoluto a Rhys, pero sí le dio la medida de lo serio que se estaba volviendo este maldito asunto de la apuesta.

Interponerse era un arma de doble filo.

Por un lado, había evitado una situación y un acercamiento que podrían resultar peligrosos, pero puede que con ello hubiese acicateado la competitividad de los demás. Sanders ayudó a subir a Alexandra y, tras sentarse a su lado, indicó con una tensa sonrisa a Rhys que ocupara el asiento de enfrente.

Había que reconocer que Rhys era un experto en mantener una amena conversación de cortesía, a pesar de que sus acompañantes casi le contestaran con monosílabos o, en el caso de su amigo, con gruñidos. Tras avanzar por el camino central del parque, saludando a carruajes y jinetes durante un tramo, Sanders ordenó a su cochero que se detuviera bajo unos árboles junto a otras monturas para dar un paseo a pie, con la esperanza de poder monopolizar la conversación con Alexandra.

El carruaje se detuvo con un ligero vaivén y, antes de que pudiera ponerse de pie, Rhys se levantó clavando con fuerza el tacón de su bota sobre el ligero escarpín de Sanders, que a duras penas pudo contener el alarido de dolor.

—Oh, discúlpame, amigo. No había visto que tu pie estaba ahí.

—Maldito hij... —Sanders apretó la boca, furioso, mientras se inclinaba para comprobar que dentro de su fino zapato aún quedaran cinco dedos intactos, hecho que Rhys aprovechó para bajar de un salto y ayudar a la dama, que se mordía el labio sin saber si debía preocuparse por el estado de su acompañante o continuar aguantándose la risa.

En lugar de tenderle la mano gentilmente, Rhys se saltó cualquier norma de protocolo y la sujetó por la cintura, bajándola en vilo como si no pesara más que una pluma, y la depositó en el suelo demasiado cerca de su cuerpo. Sus dedos permanecieron alrededor de ella más tiempo del necesario hasta que Alex dio un paso atrás para apartarse. Alexandra estaba segura de que su única intención era inmiscuirse en su cita con Sanders con el fin de fastidiarla todo lo posible. O puede que para fastidiar a Sanders, o a los dos a la vez.

Pero nadie lo diría, al verlo ofreciéndole el brazo de manera gentil, con una deslumbrante sonrisa. Sanders los alcanzó intentando disimular la momentánea cojera que el pisotón le había provocado, maldiciendo por lo bajo a Rhys. Durante unos minutos los tres pasearon en una fingida cordialidad, a pesar de que la tensión entre ellos se podía cortar con un cuchillo.

—Vaya, Rhys. ¿Esa no es tu amiga, la señora Martin? —preguntó Sanders con sarcasmo, al ver que un carruaje los adelantaba y varias señoras se volvían a mirarlos con poco disimulo, saludando con la cabeza al pasar—. Creo que su marido ha ido por ahí preguntando por ti. ¿Algún negocio entre manos quizá?

Alexandra se tensó al instante, no por la doble intención del comentario destinado a poner en un compromiso a Rhys, sino porque pensara que ella era lo bastante idiota como para no captarlo. Rhys se detuvo en seco y lo miró de arriba abajo con un brillo peligroso en la mirada. Hacía una mañana magnífica y la idea de dar un apacible paseo disfrutando de la compañía de Alexandra resultaba muy tentadora. Tener a ese moscardón alrededor enturbiándolo todo le estaba amargando el momento. Debería haberle pisado más fuerte.

Se paró bajo la sombra de unos árboles con la excusa de admirar varias monturas allí paradas, y el maltrecho pie de Sanders lo agradeció.

—¿Aquel carruaje no es el de Travis? —preguntó inocentemente Vincent, poniéndose la mano sobre la frente a modo de visera y adelantándose un pequeño paso.

Alexandra resopló disimuladamente, si ya era incómodo pasear con dos, no sabía cómo lidiaría con un tercer hombre y con su ego correspondiente. Como era previsible, Sanders lo imitó, y concentró toda su atención en el carruaje que se acercaba, aún demasiado lejos para ver con claridad a sus ocupantes. Dio un par de pasitos cortos hacia un lateral para esquivar el enorme cuerpo de Rhys, que le dificultaba la visión, llevado por la curiosidad. No recordó que su fiel compañero de borracheras difícilmente se levantaba antes de la hora del almuerzo y que a estas horas solía estar lidiando contra alguna terrible resaca.

Con una admirable precisión y sutileza, Vincent colocó su bota detrás del talón de Sanders.

—No, parece que me he equivocado. El carruaje de Travis es más grande. —En un rápido movimiento, bajó el brazo con el que se protegía del sol, propinando un codazo a su supuesto amigo, que trastabilló con su bota, diligentemente colocada allí para tal fin, y, braceando aparatosamente, cayó hacia atrás.

Sanders se preparó en décimas de segundo para el inminente golpe de su trasero contra el suelo, pero, en lugar de eso, una superficie mullida lo amortiguó. Y es que los caballos, además de belleza y fuerza, también tenían otro tipo de «cualidades», entre ellas la de descargar sus deposiciones donde y cuando les venía bien.

Alexandra se llevó las manos a la boca, espantada, al ver el desastre en el que se había convertido el traje color claro de Sanders, que en esos momentos coronaba una pequeña montaña de excrementos de caballo. Mientras tanto, Rhys fingía encontrarse compungido por lo que acababa de provocar con su desafortunado descuido.

Vincent alargó la mano hacia el joven, cuya cara se había vuelto del mismo color rojo sangre de su chaleco, pero la retiró inmediatamente al ver que al intentar levantarse la había sumergido en el estiércol fresco.

—Lo siento, Sanders. De veras que lo siento. Disculpa mi torpeza. —Rhys hizo una exagerada mueca de disgusto—. No creo que esa tela soporte muy bien un lavado intenso. Te compraré un traje nuevo, no sabes lo mal que me siento por este pequeño accidente.

—No necesito que me compres un puñetero traje. ¡Apártate! ¡No me toques! —vociferó rojo por la humillación.

—Lord Sanders, cuánto lo siento. Yo…, lo siento —musitó Alexandra. Qué demonios podía decir una dama en semejante situación, cuando el siempre frágil orgullo masculino se hallaba literalmente embadurnado, sumergido y arrastrado por… el fango.

Sanders silbó para llamar la atención de su cochero, que se encontraba a cierta distancia, y mientras llegaba hasta ellos se dirigió a Alexandra con tirantez.

—Lady Richmond, ¿quiere que la lleve a casa?

—No sería demasiado cómodo con tu ropa así, y ese olor… Pero vete tranquilo, yo acompañaré a la dama. Buscaré un coche de punto —intervino Rhys, librando a Alex del apuro de tener que rechazarlo.

—Voy a darte una paliza por esto, Rhys. Te lo juro —gruñó lord Sanders al pasar junto a él, echando humo por las orejas.

—Dime que no lo has hecho a posta —preguntó Alexandra mientras observaba como el carruaje se alejaba por el camino principal.

—Pero ¿por quién me tomas, querida? —Rhys le volvió a ofrecer su brazo galantemente—. ¿Damos un paseo? Parece que se ha quedado una mañana estupenda al final.

Alexandra quería resistirse a su encantadora sonrisa, al efecto que recordar sus besos y sus caricias sobre sus pechos desnudos provocaba en su estómago, y en otras partes menos nobles, pero su magnetismo era irresistible. Y así, sin poder evitarlo, aceptó su brazo con una sonrisa, que esperaba que su velo disimulara.

—No debes quedarte con ese tipo a solas, Alexandra —dijo mientras saludaban a una pareja de jinetes que pasaba a su lado.

—Lo sé. Y no lo he hecho, estamos rodeados de gente. Acepté su invitación para que no continuara insistiendo. ¿Por qué temes tanto que él...?

—Es una mala persona, sin más. ¿Puedes fiarte de lo que te digo, aunque solo sea una vez en tu vida?

Ella asintió sorprendida por la repentina seriedad de su expresión.

—Alexandra, lo siento. Quería pedirte disculpas por lo del otro día. Puede que cruzara algún límite que...

—¿Le pides perdón a todas las mujeres con las que cruzas algún «límite»?

Rhys sonrió y negó con la cabeza.

—Supongo que no.

—Pues te informo de que no estoy hecha de porcelana ni de fino cristal. Puedes ahorrarte las disculpas —replicó a la defensiva. Casi hubiese preferido una burla o un arrepentimiento de su parte, en lugar de una disculpa compungida.

Rhys se rio y Alexandra no se molestó en mirarlo. No le hacía falta para saber cómo sus ojos se entrecerraban, traviesos, cuando lo hacía, ni cómo su boca se torcía ligeramente hacia un lado de esa manera tan encantadora. Su boca. Recordar lo que había hecho con ella sobre su cuerpo hizo que tropezara con sus propias faldas y Vincent afianzara un poco más su agarre. Vincent suspiró sonoramente sumido en sus pensamientos.

—De eso puedo dar fe. Nada de frágil porcelana

ni frío cristal. Eres toda carne apetecible y piel suave. Muy muy suave.

—Es por el aceite de flores —contestó Alexandra fingiendo que no la escandalizaba, intentando no acusar el efecto de sus palabras mientras paseaban por el concurrido parque bajo las miradas curiosas de los demás.

—Será por eso por lo que hueles a primavera. Aunque deberías haber obviado ese dato. Ahora no podré dejar de imaginarte sumergida en baños perfumados o aplicándote el aceite sobre tu cuerpo. O, lo que es peor, soñaré que soy yo quien esparce a conciencia cada minúscula gota de loción por tus muslos, tus caderas, tu espalda, tus…

—Rhys, si intentas ponerme nerviosa, te advierto de que no funcionará. Me he preparado a conciencia para soportar tus pullas y tus comentarios soeces.

—¿En serio? —Rhys la sujetó suavemente del brazo con la excusa de apartarla de la dirección de uno de los carruajes.

Alexandra sabía que no era casualidad que su mano se hubiese detenido justo en la pequeña franja de piel que quedaba expuesta entre el borde de la manga de su vestido y el comienzo de sus guantes. Sus dedos se movieron en suaves círculos hasta ocultarse levemente bajo la tela de la manga. Una caricia mínima y totalmente inofensiva, pero que había hecho que su sangre ardiera.

—Entonces tampoco te alterará lo más mínimo que me permita recrearme al recordar la maravillosa forma de tus pechos.

—¿Esos de los que siempre te has burlado por ser demasiado pequeños?

—Rectificar es de sabios. No son pequeños, son simplemente perfectos. Son firmes, llenos, y tienen la misma forma de un limón maduro —dijo con expresión soñadora, como si estuviese recordando un lugar idílico al que ir de vacaciones.

Alexandra frenó en seco, incapaz de jugar con las mismas cartas que él. Por más que lo intentara, le faltaban tablas para competir con el mayor sinvergüenza de la ciudad sin inmutarse.

—No es necesario que me describas mis... Conozco perfectamente mi anatomía, gracias.

La mirada de Vincent hubiese sido capaz de disolver una tormenta de nieve y su sonrisa de depredador le indicó a Alex que debería haber cortado esa conversación desde el principio.

—Pero hay algo que ignoras. Tú no conoces su sabor. La mezcla exquisita de algo extremadamente dulce y el sabor salado de tu piel. Ni la sensación de probar tus pezones endurecidos con mi lengua. Simplemente es algo tan sublime que, si no estuviésemos rodeados de gente, te arrancaría ahora mismo tu adorable vestido para repetirlo, aunque sé que eso no sería suficiente, ni de lejos, para saciar mi deseo.

El corazón de Alexandra latía tan fuerte que pensaba que en cualquier momento escaparía de su garganta y se sorprendió por el intenso calor que bajaba por su pecho, concentrándose en una pulsión indeseada entre sus muslos. Con solo un par de frases descaradas e indecentes era capaz de desarmarla, excitarla y hacerle desear cosas que apenas llegaba a comprender.

—Tú... ¿me deseas? —La expresión de Alexandra reflejaba tanta sorpresa que a Rhys le hubiese resultado cómica de no ser porque en ese momento la incómoda e inoportuna erección que se apretaba en sus pantalones acaparaba casi toda su atención, amenazando con dejarlo en evidencia.

Estaban tan concentrados el uno en el otro, mirándose tan intensamente, que no se percataron del carruaje que disminuyó paulatinamente la velocidad hasta detenerse a su lado.

—Las puertas del infierno deben de haberse congelado de la impresión. Vincent Rhys paseando por Hyde Park a media mañana, como un ciudadano decente más.

—Yo también me alegro de verte, Jacob. —Vincent sonrió ante la petulante expresión de su mejor amigo.

15

—¿Jacob Pearce? ¿El Jacob Pearce de la Editorial Hermanos Pearce?

Jacob sonrió ante la entusiasta reacción de Alexandra al ser presentados.

—El mismo, lady Richmond. Y esta es mi hermana Anne, hemos oído hablar mucho de usted.

Alexandra prefirió no indagar demasiado sobre el origen de lo que habían oído, pero dudaba que Rhys desperdiciara un solo minuto de su tiempo en hablar de ella, no era tan importante para él. Así que supuso que los comentarios vendrían de parte de las lenguas afiladas de la alta sociedad. Aceptaron la invitación de los hermanos Pearce de subir a su carruaje y se dirigieron en dirección al lago Serpentine.

Anne Pearce era bastante más joven que ella y acababa de ser presentada en sociedad esa primavera. La joven era muy agradable y parecía tener una relación bastante estrecha con Rhys, de quien no dudó en colgarse del brazo en cuanto se sentó a su lado.

—He leído muchos libros publicados por ustedes,

y su línea editorial me parece realmente atrevida y fresca —comentó Alex con una sonrisa, realmente encantada con aquel inesperado encuentro.

—Rhys me comentó que es usted una fiel lectora.

Alexandra lo miró durante unos segundos, pero Rhys estaba inmerso en una apasionante conversación con la joven Anne, que parecía encantada con su compañía y no paraba de reírle las gracias.

—Sí, he leído mucho durante los últimos años. A menudo los libros son mejor compañía que las personas.

—Al menos no te llevan la contraria —bromeó Jacob, y ambos rieron.

—La idea de publicar las novelas en fascículos me pareció muy novedosa y valiente.

Pearce sonrió. Había tenido que discutir con mucha gente, incluido su padre, para convencerlos de la idea de acercar la lectura a aquellos que no disponían de recursos suficientes para comprar un libro y, más aún, que no tenían por costumbre visitar una librería.

Sus necesidades básicas solían ser demasiado acuciantes como para invertir en algo tan superficial como eso. Pero los fascículos eran baratos, ya que su formato en papel los hacía asequibles, y podían comprarlos en plena calle, puesto que se vendían junto con los periódicos del día. Y tenían algo mucho más determinante a su favor, y era que una buena historia contada en pequeñas dosis resultaba adictiva. Al final habían acabado enganchando a pobres y a ricos por igual.

—No le voy a negar que he tenido muchos detractores, hay muchos puristas en este negocio, y muchos siguen juzgando un buen libro por su portada. Son incapaces de entender que la calidad del papel o de la encuadernación no tiene nada que ver con la garra de la historia. Aunque tenemos una línea de libros exclusivos con una encuadernación preciosista para un público determinado, creo que es bueno que la literatura y la cultura en general estén al alcance de todos.

Alexandra estaba encantada, y entonces recordó que *Entre tus pétalos rosados* también había sido publicado por su editorial. Sin duda, se refería a ese tipo de obras, encuadernadas en fina piel, con letras grabadas en oro y una calidad excepcional en el material. Una portada exquisita para una obra sublime. Miró a Rhys, que la examinaba como si le hubiera leído el pensamiento, pero prefirió continuar ignorándolo.

—Me inclino a pensar que no solo estaban inquietos por la calidad del papel, señor Pearce. Hay gente que se siente más segura manteniendo a los demás en la ignorancia. Consideran que potenciar las ansias de conocimiento de las clases más desfavorecidas los hará vulnerables y… —Alex se calló de repente con el convencimiento de que había hablado demasiado.

—Su opinión es muy atrevida, milady. —Pearce le dedicó una amplia sonrisa. Era curioso, pero recordaba perfectamente cómo Rhys le había soltado en una ocasión un discurso con un fondo bastante parecido en su despacho durante sus horas bajas, convenciéndolo de que su decisión de lanzar al mercado ese producto era la correcta—. Y probablemente acertada.

—Yo también creo que, cuando una historia es buena, merece llegar a cuanta más gente mejor —intervino Anne.

—Admito que estaba terriblemente atrapada por la historia de *El ladrón de guante púrpura*. Fue realmente sublime, y el giro final fue impredecible. La correspondencia y la prensa tardaban bastante en llegar a Redmayne y casi me quedo sin uñas esperando cada nueva entrega.

Jacob miró a Rhys dedicándole una enigmática sonrisa.

—Le daré una primicia entonces, como fiel lectora que es. Está a punto de salir una segunda parte, con el mismo detective como protagonista. Por lo que he leído hasta ahora, promete ser mejor que la anterior. El problema es que el autor está relajándose un poco a la hora de cumplir con los plazos que pactamos y se resiste a entregarme los últimos capítulos. Pero qué le voy a hacer, los artistas son así.

—Estoy ansiosa por empezar a leerla. —Sonrió Alexandra, encantada.

—Estoy seguro de que hasta que llegue ese momento, lady Alexandra tendrá alguna otra obra entre manos. —Alex no pudo evitar sonrojarse mientras Rhys hablaba con los ojos clavados en ella. Si decía algo sobre el libro que le había regalado, lo mataría—. Si no me equivoco, aún no ha terminado el maravilloso... *Tratado sobre malestares estomacales de las vacas* o algo así. El título es igual de poco atractivo que la temática.

Alexandra movió los labios en un «no puedo creerlo» mudo, y Rhys estuvo a punto de soltar una carcajada al ver, a pesar del velo que la cubría, cómo enrojecía en cuestión de segundos. Había sido una ingenua al pensar que alguien como él no sobornaría al librero para enterarse del libro que había comprado cuando se encontraron en la librería.

—¿El tratado de Mercks? Bueno, hay un gran público que demanda ese tipo de temáticas, aunque no pensé que usted estuviera entre ellos. También escribió uno sobre las plagas de topillos y pequeños roedores de campo del sur de Inglaterra. Es muy concienzudo en sus estudios.

—Es una pena que no haya escrito uno sobre las enormes ratas que invaden Londres —dijo Alex sarcástica, y Vincent disimuló, de manera poco convincente, la risa con una tosecilla.

—Puedo recomendarle un exterminador para eso —contestó burlón.

—Le estaría muy agradecida, señor Rhys. Dígale que venga armado. La rata en cuestión es bastante grande —le provocó con los dientes apretados.

Los Pearce miraron extrañados el insólito intercambio, sin entender ni una palabra. Durante el resto del paseo, Anne volvió a monopolizar a Vincent por completo, paseando con él a la orilla del Serpentine entre risas, mientras Alex charlaba con Jacob. Era increíble, pero, por primera vez en mucho tiempo, había entablado conversación con alguien a quien no conocía de nada sin acordarse siquiera de su cara marcada o sus inseguridades, y no sabía exactamente si era mérito del carácter agradable y directo de Jacob Pearce o de ella misma.

Vincent se encontraba de un humor extraño. Había algo que lo inquietaba, que lo mantenía en un permanente estado de alerta, y esa sensación no le gustaba en absoluto. Necesitaba terminar con el trabajo en casa de lady Duncan y volver a su confortable rutina: alguna que otra borrachera de vez en cuando, mujeres, vicios... y la soledad de su casa vacía, la vida en la que se sentía totalmente cómodo. Por suerte, estaba terminando de clasificar los últimos documentos y pronto podría presentarle a lady Margaret un trabajo bastante detallado sobre lo que había encontrado. El tintineo del cristal le anunció que alguien se acercaba por el pasillo y rezó con todas sus ganas para que solo fuera una doncella. No estaba de humor para lidiar con la presencia de Alexandra en esos momentos, ni con el recuerdo de lo que había pasado entre ellos en la sala del piso de abajo, ni analizar el porqué de la rabia que le provocaba verla hablar con Pearce o con Sanders, aunque los motivos fuesen bien distintos.

Pero por qué iba Dios a hacerle caso a alguien como él.

Alexandra entró en la habitación con una bandeja que contenía una jarra y un vaso, y la depositó en una mesita baja cerca de la ventana.

—Limonada fría con ginebra. —Rhys sonrió al ver que había acatado su sugerencia de aderezar un poco el refresco.

—Buenas tardes a usted también, lady Alexandra. Gracias por preguntar, mi día está siendo bastante pasable, ¿y el suyo? Oh, y antes de que lo pregunte… No, aún no he encontrado al exterminador de ratas.

—Eso ya lo veo —contestó sarcástica con una falsa sonrisa—. No pudiste resistirte a preguntarle al librero, ¿verdad? ¿No se te pasó por la cabeza respetar un poco mi intimidad?

Rhys se quitó las gafas y las lanzó con poca ceremonia sobre la pila de papeles con anotaciones que tenía sobre la mesa.

—¿Qué te molesta más, Alexandra? ¿Que el librero me dijera el título del libro o que contara delante de Pearce lo «peculiar» de tus elecciones literarias?

—Es tu extraña tendencia a inmiscuirte en mis asuntos lo que me desconcierta. Como la forma de autoinvitarte al paseo con Sanders. Y en cuanto a Pearce, no lo conozco aún, y por tanto no me importa lo que piense.

—Aún. —Rhys no pudo evitar masticar la palabra—. Pues para no importarte se te veía muy entregada intentado impresionarle.

—¿Que yo…? ¿Cómo puedes pensar algo así? Y, aunque fuera así realmente, no sería de tu incumbencia.

—Por supuesto que no lo es. No me importa. De hecho, harías bien en fijarte en alguien como Jacob. Es rico, amable, culto y, sobre todo, buena persona. Y, además, tenéis muchas cosas en común. En definitiva, es todo lo que ni Sanders ni yo seremos jamás. Y, para tu enorme regocijo, está soltero. Las estrellas parecen estar de tu parte, Alexandra, aprovecha tan magnífica oportunidad —terminó con tono sarcástico.

—Haces que parezca que estoy desesperada —contestó en un tono tan neutro que Rhys no supo decir si estaba enfadada, dolida o resignada.

—Es la verdad. —Rhys volvió a centrarse en los papeles que tenía entre manos con la esperanza de que Alex se diera por aludida y se marchara. Pero no lo hizo.

Al contrario, cuando levantó la vista estaba junto a él, inclinada también sobre el escritorio examinando los papeles amarillentos por el tiempo que estaba estudiando. Su olor a flores lo invadió todo, lo envolvió como si fueran unas manos invisibles, y sintió cómo su estómago se encogía ligeramente por la anticipación. La mano de Alex se apoyó en la madera de la mesa y sus dedos tamborilearon un poco, mientras él los miraba imaginando que esos mismos dedos resbalaban sobre su abdomen hasta llegar a su verga y la sujetaban con fuerza.

Cerró los ojos y dejó escapar el aire de sus pulmones. Debía de estar enfermo o demente para excitarse de esa manera tan absurda con la simple visión de los dedos de la inocente e insulsa Alexandra Richmond.

—¿Qué es esto? —Señaló uno de los pergaminos.

—Ten cuidado al tocarlos, son tan antiguos que algunos se deshacen entre los dedos. A pesar de todo, la mayoría parecen estar muy bien conservados. Están bastante desordenados, pero todos son documentos procedentes de un antiguo convento, escritos por uno de los monjes. Estos de aquí parecen ser simplemente anotaciones de cosas cotidianas, datos sobre los demás monjes, la fecha en la que se ordenaron, fallecimientos, enfermedades... Pero esto..., esto es diferente. —Vincent señaló un tomo de papeles que parecían más antiguos, escritos en tinta roja y verde con unas filigranas dibujadas a mano en algunas de las páginas. Esto es importante.

Alex lo miró al notar una extraña emoción en su voz y sus ojos se encontraron durante unos segundos.

—Será mejor que te deje trabajar, entonces.

Alex se giró hacia la estantería que estaba justo detrás de él y empezó a curiosear los libros que contenía, muchos en idiomas que no conocía. Lord Duncan debió de ser un tipo interesante. Cogió uno de ellos, escrito en lo que parecía ser ruso, y tras ojear sus páginas volvió a colocarlo en su lugar, mientras Vincent esperaba pacientemente a que ella terminara su inspección para poder concentrarse en su trabajo. Otro libro llamó su atención y lo sacó de su lugar. Lo abrió y se entretuvo en mirar las hermosas ilustraciones sobre barcos que contenía, hasta que algo cayó de su interior. Alexandra se agachó para recoger las dos postales que ahora yacían sobre la alfombra.

La parte posterior y el marco de la ilustración estaban adornados con una exquisita estampa de flores en tonos negros y dorados, pero lo que realmente la dejó con la boca abierta era la temática del dibujo.

La escena era tan extraña que al principio le costó entender lo que plasmaba, pero al instante la imagen clara y nítida de dos cuerpos en plena faena sexual la dejó de piedra. Había que decir, en honor a la verdad, que si no hubiera leído la historia del sultán, no habría sabido descifrar lo que estaban haciendo los protagonistas del dibujo.

Vincent se percató de inmediato de lo que estaba viendo, ya que lord Duncan era tan desordenado que tenía varias de esas ilustraciones desperdigadas por los cajones de su despacho. Se levantó rápidamente y le quitó una de las postales, pero Alexandra fue rápida y se llevó la mano a su espalda evitando que le quitara la otra.

—Dámela, Alexandra, esto es demasiado para ti.

—Es solo un dibujo.

—Un dibujo pornográfico.

Alex no pudo evitar reírse llevada por los nervios, mientras Rhys avanzaba hacia ella acorralándola contra la pared, con la mano extendida pidiéndole el papel.

—Sé una buena chica y dame eso, ya tendrás tiempo de ver este tipo de cosas cuando seas una mujer felizmente casada.

—Vincent Rhys. Jamás pensé que tuvieras conciencia. Sobre todo, viniendo del hombre que me ha hecho leer un libro con un contenido que va mucho más allá de lo explícito, y que aprovecha cualquier oportunidad para escandalizarme con un lenguaje totalmente inapropiado y grosero.

—Solo estaba estimulando tu imaginación. Pero esto es diferente. Hasta en la degeneración hay grados —dijo con una sonrisa maliciosa, y Alex no estuvo segura de si realmente pensaba que no debía ver esas imágenes o solo estaba jugando con ella.

El momento de duda hizo que bajara las defensas y Rhys aprovechó para acercarla más a la pared. Alexandra intentó forcejear, aunque sin mucho afán, para qué engañarse. Solo consiguió que él la inmovilizara colocando una pierna entre las suyas, y en un rápido movimiento la rodeó quitándole la ilustración de la mano.

—¿Por qué razón eres tú quien debe decidir qué me conviene saber y qué no? ¿Qué cantidad de inocencia es conveniente perder en cada acercamiento, señor Rhys? —Lo desafió en un alarde de valentía impropio en ella.

—Porque yo soy un maestro y tú solo una cría inocente e inexperta que ni siquiera imagina el peligro que corre en cada momento. Si lo supieras, huirías escandalizada de aquí, Alexandra. —La voz de Rhys se había vuelto diferente, más profunda, y ella sintió su nombre arrastrado como una caricia lenta.

Huir. Él mismo debería huir despavorido de aquella habitación en ese mismo instante, de su maldito olor a flores, de su sonrisa inocente, que cada vez sumaba un grado más de picardía, de la sensación de su sangre caliente viajando por su cuerpo a demasiada velocidad, antes siquiera de llegar a tocarla. Del efecto que Alexandra Richmond despertaba en él, cálido, implacable y desconcertante.

Alex no podía dejar de mirar sus labios, que estaban demasiado cerca, y, si no fuera porque él le había dicho que nunca besaba a una mujer, se hubiera puesto de puntillas para besarlo. Hasta ese extremo llegaba la locura y la desvergüenza que parecía estar apoderándose de ella.

—Oh, sí, qué peligroso —se burló—. Estoy en una habitación con la puerta abierta, con al menos una docena de sirvientes deambulando por la casa y lady Duncan…

—¿En serio te ves capacitada para jugar a esto? Los sirvientes están en el piso de abajo y a estas horas lady Duncan debe de estar inmersa en su siesta diaria de cuarenta y cinco minutos exactos. Y en cuanto a la puerta…, ¿quieres que te demuestre cuánto me importa que esté abierta?

La valentía de Alexandra se esfumó de golpe cuando la rodilla de Rhys presionó un poco más fuerte y fue consciente de todas las partes de su cuerpo que estaban en contacto.

—Dime, Alexandra, ¿acaso quieres perder un poco más de inocencia? —De pronto el aire parecía haberse convertido en algo denso y cálido, que impedía que ambos pudieran respirar con normalidad. O puede que fuera algo mucho más básico, puede que solo fuera su proximidad, o su deseo, lo que les robaba el aliento.

—No lo sé —susurró contra su boca, esperando que se alejara de su contacto. Pero él no lo hizo, se mantuvo allí, inmóvil, sintiendo sus labios rozando los suyos en una leve caricia casi imperceptible.

La mano de Rhys se abrió y dejó caer los dibujos al suelo, para acto seguido marcar el contorno de la mandíbula de Alexandra y deslizar sus dedos por su cuello hasta su nuca, provocándole un escalofrío, con una caricia que parecía ir mucho más allá de la piel. Vincent tiró de la falda hacia arriba, hasta que sus manos se colaron por debajo de la tela, y sus dedos comenzaron a marcar el contorno de los muslos por encima de las finas medias. Alexandra aguantó la respiración unos instantes, cuando, con un movimiento de rodilla, él la instó a separar las piernas un poco más.

Y ella lo hizo. Habría hecho cualquier cosa que él le pidiera, se habría desnudado allí mismo para él, a pesar de que era consciente de que después no volvería a ser la misma, que después lo que sentía por ese hombre se haría demasiado presente, demasiado tangible como para ignorarlo.

Se aferró a sus hombros mientras él comenzaba a acariciar su sexo son suavidad, abriéndose paso a través de su casta ropa interior. Sus dedos encontraron su humedad, y siguió su rastro caliente, haciendo que todo su cuerpo comenzara a derretirse ante sus avances. Sus ojos se encontraron durante una décima de segundo antes de que ella los cerrara, incapaz de soportar la sensación que le provocaban sus caricias. Debería sentirse mortificada, debería seguir mordiéndose los labios para mantener el decoroso silencio que se esperaba de una dama, pero un jadeo escapó de su boca cuando él presionó con más intensidad en la zona más sensible.

Vincent sabía que no merecía ser él quien le robara su inocencia, pero aquello parecía haberse convertido en una espiral que lo empujaba a arrastrar a Alexandra un paso más allá, y lo peor era que no sentía que pudiera detenerse. No quería parar, de hecho, y por supuesto no quería que nadie más le descubriera esos secretos. Solo él.

Hundió la cara en el hueco de su cuello aspirando su olor, con la respiración igual de acelerada que la de ella, excitado hasta lo indecible, con su cuerpo duro pegado al de la mujer que temblaba de placer entre sus brazos, flexible y caliente.

Alexandra clavó sus dedos en su nuca con un nuevo jadeo al notar que él la invadía con un dedo, moviéndose en su interior en una cadencia enloquecedora. Él gruñó mientras mordía su cuello como si fuera un animal a punto de descontrolarse.

Vincent se sintió como si fuera un joven inexperto que no sabía lo que tenía que hacer con una mujer de verdad entre sus manos, alguien patético incapaz de controlar sus ansias, y, por un momento, temió llegar a perder el control de su propio cuerpo. Alexandra se arqueó contra él, con sus caderas empujando para encontrarse con sus manos, con sus gemidos de placer cada vez más descontrolados, la tensión arremolinándose en sus paredes como fuego líquido, hasta que su interior convulsionó dejándola exhausta y aturdida entre sus brazos.

No era una sorpresa para él descubrir que de nuevo había traspasado un límite que se había propuesto no rebasar, ni comprobar que su lujuria salvaje era capaz de dominar su fuerza de voluntad. Lo que sí era una novedad para alguien que presumía de no tener escrúpulos era sentir el peso de su conciencia martilleándole, y tenía que reconocer que la sensación no era agradable.

Era un canalla. Procuraba recordarlo cada día de su vida.

Asumir eso le había hecho sentirse libre, caminar por encima del bien y del mal en una nube de ficticia felicidad, en la que no tenía que cuestionar sus acciones ni juzgarse a sí mismo. Pero, desde que Alexandra Richmond había aparecido de nuevo en su vida invadiéndolo todo, esa falsa sensación de paz, y puede que de inconsciencia, se estaba esfumando por momentos, y no estaba dispuesto a consentirlo.

16

Su respiración se fue acompasando poco a poco, mientras su visión se nublaba por el cansancio, distorsionando el intrincado artesonado de madera del techo. A veces pensaba que su cuerpo no soportaría más placer, pero el sultán siempre encontraba la manera de hacerla vibrar, provocándole una nueva oleada de sensaciones.

Qué diferente era su vida ahora.

Durante las noches pensaba en qué estarían haciendo sus antiguas amigas en Londres, o su hermana, o su madre. Recordaba las veladas y las conversaciones de salón como una absurda pantomima carente de sustancia, una falsa representación, como si fuera una obra de teatro mal escrita. Dolía pensar que probablemente no las volvería a ver, pero dolía más aún dudar si se marcharía del palacio si llegara a tener la oportunidad de elegir. Amaba a su familia, había amado su vida, y, sin embargo, podría llegar a renunciar a todo por revivir cada noche lo que ese hombre le hacía sentir y que era incapaz de definir. Puede que ya estuviera empezando a amarlo, puede que él también la amara a ella. Pero no se amaban como la gente normal. Al menos en la manera en que Grace concebía la normalidad.

No era su esposa, no era su amiga, pero no era solo su amante... Puede que fuera un poco de todas esas cosas mezcladas en un extraño crisol. Estaba agotada, pero su mente no podía dejar de darle vueltas a todas aquellas ideas que la mortificaban.

El sultán le dio un beso tierno en el hombro y ella le miró con una sonrisa somnolienta en los labios. Aquella noche el sexo había sido completamente distinto a otras veces, sin urgencias ni prisas, solo una suave cadencia de interminables caricias. Él había saboreado cada rincón de su cuerpo como si dispusieran de todo el tiempo del mundo, estimulando todos sus sentidos. Había bebido vino especiado sobre su cuerpo, lamiendo con deleite su piel. La había provocado jugando con dulces frutas sobre su boca, paseándolas por su cuerpo, rozando sus pezones con ellas... La había sorprendido con una nueva y deliciosa locura, descubriéndole un mundo al que Grace no podía resistirse.

Entre tus pétalos rosados, extracto del capítulo 10

Vincent bajó los escalones casi saltando con una carpeta en la mano y una sonrisa de satisfacción de oreja a oreja, hasta que al llegar al recibidor vio la figura de Alexandra allí parada.

Estaba concentrada leyendo algo con una sonrisa extasiada, con la cabeza ligeramente inclinada a la derecha, y el pelo cayendo en bucles del color del chocolate sobre sus hombros. Tragó saliva como si fuera un joven inexperto ante una imponente diosa y redujo el ritmo de sus pasos. No habían vuelto a hablar desde su encuentro en el despacho el día anterior, y aún resonaba en sus oídos el portazo de Alexandra al abandonar la estancia.

Cerró los ojos un instante y exhaló con fuerza al recordar su mirada de desconcierto cuando él la soltó casi sin darle tiempo a digerir lo que acababa de ocurrir. Había sido incapaz de decir nada, golpeado como estaba por la fuerza de su propio deseo, y se había sentado de nuevo en su escritorio antes de que ella se diera cuenta de que estaba temblando. Hubiera sido malo si eso hubiese sido todo, pero viniendo de él, la situación siempre era susceptible de empeorar. Y la empeoró.

—Si ya has obtenido lo que viniste a buscar, márchate, Alexandra. Tengo trabajo.

Desde entonces ella se había limitado a dedicarle un saludo correcto y frío, nada que ver con la expresión de fascinación que lucía en esos momentos mientras miraba ese papel.

—¿Buenas noticias? —preguntó, llamando su atención al fin.

—Algo así, pero no es una carta. —Vincent miró el enorme sobre que tenía en las manos, con el membrete de la Editorial Pearce en una de las esquinas—. El señor Pearce acaba de enviarme el primer fascículo de la nueva novela que van a publicar. Seré la primera persona en leerla. ¿No es un detalle encantador?

—¿Solo encantador? Adorable, diría yo. Glorioso, incluso. Pearce es un tipo cautivador. —Su tono irónico la sorprendió, pero no le permitiría que le aguara el disfrute—. Voy a hablar con lady Duncan sobre los documentos, por si quieres estar presente —dijo en un tono inusualmente serio en él, enfilando el camino hacia la salita con el ánimo un poco más apagado que unos minutos antes.

Alexandra escuchó atentamente cómo Rhys exponía cada uno de los pasos que había seguido para conseguir la información y no pudo evitar contagiarse de la emoción que se hacía más notable en su voz a medida que hablaba. Entre todos los documentos de Duncan, el gran tesoro era una copia manuscrita de la Biblia en lengua inglesa, una de las primeras tras la versión autorizada del rey Jacobo. Por lo que había podido averiguar, la Biblia original podría haber sido datada en el siglo XVII.

En el convento la habían conservado como oro en paño, hasta que por culpa de un incendio sufrió un daño irreparable y uno de los frailes hizo una transcripción del original. A pesar de ser una simple copia, la antigüedad del documento, el cuidado con el que había sido elaborada y su buen estado de conservación la dotaban de un gran valor para los coleccionistas de antigüedades.

Lady Duncan lo escuchaba atentamente con una sonrisa de satisfacción en los labios, sin dejar de deslizar los dedos en un movimiento rítmico sobre sus pulseras.

—Y bien, ¿tú que me aconsejas, querido?

Rhys apoyó al fin la espalda en el respaldo del asiento y se relajó como si acabara de compartir un gran secreto, librándose así de su peso.

—Puede obtener un precio muy elevado, sé de

mucha gente que pagaría una pequeña fortuna por algo así, pero, sinceramente..., nadie le pagará lo que realmente vale. Sin contar con el valor sentimental que supongo que tendrá para usted. Yo no la vendería.

—Mi marido estaba muy encaprichado con esos pergaminos. Aunque yo nunca he sabido apreciar su verdadero valor.

—Pues lo tienen. La decisión es suya, y el fin que busca es muy noble, sin duda. Pero mi consejo es que conserve esos documentos. Son un pequeño tesoro que su marido le dejó a usted.

La sonrisa de lady Duncan se ensanchó aún más.

—Pero tu comisión... Te pagaré por el trabajo tan eficiente que has realizado. De por sí, ordenar el despacho de Duncan es una obra titánica —bromeó la mujer—. Debes decirme cuánto hubieras podido ganar con esa venta para poder compensarte.

—Vamos, lady Margaret, no pienso aceptarlo. Para mí ha sido un placer hacer ese descubrimiento, además de haber podido disfrutar del placer de su compañía. Y ahora, si me disculpan, voy a recoger mis cosas, creo que mi trabajo aquí ha finalizado.

Alexandra trató de ignorar el pequeño pellizco que le produjo aquella última frase. Ya no era necesario que Rhys volviera a la mansión, ya no se cruzarían más por los pasillos ni disfrutarían de esa extraña intimidad que había entre ellos. Puede que se encontraran en los bailes o paseando, pero no sabía si él volvería a acercarse a ella o si se limitaría a un saludo cortés y a ignorarla el resto del tiempo.

Sin poder evitarlo, suspiró al oír cómo la puerta de la sala se cerraba detrás de él, y solo en ese momento fue consciente de la mirada perspicaz de lady Margaret, y de la expresión que había mantenido durante toda la conversación.

Satisfecha, sí. Pero en absoluto sorprendida. Alexandra lo vio claro como el cristal.

—Usted lo sabía —dijo atrayendo la mirada de la anciana, que no se inmutó lo más mínimo.

—¿A qué te refieres, niña?

—¿Lo ha estado poniendo a prueba? Es eso, ¿verdad? Rhys acaba de decirle que sobre el escritorio tiene un legajo de papeles de un valor incalculable y ni siquiera ha pestañeado.

Lady Duncan se limitó a encogerse de hombros.

—¿Te molesta que lo haya hecho? Ha tenido acceso a mis cosas, a mi casa y… a la gente que hay bajo mi techo. Le pedí que vendiera la horrible colección de estatuas porque las detestaba y decidí dedicar ese dinero a un buen fin, pero tengo fondos suficientes para seguir colaborando con el orfanato y eso haré. Ya sabía que no me equivocaba con Rhys, pero nunca está de más tener alguna prueba. Podría haberse hecho con esos documentos, venderlos al mejor postor y hacerse rico a mi costa. Y no lo ha hecho. Puede que le guste presumir de que es un sinvergüenza, pero es mucho más honesto que la mayoría de los hombres que conozco.

—Puede que no sea un estafador, pero sigue siendo un sinvergüenza —sentenció Alexandra sin pensar lo que decía.

Lady Duncan soltó una espontánea carcajada ante el comentario, y al final Alex, aunque ruborizada al extremo, no pudo evitar reírse también.

ϒ

Probablemente el despacho de lord Duncan nunca había estado tan ordenado como en ese momento. Todos los papeles habían desaparecido, organizados en cajas, las notas ya no estaban esparcidas sobre la mesa y la valiosa Biblia descansaba de nuevo en la caja fuerte de lady Duncan, donde siempre había estado.

Pero Rhys ya no estaba, y su ausencia era aún más poderosa que su presencia. No era la primera vez que Alexandra sentía esa sensación. A decir verdad, esa nostalgia, esa rabia dulce, le resultaba bastante familiar. Era la misma que la invadía desde que era una cría, cuando el Vincent altanero e insolente volvía al internado tras las vacaciones de verano o cuando Thomas y él se molían a palos y juraba no volver a pisar Redmayne Manor nunca más. Esa fría intuición le decía que, inevitablemente, volverían a verse, pero que cada encuentro sería más distante que el anterior, porque cuando se reencontraran ya no serían los mismos.

Deslizó los dedos sobre la superficie de la mesa y abrió uno de los cajones donde todo estaba pulcramente ordenado. Sería mejor marcharse de allí antes de que la astuta dueña de la casa la encontrara deambulando, olisqueando lastimeramente el rastro de Vincent Rhys.

Ya estaba llegando a la puerta cuando se detuvo al percatarse de que había algo sobre una de las sillas. El cuaderno de notas de Rhys. Lo sostuvo entre las manos y deslizó los dedos sobre la tapa de piel de color rojo vino. Tiró del lazo que lo cerraba, sin poder evitar abrirlo y acercarlo a su cara para aspirar su olor. Pasó algunas de las hojas donde había escritas anotaciones sobre los bustos que ya se habían vendido, algunos bocetos, títulos de las obras que había consultado, fechas y otros datos. Debía reconocer que se tomaba su trabajo a conciencia. Resiguió los perfectos renglones con las yemas de los dedos. Su letra era elegante, con trazos firmes, y denotaba personalidad. No parecía la letra de alguien que no se tomaba en serio su formación. Su actitud en general y los conocimientos que demostraba tener no casaban con los pésimos resultados académicos que tanto enfurecían a su abuelo cuando era joven.

Vincent Rhys no era un inculto, más bien todo lo contrario. Entonces, ¿por qué mantener esa guerra contra sí mismo durante años, por qué machacarse y negarse la posibilidad de ser alguien brillante, solo por una rebeldía absurda?

Alexandra continuó pasando las hojas, distraída, y, cuando iba a cerrar el cuaderno, un párrafo escrito en las últimas páginas llamó su atención.

> No soy valiente, jamás lo fui. Y, aunque algún día consiguiera perdonarme a mí mismo lo suficiente para caminar hacia esa parcela soleada y digna donde tú estás, ¿de qué serviría? Tú lo sabes tan bien como yo. En cuanto te dieses la vuelta, en cuanto soltases mi mano un instante, el manto de esa cruel oscuridad que lo pudre todo volvería a cubrirme de inmediato. ¿De qué serviría?

Alexandra, con el corazón en un puño, estuvo a punto de cerrar la libreta, dejarla rápidamente donde estaba y salir corriendo de aquella habitación. Lo que estaba haciendo no estaba bien. Pero la curiosidad era más fuerte que la tentación de hacer lo correcto. Pasó varias hojas en blanco hasta encontrar otra anotación. Otro par de frases sueltas de lo que parecían ser reflexiones, como las que se hacen en un diario. Algo íntimo que ella estaba profanando.

> No se puede huir de lo que no existe. Puedo huir de lo que yo veo, de lo que toco, de lo que me persigue en este mundo. Pero al cerrar los ojos estoy solo yo, indefenso y sin armas, expuesto a lo que sea que quiera destrozarme. No hay ningún sitio donde poder esconderse de eso.

Cerró el cuaderno y, al intentar anudar el lazo, se dio cuenta de que le temblaban las manos y una capa de sudor frío le recorría la espalda.

Esos eran los secretos de Rhys, o puede que solo fueran frases escritas al azar, pero fuera lo que fuese pertenecían a su intimidad y se sentía una miserable por haber traspasado esa línea.

Alexandra movió la copa de vino en pequeños círculos haciendo que su contenido se desplazara de un lado a otro y se imaginó que era un pequeño barquito dentro de ese mar rojo profundo, a la deriva durante una gran tormenta.

Dejó la copa sobre la mesita y volvió a acariciar la tapa de piel del cuaderno de Rhys. Se sentía sola en la gran mansión de su hermano, pero no era una soledad dolorosa, sino más bien una bienvenida sensación de libertad.

No le había apetecido cenar. Después de disfrutar de un largo baño, se había puesto un sencillo vestido prescindiendo de la incomodidad del corsé y de las mil capas de rígidas enaguas. Se había sentado junto a la chimenea y, casi sin darse cuenta, ya se había tomado la segunda copa de vino. Eso era lo que le apetecía hacer y era un verdadero gusto no sentirse ni juzgada ni observada. No es que fuera una epopeya ni un gran acto de rebeldía digno de plasmarse en los libros de historia, pero esas ínfimas transgresiones cotidianas eran reconfortantes.

Ya había leído el primer capítulo de la nueva obra que le había enviado Pearce. Le había mandado una nota de agradecimiento y, además, su felicitación. La trama era fascinante y desde las primeras líneas la había atrapado. Como el pervertido libro del sultán. Se preguntó qué estaría haciendo a esas horas el otro pervertido que ocupaba sus pensamientos la mayor parte del día. Quizá estaría buscando su cuaderno rojo como un loco. Sería desastroso que tuviera que hacer alguna anotación al final del día y no lo tuviera a mano. Puede que estuviera consternado y sufriendo por su pérdida. Se le escapó una risita y se tapó la boca en un acto reflejo mirando a su alrededor por si alguien la había oído, pero estaba completamente sola.

Quizá fuera una buena obra hacérselo llegar, ¿verdad? Y el mundo estaba necesitado de buenas acciones, bien lo sabía Dios. No es que fuera un razonamiento demasiado apabullante, más bien una justificación bastante penosa, pero fue suficiente para que Alexandra lo viera claro.

Se levantó de un salto del sofá, dispuesta a comportarse como la buena samaritana que era, decidida a que Rhys recuperara su maldito cuaderno de notas antes de que acabara el día.

17

La puerta de la elegante casa de Rhys se abrió antes de que ella llamara, y dio un pequeño paso atrás cuando un enorme mayordomo, que parecía recién salido de la cárcel, le dio las buenas noches. Apretó el cuaderno que llevaba resguardado bajo la capa contra su pecho, mientras el hombre la escudriñaba con curiosidad. El improvisado plan de repente le parecía totalmente absurdo y temerario. Deseó con todas sus fuerzas que Rhys no estuviera en casa, para dejar allí el cuaderno y huir como la cobarde que era.

—¿Señora? —preguntó el mayordomo esperando alguna señal que indicara que estaba viva o, en su defecto, que tenía todas las tuercas de su cabeza bien apretadas.

A Alex le sorprendió que, a pesar de su nariz partida y sus rasgos toscos, su voz resultase profunda y suave, incluso elegante, como la de un barítono.

—El señor Rhys no está en casa, ¿verdad? —preguntó sin poder disimular el leve temblor en su voz, ansiando escuchar un no por respuesta.

Pero Rhys sí estaba allí y, mientras el mayordomo se dirigía a avisarle de que tenía visita, Alexandra solo podía rezar para que no tuviera compañía, especialmente del tipo femenino. Miró a su alrededor la decoración sencilla, pero de buen gusto, y el papel de la pared en tonos claros, y cuando su vista llegó de nuevo a la puerta principal estuvo realmente tentada de huir. Pero sus pies parecían haberse quedado anclados al suelo.

La cara de sorpresa de Rhys al ser informado de que una dama lo esperaba en el vestíbulo le hizo bastante gracia a su peculiar mayordomo, que esperaba sus órdenes con los brazos cruzados apoyado en el umbral de la puerta de su despacho.

Nunca traía mujeres a su casa, y en muy contadas ocasiones una dama se había aventurado a ir a buscarlo, pero desde luego nunca llamando a la puerta principal como si tal cosa a esas horas de la noche.

—¿Seguro que es una dama, Saint?

—Puedes verla con tus propios ojos y salir de dudas. Aunque se ha negado a darme su capa y no la he podido ver con claridad, salta a la vista que lo es. Solo me ha dicho que se llama Grace.

—No conozco a ninguna Grace. —De pronto, un resorte pareció saltar en su cerebro—. Hazla pasar.

Rhys no quería reconocer que estaba inquieto y se metió las manos en los bolsillos, intentando aparentar serenidad, mientras esperaba que la misteriosa Grace entrara en su despacho.

Alexandra entró en la habitación oculta por su capa y dio un respingo cuando Saint cerró la puerta detrás de ella, dejándolos a solas.

—Bienvenida a mi palacio, Grace —dijo Vincent, mirándola con tal intensidad que sus rodillas amenazaron con dejar de sostenerla.

Retiró la capucha que cubría su pelo y de pronto recordó que su peinado consistía en una trenza casi deshecha, que no llevaba corsé y que salvo una fina camisola casi no llevaba ropa interior. El vestido caía pegándose a su cuerpo y, aunque no era demasiado voluptuosa, sabía que su silueta se marcaba de manera descarada. Si él lo notaba, pensaría que había ido hasta allí para seducirlo, y eso no era verdad, al menos no del todo. Y estaba segura de que lo notaría.

Solo se había bebido dos copas de vino, bueno, en realidad dos y tres cuartos, pero el líquido había calentado su estómago y la había dotado de una ficticia sensación de valentía que se había esfumado durante el trayecto en carruaje. Estaba claro que Rhys no esperaba ninguna visita, ya que el pelo le caía desordenado sobre la frente y ni siquiera llevaba puesto el chaleco. Su camisa arrugada estaba metida de manera descuidada dentro de sus pantalones y las mangas remangadas mostraban buena parte de sus antebrazos musculosos.

—Yo… Mmmm —De pronto la sensación de estar en un lugar demasiado íntimo amenazó con no dejarla hablar. Carraspeó y cuadró los hombros intentando disimular su desazón. Tendió el cuaderno hacia él, que lo miró arqueando una ceja—. Tu cuaderno de notas, te lo dejaste en casa de lady Duncan.

Vincent avanzó lentamente hacia ella y lo cogió, sin dejar de mirarla a los ojos, intentando averiguar qué demonios la había traído hasta allí. Realmente lo había sorprendido, y a estas alturas había pocas cosas que le sorprendieran, pero nunca hubiese imaginado que Alexandra Richmond tuviera las suficientes agallas como para plantarse en mitad de la noche en su casa.

—¿Has venido solo por esto? —dijo, levantando el cuaderno. Alex se limitó a asentir con la cabeza. La chimenea estaba encendida y puede que para la ligera indumentaria de Vincent la temperatura fuera perfecta, pero ella estaba empezando a sentirse agobiada con la pesada capa cerrada hasta el cuello. Rhys movió la cabeza con una sonrisa de incredulidad—. Y se supone que de los dos tú eres la sensata.

—Pensé que lo necesitarías.

—¿Cómo has venido hasta aquí?

—En el carruaje de Thomas, obviamente.

—Claro, cómo no se me había ocurrido. Obviamente. Es muy lógico que, siendo una dama soltera, te bajes del flamante carruaje de los Redmayne frente a la puerta principal de la casa de uno de los solteros de peor fama de la ciudad. —Se acercó a la ventana y se asomó por una rendija, maldiciendo al ver el vehículo parado justo debajo de la luz de una farola. Desde luego, Alexandra no tenía el don de la discreción necesario para la clandestinidad.

—No he venido aquí para que me sermonees. Solo quería devolvértelo. —Giró sobre sus talones para dirigirse hacia la puerta, pero la voz de Vincent la detuvo en seco.

—¿Lo has leído?

—He leído algunas frases, sí. —Hubiese sido muy fácil negar que lo había ojeado, pero ella seguía tan sincera como siempre, incapaz de mentir ni tan siquiera para preservar su amor propio.

No podía dejar de admirar esa faceta de ella.

—Son solo traducciones de un libro que…

—No necesito que me des explicaciones —le cortó Alexandra—. Será mejor que me vaya.

—Sinceramente, hubiese sido mejor que no vinieras. Pero ya está hecho. Y ahora…, dime por qué estás aquí en realidad.

Vincent dejó el cuaderno sobre la mesa y se acercó un poco más a una acalorada Alexandra, que estuvo a punto de suplicarle que abriera la ventana. Y lo peor era que no estaba segura de que la capa de lana fuera la única culpable. Su mirada era la expresión misma del pecado, y ella no estaba preparada para afrontar algo semejante. Si dijera que nunca lo había visto tan atractivo, mentiría. Él siempre estaba perfecto, bello, deseable…, pero la diferencia esta vez era que esa mirada felina iba dirigida a ella. Se mordió el labio cuando él se acercó y tiró despacio del lazo que le cerraba la capa a la altura del cuello. Todos sus movimientos, aunque fuera el simple hecho de entrecerrar los ojos para mirarla o tomar aire un poco más fuerte de lo normal, resultaban fascinantes y atrayentes.

La cabeza de Alexandra parecía estar llena de gelatina en esos momentos y se sentía incapaz de dar una respuesta coherente. Principalmente porque ni ella misma sabía qué demonio la había empujado a ignorar cualquier atisbo de cordura y presentarse en la guarida de aquel hombre. Debería pedirle perdón por la intromisión y marcharse de allí inmediatamente, antes de que el recuerdo de sus caricias y su proximidad la impulsaran a decir alguna tontería.

—Contéstame.

El lazo de la capa se deshizo haciendo que la tela se abriera ligeramente y el aire que se coló por la abertura pareció insuflarle un soplo de vida.

—He leído el capítulo diez —soltó de repente sin poder evitarlo. Cerró los ojos sintiéndose estúpida y expuesta, arrepentida inmediatamente de lo que sonó demasiado parecido a una súplica. De pronto, ese libro se le antojaba una trampa que él le había tendido con la única pretensión de demostrarle que podía manejarla a su antojo. Una burla cruel, como tantas otras que le había dedicado a lo largo de los años.

Pero esta vez en su mirada no había ni asomo de burla o diversión, solo una emoción indefinible y oscura. Vincent cerró los ojos unos instantes intentando encontrar la fuerza de voluntad necesaria para no acercarse a ella, para obligarse a mandarla de vuelta a la cómoda seguridad de su hogar. Pero no había suficiente honestidad dentro de él para hacer tal cosa.

Jamás había pensado tenerla allí frente a él, pero ahora no podía imaginarla en otra parte.

Él nunca tenía más de un encuentro con una mujer, pero con Alexandra era diferente y eso resultaba aterrador. Quería prolongar la agonía que significaba tenerla cerca y no hacerle el amor, porque él no se merecía disfrutar de algo tan puro. Dosificar el placer, dárselo en pequeñas porciones, descubrirle cada día un poco más era una tortura a la que no podía resistirse..., y se negaba a pensar cuándo llegaría el día en que tendría que renunciar a aquella locura. Pero estaba claro que esa noche no. La necesitaba demasiado.

—Le diré a tu cochero que regrese a buscarte dentro de una hora.

Le dio unos segundos para negarse, para replantearse si quería quedarse allí o alejarse de su perniciosa influencia, pero ella lo único que hizo fue tomar una gran bocanada de aire. Vincent abrió la puerta del despacho y llamó al mayordomo con un grito más propio de una taberna del puerto que de una mansión de la zona más exclusiva de Londres. El mayordomo apareció maldiciendo entre dientes, molesto porque su jefe se hubiese atrevido a reclamar su presencia.

—Saint, puedes volver a casa. Esta noche no te necesitaré más. Cuando salgas, dile al chófer del carruaje que hay en la puerta que vuelva dentro de una hora, pero que aparque en la puerta trasera.

El hombre se fue cerrando la puerta principal con poca delicadeza.

—Tu mayordomo es un poco peculiar. ¿El resto del servicio también es así?

—Lo conocí en los calabozos...

—¡¿Has estado en la cárcel?! —le interrumpió visiblemente espantada.

—Solo pasé un par de noches, tranquila. En cuanto al servicio, solo hay una cocinera y una doncella que vienen por las mañanas; y Saint, que va y viene cuando quiere. Estamos solos.

Alexandra se tensó cuando Rhys se colocó detrás de ella para quitarle la capa, pero agradeció deshacerse al fin de ella.

—Ahora vuelvo —susurró junto a su nuca, consiguiendo que el vello se erizara.

El ruido amortiguado de sus pasos sobre la alfombra le indicó un buen rato después que ya había vuelto, pero Alex continuó de pie frente a la chimenea, mirando el fuego que estaba a punto de extinguirse, sin atreverse a girarse para enfrentarlo.

Aun así, su presencia a sus espaldas era tan potente como si la estuviera tocando.

La mano de Rhys apareció en su campo de visión ofreciéndole una copa de champán frío y ella la cogió por inercia, aunque no sabía si era buena idea seguir bebiendo.

—¿Estás segura de querer dar un paso más, Alexandra?

—Sí —contestó sin titubear, pero en un susurro.

Fue consciente, sin necesidad de mirarlo, de que la respiración de él se detuvo unos instantes. Vincent marcó con la yema de su dedo índice la curva de su nuca y el borde de la espalda de su vestido y Alexandra no pudo evitar avergonzarse al recordar de nuevo que no llevaba corsé. Pero la sensación se esfumó cuando sus dedos ágiles comenzaron a desabrochar los botones de la espalda de su vestido, mientras sus labios recorrían cada centímetro de piel que descubría. Vincent la hizo girarse para mirarla a los ojos y le quitó la copa de champán que ella ya ni recordaba tener en la mano y que casi no había probado.

No dijo una palabra sobre su escasez de prendas íntimas y se limitó a devorarla con la vista mientras se deshacía de su vestido y su camisola, que acabaron arrugados en el suelo.

Las manos de Alex se movieron con torpeza al principio, desabotonando la camisa masculina, totalmente embobada en el torso duro, en el vello castaño claro que descendía hasta perderse en la cintura de sus pantalones, con la ondulación de los marcados músculos de su abdomen. Lo acarició casi con reverencia, deteniéndose para recrearse sobre cada zona, lo que hacía que la respiración de Rhys se entrecortara.

Su mano se deslizó hacia la parte delantera de sus pantalones y se sorprendió por la dureza caliente de su miembro bajo la tela. Rhys dejó caer un poco la cabeza hacia atrás conteniendo un gemido, pero acto seguido la sujetó suavemente de las muñecas para detener sus caricias.

—Déjame a mí, por favor. Confía en mí —susurró besándola en el hombro.

Rhys colocó varios cojines sobre la alfombra frente a la chimenea y la hizo recostarse sobre ellos. Estaba totalmente desnuda, salvo por las medias, y se tapó la cara con las manos asombrada por su total desvergüenza, mientras él cruzaba la habitación en busca de algo. El tintineo de una bandeja hizo que los abriera de golpe y se incorporó para ver de qué se trataba.

Miró sorprendida a Rhys, que la observaba con una sonrisa pícara en la cara.

—Capítulo diez. Si me hubieses avisado, habría intentado ser más creativo, pero esto es lo que he podido encontrar. La próxima vez intentaré conseguirte dátiles o alguna otra fruta exótica.

«La próxima vez.» Alex sonrió, nerviosa. Aquello

sonaba a promesa, aunque era consciente de que con él era poco probable que aquello ocurriera.

En la bandeja había un tazón con chocolate caliente, un racimo de uvas, fresas y un tarro de cerezas en almíbar, aparte de la botella de champán. De pronto, la excitación se mezcló con otro tipo de emociones bien distintas, y sintió un deseo irrefrenable de salir corriendo y no mirar atrás. En un acto reflejo, se abrazó a sí misma como si acabara de percatarse de que estaba desnuda frente a él.

—Esto es una locura.

Rhys se arrodilló delante de ella y le acarició la mejilla.

—Una completa locura. Pero la vida sería muy aburrida si todos estuviéramos cuerdos —dijo, acariciando su pelo con dulzura—. Si quieres que me detenga, dímelo y será como si nada de esto hubiese ocurrido. ¿Qué quieres, Alexandra? ¿Quieres que me detenga?

—No —rogó demasiado rápido, demasiado ansiosa.

Vincent apoyó una mano sobre su hombro con suavidad y la hizo reclinarse de nuevo sobre los almohadones. Deslizó sus dedos en una caricia lenta por sus tobillos hasta llegar a sus muslos y comenzó a bajar las medias, dejando un rastro de besos en cada pulgada de piel recién liberada. Con disimulo, Alex deslizó una mano sobre su hombro queriendo inútilmente ocultar lo que Vincent ya conocía de sobra. Pero tapar sus cicatrices con la palma de la mano era como querer tapar el sol con un dedo.

Se conocían tan bien que el movimiento era demasiado predecible. Vincent se tumbó sobre ella y sujetó sus manos colocándolas en el almohadón por encima de su cabeza, entrelazando sus dedos con los suyos.

—Si vuelves a hacer eso, te ataré, y no me gustaría tener que hacerlo hasta que lleguemos al capítulo trece. —Alex no pudo evitar reír y deseó más que nunca besarle. Lo necesitaba.

Él pareció leerle el pensamiento porque, apartándose un poco, cogió una uva y se la colocó entre los dientes. Alexandra entreabrió los labios cuando él se la acercó. Sus dientes se clavaron en la fruta crujiente que él le ofrecía, mientras sus labios inevitablemente rozaban los de Rhys, impregnándose del jugo dulce y un poco ácido de la fruta. Él apenas se apartó lo suficiente para repetir la jugada con otra uva mientras ella tragaba la jugosa pulpa. Ni siquiera después de haber leído el capítulo podía imaginar que aquello pudiera resultar tan erótico.

Vincent mojó una fresa en el chocolate y, cuando ella creía que iba a dársela, se la comió sin apenas poder contener la sonrisa.

—Me encanta el chocolate —la provocó con una sonrisa traviesa.

—Lo sé. —Claro que lo sabía. Sabía que le encantaban también las fresas, el pastel de arándanos, los bollos de canela, que prefería el vino blanco al tinto, que le gustaba acompañar las carnes con puré de patatas en lugar de otras verduras, que odiaba el pescado...

Como también sabía que su color preferido era el azul, que le encantaba leer sobre mitología griega, que le fascinaban las leyendas populares llenas de misterio..., y ahora también sabía que no le gustaba besar en los labios—. ¿Sabes que a mí también?

Rhys sonrió y deslizó otra fresa sobre sus labios haciéndola rabiar, manchándola de chocolate mientras ella intentaba atraparla. Volvió a hacer el mismo movimiento que con la uva y la sujetó entre los dientes para que ella se la quitara. De nuevo sus labios se rozaron en una caricia interminable y embriagadora. Pero esta vez no se separó cuando Alex le quitó la fruta, sino que deslizó su lengua sobre el perfil de su boca saboreando el resto del chocolate.

Vincent seguía sobre ella, con un muslo anclado entre sus piernas y la potente erección presionando sobre sus caderas. Siguió jugando, deslizando una fresa sobre sus pechos y lamiendo con verdadero deleite el rastro de chocolate en una tortura enloquecedora que hizo que Alex se arqueara contra él jadeando, sin rastro alguno de pudor.

—¿Tienes sed? —Ella abrió los ojos y ya no encontró ni un asomo de risa en su mirada, estaba mortalmente serio, con la respiración agitada y los ojos oscurecidos por algo que no podía ser otra cosa más que deseo.

Rhys se incorporó lo suficiente para llenar una copa de champán. Bebió un trago y se acercó hasta su boca para verter un poco sobre sus labios entreabiertos. Aquello era incluso mejor que lo que el sultán le había hecho a Grace, aquello resultaba tan íntimo, tan excitante, que toda la piel de Alex ardía.

Notaba la humedad en su sexo, el cosquilleo por la necesidad de que Vincent la acariciara, pero él parecía decidido a prolongar aquella deliciosa agonía un poco más. Vertió un poco de champán entre los pechos de Alexandra y el contraste entre su cuerpo caliente y el líquido frío hizo que jadeara de alivio y de excitación.

Vincent deslizó su boca siguiendo el rastro del líquido, lamiendo la piel, mordiendo con sus dientes la pequeña ondulación que rodeaba el ombligo y atrapando el líquido con la lengua. Estaba desesperado porque ella lo acariciara, su erección se apretaba contra sus pantalones de una manera que rayaba el dolor, y su sangre parecía a punto de entrar en ebullición. Pero ya era bastante difícil controlar su deseo limitándose a acariciarla.

Si ella lo tocaba, necesitaría más, necesitaría todo, no querría parar. De hecho, ya no quería detenerse, y le estaba resultando realmente difícil acallar las exigencias de su propio cuerpo. La mano de Rhys bajó hasta que sus dedos se adentraron entre sus muslos, deslizándose entre su carne en busca de la acogedora humedad que, como bien sabía, lo esperaba allí.

Gimió y dijo algo ininteligible contra el cuello de Alexandra al notar el calor que lo recibió. Sus dedos trazaron círculos lentos que aumentaban su agonía, haciéndola arquearse contra su mano. Se aferró a su espalda, mientras él seguía acariciándola de manera cada vez más intensa, mientras presionaba el punto donde se concentraban todas sus sensaciones.

Ella se perdió en su propio placer, en el peso de su cuerpo apretándose contra el suyo, en la piel y el vello de su pecho rozando sus senos, en su respiración agitada contra su cuello, mientras Rhys solo podía pensar en los jadeos que se escapaban de su boca entreabierta y que marcaban los latidos de su propio corazón.

Continuó enloqueciéndola, hasta que su interior estalló y se precipitó encontrando un abismo en el que perderse. Alexandra le abrazó con fuerza, temiendo que hubiera llegado el momento en que la alejaría para siempre. No quería salir de sus brazos jamás y Vincent no parecía tener ninguna prisa por soltarla.

Continuó acariciando sus piernas, sus caderas, su cintura, lentamente, como si tuvieran toda la vida para deleitarse el uno con la piel del otro.

Pero no tenían toda la vida, ni siquiera toda la noche.

—Tu cochero debe estar ya esperándote.

Alexandra sollozó de manera infantil y Vincent rio.

—Yo tampoco quiero que te vayas aún, pero creo que me espera un largo baño con agua helada.

Alex se mordió el labio tratando de contener la risa, sonrojándose.

—Caroline me dijo que para los hombres es muy molesto si no llegáis a… terminar.

—Caroline se queda bastante corta con la definición —bromeó, incorporándose para darle la camisola. Ya había tenido suficiente tortura esa noche como para seguir recreándose en la visión de su desnudez.

—Pero entonces por qué no me dejas… —Era muy difícil intentar definir aquello, pero, si ella podía liberar su necesidad así, supuso que para él también sería placentero de alguna manera. Al menos, en el libro lo describían.

—Porque ya es bastante difícil controlar mi deseo sin que me toques. Si empezamos, no estoy seguro de querer detenerme. No pienso arruinarte, Alexandra. Al menos no del todo.

—Pero yo estoy segura de que, si te digo que te detengas, lo harás.

—Por supuesto que lo haré. Pero lo que aún no has entendido es que puedo conseguir que no quieras que me detenga. Dime, Alexandra, ¿si hubiese continuado, hubieras sido capaz de decirme que parase?

Alex se puso de pie para ir en busca de su vestido, sabiendo que realmente él tenía razón.

—¿Cuándo vuelve tu hermano? —dijo él cambiando de tema mientras le abrochaba los botones de la espalda de su sencillo vestido, sin poder evitar que eso le pareciera igual de erótico que desabrocharlos.

—Dentro de un par de semanas, depende de si Caroline se siente indispuesta o no.

—¿Qué le ocurre? ¿Está embarazada?

—Sí, al fin los únicos llantos que se escucharán en casa de los Redmayne serán los de un bebé exigiendo que le den de comer. —Su sonrisa eran tan radiante que Vincent por un momento sintió una punzada de celos irracionales, por no ser él el causante de aquella dicha.

—Me alegro por ellos. Pronto tú también encontrarás a un hombre decente y podrás tener tu propia familia. —Alexandra no dudaba de que hubiese hecho el comentario con buena intención, pero lo sintió como un jarro de agua fría que disipó de golpe toda la nube de fantasía y pasión en la que estaba subida.

Rhys la acompañó hasta el carruaje que la esperaba parado en la puerta de atrás de la mansión, donde el cochero ya esperaba diligentemente. El muchacho se bajó de un salto para abrir la puerta del vehículo.

—No te preocupes, yo ayudaré a la dama. —El chico lo miró desconcertado y tras un asentimiento de cabeza de Alex volvió a su lugar—. ¿Este es el guardaespaldas que usas para recorrer Londres de noche? Santo Dios, estoy seguro de que aún no le crece el bigote —bromeó Vincent al ver cómo el muchacho ya trepaba hasta su posición lo más dignamente que podía. Alex se rio mientras subía al carruaje.

—No seas duro, lleva unas semanas trabajando, pero es muy eficiente. Y discreto.

—Chico, ¿cómo te llamas? —preguntó, acercándose al pescante.

—Will, señor.

—Bien, Will, espero que cuides bien de la dama, y espero también que cuides de tu lengua, porque, aunque parezca simpático, no lo soy en absoluto. —Rhys le lanzó una moneda que el joven cazó en el aire y sonrió al ver su valor—. ¿Me has entendido?

El joven cochero asintió y emprendió la marcha.

Vincent vio cómo el carruaje se perdía calle abajo, sin muchas ganas de volver a una casa demasiado vacía, casi tanto como la cáscara hueca en la que se había convertido su vida.

18

Vincent sacó su reloj de bolsillo y resopló impaciente. Ya llevaba más de media hora en la oficina de Jacob esperando a que este se dignara a aparecer.

La tarde anterior le había hecho llegar los últimos capítulos que faltaban por entregarle de la novela en fascículos que iban a publicar y de la que Alexandra ya había leído el primer capítulo. A pesar de que su capacidad como escritor estaba más que demostrada, se sentía ansioso como un niño por conocer su opinión.

Se preguntó cuánto tiempo tardaría ella en atar cabos, en descubrir que el mismo Samuel Shyr que había creado las ardientes noches de pasión entre Grace y el sultán era también S. S., la ágil pluma de la que habían salido las temerarias aventuras de un detective de dudosa reputación del West End londinense.

Nunca había querido atribuirse ningún mérito, no le interesaba el reconocimiento, y desde que era joven solo escribía para sí mismo, a modo de desahogo, pero, tras conocer a Pearce de manera casual, se había atrevido a entregarle varios relatos cortos para que le diera su opinión. Pearce pronto lo había acogido bajo sus alas protectoras y había intentado con todas sus fuerzas alejarlo de la espiral autodestructiva en la que había estado inmerso durante años.

Se habían conocido en el club y habían congeniado de inmediato, a pesar de que Vincent era un sinvergüenza que vagaba de un lío a otro y Jacob era un niño de papá, con una vida demasiado fácil, al menos en apariencia. Aunque, por supuesto, Jacob Pearce también tenía su propia colección de demonios a los que controlar y un lado oscuro que casi nadie, a excepción de Rhys, conocía.

Jacob creía ciegamente en Vincent cuando nadie más lo hacía, y, además de convertirlo en uno de sus principales escritores, lo había transformado en una especie de asesor editorial, hasta el punto de que su opinión era imprescindible a la hora de enfocar el trabajo. Vincent era valiente, le gustaba arriesgar, y, gracias a su brillantez unida al buen juicio de Jacob, la Editorial Hermanos Pearce era capaz de darle al gran público lo que realmente deseaba. Y ese era el secreto para que sus ventas duplicaran las de sus competidores más directos.

Esa mañana habían quedado para comentar los últimos capítulos que le había entregado por si Pearce quería hacer algún tipo de cambio antes de comenzar con la edición. Aunque lo usual era que no moviera ni una sola coma, ya que Vincent era simplemente brillante.

Volvió a acercarse al enorme ventanal y durante unos segundos pareció quedarse hipnotizado siguiendo el rumbo de los carruajes que invadían la calle, la gente que cruzaba entre ellos, los niños que voceaban en las aceras vendiendo periódicos..., era la zona más nueva de la ciudad y el bullicio era constante, como si se tratase de un enorme enjambre de abejas.

El eco de una conversación mezclada con risas femeninas llegó desde el pasillo, y la enorme puerta de roble se abrió de golpe. Vincent se volvió lentamente y su sonrisa se convirtió en una mueca tensa al ver entrar a Jacob acompañado de su hermana Anne y de una sonriente Alexandra, que parecía un soplo de primavera.

El vestido blanco de tela vaporosa con ramilletes de florecitas rojas y hojas bordadas parecía flotar a su alrededor y hacía un conjunto perfecto con el sombrero de paja, adornado con flores anaranjadas y rojas. El velo de rejilla que la cubría también era blanco y apenas disimulaba la enorme sonrisa de su cara, que titubeó un poco al encontrarlo allí plantado. Estaba seguro de que, si se acercaba lo suficiente, su olor fresco y dulce a la vez lo sacudiría removiéndolo por dentro.

Como era predecible, no se sentía cómoda después de haber compartido una intimidad tan apabullante y franca con él, y percibió con total claridad cómo al verle allí su postura se tensaba. Y, sin embargo, ella no esquivó su mirada.

—Rhys, amigo. Siento haberte hecho esperar, pero seguro que sabrás perdonar que me haya dejado embaucar por estas bellas damas.

Anne se acercó resuelta hacia él para ponerse de puntillas y besarlo en la mejilla.

—Hemos ido a dar un paseo con Alexandra, hace una mañana tan estupenda que todo Londres ha tenido la misma idea tan poco original. Casi chocamos unos con otros —dijo con un estudiado mohín de fingido disgusto, que sería la envidia de toda debutante que se preciase de serlo—. Y después le hemos enseñado la editorial.

—Lo siento, ha sido culpa mía. No sabía que estabas esperando —se disculpó Alex tímidamente, retorciendo su bolsito entre las manos.

No era una gran frase ni su tono era pretencioso, en absoluto, pero a Vincent su voz le resultó el sonido más embriagador que había escuchado jamás.

—Alexandra tenía curiosidad por saber cómo funcionaba todo esto y hemos ido a ver la maquinaria, las entrañas de la bestia... —bromeó Jacob—. Ahora pensábamos salir a comer algo.

—En ese caso ya nos veremos en otro momento —contestó Rhys, cortante, esquivándolos para dirigirse hacia la puerta.

El aire de pronto parecía haberse esfumado de la habitación y era consciente de que necesitaba salir inmediatamente de allí. Y estaba bastante claro que se debía a lo que Alex provocaba en su interior.

En las últimas semanas, Alexandra Richmond parecía haberse convertido en la piedra angular sobre la que giraba todo su mundo y tenía la certeza de que su cercanía era la llave que había abierto los candados que sujetaban a sus demonios. Las pesadillas se repetían una y otra vez, noche tras noche, cada vez más reales e intensas.

Las últimas noches no había soñado solo con las palizas y vejaciones a las que lo sometía su abuelo. Su subconsciente parecía haber ido un paso más allá y ahora la protagonista de sus ensoñaciones era su madre. Puede que fuera porque ella era el lazo que lo unía a su pasado o porque ambos tenían ese infierno en común. Tanto la madre de Alexandra como la de Rhys se habían quitado la vida cuando ellos eran unos niños, acuciadas por un dolor que pareció pesarles más que el amor a sus propios hijos, o puede que simplemente se quedaran sin fuerzas para luchar por ellos. La diferencia radicaba en que Alexandra parecía haber aceptado, con el tiempo, la decisión de su progenitora, mientras Rhys jamás había podido perdonar que lo abandonara en el infierno que se había desencadenado tras su muerte.

La noche anterior, el sueño había sido tan cruel que aún sentía que se le erizaba el vello de la nuca, como si su madre aún estuviera allí, observándolo con sus ojos vacíos, mientras su cuerpo se balanceaba colgado de aquella cuerda. Todo aquel maremágnum de dolor y rabia, unido a lo que Alexandra estaba despertando de nuevo en él, estaba minando el ánimo de Vincent, que se sentía como un volcán a punto de estallar, y temía que lo que pudiera salir de todo eso fuera mucho peor que la lava ardiente.

Puede que alejarse de ella fuese la mejor opción, pero ni siquiera encontraba las fuerzas para hacerlo, como si su vida y la de Alexandra estuvieran permanentemente atadas por un hilo invisible.

—Puedes acompañarnos, si quieres —dijo Jacob en un tono que parecía más bien un reto.

—No, gracias. No quiero interferir en vuestros planes. —No podía descifrar cuál era la causa exacta de su repentino enfado, pero lo que sí tenía claro era que no se acoplaría a los planes que ya habían trazado sin contar con él, como si fuera un advenedizo.

—Oh, Vinny. No seas malo, acompáñanos. —Anne hizo un último esfuerzo para intentar convencerlo y Alex apretó la sonrisa sin poder evitar la molestia que le causó su excesiva familiaridad.

A ella ni siquiera le permitía que le llamara Vincent y esa pequeña harpía, de la que no terminaba de fiarse, podía usar ese diminutivo infantil y cursi.

—Sí, Vinny. No puedes decepcionar a Anne —dijo Alexandra con ironía, arrepintiéndose inmediatamente cuando Vincent la miró con los ojos entrecerrados con lo que parecía ser un enfado descomunal.

Por si no hubiera sido suficiente con hacerlo esperar como un idiota, ahora pretendían utilizarlo como bufón. Puede que en realidad toda aquella situación no fuera para tanto, pero no le apetecía continuar en aquella habitación ni un segundo más, y tras reiterar su despedida salió dando grandes zancadas sobre la mullida moqueta del corredor.

Antes de llegar a la escalera, la voz de Jacob lo detuvo.

—Vamos, Rhys. Siento haberte hecho esperar, pero hemos perdido la noción del tiempo. Hemos bajado a los talleres y Alexandra quería verlo todo y Anne…

—¿Alexandra? ¿Ya os tuteáis? Qué tierno…

—¿Te molesta? Su compañía me resulta agradable, es divertida y muy inteligente. Y creo que se merece que al menos alguien la trate con admiración.

Rhys apretó la mandíbula. No necesitaba que nadie le enumerara las virtudes de Alexandra. Él las conocía mejor que nadie. Y ahora para su desgracia conocía mucho más de ella. Demasiado. Había descubierto su tacto, su olor, la forma de sus pechos, el sonido enloquecedor de sus gemidos cuando alcanzaba el placer, y no podía dejar de torturarse con ello.

—¿Por qué, según tú, debería molestarme esa repentina admiración por lady Richmond? De hecho, tendría un problema menos del que preocuparme si además de su admirador te convirtieras también en su protector. O incluso puedes ir un poco más allá, amigo. Es la hija de un duque. Culta, educada, discreta y con una dote que de tan generosa resulta casi obscena. Piénsalo, pon un anillo en su dedo y puede que consigas que tu familia al fin te respete.

Dio media vuelta y comenzó a bajar las escaleras, consciente de que había tocado una delicada tecla que podía haber herido a su amigo, pero no se veía capaz de contener la irrefrenable necesidad de provocarle. Jacob, aunque un poco molesto por el comentario, no pudo evitar sonreír al ver cómo Rhys se marchaba airado escaleras abajo, como alma que lleva el diablo.

Aquello estaba empezando a ponerse muy interesante.

19

Alexandra bajó los escalones de la mansión de los Redmayne enfundada en un espectacular vestido color escarlata que, como todo lo que Madame Claire diseñaba, potenciaba cada uno de sus encantos más allá de lo que parecía posible.

El escote en V apretaba sus senos subiéndolos y resaltando su forma redondeada.

Alex había obligado a su doncella a desarmar su armario y el de su cuñada en la búsqueda de un chal que cubriera aquella parte de su anatomía que nunca había destacado tanto. Al final se había dado por vencida, ya que cualquier complemento apagaba el corte impecable de la creación, y se limitó a adornar su cuello con un collar y unos pendientes de perlas que habían pertenecido a su madre.

No quería llamar demasiado la atención y, puesto que la fiesta sería en la mansión de los Pearce, supuso que Anne sería la total y absoluta protagonista de la velada, con su carácter chispeante y su excesiva efusividad. Cuando llegó hasta el enorme carruaje que la aguardaba, un lacayo con una llamativa librea le abrió la portezuela y ante ella apareció la sonriente cara redonda y amable de lady Balfour, una de las primas de lady Duncan.

—Santo Dios bendito, niña. Si los ángeles fueran tan atrevidos como para lucir ese color, no me cabría duda de que eres uno de ellos. —La anciana consiguió en la misma frase colar un cumplido y un reproche sin despeinarse.

—Gracias, lady Balfour —contestó Alex extrañada de que fuera ella quien la recogiera.

—Oh, supongo que Margaret no ha tenido tiempo de avisarte. Tiene una jaqueca horrible y me ha pedido que sea yo quien te acompañe, espero que no te importe. Te cuidaré con el mismo celo que ella.

Alexandra sonrió mientras la dama seguía parloteando, que era sin duda su pasatiempo preferido. Conocía lo suficiente a lady Margaret para saber que no la había avisado porque sabía que Alexandra no iría jamás sola con lady Balfour. La mujer era agradable, aunque un poco despistada, y hablaba hasta por los codos, mezclando unas conversaciones con otras. Tenía además la tendencia de apurar las fiestas hasta el último momento.

No quería dudar del repentino dolor de cabeza de lady Duncan, pero algo le decía que quería que volara sola, aunque fuera por esta vez, sabiendo que su prima, en cuanto cogiera el hilo de conversación con alguna de sus amigas, se olvidaría totalmente de ella.

No se presentaba una noche demasiado halagüeña. Aunque disfrutaba de la compañía de Jacob Pearce, sabía que, al ser el hijo de los anfitriones, con toda probabilidad estaría demasiado ocupado atendiendo a los invitados para dedicarle su atención.

Y en cuanto a Rhys, después de su desagradable encuentro en el despacho de Pearce, dudaba incluso de que acudiera a la velada, aunque Jacob le había quitado hierro al asunto diciéndole que entre ellos los enfados no solían durar más que unas pocas horas.

Aunque se sintiera un poco violenta después de lo que habían compartido en su casa, al menos en él encontraba una cara amiga. Aunque aún se sonrojara al recordar que la había visto desnuda, embadurnada de chocolate y temblando de placer a cada caricia de su lengua.

Con Rhys o sin él, esa noche iba a estar más sola que nunca ante la jauría.

Jacob acompañaba a sus padres junto a la entrada del comedor donde se iba a servir la cena, mientras los invitados iban tomando posiciones poco a poco en la mesa. No había tenido oportunidad de dedicarle a Alexandra Richmond el tiempo que le hubiese gustado, sobre todo porque lady Balfour, su supuesta acompañante esa noche, la había abandonado a su suerte nada más llegar, para parlotear incesantemente con todos los invitados que se cruzaban en su camino.

Alexandra parecía totalmente incómoda entre los estirados y prestigiosos invitados que su padre había seleccionado para la ocasión, y que la miraban, en su mayoría, como si fuera una rara flor de invernadero, a pesar de estar más espectacular que nunca, o puede que por esa razón precisamente.

En cambio, en el otro extremo del salón, Vincent Rhys parecía estar totalmente en su salsa, a pesar de que la mayoría de aquellos que le alababan las gracias lo consideraban de una categoría social inferior a la suya, mientras en secreto lo envidiaban por más de una razón. En ese preciso momento lo hacían por tener el encanto necesario para que lady Amanda Howard lo mirara embelesada, en una actitud claramente seductora. La baronesa era una bella viuda, conocida por haber mantenido algún que otro *affaire* con los nobles más influyentes de la ciudad, entre ellos con el conde de Hardwick antes de que se convirtiera en el devoto esposo de la sobrina de lady Duncan. Había tratado de echarle el guante a Rhys en numerosas ocasiones, pero Vincent siempre se resistía a caer rendido ante ella, ya que la baronesa no solo quería un amante esporádico, sino alguien que le costeara su alto nivel de vida. Le había dejado claro lo que quería de ella y, aun así, Amanda estaba deseosa de añadir una nueva conquista a su lista, sobre todo un ejemplar tan cotizado como el bello, salvaje y deseado Vincent Rhys, por lo que la dama decidió confiar en que sus encantos lo convencerían de quedarse en su cama una buena temporada.

Esta noche, tras ver llegar a Alexandra tan arrebatadora, se había lanzado a la conquista de la viuda con la esperanza de que unas horas de desenfreno y lujuria trajeran de vuelta al Rhys más superficial, al que le bastaban los placeres más banales para ser feliz, al menos en apariencia. Se acercó hasta Jacob con una sonrisa de suficiencia y este lo miró con una ceja arqueada.

—Así que al final vas a caer en las garras de Amanda —dijo mientras se dirigían al interior del comedor.

—En algún sitio tengo que pasar la noche, ¿no?

Como Pearce había anticipado, la tensión había desaparecido entre ellos, aunque esta vez Rhys estaba más a la defensiva de lo normal.

—Odio a esa vieja bruja —dijo Anne, acercándose a ellos con el ceño fruncido.

—¿Qué te ocurre, princesa? —preguntó su hermano.

—Esa odiosa lady Talbot. Estaba dispuesto que se sentara a la izquierda de Alexandra. Le ha pedido a mamá que la siente en otro sitio, dice que no podría probar bocado con ese «atroz rostro» a su lado, según sus propias palabras.

Pearce se tensó, pero nada que ver en comparación con la mirada asesina de Rhys, que se había quedado petrificado en su sitio mientras observaba cómo Alexandra se sentaba a la mesa. Saltaba a la vista, al menos para él, que se sentía totalmente cohibida bajo la mirada de aquella gente que se consideraba mejor que ella.

—¿Qué ha hecho nuestra madre?

—Me he ofrecido a ocupar yo el sitio, pero mamá ya lo ha arreglado. Ha cambiado el asiento con otro invitado.

Ambos hombres parecieron respirar ante eso, pero su ánimo ya se había avinagrado para el resto de la noche.

—Está todo listo, pero pienso escupir en el consomé de esa mujer a la menor oportunidad —bromeó

Anne—. Vamos a disfrutar de la cena. Además, Vinny, eres el hombre más afortunado de la fiesta, voy a sentarme a tu derecha.

—Lo cual debe de haber llenado de alegría a tus padres. —Sonrió con sarcasmo y Anne rio alegremente.

—Lo bueno de esto es que yo estaré vigilándote sentado a tu izquierda, Vincent.

Rhys sonrió, pero la alegría no llegaba a transmitirse del todo a su mirada, más pendiente de Alexandra que de sí mismo.

Alexandra se sentía muy pequeña en aquel enorme comedor, pero si fuera por ella se haría lo suficientemente minúscula como para poder escaparse de allí por debajo de la mesa y las sillas, sin ser vista. No sabía si era porque lady Duncan no estaba allí para apoyarla o por las persistentes miradas de los invitados a los que no conocía, o por el desaire de lady Talbot, que no había sido demasiado discreta a la hora de mostrar su desagrado por tener que soportar su presencia.

Por suerte, a su derecha se había sentado un caballero de pelo blanco bastante afable, que decía haber conocido a su familia en su juventud y que trataba de aliviar la visible incomodidad de Alexandra a base de sonrisas y una agradable conversación.

Pero, como siempre, todo era susceptible de empeorar, y, cuando Alexandra pensaba que ya podía permitirse el lujo de relajarse un poco, el invitado que iba a sustituir a lady Talbot apareció para ocupar su silla.

—Lady Richmond, qué placer verla. —Alex levantó la vista para encontrarse con los ojos oscuros de lord Sanders.

—Lo mismo digo, milord. —Sonrió. Buscó en su cabeza alguna frase de cortesía, alguna fórmula magistral que aliviara el bochorno que les producía a ambos recordar lo ocurrido durante el paseo en Hyde Park.

Mientras Sanders intentaba entablar conversación con ella, Alex dirigió una mirada tímidamente hacia la zona en la que estaban Anne, Vincent y Jacob, cuya noche parecía estar resultando bastante más animada que la suya, aunque no percibió que, a pesar de su constante sonrisa, Vincent casi no había probado bocado, demasiado pendiente de lo que pasaba entre ella y Sanders.

No podía creer que el destino o alguna treta de aquel idiota habían hecho que otra vez estuviera cerca de Alexandra, y estaba empezando a convertirse en un estorbo demasiado molesto.

—Espero que esta noche las cosas terminen un poco menos accidentadas que de costumbre entre nosotros —dijo Sanders bebiéndose su enésima copa de vino, sin levantar la vista de la mesa.

—¿Cómo dice? —preguntó Alex con la intención de ponerlo a prueba, aunque era más que evidente que Sanders preferiría meterse debajo de la mesa antes que mirarla directamente al lado del rostro donde estaba su cicatriz.

Toda aquella situación estaba empezando a desbordarla. Estaba cansada del maldito velo que se había convertido en una prolongación de sí misma, coartándola, agobiándola; estaba hastiada de las miradas siempre de soslayo que trataban de escudriñar sus defectos, de cómo todo el mundo giraba la cara en lugar de enfrentarla con franqueza.

Harta de la gente como lady Talbot, que ni siquiera tenía la prudencia de disimular la repulsión que le producía, y más harta aún de Sanders, quien pretendía fingir que la aceptaba como era, aunque ni siquiera era capaz de dirigir los ojos hacia ella.

Su respiración se volvió tan superficial que pensó que se desmayaría en cualquier momento y notó la sangre tamborileando sin control contra su pecho y tiñendo de color su cara.

—Me refiero a que siempre que nos encontramos ocurre algún percance, milady. Espero que hoy podamos disfrutar de la velada y conocernos con tranquilidad. —Sanders, en toda una demostración de gallardía, consiguió sostenerle la mirada casi tres segundos seguidos.

—¿Ha pensado en la posibilidad de que, además de mis otros defectos, también sea gafe? —Sanders se atragantó con el vino y tuvo que toser para no ahogarse. Pero Alexandra sentía que un río se había desbordado en su interior y no se veía con capacidad ni ganas de detenerlo, aunque eso le supusiera la humillación y el ostracismo social—. ¿Cuál es su intención, lord Sanders?

—No sé a qué se refiere.

Alexandra lo miró directamente y no se le escapó el hecho de que el individuo dirigió una rápida mirada hacia donde estaba Rhys. De repente, un pensamiento oscuro acudió a la mente de Alexandra. Debía ser eso, no entendía cómo no lo había deducido antes.

Todo aquello debía ser una absurda rivalidad entre machos, de la que ella no estaba dispuesta a formar parte. Eran amigos, pero también se comportaban como si fueran rivales, dos depredadores que con seguridad cazaban siempre en el mismo territorio, y parecía inevitable que intentaran superarse entre sí. No podía creer que el supuesto interés de Rhys en ella fuera solo para superar a Sanders, pero sí creía que el interés de Sanders no era sincero. Esperaba equivocarse, pero tenía claro que no aguantaría ni un minuto más a ese indeseable jugando a ser el caballero perfecto con ella.

—Pretende que crea que siente simpatía por mí, pero salta a la vista que le cuesta trabajo entablar una conversación distendida conmigo.

—No sé cómo puede pensar eso. Mi simpatía hacia usted es real. Quiero conocerla, mis intenciones… son honorables.

La furia de Alexandra creció como una llama sobre la que se vierte alcohol ante la falsedad mal disimulada de sus palabras. Pero la ira no iba solo dirigida contra Sanders, sino contra todos los demás, y contra sí misma por tratar de conseguir la aprobación de aquellas gentes que se consideraban mejores que ella.

—¿Cuál es su fin? —Sanders titubeó incapaz de encontrar una respuesta coherente—. ¿Acaso quiere casarse conmigo? ¿Quiere llevarme a pasear bajo la luz de la luna para recitarme un soneto de amor? ¿Es mi dote lo que necesita? ¿O simplemente quiere colgarse una medalla, una nueva conquista que sumar a su colección?

—Lady Richmond, ¿cómo puede dudar de mi honestidad? —dijo azorado, sonrojándose violentamente al sentirse atrapado.

—Honestidad —repitió ella sin darse cuenta de que estaba elevando la voz y comenzando a llamar la atención de los que los rodeaban. Dejó los cubiertos sobre el plato que aún no había probado, con más fuerza de la necesaria—. ¿Persigue mantener una honorable amistad conmigo, de entre todas las mujeres de Londres, o persigue la honorable institución del matrimonio entonces, lord Sanders?

Sanders asintió sin mucho convencimiento, sintiendo un nudo en su garganta que el vino no conseguía bajar. El joven se sentía totalmente acorralado, sorprendido por el ataque de Alex. Sudaba copiosamente y era consciente de que dijera lo que dijese sería usado en su contra. Por supuesto que no pensaba casarse con lady Monstruo, el monstruo de Redmayne o como quiera que se llamara. Y, si conseguía colarse bajos sus faldas, tampoco quería airearlo por ahí, tenía una reputación que mantener y presumía de tener las amantes más bellas de Londres. Solo pretendía ganar la maldita apuesta y, sobre todo, restregárselo por las narices al prepotente de Rhys.

—¿Y cómo pretende hacer algo tan trascendental si ni siquiera es capaz de mirarme, Sanders? Ni siquiera es capaz de disimular el rechazo que le causa mi aspecto.

Alexandra miró el temblor que sacudía sus manos y apretó la servilleta de lino blanco con fuerza para controlarlo. De repente se sintió más valiente, más segura, más furiosa de lo que se había sentido jamás.

—Lady Richmond, por favor. Lamento no haber sabido transmitirle de manera más efusiva mi interés por usted. Si me da la oportunidad...

—Claro que se la daré, lord Sanders. Ahora mismo.

Alexandra dirigió la mano al velo que la cubría y lo apartó de su rostro para que él y todos los demás pudieran contemplarla como era en realidad, con sus defectos y sus imperfecciones.

La verdadera Alexandra Richmond era quien era por lo que había vivido. Era el resultado inevitable de su tragedia, y se había cansado de avergonzarse de un trozo de piel irregular que era solo una característica más, como el color de sus ojos o la forma de sus orejas. Su personalidad, su alma se había fraguado a base de superar cada obstáculo que se había presentado y no sería justa consigo misma si continuara castigándose por ello.

Vincent había tratado de concentrarse en la cháchara alegre de Anne para abstraerse de lo que pasaba a su alrededor, y casi lo estaba consiguiendo. De repente, los murmullos de las conversaciones que se sucedían en la mesa se fueron apagando, como si una marea de silencio los estuviera cubriendo poco a poco. Levantó la vista y sus ojos se clavaron en Alexandra, que como una auténtica diosa de la guerra se mantenía estoica y digna en su silla, con su cara libre al fin de cualquier barrera que la ocultara de los ojos de los demás, que ahora la observaban atónitos e incómodos por su descaro.

El silencio era tan denso que se podía cortar con un cuchillo, y la entereza de Alexandra estaba empezando a flaquear ante el intenso escrutinio al que estaba siendo sometida. Rhys soltó la servilleta sobre la mesa de golpe, dispuesto a levantarse y sacarla de aquel ambiente hostil e insoportable que se había creado. Ella no se merecía pasar por aquella humillación, no tenía por qué demostrarle nada a nadie, y, aunque él era el primero que siempre había odiado que ocultara su cara, no sentía que fuera necesario sufrir ese escarnio.

La mano de Jacob en su antebrazo detuvo su impulso de levantarse y clavó en él su mirada tratando de entender por qué lo detenía.

—Esta es su batalla. ¿Crees que le servirá de ayuda que alguien con tu reputación se la lleve de un comedor lleno de gente en este momento?

—¿Crees que la ayudará dejar que la aniquilen con sus miradas de censura como si fuera una atracción de feria?

Un estruendo en el lateral de la mesa llamó la atención de todos. Al fin apartaron la vista de Alexandra, que soltó el aire que se había quedado atascado en su garganta durante lo que le pareció una eternidad, a pesar de haber durado solo unos segundos. El ruido había sido provocado por una copa de agua que misteriosamente se había caído de la mano de Lucy Talbot estrellándose estrepitosamente contra el suelo. Las conversaciones se reanudaron como si aquel silencio nunca hubiese existido, consiguiendo que el incómodo momento cesara al fin, aunque Alex era consciente de que sería la protagonista de todos los cotilleos después de aquello. Se sorprendió al descubrir que no le importaba lo más mínimo. Alexandra la miró agradecida y Lucy le guiñó el ojo en un gesto cómplice.

—¿Ves? No ha necesitado que te estrenes como héroe esta noche —dijo Jacob, dándole un largo trago a su copa visiblemente molesto.

—La conoces desde hace unos días y ya te crees en posesión de la verdad absoluta sobre lo que más le conviene. ¿Qué pretendes, Jacob?

—La cuestión es muy sencilla, Vincent. No me interesa conocer el tipo de relación que hay entre vosotros, pero habría que ser un imbécil para no notar que existe algo que va mucho más allá de la camaradería entre vecinos. Es hora de que madures de una vez y decidas si quieres pasar al siguiente nivel de compromiso. Alexandra no es como el resto de tus amantes. Si no estás preparado para esto, déjala en paz.

Vincent soltó una agria carcajada sin rastro de humor.

—¿Por qué quieres quitarme de en medio? ¿No te ves capaz de conseguirla por tus propios méritos si yo participo en el juego?

—Esto no es un juego, esto es la vida real. Y tú actúas como si estuviésemos hablando de una de tus sucias apuestas. Si no estás dispuesto a comportarte con ella como se merece, apártate del camino y deja que los demás avancen.

Rhys tuvo serias dudas sobre qué opción elegir entre las posibilidades que tenía frente a él. Levantarse y marcharse de allí en ese mismo instante, partirle la nariz a su mejor amigo de un puñetazo o aguantar estoicamente con la mejor cara que pudiese componer hasta que finalizase aquella cena de los horrores.

20

Rhys buscó con la mirada a lady Amanda Howard a través del salón y con un leve asentimiento de cabeza le confirmó que aceptaba la proposición de compartir su lecho esa noche. La baronesa sonrió tan satisfecha como un gato que acaba de acorralar a un jugoso ratón.

Llegó a su casa a la hora señalada y un silencioso sirviente le condujo a una habitación del primer piso. El excesivo calor de la estancia y el empalagoso perfume dulzón que parecía impregnarlo todo le revolvieron las entrañas, y se arrepintió de haber abusado del *brandy* y el champán. Pero quería anestesiar su conciencia y apaciguar la desazón que le habían provocado los comentarios de su amigo Jacob. Y sobre todas las cosas necesitaba quitarse de la cabeza a Alexandra Richmond, olvidar el sabor de su piel, el tono de su voz, sus dulces jadeos.

Jacob tenía razón.

Alexandra se merecía alguien que la cuidara, que le diera estabilidad, que la amara y, en definitiva, que la hiciera feliz. ¿Y qué podía ofrecerle él? Realizar las fantasías sexuales de un libro que él mismo había escrito y decepcionarla en cuanto bajara la guardia.

Si fuera más decente, se alejaría de ella antes de que fuera demasiado tarde. Pero seguía alimentando aquella sinrazón que los estaba arrastrando a ambos. ¿A quién quería engañar? Él no era decente. Vincent estaba acostumbrado a su vida vacía, pero ¿qué sería de ella cuando quisiera más, cuando descubriera que en el hueco que debería ocupar su corazón solo había un nido de víboras?

Se tambaleó ligeramente mientras se dirigía hacia la cama a la espera de la que sería su amante esa noche. Lady Amanda entró en la estancia con su sonrisa impostada, envuelta en un camisón vaporoso que dejaba muy poco a la imaginación. Sin apenas cruzar palabra, Amanda lo desnudó y Vincent trató de concentrarse en las sensaciones puramente físicas que sus caricias le provocaban. La ejecución de ambos fue perfecta, sin sentimiento ni entrega, solo una coreografía de roces destinados a conseguir una satisfacción efímera y rápida. Rhys se hubiera sentido culpable si tuviera un ápice de conciencia, pero era obvio que, al igual que él, Amanda estaba pensando en otra persona mientras le entregaba su cuerpo.

Había sido un verdadero imbécil al pensar que el alcohol o los brazos de una mujer hermosa, a la que ni siquiera deseaba, podrían haber calmado lo que bullía en su interior. Nada ni nadie podía calmarlo.

Tras frotarse los dedos concienzudamente con limón para quitarse las manchas de tinta, Rhys se encaminó hacia el comedor donde le habían servido el desayuno. Por el camino casi chocó con una doncella que acababa de incorporarse al servicio de la mansión y que siempre parecía estar donde no debía. No podía dormir y el amanecer lo había encontrado sentado a su escritorio, inmerso en la nueva historia que tenía entre manos. Pero ni siquiera eso había conseguido mejorar su estado de ánimo.

Tras el desayuno, Saint le llevó una bandejita de plata con la correspondencia, que Rhys ignoró deliberadamente hasta bien entrada la mañana. Una carta de su abuela, que no se sintió con fuerzas de abrir, otra de su administrador informándole de algunas reformas que era necesario acometer en la finca, un par de notas de mujeres solicitándole un encuentro y unas cuantas invitaciones. Entre estas últimas una llamó su atención y, después de leerla varias veces, Rhys arrugó el papel y lo lanzó sobre la mesa convertido en una bola.

La ilustrísima lady Vere tenía el placer de invitarle a un almuerzo benéfico que tendría lugar en su propiedad, una enorme mansión ubicada en las afueras de Londres. Los Vere eran un matrimonio de ancianos encantadores que no habían tenido descendencia y que solían implicarse a fondo en cualquier cosa que pudiera ayudar a la comunidad, dedicando una parte bastante generosa de su fortuna a ayudar a quien más lo necesitara. Aunque la relación con ellos era cordial, la invitación le hubiera sorprendido bastante, de no ser porque lady Vere aclaraba que lo obtenido en la subasta se destinaría al orfanato del que lady Duncan era benefactora.

Lady Duncan estaría allí, y con toda seguridad Alexandra también, motivo por el cual ni siquiera debería plantearse acudir al evento.

Vincent Rhys se bajó de su carruaje frente a la mansión de los Vere y echó una rápida ojeada a las nubes oscuras que el viento arrastraba velozmente y que parecían haberlo perseguido durante todo el trayecto. Rhys pensaba que se sentiría terriblemente fuera de lugar entre aquel ambiente distinguido y un poco mojigato, pero resultó que conocía a un gran número de los caballeros invitados, con los que había coincidido en el club o en alguna partida de cartas.

Lord Vere lo recibió nada más llegar y lo acompañó hasta los jardines, donde se estaba celebrando la subasta, charlando animadamente. Salieron al enorme jardín que rodeaba la casa, donde se habían dispuesto mesas largas en las que se exponían los variopintos objetos que se iban a subastar, además de algunas mesas con refrigerios para los invitados. Alguna obra de arte, jarrones, candelabros, juegos de escritorio y alguna fruslería más..., cualquier cosa era válida si conseguía aliviar el peso de los bolsillos de los aristócratas en favor de los más necesitados. En cada mesa había un frasco de cristal, donde los invitados depositaban un papel con sus pujas, que serían reveladas más tarde por la anfitriona.

—Bien, señor Rhys. Voy a darme una vuelta para que mi mujer piense que estoy siendo de ayuda en todo esto —bromeó el anciano. Un trueno se escuchó lejano y ambos miraron al cielo instintivamente. —Espero que el viento sea benevolente y aleje esas feas nubes de aquí o pronto todas estas damiselas empezarán a correr como gallinas asustadas para no mojarse. Busque algo que le agrade y afloje el bolsillo, joven.

El anciano se perdió entre el resto de los invitados y Rhys paseó la vista por las mesas. No le costó mucho esfuerzo encontrar algo sumamente agradable, aunque no tenía nada que ver con los objetos expuestos. En una de las mesas, lady Duncan y Alexandra charlaban con varias señoras, ajenas al escrutinio de Rhys.

Alex había recuperado uno de sus sencillos vestidos de color gris, pero había prescindido de cualquier velo que ocultara su cara. Se acercó hasta ellas y Alexandra sintió que su estómago se encogía ante su inesperada presencia. Tras saludar a las damas con su sonrisa más encantadora, Rhys curioseó un poco los objetos de la mesa y pujó por una pitillera de plata una cantidad desorbitada.

—Alexandra, ¿por qué no acompañas al señor Rhys a conocer los jardines? —sugirió la anciana con la más inocente de las miradas.

—Ya los conozco, lady Margaret. He acudido a las fiestas de los Vere en alguna ocasión.

Omitió el detalle de que en realidad se había colado para encontrarse con una de las sobrinas de la anfitriona y que había sido una visita nocturna en la que no había podido apreciar la extraordinaria labor del jardinero.

—Pero posiblemente quiera tomar algo. Yo iré a sentarme dentro un ratito. El aire cada vez es más frío y mis huesos se resentirán si continúo aquí. —Como siempre hacía, lady Duncan se levantó para marcharse sin esperar respuesta.

Alex se tensó ligeramente, pero aceptó el brazo que Vincent le ofreció para iniciar el paseo.

—No dejas de sorprenderme, Rhys. Un almuerzo benéfico. Al final va a resultar que eres un caballero decente.

—Sabes de primera mano que eso no es cierto, cariño. —El apelativo cariñoso le hizo cosquillas en un lugar demasiado cerca del corazón, aunque sabía que no lo había dicho en serio.

—Sé que no eres tan malo como te gusta aparentar.

Rhys suspiró molesto.

—Siempre he sido franco contigo y, aun así, te empeñas en creer que hay una parte noble en mí.

—¿Por qué te molesta que intente ver la parte positiva de la gente? La vida ya se encarga de traer las cosas negativas por sí misma. Déjame que no pierda del todo la esperanza en el ser humano —trató de bromear Alex.

—Porque hay gente que no tiene parte positiva, simplemente por eso. Lo que tú llamas tener esperanza, yo lo llamo pecar de ingenuidad.

Una dama los interceptó con una bandeja llena de canapés y una enorme sonrisa que le estiraba la cara, haciendo que sus ojos parecieran dos pequeñas grietas en su rostro redondo.

—¿Un sándwich de pepino? —ofreció amablemente.

—No, se lo agradezco. Pero le he echado el ojo a unas tartaletas de fresa que he visto al pasar. Lady Richmond, si no recuerdo mal, a usted también le encantan las fresas. ¿Me acompañará a probarlas?

El calor de las mejillas de Alexandra se disparó, mientras resistía la tentación de darle un doloroso pellizco a su acompañante.

—Eres un descarado —susurró cuando la sonriente dama se marchó con la bandeja, para ofrecérsela a otros invitados.

—Sí, pero te encanta que lo sea. Por cierto, me alegro de que hayas prescindido del velo de una vez por todas. ¿Tenemos que agradecérselo a Sanders? —preguntó sarcástico mientras se tensaba esperando la respuesta.

—Sanders es un idiota. —Alexandra meditó unos instantes a quién debía agradecer el impulso necesario para que al fin hubiese encontrado valor para mostrarse tal cual era.

El mérito era solamente suyo, al fin y al cabo, ella era la que soportaba las miradas indiscretas y quien había cargado durante todos esos años con el dolor que le provocaban. Pero había que reconocer que Sanders había prendido la mecha que la había hecho explotar contra esa injusticia. Como también tenía que reconocer que no hubiese sido posible conseguir esa confianza en sí misma de no ser por las caricias de Vincent, por la forma en la que había deslizado su boca sobre sus marcas, como si, lejos de resultarle horrendas, fueran dignas de recibir su adoración.

Vincent Rhys había conseguido que se sintiese deseada, y al menos durante esos instantes había olvidado que era el monstruo de Redmayne.

—Un idiota peligroso, Alexandra. No lo olvides.

No podía evitar que su insistencia con respecto a Sanders la intrigase.

—Si es tan peligroso como dices, ¿por qué sigues siendo su amigo? —preguntó soltando la mano de su brazo, y Rhys aprovechó para dar varios pasos que lo alejaran de ella y de la tibia y agradable sensación que la presión de su mano sobre él le provocaba.

—Porque puede que yo sea igual de peligroso que él. —Alexandra lo miró confundida, sin poder evitar que una pizca de decepción se reflejara en sus ojos durante unos segundos, los suficientes para que Rhys se sintiese como un miserable—. No he debido venir. Tienes razón. Este sitio es demasiado decente para alguien como yo.

—Rhys, espera.

—No, Alexandra. Tengo que irme. Lo mejor sería que no volviera a acercarme a ti —dijo, girándose para desandar el camino. Había sido un error ir a verla, pero se había sentido incapaz de resistirse.

—¿Qué quieres decir?

—¿No es obvio? Soy un peligro para ti. El libro, nuestros encuentros… Poco a poco te voy arrastrando hacia mi mundo, un mundo en el que después del placer solo vas a encontrar oscuridad.

—No me estás arrastrando a ninguna parte. Si voy hasta tu mundo es porque quiero hacerlo.

—No sabes lo que dices. Deberías hacerme caso y alejarte.

—Eres un cobarde. —Alexandra siguió paseando sin prestar atención a los truenos que cada vez se escuchaban más cerca ni a los nubarrones que oscurecían el cielo a la misma velocidad que su estado de ánimo.

Rhys la alcanzó en dos zancadas.

—¿Soy un cobarde porque trato de protegerte?

—Tratas de protegerte a ti mismo, pero, sinceramente, no sé qué es lo que encuentras tan peligroso. No me permites tocarte, pero a saber qué libertades les concedes a tus amantes. Tampoco te gusta que te llame por tu nombre, pero luego esa chiquilla puede llamarte Vinny con ese tonito tan endemoniadamente enervante. Y luego está ese asunto de los besos, que francamente no entiendo. Y ahora me pides que me aleje. Mírame a los ojos y dime que no es cobardía.

—¿Quieres que sea valiente?

—¡Sí! Inténtalo, aunque sea por una vez.

—Entonces, hablemos claro. Ambos sabemos que este juego no va a terminar bien. Tarde o temprano tú querrás conseguir de mí algo que no voy a darte. No voy a tratarte de manera respetable, no voy a hacerte una proposición honesta ni vas a encontrar debajo de mi capa de inmoralidad un héroe al que redimir. Esto es lo que soy. Puedes obtener placer y pasión a costa de perder tu inocencia. Si tuviera conciencia, jamás se me pasaría algo semejante por la cabeza. Pero no puedo pensar en otra cosa que no sea tenerte desnuda en mi cama. Y que Dios nos ayude, porque, si tú no te alejas, yo no voy a tener voluntad para hacerlo.

El viento y los truenos rompieron el silencio que había caído repentinamente sobre ambos, ante el impacto de sus palabras. Pequeños gritos escapaban de las gargantas delicadas de las damas que se apresuraban a refugiarse en el interior de la mansión, mientras los cielos se abrían sobre sus cabezas. Los lacayos corrían de aquí para allá recogiéndolo todo y, en cuestión de segundos, de la jovial reunión quedaba solo el recuerdo, como si nunca hubiese existido.

Las gruesas gotas de lluvia comenzaron a empaparlos, pero ninguno de los dos parecía notar nada que no fueran sus respiraciones agitadas y la intensidad con la que se miraban. Y entonces Alexandra contestó de la única manera en que podía hacerlo. Tendió su mano hacia él aceptando lo inevitable. Ella tampoco era capaz de alejarse.

Rhys la sujetó entre la suya y, tirando de ella, echó a correr por el camino en dirección contraria a la casa, hasta llegar a una pequeña edificación de piedra blanca, oculta por un grupo de árboles: un pequeño palomar que el dueño había reconvertido en cenador, sellando las ventanas con vidrieras de colores y colocando en la parte baja bancos de piedra donde leer en las tardes de verano o, como en este caso, tener una cita clandestina.

Apenas habían recuperado el aliento tras la carrera, pero Vincent no podía esperar más. Se acercó a ella haciéndola retroceder hasta que su espalda chocó con la pared. Apartó un mechón mojado de su cara y sujetó sus mejillas frías por el aguacero, mientras su cuerpo se aproximaba al de ella, vibrante y cálido, a pesar de la ropa mojada que los separaba. Sus labios se unieron al fin, desesperados y hambrientos. Las manos de Vincent se perdieron en su pelo mientras sus bocas se encontraban, en un beso lleno de dolor contenido, de heridas sin cicatrizar, un beso que dolía, pero que a la vez era capaz de curarlo todo.

Vincent apenas pudo contener el gemido que rompió en su pecho cuando sus lenguas se encontraron, cuando sus respiraciones se transformaron en una sola.

Se separó unos instantes para mirarla a los ojos y recuperar el dominio de su propio ser, pero era imposible. Volvieron a besarse, saboreando sus labios, mordiendo, lamiendo, buscando conectarse más allá de lo físico. Sus manos comenzaron a bajar por la tela mojada del vestido, que se pegaba a su cuerpo como una segunda piel, insolente y provocadora. En ese momento Vincent supo que había cometido el mayor error de su vida.

Había destrozado sus propios límites y ya no podía seguir engañándose a sí mismo, fingiendo que no sentía nada por ella. Alex tironeó de su pañuelo y su chaqueta hasta que se deshizo de ellos sin preocuparse demasiado adónde iban a parar. Rhys la cogió por las muñecas y se las sujetó por encima de la cabeza, y no pudo evitar reír al escucharla gruñir de frustración.

—Vincent, suéltame o gritaré hasta que… —Rhys la silenció con un nuevo beso salvaje que hizo que sus piernas temblaran.

—¿Estás seguro de que nunca has hecho esto antes? —preguntó Alex sonriendo, con la respiración entrecortada, mientras él mordisqueaba su oreja y comenzaba a bajar por su garganta.

—¿Besar? —preguntó Rhys, mirándola divertido antes de concentrarse en desabrochar su corpiño—. Puede que un par de veces en mi vida. Debe de ser un don natural.

La carcajada que escapó de los labios de Alex se transformó en un gritito agudo cuando Rhys atrapó un pezón entre los dientes. Pero Alexandra no estaba dispuesta a mantenerse pasiva mientras él la tocaba. Esta vez no. Quería acariciarlo, conocer su cuerpo y ser capaz de volverlo loco de deseo, igual que él lo hacía con ella. Tiró de su camisa y sus manos se colaron bajo la tela para acariciar su torso y los músculos de la espalda, que se tensaron bajo su contacto. Pero necesitaba más, mucho más. Sus caricias, cada vez más osadas, siguieron avanzando hasta que al fin se atrevió a desabrochar sus pantalones y acariciar su erección, mientras Vincent volvía a atrapar sus labios en un beso intenso, que lo embriagaba y lo dejaba sin defensas. Fue incapaz de decirle que se detuviera, incapaz de pensar en otra cosa que no fuera su mano apretándolo, sus dedos subiendo y bajando por toda su longitud, su cuerpo arqueándose contra el suyo, sus respiraciones agitadas, y aquella necesidad que los consumía y les hacía perder el juicio. Apoyó la mano en la pared aturdido por la intensidad del orgasmo que le llegó vergonzosamente pronto.

Debería haberse alejado de ella inmediatamente. Había pasado la nube de inconsciencia que el ansia desmesurada provoca y que precede al arrepentimiento. Debería estar torturándose por no haber sido lo bastante fuerte, castigándose por haberse permitido besarla, maldiciendo su falta de voluntad.

Pero el arrepentimiento no llegó. Y lo único que Vincent pudo hacer fue permanecer allí con Alexandra cómodamente instalada entre sus brazos, disfrutando de la sensación de sentir su respiración contra su pecho, mientras seguía acariciándola como si tuvieran todo el tiempo del mundo para ellos.

21

El canturreo incesante de lady Duncan estaba empezando a sacar a Alexandra de sus casillas. La mujer no paraba de mirarla como si quisiera leerle la mente y Álex esperaba, por su bien, que no tuviera ese tipo de poderes, ya que su cabeza en ese momento estaba plagada de imágenes demasiado tórridas como para compartirlas con la anciana.

Recordar lo que había pasado con Rhys la mantenía en un estado constate de nerviosismo, mezclado con una buena dosis de excitación que le hacía bullir la sangre.

Había conseguido salir airosa del encuentro en el jardín, o al menos eso quería pensar, ya que la excusa que encontraron para su repentina desaparición de la subasta no era demasiado convincente. Habían permanecido en el cenador hasta que la lluvia cesó, demorando el momento de integrarse de nuevo al resto de los invitados. No pudieron evitar reírse cuando se fijaron con detenimiento en su aspecto. Su ropa estaba arrugada, sus cabellos mojados y despeinados, y para colmo el corpiño de Alexandra había perdido un par de botones por culpa del ímpetu de

Rhys, por lo que no podía abrocharlo. Decidieron confiar en que el tumulto provocado por los invitados tratando de resguardarse de la lluvia en los salones de los Vere hubiese camuflado su ausencia.

Rhys decidió que lo mejor sería marcharse sin ser vistos y enviar una nota discretamente a lady Duncan, informándole de que se habían empapado durante el paseo y que se encargaría de llevar a casa cuanto antes a lady Richmond, con el fin de que no cogiera una pulmonía. El trayecto hacia su hogar había estado repleto de más besos, caricias furtivas y obscenidades dichas al oído, con el fin de sonrojarla.

Todo había sido tan perfecto que Alex estaba segura de que más pronto que tarde la realidad le daría una bofetada que la bajaría de la nube en la que estaba subida.

Alexandra levantó la vista hacia la mesa y se percató de que había un objeto envuelto en un bonito papel estampado y al que no le había prestado atención desde que llegó.

Estaba a punto de preguntar de qué se trataba, cuando el mayordomo anunció una visita.

—El señor Rhys acaba de llegar, lady Duncan.

—Hágalo pasar.

Alex trató de disimular su nerviosismo dándole un sorbo a su taza de té, que resultó estar vacía desde hacía rato. Desistió cuando la imponente y magnética presencia de Rhys entró en la habitación inundándolo todo, como si de repente alguien hubiese descorrido todas las cortinas permitiendo que la luz entrase a raudales. No pudo evitar sonreír, mientras él las saludaba y la abrasaba con su mirada cómplice.

—El señor Rhys ganó la puja, lástima que se marchase demasiado pronto para recoger la pitillera. —Lady Duncan le tendió el paquete—. Gracias, has sido muy generoso.

Rhys odiaba ese tipo de halagos y le quitó importancia con un gesto de la mano.

—No ha sido nada. Y hablando de otra cosa... Hace una mañana estupenda, bellas damas. ¿Puede saberse qué hacen encerradas entre estas cuatro paredes?

—Esperar a que un atractivo sinvergüenza nos haga una propuesta interesante. Dime que tienes alguna —contestó descaradamente la anciana.

Rhys soltó una carcajada y le tendió el brazo con su sonrisa más seductora.

—Me ofende que lo dude, milady. Espero que la propuesta, a la par de interesante, sea sorprendente.

Durante todo el trayecto hacia los jardines del Crystal Palace, Alexandra prácticamente no intervino en la conversación. Habían optado por usar el carruaje descubierto de lady Duncan para disfrutar de la excelente temperatura. Observar a Rhys tan radiante, con su sonrisa perfecta y sus bellos ojos azules, mientras el tibio sol caldeaba su cara era un verdadero placer.

—Siento decirte que a mi edad hay pocas cosas que me sorprendan ya, querido.

—Las ciencias avanzan a una velocidad vertiginosa. Cada día aparecen nuevos inventos, hay progresos fascinantes en todos los campos… Creo que en los próximos años la humanidad va a conseguir cosas que hasta ahora eran impensables. —Rhys levantó la vista hacia Alex y sonrió de nuevo—. Ya hemos llegado.

Rhys se apeó del vehículo y ayudó galantemente a las damas. Alexandra siguió la dirección de su mirada y abrió la boca, sorprendida ante lo que vieron sus ojos.

En una gran explanada de césped, en un claro alejado de los árboles, una enorme estructura de lona de forma redonda atraía todas las miradas.

—¿Un globo aerostático? —preguntó Alex asombrada.

—Bien, al menos he conseguido sorprender a una de las damas —bromeó Rhys mientras avanzaban por el césped.

Lady Duncan rio encantada.

—A las dos, seamos justas. Leí algo sobre ese tipo que casi llega a la Luna con un artefacto parecido a este…

—Fue hace un par de años. James Glaisher y su amigo Coxwell fueron dos pioneros en este tipo de vuelos, destinados en principio a hacer mediciones de temperatura y otras investigaciones. Por el momento son los que han conseguido volar a más altura. La cosa se descontroló un poco cuando comenzaron a ascender demasiado. Sufrieron desmayos y casi se congelan, aunque la peor parte sin duda se la llevaron las palomas que los acompañaban en el experimento. Una murió y a la otra aún la están buscando.

—Los pioneros suelen pagar el precio de la inexperiencia. Aunque creo que con anterioridad hubo una mujer mucho más atrevida que ellos, que incluso se lanzaba en paracaídas desde esa cosa. Una francesa. Eso sí era tener agallas. —Lady Duncan entrecerró los ojos para observar el globo con detenimiento hasta que una voz estridente llamó su atención—. ¿Y este quién es? —preguntó al ver al personaje con pinta de charlatán que hablaba con varios caballeros gesticulando exageradamente.

—Mi amigo Luigi.

El hombre no sería más alto que un niño de doce años y vestía una ropa estrafalaria que le restaba seriedad a sus argumentos científicos. Pero a su favor había que decir que explicaba los fundamentos de la aerostática con tanto ímpetu e ilusión que no había más remedio que creer en lo que decía.

Se acercó a Rhys, saludándolo con efusividad, y tras ser presentado a las damas inició una nueva disertación bastante completa sobre los fundamentos sobre los que se asentaba su creación y los novedosos cambios que había implementado en su nuevo quemador de gas. Alexandra miró hacia arriba, hacia la descomunal estructura hecha de lona de varios colores, y se sintió muy pequeñita en comparación. La nave estaba anclada mediante cuerdas, sujetas a unos complejos anclajes metálicos clavados en el suelo.

—... Y entonces es cuando mi ayudante... —señaló a un hombre corpulento y silencioso que lo acompañaba— soltará la cuerda necesaria para ascender, mientras aumentamos la potencia de la llama que lo propulsa. Si quisiéramos volar a más distancia, bastaría con deshacernos de estos saquitos de aquí, que son el lastre. Pero para nuestra pequeña excursión nos bastará con soltar un poco de cuerda. Pero no se preocupe, bella dama. No dejaremos de estar anclados al suelo en ningún momento.

—¿Cómo dice? —Alexandra parpadeó un poco atolondrada por la incansable cháchara de Luigi, mirando a Rhys.

—¡Sorpresa! —Vincent sonrió terriblemente satisfecho, con la misma expresión de un niño travieso.

—No vamos a subirnos a ese cacharro. —Alexandra bajó la voz a un susurro furioso para no herir la sensibilidad del tal Luigi—. ¿Verdad que no, lady Margaret?

—Yo no, desde luego. No soporto las alturas. Pero sería muy feo que le hicieras este desplante al caballero. Os esperaré sentada en aquel banco disfrutando de tu cara de pavor. —La anciana se marchó canturreando de nuevo, dejando a Alex y a Rhys solos ante aquel mastodonte de tela, mientras la multitud de curiosos seguía acercándose para observar el invento.

—Vamos, siempre me has dicho que te encantaría sentirte libre. Caminar descalza por la arena y bañarte desnuda en una playa solitaria, conocer nuevos países, volar como uno de esos pájaros…, ¿cómo se llamaban? ¿Buitres? ¿Alondras? —se burló provocándola—. No te prometo que esta cosa pueda llegar al mar, pero te aseguro que vas a vivir una experiencia única. Ni siquiera nos moveremos del sitio, solo subiremos, disfrutaremos de las vistas y volveremos a bajar. ¿Vas a perderte algo maravilloso solo porque te dé un poquito de miedo?

—En primer lugar, nunca dije nada sobre lo que llevaría puesto para nadar.

—Perdóname, mi perversa imaginación debe haberme traicionado —se disculpó con una falsa expresión de arrepentimiento llevándose una mano al pecho.

—En segundo lugar, no era un buitre, era un halcón.

—Pájaros, al fin y al cabo. Alas, pico..., ¿quién los distingue?

—Hay cierta diferencia entre comer animales muertos y ser un ave maravillosa e inteligente...

—¿Y en tercer lugar? —la interrumpió Vincent para que no se fuera por las ramas.

Realmente aquel chisme no le inspiraba mucha confianza, pero Rhys tenía razón. Probablemente sería una experiencia única e irrepetible. Resultaba tentador ver Londres como nunca antes lo había visto. Alexandra cerró los ojos luchando consigo misma. Cuando los abrió, Rhys seguía sonriendo con la mano extendida hacia ella, sabiendo que había ganado la batalla.

—Confía en mí —susurró con ese tono que siempre le erizaba la piel.

Ella sucumbió, como siempre sucumbía ante esas palabras, porque por más que intentara convencerse de lo contrario no podía evitar creer en él. Posó su mano sobre la suya, pero el contacto duró solo un instante, ya que Vincent la cogió en volandas para depositarla dentro de la barquilla de mimbre como si no pesara nada, para después pasar sus largas piernas por el borde y ocupar su lugar junto a ella.

— ¡Cuando quieras, Luigi!

—¿En serio este hombre es tu amigo? Déjalo, no quiero saber dónde lo conociste.

—Lo conocí en una taberna. En realidad, se llama Peter. Luigi es su nombre artístico. Estaba buscando financiación para su proyecto. Quiere recorrer el país en globo y, si todo sale bien, llegar al continente. No voy a darle dinero para que sus sesos acaben esparcidos por la campiña inglesa, pero hice una pequeña aportación para que al menos pudiera pagar el alquiler y comprarse un traje nuevo, y le sugerí este proyecto. Es menos peligroso y, en todo caso, consigue el dinero suficiente para comer a diario.

—Intenta no hablar de vísceras esparcidas hasta que pisemos tierra de nuevo, por favor —suplicó Alex, apretando los dientes con nerviosismo.

—¿Listos? —preguntó Luigi mientras manipulaba el quemador, provocando una llama que casi le deja sin flequillo. Pero al parecer estaba todo controlado, ya que los miró con una sonrisa de oreja a oreja—. ¡¡¡Jean Thierry, ve soltando cuerda!!!

—¿Jean Thierry? —preguntó Alex enarcando una ceja, y Rhys se limitó a encogerse de hombros con una sonrisa—. Déjame adivinar. ¿John? ¿Ted?

—Casi —se rio Vincent. Aunque la risa se disipó un poco cuando Alexandra se abrazó a su cintura ante el primer vaivén de la canasta tras abandonar su contacto con el suelo.

El globo fue ascendiendo con suavidad hasta rebasar las copas de los árboles. La sensación del viento en la cara mientras la ciudad se mostraba a sus pies era incomparable.

Alexandra seguía con su cuerpo pegado al de Rhys, un poco tensa, pero su cara de felicidad reflejaba que estaba realmente impresionada. Luigi, con su sonrisa eterna, comprobaba cuerdas, telas y llamas sin descanso, con una excitación que denotaba que le apasionaba lo que hacía. Alexandra no sabía a cuánta distancia estaban del suelo, pero podía ver prácticamente toda la ciudad desde allí, y la gente que paseaba parecía pequeños muñequitos en movimiento. La lluvia del día anterior había ayudado a disipar la eterna nube producida por el humo del carbón que ocultaba el cielo con demasiada frecuencia y se veían con claridad los tejados de las casas a lo lejos, la abadía de Westminster, las manchas verdes de los árboles de las casas señoriales y los parques.

Era fácil sentirse libre allí arriba, lejos de las miradas y los juicios ajenos, y no pudo evitar suspirar sobrecogida por el paisaje con la misma ilusión que un niño pequeño que ve la nieve por primera vez.

Alexandra sintió una punzada extraña en su pecho, como si no fuera capaz de contener más la emoción que la embargaba. Era algo que hacía mucho tiempo que no sentía, de hecho, no recordaba la última vez que se sintió así. Era simple y llanamente felicidad, intensa, pura y probablemente efímera.

—¿Estás bien? —preguntó Vincent al ver que sus ojos se humedecían.

Alex asintió sonriendo y estrechó un poco más su abrazo, apoyando la mejilla en su pecho, mientras él deslizaba con suavidad la mano que hacía rato había posado en su cintura, trazando círculos lentos por su espalda. Ni siquiera se había dado cuenta de lo que estaba haciendo, simplemente parecía lo más natural del mundo abrazarla, acariciarla, sentir que podía protegerla de todo y de todos.

—Tenías razón. Uno no puede perderse cosas maravillosas solo por sentir un poquito de miedo —susurró Alexandra sin poder disimular el temblor de su voz.

Claro que tenía razón. Lo paradójico era que precisamente el miedo solía dominar la vida de Vincent con demasiada frecuencia. Pero no dejaría que esa sensación enturbiara ese momento. No cuando la tenía tan cerca que podía ver perfectamente las pequeñas vetas doradas que iluminaban sus ojos castaños, no cuando el calor de su cuerpo amenazaba con abrasarlo y reducirlo a cenizas. No ahora, cuando la sonrisa de Alexandra le hacía creer que podía ser el hombre que ella esperaba que fuera.

Vincent acarició su mentón e inclinó la cabeza hacia ella hasta que sus labios se tocaron. Sus lenguas se encontraron en una caricia perezosa y dulce y sus bocas se saborearon sin ninguna prisa, mientras fingían que el mundo estaba a sus pies. Era una insensatez, ambos lo sabían, aunque Luigi fue lo bastante discreto como para fingir que estaba muy concentrado comprobando el lastre.

Vincent interrumpió el beso y por unos instantes no pudo apartar los ojos de los de Alexandra, intentando leer más allá de lo evidente. Lo que vio en ella lo desarmó. Necesidad, deseo, devoción… y algo más que se negaba a admitir. Algo demasiado peligroso.

—Será mejor que bajemos.

Necesitaba poner los pies en el suelo y no solo de manera literal. Aquella fantasía estaba resultando emocionante, quizá demasiado, e intentaría regalarle a Alexandra algo especial que recordar, pero era más que evidente que después tendría que dejarla ir. Ella quería un hogar, un esposo capaz de cuidarla a ella y a los hijos que vendrían. Y él era un niño grande e inmaduro que solo estaba capacitado para dar quebraderos de cabeza.

Si ni siquiera era capaz de cuidar de sí mismo, ¿cómo podría cuidar de una familia? No sabía hacerlo, él no sabía querer, no sabía ser bueno, en su corazón solo había egoísmo y frivolidad. Y la prueba era que, a pesar de saber que cuando la dejara le partiría el corazón, cada día se metía más adentro de su piel. Ella se había convertido en una adicción y no podía evitar querer más de ella, a pesar de ser consciente de que tarde o temprano todo estallaría por los aires.

Alex sintió que sus rodillas temblaban cuando al fin volvió a pisar la hierba verde y fresca, y estaba segura de que la culpa era de los ojos de Rhys, que la desarmaban con su intensidad.

—Al menos, cuando esto termine, nadie me podrá quitar el honor de ser el hombre que te hizo volar por primera vez —le dijo al oído, provocándole un escalofrío en la columna, por el doble sentido y por lo que llevaba implícito.

«Cuando esto termine.»

Lo que fuera que había entre ellos tenía los días contados, ella lo sabía desde el principio. Y, sin embargo, no tenía fuerzas para alejarse de aquella locura que, como bien sabía, la destruiría.

22

Sabía que era un sueño y, aun así, la angustia le oprimía el pecho hasta el punto de impedirle respirar. Rhys gruñó por el esfuerzo, tratando de levantarse, pero sus piernas no le respondían. Golpeó los tablones de madera que cubrían el suelo con los puños, hasta que las heridas se abrieron y comenzó a brotar la sangre de ellas. Cayó de bruces, vencido de nuevo por el monstruo que siempre lo torturaba, al sentir tan vivos como siempre los correazos sobre su espalda.

Era débil, era superficial, vanidoso, inútil. Y cobarde.

El monstruo tenía razón, su abuelo haría bien en golpearle más fuerte y hacerle pagar por todas y cada una de las taras de su carácter. Respiró con dificultad, con la mejilla pegada al suelo, mientras sus lágrimas se mezclaban con la sangre, y la sangre con el polvo. El ruedo de una falda apareció en su campo de visión y apenas tuvo fuerzas para alzar la vista. Sus ojos subieron al fin y su desesperación se hizo insoportable al ver el rostro de Alexandra, que lo observaba con una sonrisa serena y resignada. La sensación de que ella estaba en peligro se impuso a todo lo demás, mucho más potente que el dolor o el desamparo. Tenía que sacarla de allí, no podía permitir que sufriera ningún daño, que se viera atrapada en su infierno.

—Alexandra… —susurró con la voz rota—. Tienes que marcharte. —Trató de gritarle, pero sus cuerdas vocales parecían haberse congelado.

Ella le dio la espalda y comenzó a alejarse por el oscuro y estrecho pasillo que se abría ante él. En ese momento Vincent se percató de que en su mano llevaba una cuerda, que arrastraba por el suelo con un sonido sordo.

Intentó levantarse mientras Alexandra seguía avanzando por aquel corredor interminable sin mirar atrás, pero las fuerzas le habían abandonado. Las uñas de Vincent se clavaron en el suelo y, utilizando hasta su último aliento, consiguió ponerse de pie tambaleándose, repitiéndose como una letanía que aquello solo era un sueño.

Por más que intentara alcanzarla, Alexandra estaba cada vez más lejos; por más que corriera, sabía que sería inútil. Cuando llegara, ya sería demasiado tarde. Cuando la alcanzara, solo podría vez sus ojos vacíos y sus pies balanceándose en el aire.

En un último esfuerzo gritó su nombre con todas sus fuerzas para que se detuviera.

El sonido de su propia voz en la quietud de la noche, resonando en su enorme casa vacía, lo despertó.

Su piel estaba empapada en un sudor frío, sus músculos, doloridos por la tensión, y sus manos aún temblaban. Sus ojos no volvieron a cerrarse en toda la noche.

Había despertado tan aterrorizado que su única

preocupación cuando salió de la cama esa mañana fue ir a casa de Alexandra y asegurarse de que estaba bien. Esperaba que vigilarla de manera furtiva no se estuviera convirtiendo en una insana costumbre.

Desde su carruaje vio, al fin, cómo la puerta de la mansión de los Redmayne se abría y Alexandra salía con su doncella. Llevaba un papel en la mano que no paraba de ojear, probablemente fuera una lista para realizar sus compras.

Se apartó uno de los lazos que adornaban su sombrero y que el viento travieso no paraba de mover hacia su cara. Entre risas comenzó a caminar calle abajo en dirección a la zona comercial de la ciudad, hasta que se perdió tras una de las esquinas, con sus faldas de color amarillo pálido flotando a su alrededor.

Solo entonces Vincent se vio con fuerzas para afrontar el resto del día.

Cruzó la calle, tan ensimismado en sus pensamientos que a punto estuvo de no ver el carruaje que se le venía encima y que esquivó en el último momento. El cochero le increpó con un par de gruesas maldiciones, pero Vincent ni siquiera se detuvo a mirarlo. Entró en las oficinas de la editorial tratando de ignorar el nudo en el estómago y las náuseas que las pesadillas le habían causado.

—Buenos días.

—Buenos… —Jacob se detuvo al ver las profundas ojeras que marcaban el rostro de Rhys y su expresión desacostumbradamente seria—. ¿Estás bien? Parece que te haya pasado un caballo por encima.

—No andas muy desencaminado. No he dormido muy bien.

—¿Otra vez las pesadillas?

Rhys asintió y apretó las sienes con los dedos.

Jacob lo invitó a sentarse a una mesa junto a los ventanales, donde había varias bandejas con un generoso desayuno.

—Últimamente están siendo especialmente intensas. ¿Por qué me has citado con tanta urgencia? —preguntó, dando un gran sorbo a su taza de café.

—Siempre te cito con urgencia para sermonearte, pensé que también te merecías que te citara para darte una buena noticia. La primera edición del primer capítulo ha volado y ya casi estamos agotando la segunda.

Rhys sonrió, aunque su estado de ánimo dejaba mucho que desear. Se sirvió unas tostadas y una buena ración de huevos revueltos, intentando coger fuerzas después de pasar casi toda la noche en vela.

—Me alegro. Tendré que esforzarme bastante para estar a la altura con la siguiente novela.

—No dudo de tu capacidad creativa, tu mente es brillante. —Jacob sonrió malicioso—. Aunque, si flaqueas, siempre te queda la opción de iniciarte en la novela romántica. Por lo visto, últimamente estás bastante inspirado en ese campo.

Rhys detuvo el tenedor a medio camino entre el plato y su boca y lo miró con cara de pocos amigos. Solo le apetecía tomar un buen desayuno y tener una conversación sencilla y amigable que le hiciera olvidarse de las imágenes que aún le atormentaban. Pero Jacob parecía tener otros planes.

—Jacob, no sé a qué te refieres. Pero hoy no es el

día más apropiado para una de tus típicas conversaciones llenas de retos e indirectas.

—No quiero fastidiarte. Es solo que, en vista de los últimos acontecimientos, quería pedirte consejo. Pensaba invitar a lady Alexandra Richmond a una velada especial. Había pensado llevarla al teatro y puede que a dar un paseo bajo la luz de la luna. Pero me has puesto el listón tan alto con lo del viaje en globo… En los círculos exclusivos de Londres no se habla de otra cosa que no sea ese gesto tan romántico. Luigi se va a hacer de oro.

—Eso quiere decir que esa jodida gente tiene demasiado tiempo para mantenerse ociosa, tanto que tienen que ocuparlo hablando de mis asuntos. No fue un gesto romántico. Solo fue un detalle amistoso.

—Pues a mí nunca me has llevado a ver la ciudad desde el aire, y eso que me considero tu único amigo verdadero. Estoy decepcionado —dijo con ironía.

Rhys gruñó y atacó el plato de beicon crujiente, para no tener que contestar.

—Entonces, es solo amistad lo que hay entre vosotros —insistió Jacob, aun a riesgo de que Rhys lo mandara a paseo.

—Sí.

—En ese caso, no te molestará que…

—¿Que la cortejes? —preguntó Rhys, soltando la servilleta de manera brusca sobre la mesa—. Si piensas hacer eso, no soy yo la persona a la que debes pedirle permiso. Deberías hablar con su hermano cuando regrese de su viaje, y si realmente tu repentino enamoramiento es tan incontenible como para no poder esperar, habla con lady Duncan.

Jacob se repantingó en la silla y lo miró por encima de la humeante taza de café.

—Por tu tono da la impresión de que no te parece bien.

—Me has hecho venir tan temprano para tocarme los... —Rhys se detuvo antes de que lo que sentía saliera como un torrente—. Ya te lo he dicho. No me interesa Alexandra en ningún sentido. No tengo por qué opinar ni decidir ni preocuparme por lo que le ocurra.

—Tienes razón. Si te preocuparas por ella, habrías hecho algo para solucionar lo de esa puta apuesta. —La cara de Jacob se endureció de repente—. También te hice venir para hablarte sobre eso. Ayer estuve en el club. Provocar a Sanders no ha tenido el efecto que esperabas. Han añadido doscientas libras más al premio.

Rhys estuvo a punto de vomitar todo lo que acababa de ingerir.

—¿Y qué quieres que haga al respecto?

—Pues desde luego no puedes solucionarlo como hiciste la primera vez, retando a tu «amigo» y avergonzándolo en público. Debiste hablar con ella, Rhys. O al menos haber recurrido a alguien.

—¿A quién? ¿A lady Duncan? Su solución hubiese sido que me casara con ella para arreglar el asunto.

—¿Tan malo sería? —Rhys parpadeó alucinado por el giro que estaba tomando la conversación. Por un momento la imagen de Alexandra en su cama para toda la eternidad no le resultó tan desagradable como cabía esperar.

—¿Malo para quién? Para mí podría resultar incluso cómodo. Una mujer agradable, inteligente y rica con la que tomar el almuerzo y hablar del tiempo de vez en cuando. Un par de veces al mes, por ejemplo. Pero ¿cuánto tiempo crees que tardaría en aburrirme de ella y salir a buscar otras piernas en las que perderme? ¿Una semana? ¿Dos? ¿Cómo reaccionaría Alexandra cuando me marchara cada noche a jugar a las cartas, cuando volviera al amanecer apestando a ginebra y a tabaco o al perfume empalagoso de alguna fulana? ¿Qué sería de su vida cuando aceptara que solo soy un fraude, un envoltorio bonito incapaz de involucrarse en nada importante?...

—Dios, Vincent. A veces eres un verdadero imbécil. Empieza por sincerarte contigo mismo y...

—Jacob, no es negociable —le cortó con sequedad—. No quiero volver a hablar de esto. Déjame que haga algo honorable por una vez en la vida y le dé la oportunidad de encontrar a alguien que la merezca.

—¿Vía libre, entonces?

Rhys asintió con la cabeza con un nudo en el estómago, mientras se levantaba de la mesa dando por finalizada la reunión.

—Llévala al teatro o a donde te plazca. Yo me limitaré a intentar que Sanders no se le acerque.

Pearce se dirigió hasta donde su hermana Anne y Alexandra lo esperaban y le entregó un vaso de limonada a cada una.

—Gracias, hermano. Pensaba que iba a desfallecer. Este salón está atestado.

Jacob había decidido llevar a las damas a una velada musical en uno de los salones de moda de la ciudad, pero el lugar estaba excesivamente concurrido y la temperatura era infernal. Decidieron dar un paseo por la terraza y los tres suspiraron aliviados al sentir la brisa fresca.

—¿Por qué no ha venido Vincent? —preguntó Anne mientras jugaba con uno de sus cuidados tirabuzones rubios—. Siempre anima cualquier velada, por tediosa que sea.

—¿Quieres decir que somos aburridos? Caramba, hermana. Tenemos que perfeccionar tu prudencia.

La joven soltó una alegre carcajada y Alex deseó poder contagiarse de su frívola ingenuidad.

—Sabes a lo que me refiero.

—La verdad es que no le he pedido que me acompañara. Egoístamente, quería acaparar toda vuestra atención.

—¿Ha ocurrido algo entre ustedes? —intervino Alex con una sonrisa nerviosa, aunque esquivó su mirada como si temiera que él pudiera leer la preocupación en ella—. Discúlpeme, señor Pearce. No quiero ser indiscreta.

—No se preocupe, no me molesta su interés. No hay ningún problema entre nosotros. Pero todos sabemos cómo es Rhys, ¿verdad?

Anne lo miró sorprendida. Jacob era totalmente leal a su amigo y lo había defendido contra viento y marea, incluso frente a su propio padre, que no veía con buenos ojos que se relacionara con alguien con una moral tan disoluta como la suya.

—No entiendo a qué se refiere con ese comentario —contestó Alexandra sin ocultar la tensión de su voz.

—Rhys se siente como pez en el agua en ambientes mucho menos respetables que este. —Pearce evitó mirarla y continuó provocándola deliberadamente—. Supongo que no le sorprenderá que le diga que su carácter es inestable e impredecible. Aunque usted lo conoce bien, ¿me equivoco?

Alexandra soltó el brazo de Pearce y se detuvo en seco, con el color tiñendo sus mejillas.

—Le conozco todo lo bien que se puede llegar a conocer a Vincent Rhys, señor Pearce. Aunque, si es su amigo, sabrá que probablemente ni él mismo se conozca del todo. Ha tenido una infancia difícil. Y, aunque jamás se atrevió a contarme los detalles, sé que no recibió el amor que merecía de los suyos. Nadie debería atreverse a hacer juicios de valor tan a la ligera sobre su carácter.

Jacob esbozó una lenta sonrisa de suficiencia y Alexandra tuvo la impresión de que acababa de caer en una trampa. Anne entrelazó el brazo con el suyo con una sonrisa.

—No se enfade, lady Alexandra. Jacob mataría por Vincent y el sentimiento es recíproco. Me temo que mi hermano solo estaba poniéndola a prueba.

Alexandra no quiso darle más vueltas al asunto, sin entender lo que pretendía Jacob Pearce con su actitud.

El carruaje se detuvo frente a la puerta de la residencia de los Redmayne y Pearce ayudó a Alexandra a descender. Tras disculparse de nuevo por el pequeño momento de tensión que él había provocado, la besó en la mano a modo de despedida. Alexandra subió casi sin mirar los escalones con una sensación extraña, pensando que debería haber sido menos impetuosa a la hora de defender a Vincent y no exponer lo que sentía de manera tan obvia.

Las palabras de Pearce no paraban de dar vueltas en su cabeza y se preguntó en qué ambientes «menos respetables» estaría entreteniéndose Vincent a esas horas de la noche, y el pensamiento le hizo más daño del que debería. Apenas cruzó dos palabras con su doncella, mientras esta la ayudaba a prepararse para meterse en la cama. Respiró al sentir la tela suave y ligera de su camisón sobre su piel, libre al fin de las ballenas del corsé y las capas de pesada tela. Permaneció en su vestidor sentada frente al espejo, cepillándose el pelo perezosamente, con la mente muy lejos de allí.

No se percató de que, en la habitación contigua, alguien la observaba desde la penumbra.

23

Alex dejó el cepillo sobre el tocador, apagó las velas que iluminaban esa parte de sus habitaciones y se levantó dispuesta a meterse en la cama. La estancia estaba apenas iluminada por la luz anaranjada de la chimenea que su doncella había encendido en previsión de otra noche fría. Alexandra miró el libro de tapas oscuras que descansaba sobre su mesilla y pensó que quizá fuera buena idea leer un poco para calmar su inquietud. Aunque últimamente leer las aventuras del sultán hacía que las imágenes de Rhys la bombardearan sin piedad. Estaba a punto de dirigirse hacia su cama cuando de pronto se dio cuenta de algo.

El libro.

Estaba segura de que antes de salir esa noche lo había dejado en el banco de su ventana, y su doncella jamás tocaba sus objetos personales. Antes de que pudiera reaccionar sintió una mano tapándole la boca, mientras un fuerte brazo la atrapaba por la cintura, haciendo que su espalda se presionara contra un enorme cuerpo.

Intentó resistirse, pero la profunda voz de Rhys junto a su cuello la paralizó.

—Shhhh… Tranquila, cielo, soy yo. Soy yo. —La mano de Rhys se apartó de sus labios, pero no se separó de ella ni una pulgada.

—¡Dios santo! Casi me matas del susto. —El corazón de Alex latía desbocado, pero ya no era por el sobresalto, sino por el calor que desprendía el cuerpo de Rhys pegado al suyo.

Rhys le permitió que se girase para enfrentarlo, sin apartar las manos de su cintura, como si algo más fuerte que él le impidiera soltarla.

—¿Estás bien? ¿Ha ocurrido algo? —preguntó intranquila. Alexandra arrugó el ceño de repente al ver la mirada despreocupada de Vincent—. Y lo más importante, ¿cómo diablos has entrado en mi habitación?

—No ha ocurrido nada. —Rhys en un acto impulsivo intentó besarla, pero ella se apartó, fingiéndose enfadada por su presencia allí, provocando que él soltara una carcajada.

Ciertamente, si al comienzo de la noche alguien le hubiera dicho a Rhys que acabaría allí, no le hubiera creído. Rhys había estado recorriendo varios de los antros más frecuentados por jugadores y demás gente de dudosa reputación, con la intención de mover un poco el avispero. No había nada que sedujera más a los Jinetes del Apocalipsis que el dinero fácil proveniente de lugares turbios, sobre todo si eso acababa de paso con el prestigio y el buen nombre de algún incauto. Solo hacía falta ofrecerles a esos perros sarnosos otro hueso al que poder hincar el diente y así conseguir desviar la atención que ahora tenían puesta sobre el monstruo de Redmayne, o al menos eso quería pensar él.

Con la ayuda de su fiel mayordomo Saint, había esparcido el rumor sobre la existencia de ciertas carreras de caballos amañadas en las que se movía una nada desdeñable cantidad de dinero. Para cuando acabara la noche, el flujo de apuestas se habría disparado gracias a las ansias de dinero de la mayoría, caballeros o no, sin que nadie se molestara en averiguar si el soplo tenía alguna base.

Después se había dirigido al club. Por si las carreras amañadas no fueran distracción suficiente, una nueva apuesta había sido lanzada sobre los tapetes verdes de las mesas del club. Había bastado con verter un par de informaciones y unas cuantas conjeturas en los oídos adecuados. La protagonista era cierta marquesa que se revolcaba entre sus sábanas de seda con su doncella mulata y que no escatimaba a la hora de hacerle un hueco a quien quisiera acompañarlas, mientras su marido agotaba las reservas de *brandy* escocés de toda la ciudad. Puede que su nuevo compañero de juegos fuera alguien muy cercano a la reina Victoria, o puede que fuera el frutero de su barrio... o quizá algún socio del club. Quien lo descubriera se llevaría un buen monto, sin duda.

La mecha ya estaba prendida y esperaba que eso bastara para entretener a Sanders y a los demás al menos un tiempo. Era rastrero, sí. Pero Rhys no iba a permitirse sentir ni una pizca de arrepentimiento.

Después de llevar a cabo su plan, había dirigido sus pasos de nuevo a la casa de Alexandra, pero no había luz en sus ventanas, y entonces recordó que Jacob la había invitado a salir. Estaba a punto de marcharse cuando un movimiento en el jardín llamó su atención. Escondido entre las sombras observó a dos amantes que se fundían en un apretado abrazo. Giró sobre sus botas para volver a su carruaje, cuando de pronto reconoció la voz del muchacho que se dejaba la piel en una ardorosa demostración de cariño. Rhys sonrió para sus adentros con malicia y comenzó a silbar una tonada, consiguiendo que la joven, al oírle, huyera atemorizada hacia el interior de la mansión.

El joven cochero de los Redmayne se asomó precavido a la cancela de hierro que daba al callejón para comprobar si alguien los había descubierto y se sobresaltó al escuchar la voz de Rhys saliendo de la oscuridad.

—Will, Will, Will..., ¿quién era la dama a quien le dedicabas tan ferviente declaración de amor?

Will tragó saliva al reconocer al caballero.

—La doncella de lady Richmond, señor —contestó titubeando, haciéndose más pequeño—. Por favor, le ruego que no nos delate. El ama de llaves prohíbe las relaciones entre los empleados. Ambos necesitamos el trabajo. Pero mis intenciones son serias.

La sonrisa lobuna de Vincent brilló peligrosa en la oscuridad. Nadie como él sabía aprovechar sin remordimientos las pequeñas oportunidades que le daba la vida.

—Yo te ayudaré con tus secretos, si tú me ayudas con los míos.

Sin saber muy bien qué pretendía conseguir con ello, en un acto impulsivo, convenció al muchacho para que lo dejara acceder a las habitaciones de Alexandra. Will era un hueso duro de roer y se mostró bastante reticente. Pero, al fin y al cabo, Rhys era un encantador de serpientes y en su anterior encuentro le había dejado claro que le preocupaba el bienestar de Alexandra. Aun así, tuvo que hacer ciertas concesiones para convencer al cochero; después de todo, había hecho que su enamorada huyera despavorida como un ratoncito asustado, y a saber cuánto tardaría en volver a recuperar su confianza.

Tras subir como si fuera un ladrón por la escalera de servicio, había esperado en las habitaciones de Alexandra, impaciente, y sin dejar de plantearse si quizá debiera marcharse antes de que ella regresara a casa. Puede que fingir que nunca había estado allí fuera lo más prudente. Pero ¿desde cuando él se guiaba por la prudencia? Había buscado su rastro entre sus cosas, olido su ropa, acariciado su almohada, como un fantasma que se cuela en mitad de la noche sin ser invitado.

Estaba a punto de salir de la habitación y abandonar aquella idea descabellada cuando escuchó las voces suaves de Alexandra y de su doncella acercándose por el pasillo. Debía ser su destino, entonces, ser encontrado allí. Y quién era él para luchar contra eso. Y ahora que la tenía entre sus brazos, a pesar de que no sabía qué contestar sin quedar en evidencia, se alegraba de haberse quedado.

—Rhys, ¿tienes idea de lo peligroso que resulta que estés aquí? ¿Qué haces en mi habitación?

—Supongo que simplemente me apetecía verte —dijo, encogiéndose de hombros y sintiéndose un poco idiota.

Pero esa era la pura verdad. Absurda, inoportuna y un poco incoherente. Mejor dicho, totalmente incoherente. A pesar de ser consciente de que debería permanecer a distancia, se resistía a alejarse, tratando de convencerse a sí mismo, diciéndose que este sería el último encuentro, la última tentación a la que sucumbía. Pero Vincent era consciente de que, a no ser que ocurriera un cataclismo, él volvería a buscarla al día siguiente.

Había ido hasta allí guiado por un ansia incontrolable de estar cerca de ella, aunque fuera de manera furtiva, separados por un muro de piedra y dos pisos de distancia, vigilando su balcón desde el otro lado de la calle. Pero, al ver la clara oportunidad de aprovecharse del pobre Will, no había podido resistirse.

Alexandra sintió que se derretía por dentro y se puso de puntillas colgándose de su cuello para besarle en los labios.

—Estás loco, ¿cómo has entrado?

—Tu cochero me ha ayudado. —Alex abrió los ojos como platos—. No culpes al muchacho. Al fin y al cabo, fue él quien te llevó a mi casa la otra noche. Y, además, por lo que me ha contado, el servicio solo habla del romántico viaje en globo que organicé para ti. Piensa que soy de fiar, el pobre iluso. Aunque no me ha salido gratis. Gracias a mí, tu doncella y él disfrutarán de una experiencia inolvidable a bordo de la nave de Luigi.

—¿Qué tiene que ver mi doncella con esto? —Alex tenía mil preguntas que le rondaban la cabeza, pero todas se esfumaron en cuanto Rhys comenzó a deslizar las manos por sus caderas.

—¿Podemos convencer a Thomas para que prolongue el viaje con su duquesa al menos un par de meses más? Ahora que he descubierto lo fácil que me resulta colarme en tus habitaciones, sería una pena que nos aguara la diversión.

—Ojalá, pero dudo que dispongamos de tanto tiempo. —Alexandra gimió cuando Vincent la sujetó de las nalgas para pegarla más al abultamiento que se marcaba descaradamente en su entrepierna—. ¿Crees que tendremos tiempo para terminar el libro? —preguntó mientras deslizaba sus manos bajo las solapas liberándolo de su levita, dejando que cayera al suelo, para comenzar a desatar el nudo de su pañuelo acto seguido.

—Si sigues entreteniéndome de esta manera, en lo último que voy a pensar es en terminar ese maldito libro, créeme.

—Solo pretendía que estuvieras más cómodo —dijo ella mientras intentaba desabotonar su chaleco.

Vincent sujetó sus manos y se las colocó detrás de la espalda haciendo que sus pechos se elevaran y chocaran deliciosamente contra el suyo.

—Además, no me necesitas para eso. He estado ojeándolo y ya vas por el capítulo catorce. ¿Acaso ya no me requieres para que te asesore?

Alexandra rio mientras él mordía su cuello, provocándole un estremecimiento de placer.

—En realidad… —Rhys levantó la cabeza expectante por su respuesta—. Entiendo que las esposas del sultán estén celosas, aunque me pareció cruel que él no castigara a Bashira por agredir a Grace. Pero, a decir verdad, hubo algo que no entendí muy bien del capítulo anterior, del capítulo trece. —Rhys sabía perfectamente qué capítulo era y había estado esperado ansioso poder resolver todas sus dudas al respecto, tanto las teóricas como las prácticas.

Apartó por un instante las manos de ella y tomó algo de distancia, paseando por la habitación mientras se quitaba el chaleco, hasta detenerse junto a la enorme cama.

El estómago de Alexandra se encogió al verlo allí plantado, con su exuberante belleza en la intimidad de su habitación. Había aceptado su presencia allí como si resultara lo más natural del mundo, se habían abrazado y besado como si fuera algo cotidiano, y de repente fue consciente de la gravedad y la contundencia de todo aquello.

—Capítulo trece. —La voz de Rhys, profunda y malditamente sensual, resonó sacándola de sus pensamientos—. «A pesar de estar atada, con los ojos vendados y el sexo expuesto, ni por un momento el sultán creyó que era él quien dominaba la situación. Ella seguía siendo la dueña y señora de ese lecho, ella era quien guiaba los pasos dentro y fuera de su cama, dentro y fuera de su cuerpo. Él era el sumiso, el que se sometía a su voluntad, el esclavo. Y ella, la poseedora de su alma... Tan inmensa era la fuerza de lo que ella despertaba en su interior.»

Alexandra tragó saliva y apretó la tela de su camisón entre sus manos, repentinamente azorada. Era abrumador cómo con solo unas palabras Rhys había conseguido que su sexo reaccionara, humedeciéndose y ansiando sus caricias.

—¿Lo has memorizado?

—Esa parte en concreto es de mis favoritas —se justificó quitándole importancia. Vincent acarició la bata de seda de color azul noche que descansaba doblada sobre los pies de la cama y con un gesto deliberadamente lento tiró del cinturón de seda y se lo enrolló en su mano, consciente de que Alexandra lo observaba tratando de predecir cada uno de sus movimientos—. ¿Y bien? —la apremió a hablar, pero ella no sabía cómo manejar aquel cúmulo de emociones que sentía en su interior.

Alexandra estuvo a punto de sacudir la cabeza para salir de su aturdimiento. De pronto tenía la impresión de que Vincent era un extraño, un misterioso, peligroso, atrayente e irresistible desconocido. Como el sultán. Y aquello era tan excitante que apenas podía reaccionar.

—Tus dudas, Alexandra. —Rhys se acercó hasta ella y acarició su mejilla izquierda, resiguiendo con la punta de los dedos su cicatriz, en un gesto tierno y sensual a la vez.

Ella carraspeó tratando de recomponerse.

—¿Por qué necesita atarla? ¿Por qué encuentra tan placentera su indefensión?

—No es indefensión. Él disfruta con la fantasía de poder dominarla y ella se somete para complacerlo.

—Ya la domina, es su prisionera.

Vincent deslizó el cordón de seda por el cuello de Alexandra tirando de uno de los extremos, en una caricia lenta que le provocó un estremecimiento.

—Grace se presta voluntaria a ello. Es un juego mutuo al que ambos se entregan. Y también un acto de fe en la otra persona. Él fantasea con la idea de ser su dueño absoluto, de ejercer sobre ella su poder, pero también le brinda un placer inimaginable.

—¿Por qué le venda los ojos?

—Al privarla de uno de los sentidos, los otros se intensifican. La vista es prejuiciosa. Grace no puede ver, no puede tocar. Lo único que puede percibir es cómo la lengua del sultán recorre su piel, cómo sus dedos descubren cada uno de los puntos de placer de su cuerpo, cómo su verga la posee de manera salvaje… Imagina ese momento de anticipación, cuando ella siente el calor de su aliento sobre su carne, tan cerca, como una tortura, hasta que al fin el contacto llega… Debe ser sublime.

—Debe ser extraño sentirse tan vulnerable ante otra persona —dijo Alexandra más para sí misma que para Rhys.

—Es un acto de confianza. —Vincent no recordaba la última vez que había estado nervioso delante de una mujer, temeroso de recibir una negativa, puede que en realidad eso nunca hubiese sucedido. Pero allí estaba, inquieto y terriblemente excitado por la espera.

—Me intriga —susurró aproximándose a él, hasta que sus cuerpos se acercaron tanto que no hubo espacio para el aire entre ellos. Deslizó entre sus dedos el extremo del cordón de seda que él aún sujetaba, mientras con sus labios acariciaba lentamente la boca de Rhys.

Vincent sentía su sangre arder ante la perspectiva de tener a Alexandra totalmente a su merced y hacer que se retorciera de placer bajo su lengua.

—Déjame que resuelva esa intriga, entonces. —Sujetó su muñeca con suavidad dispuesto a deslizar el cinturón de la bata a su alrededor, pero Alexandra retiró la mano y se lo arrebató.

—¿Qué te hace pensar que me intriga la sensación de ser yo la dominada?

Rhys abrió la boca para contestar algo ingenioso, pero su voz y su ingenio parecían haberse desintegrado.

Alexandra jugó con la seda de color azul oscuro entre sus manos, dudando si sería capaz de controlar la situación, y se mordió el labio mientras esperaba su respuesta.

—Confía en mí, Vincent —susurró con la voz entrecortada.

24

En un acto reflejo, Rhys dio un paso atrás, tratando de alejarse de esa pequeña hechicera que se revelaba ante él. Abrió la boca para decir algo, pero no podía dar forma a los cientos de pensamientos que cruzaban por su cabeza. Jamás se había sentido tan inseguro ante una mujer, lo cual resultaba irónico teniendo en cuenta que Alexandra era una joven virgen, cuya única experiencia se la había proporcionado él mismo.

—Eso..., eso no es buena idea —susurró inseguro.

Alexandra pensó que quizá había sido demasiado osada y que por la expresión que lucía la cara de Vincent parecía haber cruzado una línea infranqueable.

Rhys no confiaba en nadie. Le habían hecho demasiado daño, tanto físico como emocional, como para atreverse a hacer algo semejante. Sentirse expuesto, indefenso ante otra persona, totalmente a su merced, era algo demasiado fuerte, para lo que no estaba preparado.

—¿Crees que voy a hacerte algún daño? —preguntó Alexandra, frunciendo el ceño, al ver que le temblaban un poco las manos—. ¿No confías en mí?

Vincent negó con la cabeza en un gesto frustrado y exhaló el aire con fuerza. Si había alguien lo bastante puro y digno de confianza era ella. Pero había tardado demasiado tiempo en construir con esmero su escudo de indiferencia y frialdad frente a los demás. Se había fabricado un personaje a medida y una vida fácil por la que pasar de puntillas, sin complicaciones ni planteamientos demasiado profundos. Y ahora, aquella chiquilla franca e inexperta, con esa simple pregunta, le obligaba a destapar la caja de los truenos y le impulsaba a saltar a un precipicio que, aunque solo estaba en su interior, era más profundo que el mismo infierno.

Cuando Vincent se convirtió en un hombre adulto, cuando su altura fue mucho mayor que la de la mayoría, cuando sus brazos se volvieron lo bastante musculosos como para repeler los ataques de cualquiera, se había prometido a sí mismo que jamás volvería a sentirse indefenso, vulnerable y dócil ante nadie más.

Y ahora, aquel deseo insoportable amenazaba con hacerlo saltarse ese juramento que se había hecho a sí mismo.

—Alexandra… —Deslizó la mano por su mejilla en una caricia lenta hasta llegar a su mentón, obligándola a mirarlo a los ojos—. Hay juegos para los que aún no estás preparada —le mintió a ella, y, lo que era peor, se mintió a sí mismo. Él era quien no estaba preparado para abrirse de esa manera.

Pero lo peor de todo era que en el fondo la proposición era, sin duda, la más tentadora e irresistible que había recibido jamás. Todo su cuerpo clamaba por aceptar, por permitirle a Alexandra que llevara a cabo cualquier fantasía que se le cruzara por la mente, por ser el objeto y a la vez el destinatario de su placer. Y una parte mucho más profunda de él ansiaba dejarse llevar por una vez, relajar esa tensión perpetua que le impedía entregarse del todo, permitirse creer que había una persona en el mundo que no lo traicionaría, que no le haría daño. Alguien en quien confiar por entero. Era demasiado débil cuando se trataba de ella.

Antes de que Alexandra lo tocara, su pulso ya se había disparado, su piel ardía y su erección se apretaba en su pantalón demasiado exigente. Pero no era el único a quien su inseguridad le estaba haciendo mella. La conocía tan bien que notaba la intensa lucha que Alexandra estaba librando con solo mirarla a los ojos. Aunque pudiera percibir perfectamente la excitación en ella, también podía ver su pecho subiendo y bajando a una endiablada velocidad, sus ojos, que lo estudiaban ansiosos, sus dientes apretando su labio inferior con nerviosismo.

Estaba ansiosa esperando su respuesta, temerosa de haber ido demasiado lejos.

—Alguien me preguntó hace poco si estaba dispuesta a perderme algo maravilloso solo porque me diera un poquito de miedo. —Rhys sonrió ante el golpe brillante, sin tener muy claro si se refería a su propio miedo o al de él. Posiblemente al de ambos.

Aunque, al menos para Vincent, subir a un globo era mucho menos arriesgado que someterse desarmado a los caprichos de una mujer que estaba empezando a volverlo loco. Rhys cogió la cara de Alexandra entre sus manos y apoyó su frente en la de ella, preguntándose cómo demonios conseguía traspasar todas sus barreras.

—¿Qué me estás haciendo, Alexandra? —susurró con los labios pegados a los suyos, con un tono que se asemejaba bastante a un lamento.

Alex dejó el cinturón y deslizó la mano sobre la camisa masculina, sintiendo el calor que traspasaba la tela, y comenzó a desabrochar los botones. Su determinación estaba empezando a flaquear, pero dar marcha atrás y fingir que lo que había dicho no había ocurrido, aparentar que el deseo de ambos no existía, era aún peor. Seguiría hacia delante, aunque el resultado fuese estamparse de bruces contra una sólida pared.

—Lo mismo que tú a mí. —Su voz sonó tan sensual que Rhys estuvo a punto de dejar escapar el gemido que le presionaba el pecho.

La camisa cayó al suelo y, como si no tuviera voluntad, Vincent extendió las manos hacia ella con las muñecas juntas en un gesto de total rendición. Estaba perdido.

Por un instante Alexandra fue incapaz de seguir respirando.

El silencio en la habitación se hizo tan denso que casi se podía cortar con un cuchillo y Alex pensó que, si aquello fuera un viaje en carruaje, abriría la puerta para saltar en marcha. Agradeció que no hubiera ninguna luz encendida en la habitación para que Rhys no pudiera ver con claridad el violento sonrojo que hacía arder su cara.

Vincent, tendido en su cama, con solo los pantalones puestos, cerró los ojos mientras ella le pasaba el cordón de seda por las muñecas, en un nudo no demasiado apretado.

De rodillas junto a él, le hizo levantar los brazos por encima de la cabeza hasta que pudo atar el otro extremo en el cabecero de la cama.

Contempló su cuerpo despacio, deteniéndose en los músculos de su abdomen, en su pecho, tan fuerte y marcado, en la columna de su cuello y en cómo el reflejo anaranjado de las llamas arrancaba luces y sombras sobre sus contornos. Era tan hermoso que casi dolía mirarlo. Alex estiró el brazo para alcanzar un pañuelo de lino de la mesilla y se acercó hasta él para vendarle los ojos.

Rhys giró ligeramente la cara y la miró con una expresión que ella jamás le había visto antes. Miedo.

—¿Es necesario?

—No tienes que hacerlo si no lo deseas.

—¿Desearlo? Me estoy volviendo loco solo de pensar qué puede haber dentro de esa cabecita tuya. Es solo que me gustaría contemplarte mientras lo haces. —La verdad a medias salió con excesiva naturalidad, demasiado acostumbrado a caminar de puntillas sobre una mentira constante.

El deseo lo estaba torturando y no podía esperar más, pero permanecer privado de sus sentidos no le resultaba fácil. Se sentía frágil y desprotegido.

—Puede que la próxima vez —contestó besándolo con suavidad tras ajustar el nudo detrás de su cabeza.

Y si había algo que Rhys tenía meridianamente claro es que habría una próxima vez.

Alexandra lo miró mordiéndose el labio. Ese hombre hermoso, perverso y audaz estaba en su cama atado y dispuesto, y todo lo que pasara a continuación dependía enteramente de ella. Y no sabía ni por dónde empezar.

Sacudió las manos intentando contener sus nervios, sintiéndose un poco absurda. Tomó aire con fuerza varias veces y se concentró en pensar en cómo el sultán torturó a Grace con su lengua, con caricias lentas y tentadoras. Rhys estaba allí, para ella, ¿por qué no acariciarlo como siempre había soñado?

Respiró hondo de nuevo y se pasó el camisón por encima de la cabeza, dejándolo caer en un montón arrugado junto a la ropa de Rhys. Su pelo cayó en cascada por su espalda provocándole un escalofrío. A pesar de que él no podía verla, se sintió por primera vez en su vida excitante y atractiva.

Rhys aguantó la respiración al escuchar cómo el camisón de Alexandra caía al suelo con un susurro y sintió cómo el colchón cedió cuando ella subió a la cama. Aunque aún no lo había tocado, notaba su calor enloquecedoramente cerca.

—¿Recuerdas algún párrafo más del capítulo trece? —musitó Alexandra junto a su oído, provocándole un estremecimiento al pasar la lengua por el lóbulo de su oreja.

—«La empapó con su saliva, mientras ella entreabría sus labios en un codicioso intento de atraparlo todo.» —La voz de Rhys se había convertido en un susurro ronco y emocionado, que la excitaba más que cualquier caricia. Alex se subió a horcajadas sobre él, haciendo que su respiración se detuviera y su corazón dejara de latir. Observó cómo tragaba saliva y se humedecía los labios antes de continuar con su relato, y su entrepierna se humedeció un poco más en respuesta—. «Su lengua salió al encuentro de la suya y la atrapó con avidez, saboreando su propio néctar dulce y amargo al mismo tiempo. Su amante entendió que estaba perdido. Atrapó sus labios con violencia, queriendo que ella lo saboreara de la misma manera, intensa y despiadada, que ansiara su boca como si fuera el maná de los dioses. Porque, para él, ella lo era. Grace era su auténtico paraíso.» —Ella pudo ver con total claridad cómo su garganta se contraía al notar su aliento cerca de sus labios.

Unos mechones suaves acariciaron el pecho de Vincent mientras ella se inclinaba sobre él y se dio cuenta de cuánto deseaba sentir su boca inexperta sobre su cuerpo. La oscuridad lo rodeaba, pero sus sentidos estaban en alerta ante cada uno de sus movimientos, percibiendo su olor, su calidez, el sonido de su respiración entrecortada. Exhaló el aire aliviado cuando la lengua de Alex se deslizó al fin por el contorno de sus labios. Los mordisqueó con suavidad y jugueteó con ellos hasta que Vincent entreabrió la boca y su lengua al fin lo asaltó, con un beso profundo y salvaje. Sus senos desnudos rozaron el vello castaño de su pecho, una caricia tan fugaz que Vincent estuvo a punto de sollozar de frustración exigiendo más.

Alex repitió el movimiento mientras mordía su mentón, pero esta vez el contacto fue más intenso y duradero, y él sintió cómo lo marcaba a fuego con sus pezones duros y calientes.

—¿Y qué más recuerdas? —preguntó mientras lamía su cuello.

—Joder, Alexandra, no me acuerdo ni de mi nombre, no me hagas esto. —Ella rio encantada al ver el efecto que tenía sobre él y continuó recorriéndolo con sus labios.

Vincent dejó escapar un gemido cuando ella mordisqueó sus pezones, mientras marcaba los músculos de su abdomen deslizando las uñas sobre ellos. El nerviosismo inicial de Alex había dado paso a las ansias por descubrir cada pulgada de su cuerpo. Lo acariciaba por intuición y se dejaba guiar por las reacciones de Vincent, por la tensión de sus brazos cuando intentaba contenerse, por su respiración agitada.

Continuó bajando por los músculos que se perdían maravillosamente por la cintura de sus pantalones y maldijo ese inoportuno pudor que había hecho que no se atreviera a quitarle esa prenda. Se preguntó qué habría hecho Grace si hubiese tenido la oportunidad de atar al sultán. Desde luego, no se hubiera limitado a una simple incursión de reconocimiento.

Grace habría atacado con toda la artillería, con la caballería y con lo que hubiera tenido a mano. El estómago de Vincent se encogió ligeramente cuando notó las manos pequeñas y curiosas de Alex tirando del cierre de sus pantalones, como si no hubiese esperado que llegase hasta allí.

—Alexandra…

—¿Sí, Vincent?

—Tú eres la dueña del control en estos momentos. No hagas nada de lo que mañana puedas arrepentirte. —Vincent se sorprendió de que su mente hubiese sido capaz de hilar una frase coherente y racional a esas alturas.

Alexandra durante unos segundos no supo si debía continuar o dejar aquello en una simple travesura. Armándose de valor comenzó a bajar la prenda y Vincent, maldiciendo por lo bajo, incapaz de resistirse, elevó sus caderas para que pudiera deslizar los pantalones por sus piernas hasta deshacerse de ellos. Su erección se liberó, potente y descarada, y se sintió un poco avergonzado de su propia excitación, pero era imposible luchar contra ese deseo incontrolable. Alexandra volvió a sentarse a horcajadas sobre él, que gimió al notar el calor de sus muslos sobre sus caderas y su sexo rozándose sobre el suyo de manera sutil. Dios, cómo ansiaba entrar en ella y hacerla suya de una jodida vez. Jamás había sentido una necesidad tan imperiosa de poseer a una mujer y a la vez querer alejarse de ella desesperadamente. No pudo evitar elevar las caderas para aumentar el contacto, sintiendo su humedad sobre su erección. Era doloroso, era fascinante, morboso, torturador...

Las caricias de Alexandra se volvían cada vez más audaces, sintiéndose más poderosa conforme el deseo desesperado de Vincent aumentaba vertiginosamente. Alex se mordió el labio mientras su mano acariciaba su erección cada vez más intensamente, deleitándose con su tacto, tan duro y tan suave a la vez, tratando de ignorar el deseo punzante que le provocaba tocarle de esa manera.

Una imagen fugaz cruzó su mente. Una vez Vincent le preguntó si se acariciaba cuando leía las tórridas escenas del libro y ella le contestó que se limitaba a imaginar que era ella quien recibía esas caricias. Pero eso no era del todo cierto. En realidad, lo que no podía dejar de imaginar era a Rhys desnudo, Rhys descubriéndole todos esos lascivos secretos, la boca de Rhys, los dedos de Rhys, el sexo de Rhys.

Y ahora no tenía que imaginarlo. Él estaba allí.

Era increíble cómo había cambiado su vida, cómo se había transformado su carácter en poco más de un mes.

La influencia de lady Duncan, sus interminables conversaciones con ella le habían hecho ver la vida a través de sus ojos.

Había entendido que en la alta sociedad como en cualquier otro lugar la mezquindad convivía con la bondad y que no podía seguir viviendo así, escondiéndose de algo que no podía cambiar, solo por el temor a la opinión de los demás.

Pero en ese momento, con Rhys entregándose a ella de esa manera, tuvo totalmente claro que la culpa de su catarsis era mayormente suya. Vincent, de quien había estado enamorada desde antes incluso de saber lo que significaba eso, que la había atormentado durante toda su infancia y parte de su vida adulta con su crueldad, y que había resultado ser la persona más honesta que había conocido. Jamás había fingido que ella era otra cosa, jamás había pretendido hacerle creer que sus cicatrices no importaban, porque esas cicatrices eran también parte de ella. Y, sin embargo, a pesar de su cara horriblemente marcada, él la miraba sin titubear, besaba las marcas de su piel como si fueran algo hermoso, insistía en que se mostrara tal y como era.

Él la había preparado para el mundo y para lo que podía esperar de él.

Vincent había sido siempre su secreto amor inalcanzable, alguien con quien no podía dejar de soñar a pesar de sus desaires, de sus desplantes, de su cínica ironía. El hombre al que deseaba por encima de todas las cosas, aun teniendo claro que jamás sería suyo. Solo que esa noche sí lo era.

Vincent pensó que iba a morir en el preciso instante en que sintió el aliento caliente de Alexandra sobre la punta satinada de su erección. La anticipación era terrible, pero el morbo que le provocaba no saber lo que estaba dispuesta a hacer era lo más excitante que le había ocurrido jamás. Su lengua comenzó a acariciarle, un poco indecisa al principio, aumentando la intensidad a la par que los jadeos de Vincent se hacían más intensos. Pasó los dedos alrededor de su miembro, que pareció hincharse más, si es que eso era posible, mientras su mano subía y bajaba por toda su longitud. El cuerpo de Vincent estaba tan tenso como la cuerda de un violín y estaba convencido de que, si seguía torturándolo de aquella manera, destrozaría el cabecero de la cama con sus propias manos.

Masculló algo ininteligible sin poder evitar que su cuerpo se impulsara contra ella, totalmente desesperado. Alexandra decidió que contenerse más ya no tenía ningún sentido, y rodeó su sexo con los labios, envolviéndolo con la humedad de su lengua, sin dejar de acariciarlo con las manos. Se sentía terriblemente excitada, tan ansiosa por conseguir que Rhys estallara de placer como él mismo.

Los músculos de Vincent parecían vibrar, sus caderas volvieron a elevarse al encuentro de su boca caliente y acogedora, hasta que con una especie de gruñido animal dejó que un placer arrollador lo arrastrara, desarmándolo por completo, alejándolo de la realidad y de todo lo que le rodeaba. De todo, excepto de Alexandra.

25

El fuego de la chimenea se había consumido y la habitación estaba sumida en la penumbra, apenas iluminada por la luz procedente de las farolas de la calle.

Rhys se separó unos segundos del cuerpo cálido y acogedor que dormitaba plácidamente a su lado y sonrió cuando Alexandra sollozó quejándose por su ausencia.

Después de que Álex lo desatara, ambos habían permanecido abrazados, simplemente disfrutando de la sensación de sus pieles rozándose, hasta que el sueño les había vencido. Había perdido la noción del tiempo y necesitaba encontrar su reloj de bolsillo. No quería arriesgarse a que el amanecer lo sorprendiera cómodamente cobijado junto a un cuerpo que estaba prohibido para él. En el proceso tropezó con una de sus botas, que permanecían esparcidas junto con el resto de su ropa por el suelo, y no pudo contener una maldición. Giró en su mano la esfera de nácar intentando ver las agujas con la escasa luz. Aún faltaban horas para el amanecer y no pudo resistirse a la tentación de sumergirse de nuevo bajo las sábanas y pegar su cuerpo al de Alexandra, que permanecía tumbada de costado con su pelo oscuro arremolinándose sobre la almohada.

Fue una verdadera delicia pasar el brazo por su cintura y estrecharla más hacia él, piel contra piel, consiguiendo que, a pesar de su diferencia de estatura, sus cuerpos encajasen a la perfección. Alexandra suspiró al sentir cómo el pecho de Vincent se pegaba a su espalda y cómo la envolvía con su calor, en un abrazo del que no quería escapar jamás. No pudo evitar dar un respingo cuando notó su erección contra su trasero, de una manera tan íntima que hizo que el sueño la abandonara de golpe. Aunque no podía ver su cara, pudo notar que Vincent sonreía perversamente con la boca pegada a su cuello.

Sus dedos largos y fuertes dibujaron el contorno de sus caderas y subieron despacio hacia uno de sus senos, apretándolo, pellizcando su pezón hasta casi rayar el dolor, mientras paseaba los dientes y la lengua por su cuello y su hombro. Después, la mano de Vincent inició un vertiginoso descenso por su vientre, mientras Alexandra aguantaba la respiración expectante, deseando que llegara al lugar situado entre sus piernas que tanto necesitaba de sus caricias. Pero, justo cuando las yemas de sus dedos comenzaron a adentrarse entre sus muslos, Vincent volvió a subir de nuevo recreándose en la suave piel que rodeaba el ombligo. Alexandra se quejó con un gemido lastimero y él soltó una carcajada junto a su oído, un sonido ronco y excitante que la traspasó desde el pelo hasta las puntas de los pies.

—Pórtate como es debido o te echo de mi cama —susurró Alexandra, sin sentir ningún tipo de vergüenza al hacerle saber lo que deseaba.

—Tú, pequeña bruja, me has atado y torturado hasta casi hacerme suplicar clemencia. Te mereces que te fastidie un poco.

Pero el deseo de satisfacerla era mucho más primario que el de molestarla y no tardó demasiado en sucumbir y darle lo que anhelaba. Sus dedos se colaron entre sus muslos y fue él quien se quedó sin aire al notar la cálida humedad que lo acogió. Buscó entre los pliegues hinchados de su carne hasta encontrar lo que quería, el punto exacto que, como bien sabía, la volvería loca. El gemido que Alexandra no pudo controlar resonó en la habitación silenciosa, pero él continuó implacable. Ella se arqueó pegándose más a él, haciendo que sus nalgas presionaran más fuerte contra la erección de Vincent, que jadeó enterrando la cara en el hueco de su cuello.

—Me estás poniendo muy difícil controlar esto, Alexandra. Muy difícil —susurró con la voz enronquecida por la excitación.

Vincent impulsó sus caderas hacia delante rozando su miembro contra ella, enloqueciéndola, haciéndola desear que aquello no terminara nunca.

—Vas a conseguir que nos descubran —jadeó Alexandra girando la cabeza contra la almohada, para ahogar un nuevo gemido más fuerte que el anterior, mientras los dedos de Vincent continuaban obrando su magia sobre su sexo.

—Pues entonces no grites, cariño —se rio Vincent mientras introducía un dedo en su interior.

Mordió su hombro intentando controlar su deseo al notar cómo su interior cálido y estrecho le apretaba. Sus movimientos se volvieron más continuos, más salvajes, mientras Alexandra se iba acercando al clímax y perdía la poca prudencia que le quedaba. Las mantas se convirtieron en un pesado estorbo mientras sus cuerpos sudorosos y a punto de arder se rozaban acompasados como si fueran uno solo, hasta que el placer estalló entre ellos cegador y vibrante.

Aquello se estaba volviendo adictivo y muy peligroso. Ambos estaban acercándose a una velocidad apabullante al límite de sus cuerpos y Vincent no sabía cuánto tiempo más podrían conformarse con ese tipo de juegos. La deseaba como nunca había deseado a nadie, y Alexandra cada vez daba un paso más hacia su ruina total y absoluta.

Tarde o temprano ella querría más, lo querría todo, y él no sabía si podría negárselo.

Vincent encendió una vela para poder vestirse sin andar tropezando en la oscuridad. No podía contener una extraña sensación de euforia, a pesar de que había tenido que hacer un ejercicio de contención digno de un santo para no continuar tentando a Alexandra sin importarle un bledo lo que pudiera pasar después.

Alexandra observaba embelesada cómo se subía los pantalones, sorprendida de lo erótico que podía resultar ver cómo alguien se vestía. Vincent se sentó en la cama para poder ponerse las botas, sin pensar en otra cosa que no fuera lo que acababa de pasar entre ellos, hasta que notó la súbita tensión de Alexandra, que se encontraba de rodillas en el colchón detrás de él.

—Vincent..., por el amor de Dios. —Su jadeo ahogado lo trajo de vuelta a la realidad.

No necesitó volverse hacia ella para entender cuál era el motivo del horror que se reflejaba en su voz temblorosa. Soltó el aire despacio y su cabeza se hundió entre sus hombros con el peso de la vergüenza, una vergüenza que no se merecía, pero con la que tendría que cargar de por vida.

—A veces olvido que están ahí —mintió—. Perdóname.

Cómo podría olvidar un dolor que siempre estaba tan presente y que lo perseguiría hasta el fin de sus días.

Alexandra resiguió con las yemas de los dedos el contorno de una gruesa cicatriz que le marcaba el omóplato derecho y otra un poco más fina que la cruzaba. A su alrededor había otras más pequeñas, puede que media docena o quizá más, que el tiempo había ido diluyendo. Rhys se contuvo para no alejarse de su contacto, aunque no pudo evitar que en un acto reflejo sus músculos se tensaran en repuesta.

Ella se llevó la mano temblorosa a los labios conteniendo el sollozo que estaba a punto de escapar.

—Él te hizo esto. —No era una pregunta. Alexandra sabía que su abuelo había sido alguien cruel y despótico, y que sus métodos eran severos, pero no sospechaba que fuese tan violento.

A su mente vino la imagen de Vincent siendo

poco más que un niño, sentado a solas observando el río ensimismado. Ella llegó, silenciosa como un gato, y le tapó los ojos desde atrás queriendo sorprenderle. Pero, en lugar de tratar de adivinar quién era, con un movimiento brusco saltó sobre ella tratando de defenderse, tumbándola de espaldas sobre la hierba. El impacto de su cuerpo, mucho más grande, sobre el de ella había vaciado el aire de sus pulmones y Alex gritó creyendo que realmente iba a golpearla. Vincent se levantó rápidamente, avergonzado por su reacción excesiva, y se marchó por el camino que conducía a su casa sin decir una palabra. Alex lo vio alejarse con los ojos empañados por las lágrimas, intrigada por la mancha de color oscuro que poco a poco iba tiñendo su camisa blanca.

El suspiro entrecortado saliendo de la garganta comprimida de Rhys la trajo de vuelta a la realidad.

—Sí, fue él.

—¿Por qué te hizo algo así? —susurró de manera casi inaudible.

Alex le abrazó por la cintura, ofreciéndole un consuelo que Vincent no había pedido. Se zafó de su agarre con un gesto más brusco de lo que hubiese deseado, llevado por la vergüenza, y se levantó de la cama para apartarse de ella. Se sentía acorralado y le faltaba el aire. Ella no podía pretender entrar sin permiso en esa parcela de su vida, que estaba vetada a todo el mundo. Si continuaba allí, se derrumbaría, y no estaba dispuesto a aceptar la compasión que vendría después. La mirada de lástima que, como bien sabía, encontraría en su rostro sería peor que los propios golpes.

Si Alexandra se adentraba en su interior, descubriría la verdad, que era un cobarde y que seguramente se merecía cada una de las cicatrices.

Sus amantes no se fijaban en esa parte concreta de su anatomía. Solían estar demasiado encandiladas por el brillo de su sonrisa, por su bien trabajado cuerpo, por su ropa elegante y su conversación superficial. Y él acostumbraba a ser cuidadoso dirigiendo sus hambrientas miradas a la parte que ellas querían contemplar, la parte que deslumbraba tanto como un diamante falso. Querían frivolidad, y eso era lo que obtenían. Pero eso no era suficiente para Alexandra.

Se había relajado demasiado y tenía la impresión de que se estaba dejando diseccionar como si fuera un animal de laboratorio.

—Vincent, hablar de ello probablemente te ayude.

Pero él no quería hablar y tampoco escuchar. Se puso la camisa apresuradamente, deseando salir de allí cuanto antes, arrepentido de haberse dejado arrastrar por ella hasta ese punto. Mientras se abotonaba la prenda, Alex pudo ver su expresión atormentada, y la mezcla de humillación y culpabilidad que había en ella.

—Tengo que marcharme.

Alexandra tragó el nudo que le oprimía la garganta al ver que Vincent era incapaz de mirarla de nuevo a los ojos, y sin pensarlo demasiado saltó de la cama para interponerse en su camino hacia la puerta.

—No —negó vehementemente con la cabeza—. No puedo dejar que te vayas de esta manera. No puedes avergonzarte de lo que te hizo, él fue el único culpable.

—Ni yo voy a dejar que hurgues en cosas que están muertas y enterradas. Desentierra a tus propios muertos y deja de entrometerte en la vida de los demás. No eres mi salvadora.

Había sido una noche perfecta, ambos lo habían disfrutado, habían gozado de una intimidad sobrecogedora. Pero ahora Alexandra tenía el presentimiento de que, si él se marchaba en aquel momento, ya nada volvería a ser igual. Había descubierto una parte de su pasado que Vincent había guardado celosamente toda su vida, algo con lo que no podía lidiar, y eso le hacía sentirse frágil. De pronto parecía que un mar de hielo los separaba. Se había vuelto a encerrar en su coraza y a cada minuto que pasaba parecía más difícil traspasarla. Alexandra estaba segura de que, si se marchaba ahora, se abriría una brecha insalvable entre ellos.

—Vincent, por favor. No puedes marcharte así.

Pero Vincent la esquivó evitando tocarla, como si fuese un animal peligroso.

—Pues tendrás que atarme de nuevo, encanto. Y esta vez no me apetece colaborar.

—Para. O gritaré como una loca, y antes siquiera de que pongas un pie en el pasillo estarás atrapado en una vida que no quieres. —Alexandra jamás haría algo semejante, pero estaba desesperada, necesitaba que el Vincent de unas horas antes volviera. Y más aún para ayudarle con lo que fuera que le estaba atormentando. Pero se equivocó estrepitosamente con la táctica elegida—. Hablemos de esto, por favor.

Vincent apretó la mandíbula sin tratar de disimular su furia. Esperaba de ella algo mejor que un estúpido chantaje infantil. Cómo se atrevía a amenazarlo de manera tan vulgar, solo para que él siguiera exponiéndose ante ella, para que vomitara sus miserias y su dolor a cambio de consuelo, cómo osaba rebuscar en sus heridas para manipularlo. Sintió náuseas y de pronto el aire de la habitación le resultó demasiado viciado. Aunque sabía perfectamente que aquello no tenía nada que ver con Alexandra, sino con sus propios demonios, siempre listos para aparecer en el momento más inoportuno.

Entonces Vincent hizo lo que mejor sabía hacer: revolverse como un animal herido, como una serpiente que no duda en esparcir su veneno. Su carcajada cínica sonó tan hueca que Alex sintió que se le helaba la sangre.

—¿Atrapado? ¿Por ti? ¿Crees que porque hayas conseguido darme placer un par de veces tienes algún poder sobre mí? Apártate, bonita. Ya te he dado lo que tenía para ti. Busca otra alma descarriada a quien redimir.

La puerta de la habitación se cerró detrás de él y Alexandra sintió que de nuevo era aquella niña vapuleada que esperaba junto al río a que su llanto cesara para poder volver a casa.

26

El día había amanecido tan oscuro como el ánimo de Vincent. Apoyó la cabeza en el respaldo del sillón de piel de su despacho y estiró las piernas delante de él, cruzándolas a la altura de los tobillos. Cerró los ojos intentando organizar las palabras dentro de su cabeza, pero el cansancio y el desasosiego le impedían escribir lo que quería transmitir. La puerta de su despacho se abrió y el mayordomo apareció en el umbral mirándolo desconcertado, algo bastante raro en él.

—Rhys, tienes visita.

—Ya te he dicho que no estoy para nadie.

—Puedes retirarte Saint, el señor Rhys no te va a necesitar en los próximos cinco minutos. Es el tiempo que necesito para decirle lo imbécil que es. —Alexandra lo apartó y entró en el despacho como un remolino, haciéndose dueña de todo el espacio y todo el aire de la habitación.

El mayordomo se encogió de hombros y se marchó cerrando la puerta, sonriendo ante la cara estupefacta de Rhys, que parecía tan sorprendido como él después de la majestuosa entrada de aquella mujer de apariencia frágil. Alexandra parecía un animal salvaje, sus ojos brillaban por la furia y la determinación, y su pecho subía y bajaba como si acabara de coronar una montaña. Rhys no se podía mover, totalmente absorto, sin poder pensar en otra cosa que no fuera lo terriblemente bella que estaba cuando se enfadaba.

—Eres un estúpido, un egoísta y un insensible. Y debes estar demente si crees que puedes hablarme como lo hiciste anoche, marcharte y olvidarlo sin más. Ya no soy esa niña ingenua que suplicaba por un poco de tu atención y que aguantaba tus desplantes sin rechistar.

Rhys se levantó del sillón y cruzó la habitación lentamente hasta pararse frente a ella.

—Yo también he sufrido, mi vida ha sido un desastre, pero eso no me da ningún derecho a...

Las manos de Rhys acunaron sus mejillas y sus labios sobre los suyos, devorándola sin tregua, interrumpieron su discurso. Se separó durante un instante para mirarla y ella aprovechó para continuar con su clara declaración de intenciones.

—No he venido para esto. No pienses que vas a conseguir que olvide lo que he venido a decirte con un par de besos y... —Volvió a interrumpirla con un nuevo beso, y no porque no quisiera escucharla, sino porque estaba tan agradecido de que estuviera allí que no podía contenerse.

Ella intentó resistirse, pero, cuando la lengua de Rhys asaltó su boca y sus manos la sujetaron del trasero para pegarla a su cuerpo, se olvidó del discurso tan perfecto que había ensayado en el carruaje y se colgó de su cuello con un gemido de rendición.

—¡Vincent! ¡Déjame hablar! —gruñó frustrada cuando él la arrastró cogida de la mano hasta el sofá.

—No. Déjame hablar a mí —dijo él, sentándose con ella en su regazo—. Lo siento. He escrito una docena de cartas de disculpa esta mañana, pero las letras no se me dan demasiado bien, ya lo sabes.

—No necesito que te disculpes. Solo quiero que entiendas que no puedes pagar tu frustración con los demás.

—Lo sé. Pero es complicado. —Suspiró tratando de tragarse el nudo que le apretaba en la boca del estómago desde la noche anterior—. Pero nunca he podido hablar de ello. Me da miedo abrir las puertas del infierno y no poder contener lo que pueda salir de ahí.

A Alexandra se le encogió el corazón al ver su expresión atormentada y deslizó la mano por su mejilla en un gesto lleno de ternura, temiendo que él volviera a rechazarla.

—No debí presionarte. Solo quería ayudarte. Si necesitas tiempo...

—No puedes entenderlo. —La voz de Rhys sonó ahogada y apenas pudo contener un sollozo—. Nadie puede. Perdóname.

Alexandra se acurrucó contra él con la cara enterrada en el hueco de su cuello, mientras Rhys deslizaba la mano sobre su muslo en un gesto lleno de complicidad. Permanecieron fundidos en ese abrazo cálido hasta que perdieron la noción del tiempo, en un cómodo silencio solo interrumpido por el sonido de la lluvia sobre los cristales. Vincent se preguntó si realmente hacía falta tan poco para ser feliz, pero, desde la parte más oscura y siniestra de su alma, una voz le dijo que aquella sensación de paz era solo un espejismo.

Él seguiría siendo él, con todas sus aristas, con todas sus sombras, con aquel peso insoportable que siempre le oprimía el pecho. Pero no quería seguir haciéndole daño con sus exabruptos a la única persona que siempre había creído en él.

—No recuerdo cuándo fue la primera vez que lo hizo. —Su voz era poco más que un susurro y Alex no se movió por miedo a que él dejara de hablar—. Solo sé que fue después de que mi padre nos abandonara.

Durante unos segundos volvió a hacerse el silencio y ella se tensó sin saber si debía instarle a continuar. Y entonces Rhys continuó hablando.

—La excusa era que quería hacer de mí un hombre, pero la verdad era que le bastaba cualquier tontería para torturarme. Si hablaba demasiado fuerte, si le contestaba de manera inadecuada, si me mostraba demasiado terco, o demasiado dócil..., daba igual. —Alexandra deslizó la mano por su pecho intentando decirle sin palabras que estaba ahí y notó a través de la tela de su ropa los fuertes latidos de su corazón acelerado—. Mi abuelo me golpeaba sin piedad, me encerraba en el desván, me dejaba días enteros sin comer, me ridiculizaba. El miedo que me inspiraba era tan insoportable que empecé a orinarme en la cama. Las criadas intentaban ocultarlo para evitarme los castigos, pero una mañana él descubrió mis sábanas. Me vació su orinal sobre mi ropa y me obligó a llevarla puesta todo el día.

—Dios mío...

—Podría pasar horas enumerando las vejaciones, los correazos, los insultos. Me odiaba.

—Pero eras solo un niño —dijo intentando comprender, aunque le resultaba imposible. El padre de Alexandra había sido alguien frío y déspota, no les había dado amor, pero nunca había llegado a traspasar esos límites. Se le hacía difícil pensar que alguien pudiera hacer algo semejante a un niño indefenso.

—Supongo que veía en mí a mi padre. —Vincent dejó a Alexandra en el sofá y se levantó para servirse una copa que se tomó de golpe—. Mi abuelo nunca aceptó que mi madre se casara con un simple maestro de escuela irlandés, aunque después entendí que no hubiese aceptado a nadie. Mantuvieron su amor en secreto, y cuando mi padre fue a pedir su mano, mi madre ya estaba embarazada. Los desprecios hacia él fueron constantes y llegó un día en que ya no lo soportó más y se marchó.

—¿Y qué culpa podías tener tú de eso?

Vincent comenzó a pasear por la alfombra de manera incesante mientras iba desgranando su historia, como si temiera que al detenerse sus fantasmas lo fueran a alcanzar.

—Mi abuelo estaba obsesionado con ella. Yo era demasiado pequeño para comprenderlo, pero ahora conozco lo suficiente sobre la depravación humana como para verlo todo con claridad. Mi madre jamás levantaba la vista para mirarlo a la cara, nunca hablaba con él, solo le contestaba con monosílabos, eludía su contacto…

—¿A qué te refieres? —Alexandra no podía aceptar que lo que su imaginación estaba fraguando pudiera ser verdad.

—A veces escuchaba sus pasos por el pasillo arrastrando los pies de esa manera tan peculiar, los hubiera reconocido hasta en el mismísimo infierno. Se paraba delante de la puerta de mi habitación y yo cerraba los ojos rezando para que se alejara. Y lo hacía. Se marchaba y yo volvía a respirar tranquilo. Una noche me desperté después de mojar las sábanas. Salí dispuesto a deshacerme de ellas y librarme de la paliza que, como bien sabía, vendría al día siguiente. Estaba en el pasillo cuando oí que se acercaba. Me escondí aterrorizado tras una columna pensando que podría oír mis dientes castañetear. Lo vi pararse frente a mi puerta y pegar su oreja intentando averiguar si yo dormía. Después continuó y se metió en la habitación de mi madre.

Alexandra se levantó con la cara desencajada y fue hacia él, pero Vincent se alejó y no la dejó que lo tocara.

—Me acerqué con sigilo hasta su puerta. Al principio no pude oír nada. Después escuché a mi madre llorar y a él… —Su voz sonó rota por el dolor—. Recordar sus jadeos aún me provoca náuseas. Solo era un niño que no podía entender aquello, pero cuando crecí lo entendí todo. No quiero ni imaginar qué depravaciones llegaría a hacerle.

La voz de Vincent se ahogó en un sollozo y se

tapó los ojos con las manos intentando que las lágrimas no se derramaran, pero le fue imposible contener tanto dolor.

—Vincent, lo siento tanto. No merecíais eso. —Alexandra sujetó sus manos para obligarlo a mirarla, pero él pareció enfurecerse. No quería su compasión cuando podía continuar regodeándose en su culpa y su vergüenza, el único terreno que conocía a la perfección.

—No entiendes nada. ¡La culpa es mía!

—¿Tuya? ¿Y qué podías haber hecho tú? ¡Solo eras un niño asustado y apaleado! Él debería haberos cuidado y en cambio os destrozó. No puedes torturarte por sus acciones.

—¡Alexandra, sí lo fue! Debería haber cogido un cuchillo y haberle rebanado el cuello mientras dormía. Pero lo peor no es que no hiciera nada para impedirlo. Yo tuve la culpa de que mi madre se quitase la vida.

Vincent apoyó las manos en la repisa de la chimenea con la cabeza baja y respirando pesadamente, mientras Alexandra lo observaba completamente paralizada.

—Aquel día mi madre vino a darme las buenas noches. Me leyó un poco y, cuando me arropaba, no pude evitar preguntarle por qué mi abuelo iba a visitarla a esas horas a su habitación. Nunca olvidaré su palidez, ni sus ojos vidriosos conteniendo el llanto, ni su expresión avergonzada. Se limitó a darme un beso en la frente y a decirme que me quería.

La cara de Vincent se transformó con una mueca de dolor y rabia y pareció encogerse sobre sí mismo mientras las lágrimas rodaban por su cara sin control.

—Esa noche no pude dormir. De madrugada escuché cómo la puerta de la habitación de mi madre se abría y sus pasos ligeros se perdían por el pasillo. No sé cuánto tiempo pasó, pero al final me levanté y fui a buscarla.

Alexandra se dio cuenta de que estaba llorando cuando las lágrimas comenzaron a nublar su vista, y los sollozos, a dificultarle la respiración. No podía soportar pensar en cuánto dolor había sufrido Vincent, cuánta soledad e incomprensión, cuánta injusticia.

—Lo siguiente que recuerdo es su cara desencajada, sus ojos sin expresión, y cómo su cuerpo se movía pendiendo de aquella cuerda.

Las manos de Alexandra sujetaron sus mejillas y lo hicieron clavar la vista en ella haciéndolo salir del trance en el que estaba inmerso.

—Vincent, mírame. Tienes que quitarte esa idea horrible de la cabeza. Deja de torturarte con esa imagen atroz. El único culpable de aquella monstruosidad fue tu abuelo. Tú solo eras una víctima en sus manos.

—No hay día en que no me arrepienta de haber hecho esa estúpida pregunta, ni día en que no la maldiga por haberme dejado solo. Yo hice que sintiera vergüenza por los pecados de ese monstruo. La hice sentirse sucia, ella no pudo soportarlo más y me abandonó. Después de eso comencé a odiar a todo el mundo. Dejé de soportar los castigos en silencio y empecé a rebelarme. Ni siquiera sé cómo mi abuelo no me mató en una de sus palizas. No puedo perdonarle a él, no puedo perdonar a mi madre, Alexandra, no puedo. Y mucho menos puedo perdonarme a mí mismo.

Vincent se dejó abrazar y la tensión pareció desvanecerse poco a poco arrastrada por el llanto, mientras envolvía a Alexandra entre sus brazos. Ella era lo único puro que había conocido, y sabía por instinto que no huiría de su lado a pesar de haber descubierto su podrido interior.

—Yo... no puedo decirte cómo hacerlo. Cuando mi madre murió, yo era muy pequeña. Apenas la recuerdo por los retratos o por las historias que me contaron otros. Creo que echaba más de menos la figura de una madre que a ella en sí misma. —Su brutal sinceridad lo conmovió. Ella no sabía fingir ni lo consolaría con falsos argumentos—. Lo cual no deja de ser muy triste. Solo sé que su melancolía constante le quitó las ganas de seguir viviendo. Mi niñera me dijo que se quedó sin fuerzas para luchar y la vida se convirtió en una carga muy penosa de llevar. Tanto mi hermano Steve como yo aprendimos a perdonarla por no haberse quedado con nosotros, a pesar de haberla necesitado tantas veces. Me imagino que para tu madre tuvo que ser mucho peor. La impotencia de no ser capaz de luchar contra su verdugo tuvo que ser devastadora. Y más aún cuando la persona que debería cuidarla era quien le provocaba tanto dolor. —Alexandra le obligó a mirarla—. Vincent, ella ya no está y no podemos cambiarlo. Pero tú sí. Tienes que perdonarla e intentar ser feliz. Y sobre todo tienes que perdonarte a ti mismo. No puedes permitir que él te siga castigando, no le des ese poder.

—Yo no puedo ser feliz, no me han enseñado a serlo. Ese viejo depravado mató esa parte de mí. Yo no sé querer, Alexandra. Mi corazón no funciona como el de los demás, tienes que entenderlo. Solo soy un puñetero cobarde.

—Me niego a pensar eso, Vincent. No eres un cobarde. Al contrario, eres un valiente por no haberte dejado doblegar.

—Tú siempre intentas ver el lado bueno de la gente —dijo, dándole un beso en la coronilla mientras apretaba un poco más su abrazo. Aunque fuera incapaz de creerla, de repente se sentía un poco más liviano, como si poder deshacerse al fin de esa pesadilla que llevaba enquistada en su interior durante tantos años no fuera un imposible.

Jamás había pensado que llegaría el día en que pudiera verbalizar todo aquel infierno. Pero con Alexandra había sido tan fácil desnudar su alma que le asustaba el poder que estaba empezando a tener sobre él. Puede que fuera porque tenían esa traumática experiencia en común, solo que ambos lo habían afrontado de manera totalmente distinta.

—A veces pienso que la culpa de todo la tiene aquel horrendo lugar. Redmayne y todo lo que lo rodea. Parece que todo allí esté maldito.

—Puede ser. En cuanto mi abuela deje este mundo, pienso destrozar aquella casa hasta los cimientos.

—Con suerte, puede que los elementos se alíen contigo. Igual que con la mansión de mi familia, que acabó devastada por las llamas después de que un rayo le cayera encima durante una tormenta.

—No creo que pueda esperar, yo mismo prenderé la llama, tú tranquila.

Rhys deshizo el abrazo para mirarla a los ojos.

—Alexandra, tienes que prometerme algo. —Ella asintió. Le prometería cualquier cosa, le entregaría cualquier cosa. Más ahora que entendía el porqué de su rabia, de su cinismo, de su desapego, de su imposibilidad para entregarse a los demás—. Prométeme que elegirás bien al padre de tus hijos. Y también que, si te hace daño, me buscarás.

Alex tragó saliva, totalmente bloqueada por lo que acababa de escuchar. No era que pensara que tenía alguna posibilidad de ser su esposa, pero tampoco podía decir que no hubiese fantaseado con la idea alguna vez, sobre todo después de las últimas semanas.

—Alexandra, lo estoy diciendo en serio. Si alguien te hace daño…

Ella sonrió, aunque su corazón se había partido, de manera irracional, en mil pedazos. Al fin consiguió asentir, y él volvió a abrazarla suspirando aliviado, como si eso fuera suficiente para garantizar su felicidad.

—Y tú prométeme que vas a dejar de torturarte.

—Prometo intentarlo.

La puerta del despacho se abrió de golpe y ambos se separaron justo antes de que la doncella que irrumpió los cazara unidos en aquel abrazo. La cara de Vincent se convirtió en piedra al ver a la muchacha, que parecía estar siempre donde no debía. Llevaba trabajando poco tiempo en la mansión, pero no parecía estar entendiendo demasiado bien las normas de la casa.

—Discúlpeme, señor. Venía a limpiar y no sabía que…

—Márchate. Que sea la última vez que entras sin llamar.

A Alexandra le sorprendió su brusquedad, pero lo achacó al difícil momento que acababan de vivir.

Una vez estuvieron solos de nuevo, el peso de todo lo que habían confesado pareció espesar el ambiente. Necesitaban tiempo para digerir todo aquello, sobre todo Vincent, que aún estaba impactado por la forma en la que había sido capaz de revelarle sus secretos, algo que jamás habría imaginado. Aunque aún le quedaba un largo camino de aceptación y perdón, sentía que había dado el primer paso hacia algo importante.

Alexandra se acercó a él y le acarició la mejilla.

—¿Estás bien? —Vincent asintió y sujetó su mano para llevársela a los labios y besar sus nudillos.

—Gracias —susurró, y la besó en los labios, un beso dulce cargado de ternura, algo que Vincent no estaba muy acostumbrado a dar ni a recibir. La apretó contra su cuerpo, deseoso de apropiarse de todo su calor, de toda esa luz que tanto necesitaba.

—Contrólese, señor Rhys —se burló Alexandra intentando destensar el ambiente—. Tengo una cita y quiero llegar con un aspecto decente.

—¿Con quién? —preguntó más cortante de lo que deseaba, temeroso de que la cita fuera con Jacob. Y sí. Tenía que reconocer que estaba temeroso y que la sensación no le gustaba en absoluto.

—Con lady Duncan. Se marcha a Kent unos días para visitar a su cuñada que está enferma. Probablemente quiera convencerme de que la acompañe.

—Espero sinceramente que no lo consiga.

Alexandra sonrió, lady Duncan debería tener una capacidad de persuasión más que extraordinaria para conseguir alejarla de aquel hombre.

27

—El ambiente está un tanto revuelto por el club y mi intuición me dice que tú tienes algo que ver —dijo Jacob tras dar un sorbo a su taza de café y servirse una buena ración de jamón asado en el plato.

Había acudido a casa de Rhys antes de dirigirse a su oficina para consultarle unos asuntos referentes a unas nuevas publicaciones y había aceptado su invitación a desayunar.

—¿A qué te refieres?

—Las apuestas para la carrera del sábado se han triplicado gracias a un rumor sobre un amaño. Aunque lo que realmente está manteniendo a tus amigos entretenidos es el cotilleo sobre cierta marquesa y sus hábitos amatorios.

—Les enloquece el olor de la carroña. No me mires así. No pienso sentirme culpable, si es lo que esperas.

Jacob bufó.

—No lo espero.

—Creo que, en el fondo, esto beneficia a todos. Los corredores de apuestas aumentarán sus beneficios y los pobres diablos que acierten el resultado se embolsarán un buen pellizco. Y la marquesa verá cómo su popularidad sube como la espuma entre el público masculino. Y puede que entre el femenino también.

—Tu cinismo ya no me sorprende después de tantos años. Pero sí que creas que eso será suficiente para alejar a Sanders y a los otros de su presa.

—No hables así de ella. —Rhys lo fulminó con la mirada y Jacob sonrió al ver que por fin reaccionaba con un sentimiento humano—. Al menos se mantendrán entretenidos unos días. Cuando vuelva el gran duque de Redmayne, ella ya no será nuestro problema.

—Querrás decir «tu» problema. ¿Piensas decírselo? Porque me muero de ganas de ver cómo reacciona Thomas Sheperd cuando se entere de que tú estás involucrado en toda esa bazofia.

Rhys soltó la servilleta sobre la mesa. Sinceramente esperaba que no llegara a sus oídos ni a los de nadie de la familia nada del dichoso asunto. Con un poco de suerte, los duques se moverían entre los círculos más selectos de la buena sociedad gracias a la influencia de su esposa, y su hermano ejercería sobre Alexandra una vigilancia lo suficientemente férrea como para que ningún desaprensivo pudiese acercarse a ella. Incluido él mismo.

—Supongo que, si llega a enterarse, Thomas cumplirá el sueño de su vida, que no es otro que pegarme un tiro entre los ojos.

El mayordomo entró en el comedor y depositó junto a Rhys una bandejita de plata con un pequeño sobre.

—Gracias, Saint.

Pearce observó cómo la cara de Rhys se iluminaba a medida que iba leyendo el contenido de la carta y cómo, a pesar de apretar los labios, no pudo contener una sonrisa.

La nota no era muy extensa, pero decía lo suficiente para alterar su ánimo.

> El capítulo quince me ha dejado totalmente impactada. Aunque seguro que ya lo esperabas. Necesito aclaración urgente.
>
> P.D.: Lady D. no logró convencerme.
>
> A.

Había esperado ansioso tener una noticia de ella, a pesar de que solo habían pasado veinticuatro horas, pero temía que al recapacitar sobre su confesión no quisiera saber nada más de él. Rhys dobló el papel y lo guardó en el bolsillo interior de su chaqueta.

Así que el capítulo quince.

Tenía más que claro desde hacía semanas cómo le aclararía el aspecto práctico si se le presentaba la ocasión. El papel le quemaba entre las manos y no veía el momento de levantarse de la mesa para enviarle su respuesta.

> Grace se encogió sobre sí misma, tapando su cabeza con los brazos, sabiendo que rebelarse contra la furia de Bashira solo provocaría un encuentro más cruento. Al ver que no pensaba defenderse, Bashira le propinó un último bofetón y, tras escupirle, se reunió con las demás mujeres, que habían permanecido como meras

espectadoras del conflicto. Jamás se había sentido tan humillada ni tan sola en su vida.

Adil se acercó hasta ella y limpió con suavidad la sangre que los arañazos de Bashira le habían provocado, y la miró con aquellos enormes ojos color avellana que le transmitían tanta paz. Como sirviente personal del sultán, solía verlo con frecuencia y, aunque al principio el joven no cruzaba palabra con ella, poco a poco se había establecido entre ellos una relación de mayor confianza. Sus miradas intensas y sus eternos silencios le otorgaban un aire misterioso. Adil era reservado y sus ojos aparentaban una madurez y una sabiduría impropias de su juventud. Siempre parecía estar ahí, oculto en las sombras y presto a acudir cuando ella lo necesitaba. Aunque esta vez había llegado demasiado tarde para impedir la pelea.

Grace miró entre lágrimas su rostro hermoso, su piel oscura y brillante, sus labios llenos y la porción de su pecho que la ropa ancha dejaba entrever. Sus rasgos delicados mantenían un contraste perfecto con la dureza de su cuerpo. Adil apartó con delicadeza los mechones rubios que caían desordenados sobre su cara y simplemente sonrió, una sonrisa triste y enigmática, y eso fue suficiente para que ella entendiera. La atracción que parecía fluir entre ambos era real y no solo producto de su imaginación. Jamás pensó que podría sentir deseo por dos hombres a la vez, pero después de todo lo que estaba viviendo parecía que no había nada imposible.

Esa noche había cenado sola y no estaba segura de que el sultán acudiera a su alcoba. Estaba a punto de retirarse a descansar cuando unos golpes en la puerta la sobresaltaron.

La puerta se abrió y Adil entró en la estancia vestido solo con unos pantalones de piel fina que marcaban sus piernas. Sus ojos se desviaron hacia su torso desnudo y sus brazos musculosos, y su corazón pareció desbocarse como el de un animal en celo. En eso se estaba convirtiendo, en un animal que solo era capaz de pensar en los instintos de la carne.

—¿Qué haces aquí? —preguntó en un susurro.

—Órdenes del sultán.

Le sorprendió que su mirada pareciera más intensa de lo habitual y que sus músculos y tendones se vieran tan tensos bajo la luz de las velas.

—Te ha ordenado vigilarme o… —La interrumpió el ruido de la puerta al abrirse de nuevo y el sultán entró tan imponente y magnífico como siempre.

—No, dulce Grace. No ha venido a vigilarte. El motivo es mucho más apetecible que ese. Mis órdenes para esta noche supondrán un regalo para él, para ti y también para mí.

Grace miró confundida al sultán, que se acercó hasta ella lentamente y comenzó a soltar los lazos que cerraban su camisón sobre los hombros. Apretó la tela contra su pecho avergonzada, intentando que no cayera al suelo en presencia del sirviente. Pero la voz suave del sultán junto a su oído le ordenó que se mantuviera quieta. Bajó las manos y la prenda se deslizó sobre sus senos y sus caderas, cayendo al suelo con un susurro de seda.

La excitación de Adil, que la observaba a pocos pasos de distancia, se hizo más que evidente por el abultamiento que se marcaba en sus pantalones y el brillo intenso de sus ojos.

—Cariño, no es necesario fingir —dijo el sultán colocándose detrás de ella, mientras le acariciaba los pechos y las caderas bajo la atenta mirada de su sirviente.

—Tengo ojos y oídos en todas partes. ¿Crees que no me he dado cuenta de cómo os miráis? Dime la verdad, Grace. Lo deseas. Igual que él te desea a ti.

Ella cerró los ojos mientras el sultán acariciaba su cuerpo sabiendo que debería sentirse avergonzada. En lugar de eso, la excitación caldeaba su sexo y la sangre corría a toda velocidad por sus venas. Negó con la cabeza tratando de encontrar en su interior un resquicio de voluntad para negarse a aquella depravación, pero no lo encontró.

—Grace, dímelo. Has soñado que él te toca. —Ella gimió al notar los dedos del sultán acariciándola entre los muslos—. Pues yo estoy aquí para hacer tus sueños realidad. Él te dará placer con su boca y sus manos y tú se lo devolverás como te he enseñado. Pero solo yo entraré dentro de ti porque eres mía, Grace.

Su voz era tan sugerente que, a pesar de que lo que había dicho era una atrocidad, se sentía como si la hubiese hipnotizado.

—Tus sueños son míos, tu deseo me pertenece. Lo has entendido, ¿verdad? —preguntó ansioso, pero ella era incapaz de emitir ni una sola palabra.

Adil se acercó hasta ellos obedeciendo la orden tácita que veía en los ojos de su amo y se arrodilló ante Grace. Acarició con lentitud sus piernas instándola a abrirlas. El corazón de Grace latía desbocado mientras observaba totalmente avergonzada cómo el joven comenzaba a besar sus muslos y aspiraba el olor de su excitación de forma lasciva. Se dejó llevar, apoyando la espalda en el cuerpo del sultán, que no dejaba de acariciar sus pechos, mientras el sirviente lamía su sexo con devoción. Grace levantó la vista y descubrió su reflejo en uno de los espejos de la alcoba. Sus ojos se encontraron con la mirada oscura del sultán. Verse sometida y subyugada a las caricias de esos dos hombres era perverso y a la vez terriblemente excitante. Descubrió que existía un depravado placer en observar cómo ambos se esforzaban en llevarla al clímax. Los músculos se definían en la espalda de Adil, que, de rodillas, separaba los pliegues de su carne para alcanzar todos los rincones con su lengua y sus dientes. La provocó haciendo que se arqueara contra su boca, mientras el sultán la sostenía acariciando sus pechos y sus caderas cada vez más intensamente. Podía notar la vibrante excitación del sultán mientras observaba la escena. Las piernas de Grace flaquearon cuando el intenso orgasmo se apoderó de ella. Intentó retirarse, pero las manos de Adil la sujetaron por las nalgas para continuar trazando círculos con la lengua sobre su tierna intimidad.

Cuando los últimos ecos del placer abandonaron su cuerpo, la voz clara y ronca del sultán le dio la orden, atravesando la neblina en la que aún estaba sumida. Grace ni siquiera se planteó negarse, a pesar de que sabía que nadie la obligaría a hacerlo. Simplemente, como si fuese lo más natural del mundo, se arrodilló delante del sirviente y bajó sus pantalones para comenzar a devolverle el placer que le había brindado. Continuó mirando el espejo, excitada al verse a sí misma llevando a cabo aquel acto tan impuro y lleno de lujuria, y sobre todo observando cómo la cara del sultán se tensaba mientras contenía su excitación a duras penas. Siguió lamiendo su verga, rodeándola con su lengua, llevándosela al interior de su boca hasta que sintió que se contraía derramando su semen sobre ella.

La piel de Grace ardía, mientras ella permanecía aturdida por lo que acababa de suceder, con su sexo palpitando húmedo e insaciable. El sultán la llevó a la cama y la depositó con pocas ceremonias boca abajo sobre el colchón. Entró en ella con intensidad, y ambos se fundieron como dos salvajes, sumidos de nuevo en la búsqueda del placer más arrollador.

Y mientras jadeaba contra la almohada, totalmente entregada a la lujuria, se dio cuenta de que había roto el nexo con todo lo que alguna vez había sido. No había ni una pizca de decencia, moralidad o pudor en su comportamiento. Se había rendido a todo lo que él le pedía, se había convertido en su esclava, aunque no llevara grilletes en sus muñecas. Aquella noche, Grace descubrió que ya no había marcha atrás y que se había convertido en una desconocida.

Entre tus pétalos rosados, extracto del capítulo 15

Alexandra ojeaba el menú que la cocinera le había hecho llegar para la siguiente semana y, viendo que era incapaz de concentrarse en lo que estaba leyendo, decidió no mover ni una sola coma de lo que la mujer había propuesto. Estaba a punto de llamar al mayordomo para decírselo, cuando este se le adelantó y entró en la sala con una enorme caja.

—Lady Richmond, acaban de entregar esto. ¿Quiere que se lo lleve a su habitación?

—No es necesario. Puede retirarse, gracias.

El mayordomo la dejó sola y cerró la puerta tras de sí. En cuanto Alexandra escuchó el clic de la cerradura, se abalanzó sobre el paquete, tremendamente intrigada y ansiando que el remitente fuera Rhys. Dentro de la caja había una nota y, mientras la abría, se dio cuenta de que su corazón había duplicado su ritmo normal y que se había sonrojado por la emoción.

Esta noche aclararé tus dudas gustosamente. Solo tengo una condición.

Llevarás única y exclusivamente el contenido de esta caja. Nada más. Te recogeré a medianoche en la puerta que da al callejón.

V.

Alexandra había prescindido de su doncella para vestirse, lo cual fue algo bastante acertado a juzgar por su atuendo. Se miró al espejo y se sorprendió por el resultado, ya que jamás pensó que ella, la inocente y apocada Alexandra Richmond, pudiera tener un aspecto tan pecaminoso.

El pronunciado escote del vestido de color púrpura era mucho más de lo que cualquier dama decente se atrevería a vestir, y solo un aplique de flores del mismo tono en el hombro izquierdo evitaba que se mostraran sus cicatrices. Ese hombre pensaba en todo.

La forma del corpiño elevaba sus pechos haciendo innecesario el corsé. Cosa que era de agradecer, ya que Rhys no había incluido ninguna prenda interior ni nada que le permitiese mantener un mínimo de recato. Ni camisola ni enaguas ni nada parecido. Solo las medias más finas y seductoras que Alex hubiera visto jamás y unos zapatos forrados en seda del mismo tono que el vestido. La prenda se pegaba a su cuerpo marcando cada sugerente curva y el satén sobre la piel se sentía casi como una caricia, aunque el hecho de no llevar absolutamente nada debajo del vestido era desconcertante.

Para su sorpresa, en lugar de sentirse violenta o incómoda como había imaginado, Alex se sentía deliciosamente perversa y excitante. El conjunto lo completaba una capa de paño negro con capucha, cuyo interior estaba forrado con satén rojo, que había enamorado a Alex y que decididamente pensaba seguir usando después de esa noche.

Aunque lo que más la intrigó fue el último objeto que contenía la caja: una máscara plateada.

28

Alexandra se subió la capucha de la capa y, tras tomar una gran bocanada de aire para reunir fuerzas, salió por la puerta que daba al callejón a la hora señalada. A pesar de la oscuridad, pudo reconocer la alta figura de Rhys junto al carruaje, esperándola. El corazón de Alexandra latió más fuerte de lo normal cuando él sujetó su mano para ayudarla a subir al vehículo y susurró con voz sugerente un saludo junto a su oído. Rhys ocupó el asiento situado frente a ella, sin dejar de observarla, como si quisiera leer sus pensamientos.

—¿Has traído la máscara? —preguntó con una sonrisa perversa.

Alexandra sacó la mano de debajo de la capa y se la mostró como respuesta. Estaba terriblemente nerviosa y no sabía qué debía esperar de esa noche.

—Te queda muy bien el pelo suelto. Te da un aspecto salvaje.

—No has añadido horquillas a mi caja.

Rhys soltó una carcajada breve.

—Me alegro de ese pequeño descuido, aunque ahora solo puedo pensar en tu cabello acariciando mi piel mientras tu boca... —Rhys suspiró mientras Alexandra se mordía el labio intentando controlar su nerviosismo. Bastante difícil era contener el deseo de devorarla allí mismo como para añadir más leña al fuego—. Dejémoslo ahí.

—¿Adónde me llevas? —preguntó Alexandra sin poder contener un leve temblor en su voz que Rhys notó al instante.

—¿Estás nerviosa? —Alex asintió, tan sincera como siempre, incapaz de fingir, como le hubiese gustado, que era la mujer decidida que se subía a un carruaje en mitad de la noche para descubrir un mundo lleno de secretos y perversiones.

—No debes estarlo. Y ahora, dime, ¿qué fue lo que más te impactó de lo que leíste?

—Todo. Cómo Grace es capaz de desear a ambos hombres, cómo se deja llevar por el deseo hasta el punto de olvidarse del pudor, por qué ella encuentra ese perverso placer en verse a sí misma realizando ese acto y, sobre todo, cómo el sultán es capaz de soportar que su amante sea tocada por otra persona. Más aún, cómo es capaz de encontrar excitante algo así.

—Todas esas preguntas tienen una misma respuesta. El morbo. O puede que también pueda llamarse fantasía. Y eso es lo que te voy a enseñar esta noche.

El carruaje se desvió y, de nuevo, la incertidumbre sobrecogió a Alexandra al ver por la ventanilla que se acercaban a la parte más peligrosa de la ciudad. Las fachadas se veían oscurecidas por el humo del carbón y la suciedad se acumulaba en cada rincón. Varias prostitutas paseaban sus encantos bajo la escasa luz de las farolas, ofreciéndose a los pocos hombres que pasaban por allí.

Rhys, vestido totalmente de negro, le lanzó una mirada lobuna antes de colocarse su antifaz de color rojo.

—Confía en mí —susurró mientras le tendía la mano para ayudarla a bajar—. Sabes que nunca comprometería tu seguridad, ¿verdad?

—Lo sé. Aunque puede que no lo hayas merecido, nunca he podido evitar confiar en ti.

Rhys digirió como pudo el comentario.

Alexandra no pudo evitar sonreírle y sujetar su mano sin titubear, totalmente segura de que junto a él no podría ocurrirle nada malo. Se adentraron en una estrecha calleja y a Alexandra le llamó la atención que estaba mucho más limpia que todo lo que la rodeaba. Se detuvieron delante de una discreta puerta pintada de negro, vigilada por dos hombres enormes.

Vincent sacó una tarjeta dorada de su chaqueta con la palabra «Red» escrita en una elaborada caligrafía y, tras mostrársela, uno de ellos les franqueó la entrada. La sujetó de la mano y la condujo por un pasillo estrecho y poco iluminado, hasta desembocar en una amplia sala. Alexandra miró a Vincent con la boca abierta y él le sonrió satisfecho por haber conseguido sorprenderla.

Por toda la estancia se repartían suntuosos sofás, otomanas y butacones de terciopelo de colores llamativos, casi tan deslumbrantes como la gente tan variopinta que los ocupaba. La mayoría llevaba antifaces similares al suyo, aunque lo que más llamó su atención era la actitud desinhibida de todos ellos. Algunas parejas se besaban descaradamente, otras charlaban o se reían de manera escandalosa y un grupo bailaba al son de la estridente melodía que un cuarteto de músicos tocaba en una de las esquinas.

Cortinajes de ricas telas, candelabros barrocos y estatuas en actitud lasciva adornaban la recargada estancia. Unos musculosos lacayos, ataviados únicamente con llamativos pantalones bombachos confeccionados con telas de colores brillantes, hacían las delicias de los invitados repartiendo abundantes bebidas por todo el salón. Jamás hubiese imaginado que todo ese despliegue de lujo y ostentosidad fuera posible en el interior de ese edificio oscuro de la peor zona de la ciudad.

Un hombre vestido con un sobrio traje de gala se acercó a ellos cuando los vio entrar. Sus ojos maquillados de un negro intenso y el carmín rojo de sus labios llamaron poderosamente la atención de Alex. El contraste entre su apariencia masculina y el maquillaje la dejó fascinada.

—Así que el caballero oscuro ha vuelto —dijo, deslizando sus dedos por la solapa de Rhys con una sonrisa seductora. Este hizo un gesto a un lacayo que se acercó para llevarse la capa de Alex. El hombre la taladró con la mirada, recorriendo su atrevido vestido púrpura, deteniéndose en el pronunciado escote, y Alex se sintió desnuda—. Y vienes con un nuevo pajarito. ¿Vais a participar en algún juego, querido?

—No, Solomon. Este pajarito, como tú lo llamas, es solo para mí —contestó, pasando la mano por la cintura de Alex y pegándola a su cuerpo de manera posesiva.

—Disfrutad de la noche entonces, y si necesitas algo, házmelo saber. —Solomon volvió a dedicar una ardiente mirada a la atractiva pareja que formaban—. No sé a cuál de los dos envidiar más en este momento. Disfruta de mi mundo, pajarito. —Y, tras lanzarles un beso con la mano, se perdió entre la gente.

Un lacayo les sirvió unas copas y Rhys le ofreció una a Alexandra, que aún no había recuperado el ritmo normal de su respiración.

—No me extraña que hayas impresionado a Solomon. Estás espectacular. Yo mismo estoy a punto de postrarme a tus pies. —Alexandra se mordió el labio tratando de disimular una sonrisa. Rhys no había tenido ocasión hasta ese momento de ver cómo le quedaba el vestido que ocultaba la capa, pero al desprenderse de ella había tenido que hacer un esfuerzo para que su mandíbula no se desencajara.

La fina tela se pegaba a cada curva de su cuerpo como una segunda piel, haciendo que cada movimiento resultara terriblemente seductor.

—Si alguien me hubiese dicho que Vincent Rhys me iba a dedicar algún día un cumplido, habría pensado que estaba loco. ¿Qué es este sitio? —preguntó Alexandra mientras bebía casi todo el contenido de su copa. De repente sentía su boca seca y era incapaz de relajarse, a pesar de que el comentario de Rhys y su actitud protectora habían inflamado su ánimo.

—Es el club Red. Este es el lugar donde la gente viene a llevar a cabo sus fantasías, a dar rienda suelta a sus pasiones y a permitirse esos pequeños caprichos que todos tenemos, pero que nadie se atreve a confesar. —Su voz era tan sugerente y sus ojos tan intensos, a pesar de la máscara, que Alex estuvo a punto de llamar al lacayo para pedir otra copa. O mejor una botella—. Estás conmigo y nadie te molestará. La pregunta es sencilla: ¿te atreves a conocer el resto?

Alexandra miró la palma de la mano de Rhys, que se extendía hacia ella en señal de invitación, y sin pensarlo dos veces la aceptó. No supo discernir si fue su imaginación, pero tuvo la impresión de que Rhys había exhalado el aire aliviado, como si en el fondo esperase una negativa por su parte. Pero ella no podía negarse a su petición, cuando estar con él era lo que más anhelaba en el mundo. Rhys asintió y entrelazó los dedos con los suyos.

—No te preocupes, cielo. Solo voy a mostrarte la parte menos depravada de este sitio. Y si en algún momento te sientes incómoda, nos marcharemos.

—Confío en ti —confesó con una sonrisa.

Él le dio un beso rápido en los labios y se dirigieron hacia una de las salidas, donde un lacayo abrió la pesada cortina para dejarlos pasar. Alexandra parpadeó para acostumbrarse a la escasa luz del nuevo corredor y subió la escalera que los condujo a un oscuro pasillo lleno de ventanas ocultas por cortinajes. Rhys se paró junto a una de ellas.

—Detrás de cada cristal, en estos momentos, alguien lleva a cabo una fantasía. —La voz de Vincent detrás de ella, convertida en un susurro, le erizó la piel de la nuca.

—¿Ellos lo hacen para que los observen? —preguntó Alexandra, aun a riesgo de resultar demasiado inocente.

—Eso es parte de la diversión. Algunos disfrutan solo mirando, y otros, dejándose ver.

Vincent descorrió un poco la cortina para ver lo que ocurría al otro lado. La escena aún no había subido demasiado de tono y abrió un poco más para permitir que ella también pudiese ver lo que ocurría.

Una pareja provista de antifaces como los suyos jugaba sobre una alfombra de piel de animal en el centro de la estancia. El hombre, que vestía solo unos pantalones, estaba tumbado bocabajo y la mujer, completamente desnuda, sentada a horcajadas sobre él, le azotaba en la espalda con una fusta. A pesar de que los golpes estaban empezando a dejar marcas rojizas sobre su piel, el hombre no parecía estar sufriendo lo más mínimo con aquello. La mujer se rio y bebió directamente de la botella que tenía en la otra mano, y, como si presintiera su presencia, miró hacia la ventana.

Instintivamente Alexandra dio un paso atrás, chocando con el cuerpo de Vincent, que estaba justo a su espalda.

—Tranquila, ellos no pueden vernos.

—¿Cómo puede alguien disfrutar con algo así?

—¿A quién de los dos te refieres? —Alexandra levantó la ceja y lo miró como si la respuesta fuera obvia—. Igual que tu sultán, hay personas que disfrutan con la dominación y las demostraciones de poder. Otras, en cambio, disfrutan sometiéndose. A otros, el dolor controlado les resulta placentero. Cada persona alberga un deseo diferente, pero no todos lo dejan aflorar a la superficie.

Avanzaron hasta otra de las ventanas y Rhys volvió a mirar en el interior de la habitación.

—No sé si estás preparada para esto —dijo cerrando la tela.

—Pues haberlo pensado antes de traerme aquí.

Rhys suspiró resignado y maldijo entre dientes, aunque apenas pudo contener una sonrisa. Abrió un poco la cortina y se apartó para dejarle espacio. Esta estancia era más lujosa que la anterior. Varios candelabros dorados iluminaban el cuarto y de las paredes colgaban tapices con escenas mitológicas. Sobre la mesita había al menos una docena de botellas de licor y bandejas con comida. Un hombre fumaba tumbado relajadamente sobre una otomana, mientras en la cama, frente a él, tres mujeres desnudas se prodigaban caricias.

—¿Ves a la mujer morena que recibe las atenciones de las otras dos? —Alexandra agradeció la oscuridad y la máscara que la cubría cuando notó su cara arder por el rubor. Una de las chicas estaba arrodillada entre las piernas de la morena, dándole placer con su boca, mientras ella se retorcía ansiosa y se dejaba acariciar los pechos por la otra joven—. Ella es una dama de la alta sociedad, decente y recatada, que acude a misa regularmente y critica los pecadillos ajenos, puede que incluso hayáis tomado el té juntas alguna vez. Y el caballero es su esposo. Su fantasía consiste en ver cómo su mujer goza del sexo, y la de ella, en gozar para que su marido disfrute. ¿Lo entiendes, Alexandra?

Alexandra negó con la cabeza. No podía entenderlo. Solo de pensar que una mujer pudiese proporcionarle algún tipo de placer a Rhys moría de celos, ¿cómo podría entender que alguien pudiese compartir a su pareja de buen grado? Aun así, a pesar de que su mente no llegaba a asimilar aquello del todo, se sorprendió al sentir que su cuerpo reaccionaba ante lo que estaba viendo.

—¿Tú encontrarías excitante ver cómo otro hombre me acaricia?

—¿Bromeas? Ni siquiera considero tolerable ver cómo otro hombre te mira durante un casto baile. —Rhys sabía que debería haber controlado ese arrebato de sinceridad. Pero sentirla allí tan cerca, en aquel rincón oscuro impregnado de perdición, estaba empezando a nublarle el juicio—. No pretendo que entiendas las fantasías de otros, sino que aceptes que las fantasías existen y que no te niegues a encontrar la tuya propia.

Casi sin ser consciente de lo que estaba haciendo, había apoyado a Alex contra la pared y su cuerpo se había aproximando peligrosamente al suyo. Sus dedos, como si no pudieran estar privados de su contacto, comenzaron a vagar por el contorno de su cuello, sus hombros, su clavícula, dejando un reguero de fuego invisible en su piel.

—El deseo tiene miles de caminos. He hecho cosas que ni siquiera imaginarías. Durante mucho tiempo, cuando era más joven, estuve totalmente fuera de control. Es justo que lo sepas. Pero jamás sería capaz de exhibirte o compartirte con nadie. Yo también tengo mis propios límites.

—En ese caso, cuéntame cuál es tu fantasía, Vincent —susurró contra sus labios, y su voz dulce y cálida le resultó mucho más excitante que ninguna de las escenas tórridas que tenían lugar tras las cortinas.

Vincent se apoderó de su boca de manera vehemente, en un beso capaz de calcinarlos. Sus manos se deslizaron sobre la suave tela. Acarició sus pechos firmes sintiendo cómo sus pezones se endurecían bajo su contacto y continuó su descenso definiendo la curva de sus caderas, hasta llegar a sus nalgas. La apretó contra él disfrutando de la ausencia de las innumerables capas de enaguas mientras sus cuerpos se amoldaban a la perfección.

—Dios mío, recuérdame que nunca más me ponga ropa interior —gimió Alexandra contra su cuello cuando se separó para recuperar el aliento. Rhys no pudo evitar que se le escapara una rápida carcajada.

—Si haces eso, no te prometo que pueda contener mis instintos durante mucho más tiempo. —Volvió a besarla de manera salvaje, sintiendo que su cuerpo estaba a punto de consumirse—. Ven, nuestro palco ya está preparado.

—No me has dicho cuál era tu fantasía —le recordó Alexandra con el aliento aún agitado, mientras avanzaban por el pasillo.

Vincent, que caminaba un poco adelantado, sin soltarla de la mano, le dedicó una rápida mirada y una sonrisa ladeada.

—Algo sencillo. Pervertir a mi vecina.

El palco privado era bastante parecido al de un teatro normal, aunque el escenario era mucho más pequeño. Alexandra se acercó a la baranda para observar desde su privilegiada posición el recinto y se volvió a maravillar de que un lugar así pudiese estar oculto entre aquellas sucias callejuelas. En lugar de butacas, el espacio central estaba ocupado por pequeñas mesas, donde los espectadores bebían y fumaban mientras disfrutaban del espectáculo. En todo el recinto la luz era muy escasa, a excepción del pequeño escenario donde una actriz cantaba con voz ronca. Lucía un kimono dorado que brillaba bajo la luz de las velas que la rodeaban. La actriz pidió un voluntario y un hombre subió ante los vítores y silbidos del resto. La mujer continuó cantando mientras el hombre la ayudaba a desnudarse de manera sugerente. La boca de Alex se abrió por la sorpresa cuando al fin el kimono cayó, descubriendo un cuerpo masculino.

Alexandra estaba como hipnotizada por la extraña voz que continuaba cantando, por sus movimientos sensuales y por su pecho plano y velludo, que contrastaba de manera sorprendente con el excesivo maquillaje y el sofisticado recogido de su cabello. Dio un respingo cuando los brazos de Rhys la rodearon por la cintura y la pegaron a su cuerpo. Alex cerró los ojos recostando la cabeza en su pecho, pensando que ese era sin duda su lugar favorito del mundo: los brazos de Vincent Rhys. Se mordió los labios para contener un gemido, mientras las manos de Vincent se deslizaban por sus costados hasta llegar a sus pechos. Los apretó subiéndolos hasta casi hacer que se desbordaran por encima del atrevido escote. El pudor hizo que ella sintiera el impulso de apartar sus manos, al sentirse expuesta a las miradas de cualquiera de los presentes. Echó una rápida mirada al resto de los palcos, que estaban tan poco iluminados como el suyo. Los cuerpos se intuían, los abrazos se imaginaban, mientras las siluetas se fundían unas con otras.

Aquella sensación electrizante que le recorría la columna vertebral, que la incitaba a arrancarse la tela de su liviano vestido y suplicarle a Vincent que la hiciera suya allí mismo, aquel dolor de su carne que clamaba por ser atendida, debía de ser lo que él había definido como morbo.

—¿Tienes idea de cuánto te deseo? —El susurro ronco de Vincent, cargado de necesidad, le erizó la piel. Alexandra no pudo contestar. Las palabras se atascaron en su garganta cuando Rhys comenzó a subir sus faldas.

Acarició sus muslos apretando los dedos sobre la piel desnuda y Alex se arqueó apoyando su espalda contra el duro pecho de Rhys, mientras su vista contemplaba desenfocada la luz del escenario, donde el espectáculo continuaba. Vincent deslizó su mano hasta su entrepierna, acariciándola hasta encontrar la cálida humedad de su excitación. Sus dedos la exploraron haciendo que se retorciera contra él, buscando saciarse.

—¿Tienes idea de cuánto te deseo yo a ti? —le preguntó Alex con la voz entrecortada por el deseo.

Rhys la llevó hasta una de las sillas, sintiéndose más vulnerable a cada minuto que pasaba. Contener lo que sentía era cada vez más difícil y notar el deseo de Alexandra amenazaba con minar la poca fuerza de voluntad que le quedaba. La deseaba de una manera salvaje y hambrienta, pero no solo anhelaba su cuerpo. Necesitaba sus sonrisas, su fuerza, sus ansias de superarse y descubrir el mundo. Durante años había enterrado todo aquello que ella le había hecho sentir bajo capas de impudicia, vicio, cinismo y autodestrucción. Y lo había conseguido. Pero ahora, como un idiota inconsciente, estaba alimentando aquel fuego que acabaría con él.

—Déjame que lo compruebe. —Rhys se arrodilló delante de ella y subió con una deliberada lentitud la tela de su falda, acariciando a su paso cada pequeña porción de sus piernas que quedaba expuesta.

Sus labios se posaron sobre la suave piel del interior de sus muslos, en un peligroso ascenso hacia su intimidad.

—Vincent, por favor. Podrían vernos. —Pero él ahogó su protesta haciendo que abriera más las piernas hasta que su sexo quedó expuesto a sus caricias. La sujetó y tiró de ella situándola al borde del asiento, para tener mejor acceso a ella.

Deslizó su lengua por su intimidad provocando que Alexandra se tensara contra su boca. La besó a conciencia y el roce de sus dientes casi la hizo gritar. Lamió insaciable cada pedazo reclamándola como suya, haciendo que le resultara imposible controlar su deseo.

El placer era mucho más intenso que nada que Alexandra hubiese sentido antes y la temeraria sensación de poder ser descubiertos en cualquier momento hacía que todo fuera mucho más vibrante. Rhys le provocó nuevas descargas de placer, mientras su lengua trazaba enloquecedores círculos alrededor de su centro. Los dedos de Alex se enredaron en su pelo para acercarlo más a ella exigiéndole de manera desvergonzada que no se detuviera. Se dejó llevar por el ambiente lujurioso que la rodeaba, por las caricias expertas de su boca, por sus manos que elevaban sus caderas imposibilitando que se alejara. Su interior se tensó apretándose y convulsionando en un intenso orgasmo que la hizo alejarse de la realidad que los rodeaba, mientras su nombre escapaba de sus labios.

Y, mientras su cuerpo y sus sentidos se deshacían de la neblina provocada por el placer, el corazón de Alexandra se encogía ante la evidencia de lo que sentía por ese hombre. No era solo sexo y lujuria. Él la empujaba a dar un paso más, a descubrir sus deseos más íntimos, a quererse y a aceptarse. Ya no podía seguir negándose a sí misma que aquello era algo más que un simple enamoramiento de juventud. Lo amaba con cada fibra de su ser, a pesar de ser consciente de que ese sentimiento jamás sería correspondido.

29

El carruaje se balanceó al pasar por encima de un bache en el pavimento, pero ni Alexandra ni Vincent eran capaces de percibir otra cosa que no fuera el ardor de sus propios cuerpos. De hecho, ella ni siquiera se había percatado de que, siguiendo las órdenes de Vincent, el cochero estaba dando una segunda vuelta a la manzana, en lugar de dirigirse directamente hacia su casa. Era una estratagema un tanto infantil por su parte, pero últimamente parecía que todo el tiempo del mundo no era suficiente y quería apurar al máximo cada instante con ella.

Vincent gruñó cuando Alexandra, sentada a horcajadas sobre él, se presionó un poco más contra su cuerpo, haciendo que la temperatura del interior del carruaje se volviera insoportablemente caliente. La falda de su vestido se arremolinaba por encima de sus muslos y él no podía dejar de acariciar su piel. Un beso sucedía a otro, cada uno más exigente que el anterior, más intenso y entregado. La mano de Alexandra se deslizó entre sus cuerpos para acariciarle cortando su respiración.

—Alexandra... —jadeó Vincent contra su cuello—.

Creo que después de soportar estoicamente esta tortura deberían santificarme.

—¡Vincent! Creo que esa es la blasfemia más grande que he escuchado jamás —dijo Alex, escandalizada y divertida a la vez.

—¿Crees que debería confesarme por ello?

—Por supuesto. Aunque seguro que el párroco caería fulminado si escuchara tus pecados.

—No quiero cargar con una baja en el clero sobre mis espaldas. Mejor sigo dedicándome al pecado, entonces —dijo mordiéndole el hombro y provocándole un delicioso cosquilleo—. Aunque hablo en serio, Alexandra. Cada vez me resulta más difícil encontrar las fuerzas para resistirme a ti.

Aún albergaba la esperanza de que, al sincerarse, ella encontrara el juicio y la determinación que a él le faltaban para detener aquel avance inevitable hacia el desastre. Alexandra sujetó sus mejillas y él pudo ver, a pesar de la penumbra del interior del carruaje, que su expresión se había vuelto seria, casi solemne.

—¿Por qué habrías de resistirte?

Rhys cogió las manos entre las suyas interrumpiendo su caricia, como si de pronto todo aquello le resultara demasiado íntimo.

—Ya lo sabes, Alexandra. Podemos dejarnos llevar por un arrebato de pasión. Puedo meterte en mi cama y no dejarte salir hasta que seas mía de mil maneras diferentes, y Dios sabe que no hay nada que desee más. Pero ambos sabemos que llegará el día en que te arrepientas de haberlo hecho.

—No me arrepentiré jamás.

—Sí, sí lo harás. Cuando encuentres un hombre que te merezca de verdad, cuando quieras casarte con él, esto será una pesada losa, una piedra en el camino hacia tu felicidad. Lo sabes tan bien como yo. A las damas de buena cuna no se les perdona que le entreguen su virtud a cualquiera.

—Tú no eres cualquiera. Estoy harta de que todo el mundo tenga potestad para decidir lo que le conviene a una dama de buena cuna, todos excepto la dama en cuestión.

—No quiero que cuando esto termine acabes odiándome por haberte llevado demasiado lejos. No lo haremos, no voy a arruinarte.

Alexandra intentó levantarse de su regazo, pero él se lo impidió sujetándola por la cintura.

—Quiero que seas tú. Te deseo a ti, Vincent. No me importa lo que pueda pasar en un hipotético futuro que puede que no llegue nunca.

Un espeso silencio cayó sobre ellos y Vincent pudo constatar lo que ya sabía de sí mismo, que no era un hombre de honor, que la tentación de tenerla era más fuerte que su conciencia y que el deseo que lo ataba a ella con ese hilo invisible y lo martilleaba desde que tenía uso de razón era indestructible. Ser él quien le hiciera el amor era un premio demasiado apetecible como para dejarlo escapar, algo que probablemente no se merecía. La tentación de dejarse arrastrar y permitirse por una vez que algo puro y honesto tocase su vida, aunque fuera de forma efímera, era irresistible. Dio tres golpes en el techo del carruaje y el cochero viró en la siguiente esquina en dirección a la mansión de Rhys.

El vehículo se detuvo con un ligero chirrido sobre los adoquines y Rhys bajó de un salto para ayudar a Alexandra. La cogió de la cintura, pero antes de depositarla en el suelo la pegó contra su cuerpo, atrapando su boca en un beso ardiente. Alex gimió ligeramente mientras rodeaba su cuello con los brazos, queriendo que esa noche no acabara nunca. Un carraspeo los sacó de su burbuja y ambos se giraron hacia la puerta de la mansión, donde una figura oscura esperaba pacientemente sentada en la escalinata.

Jacob Pearce se puso de pie y bajo la luz que proyectaban las farolas de la calle les pareció mucho más alto y sombrío que de costumbre. Fulminó con la mirada a Rhys, sin molestarse en disimular lo que pensaba de sus efusivas demostraciones de cariño en plena calle, a pesar de las altas horas de la noche.

—¿Qué haces aquí? ¿Ha ocurrido algo? —La preocupación en el tono de Vincent era palpable.

Jacob apretó la mandíbula intentando contener las ganas de estrangularle o, en su defecto, de sacudirle hasta que entrara en razón y se diera cuenta de las nefastas consecuencias que su comportamiento podría tener para Alexandra. Sabía que ella le importaba, y, aun así, no hacía ni el más mínimo esfuerzo por comportarse con la decencia que Alex merecía.

—Tenía que contarte algo y preferí no esperar a mañana. No sabía que tendrías compañía.

Alexandra se encogió sobre sí misma ante la mirada reprobatoria de Jacob y agradeció al cielo que su capa cubriera totalmente el desvergonzado vestido púrpura. Aun así, se sonrojó, consciente de que ella no debería estar allí, que sus labios se verían hinchados por los salvajes besos de Rhys y que su cabello parecería un nido de pájaros, sin contar con lo bochornoso que resultaba la efusiva escena de la que había sido testigo.

—¿De qué se trata? —espetó Rhys acercándose hasta él sin esperar a Alex, repentinamente incómodo por su silencioso juicio y por el sermón que, como bien sabía, recibiría al respecto a la menor oportunidad.

Un mal presentimiento le recorrió la espina dorsal al notar que Jacob estaba sopesando si hablar o no delante de Alexandra. Finalmente lo hizo.

—Lo han encontrado. Está aquí, en Londres. Y la cosa no pinta nada bien esta vez.

Vincent sintió que el suelo donde pisaba se volvía inestable bajo sus pies y que la sangre rugía en sus oídos, violenta y furiosa.

Ahora, la noche se veía muy diferente desde la ventana de su despacho. Los jirones de niebla que se arremolinaban bajo las farolas parecían fantasmas que habían acudido a burlarse de él, y la ligera llovizna que comenzaba a oscurecer los adoquines resultaba desoladora y triste. Rhys apuró de un trago su copa y se giró lentamente para enfrentar al hombre que siempre le hacía luchar contra sus demonios intentando inútilmente convertirlo en alguien mejor. Nunca sabría qué era lo que Jacob Pearce veía en él y seguramente algún día tendría que agradecerle su fe incondicional, pero no sería esa noche. En ese momento lo odiaba por haber vuelto a desenterrar su pasado y haberlo escupido a sus pies.

En una silla cerca de la puerta, Alexandra aguardaba silenciosa, y por su expresión, estaba claro que no sabía si era bienvenida allí en ese momento.

—No te he pedido que lo buscaras.

Jacob sonrió y se sirvió él mismo una copa, sabiendo que Rhys había sido descortés deliberadamente.

—Y no lo he hecho. Uno de mis hombres me comentó que estaba hospedado en una habitación de mala muerte y simplemente hice un par de averiguaciones. He ido a verle. —Rhys bufó y se sirvió otra copa.

—Tu debilidad por las causas perdidas es admirable, amigo. Debe de ser algún trauma de tu infancia. ¿Se te murió algún gatito por haberlo desatendido quizá? —El Vincent más frío y cínico estaba de vuelta, pagando su frustración con quienes más lo querían.

Alexandra estaba tremendamente intrigada por saber de quién hablaban, pero ni siquiera se atrevía a respirar demasiado fuerte por si Rhys le pedía que los dejara solos.

—¿No vas a preguntarme cómo está?

—Lo haría si me interesase lo más mínimo.

—Rhys, a mí no me impresionas con tu cinismo. Tu padre se está muriendo, puede que no le queden más que unos días. No vas a convencerme de que no te importa.

La mandíbula de Rhys se endureció y sus ojos

se entrecerraron como si hubiera recibido un golpe en el estómago, pero su reacción no duró más que unos segundos.

—Pásame la factura cuando el triste desenlace tenga lugar —contestó con una fría sonrisa—. Estoy seguro de que para ti será un placer encargarte de todo.

—No puedes estar hablando en serio, Vincent —dijo Alexandra levantándose de golpe, para acercarse hasta ellos. No entendía absolutamente nada en esos momentos. En su cabeza se había hecho a la idea de que su padre había desaparecido para siempre, puede que incluso hubiese muerto, y, sin embargo, ahora estaba a unas pocas calles de allí, y no podía comprender la frialdad de Rhys. Lo que tenía más que claro era que ese hombre le debía unas disculpas y una explicación a su hijo por haberlo abandonado, ya que su desidia, aunque de manera indirecta, había desencadenado el infierno que había martirizado a Vincent y que, con toda seguridad, jamás superaría. No podría avanzar si perdía la oportunidad de hablar con él, de perdonarle y perdonarse a sí mismo si lo abandonaba en su peor momento. No sería mejor que su padre si actuaba de esa forma—. Si realmente se está muriendo y lo dejas ahora en la estacada, no te lo perdonarás jamás.

Ambos la miraron como si hubiesen olvidado que estaba allí hasta que la carcajada burlona de Vincent llenó el aire provocándole un escalofrío.

—Pero miraos. Sois tan tiernos… —suspiró de manera teatral—. Dos ángeles de la guarda velando por mi mala conciencia. Dios debe estar realmente desencantado conmigo para mandarme a su ejército por partida doble.

—Probablemente tendréis muchas cosas que aclarar, no puedes desentenderte sin más, por muy mal que él se haya portado. Es tu última oportunidad de estar con él, de demostrar que eres capaz de dar más de lo que tú has recibido.

—Alexandra, no te metas en esto —la enfrentó con más dureza de la necesaria—. Tu opinión es la prueba irrefutable de que no tienes ni idea de con quién estás tratando. No soy el hombre que tú crees. Eres una ingenua si piensas que me conoces y que voy a aceptar tus consejos absurdos e infantiles.

Jacob decidió intervenir antes de que Vincent pagara su ira con quien menos lo merecía.

—El año pasado tuvo tisis y estuvo al borde de la muerte. Lo superó, pero sus pulmones quedaron muy resentidos. Su salud se ha ido deteriorando poco a poco y su cuerpo ya no puede más. No le queda mucho tiempo. Piénsatelo —dijo Jacob dirigiéndose hacia la puerta, sabiendo que cuando Rhys se cerraba de esa manera lo único que conseguiría serían respuestas hirientes y desplantes.

—No hay nada que pensar. Jacob, sé un caballero y lleva a lady Richmond a su casa. Este no es el lugar más adecuado para una dama decente.

Tras fulminarlo con la mirada, Alexandra salió de la habitación con tanto ímpetu que Jacob tuvo que apartarse para no ser arrollado. Rhys cerró los ojos y golpeó la mesa con los puños, con unos deseos irrefrenables de destrozar algo, a ser posible su propia cabeza.

ɤ

Alexandra estaba tan ofuscada y furiosa que ni siquiera vio la mano que Pearce le tendía para subir al carruaje.

—Algún día, Vincent Rhys. Algún día te daré una patada en el trasero y tendrás que arrastrarte para que perdone todas tus malditas pullas —masculló para sí misma, aunque puede que demasiado fuerte, ya que Jacob, sentando en el asiento situado frente a ella, sonreía divertido a pesar de la tensa situación.

—No se lo tengas en cuenta. Cuando se siente acorralado suele escupir veneno a su alrededor y el blanco suele ser la persona a la que más aprecia —dijo encogiéndose de hombros, con la vista clavada en la ventanilla.

—Pues, a juzgar por la cantidad de veneno que me ha dedicado desde que nos conocemos, debe sentir verdadera devoción por mí —se burló Alex.

—De hecho, no me cabe duda al respecto. —Alex negó con la cabeza con un gesto de incredulidad. Si Rhys tuviera algún aprecio por ella, no trataría de herirla en cuanto las cosas no resultaban de su agrado—. No es un tema demasiado agradable para él.

—Lo sé. Me ha hablado de su infancia, pero no fue demasiado explícito respecto a su padre. Ni siquiera sabía que estuviese vivo.

—Hasta hace unos pocos años él tampoco lo sabía. Vincent buscó incluso debajo de las piedras hasta que lo encontró. Malcolm Rhys estaba metido en serios problemas en esos momentos. Estaba a punto de entrar en la cárcel de deudores por una estafa que no le salió bien. Vincent tuvo que sudar sangre, echar mano de todos sus contactos y emplear una considerable suma de dinero para sacarlo de aquel lío. ¿Y sabes cómo le pagó su padre? Volviendo a desaparecer en cuanto tuvo un par de monedas en el bolsillo.

—No puedo creerlo. —Alexandra apoyó la cabeza en el asiento del carruaje y desvió la mirada para que Pearce no viera que sus ojos se habían humedecido—. Volvió a abandonarle.

—Sí. Pero tienes toda la razón en lo que has dicho. Aunque ahora su orgullo le pida alejarse de él, en el fondo, Vincent necesita esa conversación o no lo superará jamás.

—Tiene mucha suerte de tenerte como amigo. Alguien sensato que le ponga los pies en la tierra. —Alexandra sonrió, aunque el gesto estaba cargado de tristeza.

—Él me recuerda mucho a alguien a quien quise y no pude ayudar. Vincent no es tan duro ni tan frío como le gusta aparentar, al contrario, creo que es mucho más sensible que la mayoría de nosotros. Aunque supongo que eso ya lo sabes. Le tengo aprecio a ese maldito cabezota y no quiero que acabe sus días amargado y con la única compañía de una botella.

Alex lo miró intrigada, pero no le pareció prudente indagar sobre temas tan personales con Pearce.

—¿Crees que recapacitará?

—Es posible. Solo espero que no llegue demasiado tarde. El antro en el que vive Malcolm Rhys no está en las mejores condiciones y su salud es tan precaria que no podemos trasladarle.

—Pero ¿sería posible adecentar el lugar? —Jacob enarcó una ceja y la miró con curiosidad—. En estos momentos no siento demasiada simpatía por ese hombre, Jacob. —Alexandra suspiró y puso los ojos en blanco—. A decir verdad, en estos momentos tampoco por Vincent, pero no voy a quedarme de brazos cruzados contribuyendo a que se martirice por esto el resto de su vida. Si él es tan terco como para dejar morir a su padre en soledad, perfecto. Pero yo no lo permitiré.

Jacob estaba fascinado por la impetuosidad que demostraba esa mujer de apariencia frágil e insegura y su capacidad para encontrar soluciones en los momentos más difíciles.

—El sitio está lleno de humedades y las condiciones no son demasiado salubres. He pedido que vaya un médico a verle mañana, para al menos hacer que sus últimos días sean más llevaderos. Lo cuida la dueña del edificio, una mujer llamada Nora, que por su actitud preocupada parece ser algo más que su casera. No tienen muchos recursos, así que supongo que no puede hacer más de lo que hace por él.

—¿Crees que a Nora le molestaría que convirtiéramos aquel sitio en un lugar un poco más acogedor?

—Supongo que no, pero…

—Bien. ¿A qué hora me recoges entonces?

A Jacob le hubiese gustado sinceramente que Vincent hubiera podido ver la capacidad de organización y mando de Alexandra Richmond, y estaba seguro de que hubiera acabado sucumbiendo definitivamente ante ella. A primera hora de la mañana la había acompañado hasta el pequeño apartamento que Malcolm Rhys ocupaba en el sudeste de la ciudad, una zona en la que convivían obreros, prostitutas y gente sin oficio ni beneficio.

A donde quiera que mirara había niños pequeños faltos de una buena friega y más aún de un buen trozo de pan y un plato de comida caliente. La prioridad para Alexandra en esos momentos era el padre de Vincent, pero en cuanto pudiera hablaría con lady Duncan para intentar ayudar a aquella gente. Le rompía el corazón ver cómo tanta gente necesitaba ayuda, mientras los más pudientes miraban para otro lado.

No había podido entrar en la habitación que ocupaba Malcolm Rhys, ya que en esos momentos el médico lo estaba examinando, pero nada más abrir la puerta de la pequeña vivienda el olor a enfermedad la había sacudido con fuerza, haciendo que su estómago se encogiera al recordar las largas horas de vigilia que había pasado cuidando a su padre y, posteriormente, a su hermano.

La imagen de Steve consumiéndose día tras día llegó hasta ella tan dolorosa como siempre. Se había ido demasiado pronto y de una manera cruel, y lo echaba de menos terriblemente. Se limpió con rapidez una lágrima que resbalaba por su mejilla y procedió a hacer una lista mental de todas las tareas que había que acometer, intentando no dejarse llevar por la dolorosa nostalgia.

Con la ayuda de un pequeño regimiento de sirvientes de la residencia de los Redmayne, a los que se les había doblado convenientemente la asignación para asegurar su discreción, Alexandra había conseguido que aquella vivienda sombría y maloliente se convirtiera en un acogedor hogar en cuestión de horas. Habían ventilado, limpiado, frotado y desinfectado suelos, muebles y manchas de humedad. Habían traído sábanas, mantas y hasta unas cortinas antiguas de su casa, y una buena ración de leña para la chimenea de la habitación.

La cocinera se había esmerado preparando un menú sencillo, pero reconstituyente, adecuado al delicado estado de salud del enfermo, que, por cierto, también había recibido a regañadientes su correspondiente ración de limpieza y afeitado.

—Will, lleva a las chicas a la mansión. Es muy tarde y el día ha sido duro.

—Pero el señor aún no ha cenado y no sé si él solo podrá… —contestó una de las doncellas, azorada al tener que contradecir a su señora. No le parecía conveniente que una dama como ella se quedara a solas en aquel cuartucho con un hombre, por enfermo que estuviera.

—No importa. Yo lo atenderé. Will, llévalas a casa y vuelve a por mí.

Alexandra no se imaginaba la sorpresa y la admiración que despertaba entre aquella gente sencilla que la hija de un duque no mostrara remilgos a la hora de adecentar una casa o cuidar a un enfermo. Cuando estuvo sola se encaminó hacia la habitación del padre de Rhys para enfrentar lo que había estado evitando todo el día. La puerta estaba entreabierta y se detuvo antes de entrar para observarlo. No lo había visto nunca y aun así sus rasgos eran extrañamente familiares.

Se veía tranquilo, con los ojos cerrados, recostado sobre varios almohadones de plumas traídos de casa de su hermano. Su respiración era muy superficial y fatigosa. Estaba anocheciendo y bajo la luz de las velas le sobrecogió ver los ángulos que su extremada delgadez formaba en su cara. No se podía negar que Vincent era su viva imagen y pudo entender entonces por qué el macabro cerebro de su abuelo había enfocado su odio sobre él. Lo dañaba porque no podía dañar a Malcolm, lo torturaba porque era un vivo recordatorio del hombre que había amado su hija.

Sus manos temblaron ligeramente y la cuchara tintineó sobre el cuenco de sopa que llevaba en las manos.

—¿Nora? —preguntó el enfermo sin abrir los ojos, con la voz rasgada.

Alexandra respiró fuertemente, cuadró su postura tratando de aparentar seguridad y entró decidida en la habitación.

—No, Nora está atendiendo al resto de los inquilinos. Es la hora de la cena. Mi nombre es Alexandra. Alexandra Richmond.

El hombre abrió al fin los ojos. Su intensa mirada azul conservaba su fuerza a pesar de la debilidad de su cuerpo, y la recorrió de arriba a abajo, en un intenso escrutinio.

—Tú debes ser la «señora» que comanda a esa tribu ruidosa que lleva todo el día fastidiándome —dijo, tratando de que no se notara lo difícil que le resultaba hablar y respirar a la vez.

—Le he traído la cena —informó ignorando su queja.

—No me apetece.

—Señor Rhys, el doctor ha dicho que…

—Al cuerno con ese matasanos. —Alexandra no se inmutó y removió tranquilamente el líquido humeante, haciendo que el suave aroma de la comida llegara hasta él. Si se negaba a comer solo por testarudez, el olor lo tentaría a cambiar de idea.

El hombre aspiró con fuerza, al menos con la poca de que disponía, lo que le produjo un leve ataque de tos. Alex dejó el plato sobre la mesilla y le acercó un vaso de agua a los labios que él aceptó. La miró de nuevo mientras recuperaba el aliento. Alexandra acercó la silla un poco más a la cama y volvió a coger el cuenco de sopa para comenzar a dársela. Ofuscado, él se lo quitó de las manos para intentar comer por sí mismo, pero sus manos apenas tenían fuerzas para sostener el plato de loza y la cuchara tembló al acercarse a su boca derramando parte del contenido por su barbilla. Al final cedió y permitió que Alex lo alimentara, por humillante que fuera.

—Así que tú eres la pequeña de los Redmayne. Y, sin embargo, no te has presentado como lady Richmond —dijo después de varias cucharadas, un poco más recuperado por el efecto del líquido caliente en su garganta. Alex asintió con la cabeza, realmente no veía necesario usar el título en ese momento, pero debería haber predicho que él sabría quién era. A pesar de eso, siguió tuteándola como si solo fuera una chiquilla sin importancia—. Estás aquí por mi hijo, él no ha tenido narices para venir. Ese Pearce me dijo que eras su amiga.

Alex dejó el plato sobre la mesilla cuando él le indicó con un ademán de la mano que no quería comer más. Se le veía tan cansado que incluso el menor gesto parecía agotarle. Lástima que su lengua no adoleciera de ese mismo mal.

—Me contaron el triste suceso hace muchos años —dijo mientras Alex vertía la dosis de medicina estipulada por el doctor en un vaso para mezclarla con el agua—. La maldición de aquel odioso lugar que hace que los hijos paguen los pecados de sus padres. La aciaga historia que te convirtió en el monstruo de Redmayne.

La espalda de Alexandra se tensó visiblemente y le dirigió una dura mirada.

—Tómese esto.

—¿Por qué estás aquí? Eres la hija de un duque que se humilla alimentando a un viejo moribundo. ¿También vas a vaciarme el orinal?

Sin duda, aunque padre e hijo no hubiesen pasado mucho tiempo juntos, era innegable de quién había heredado Vincent su carácter punzante.

—Sí, si fuese necesario. Se llama humanidad. No pretendo que los Rhys entiendan el significado de esa palabra, aunque siendo maestro supongo que habrá oído hablar de ella.

—¿Los Rhys? Mmm, presiento que hay marejada entre vosotros. —Trató de reír, pero la conversación lo estaba agotando—. ¿Crees que podrás llegar al corazón de Vincent cuidando a su padre en el lecho de muerte? Te equivocas. Él no es de esos.

El comentario le hizo daño, aunque en el fondo sabía que tenía razón. Vincent no se conmovería con ese acto, puede que incluso se sintiese traicionado por que ella hubiese desobedecido su orden de mantenerse al margen. Pero ella no estaba allí por eso, sino porque en el fondo el vínculo que había entre ellos le impedía mantenerse de brazos cruzados mientras Vincent se equivocaba.

—Colaboro con obras benéficas. Considérese mi buena acción del día —contestó con un sarcasmo a medida de los Rhys. El hombre la miró durante un largo minuto y Alexandra se esforzó en no dejarse intimidar.

—No me pareces tan monstruosa como te pintan.

—Si eso ha pretendido ser un cumplido, le advierto que está usted bastante oxidado.

—Cuando uno se muere se gana el derecho a hablar sin tapujos, ¿sabes?

—Quizá debería usar su locuacidad para hablar con su hijo, sobre todo teniendo en cuenta que esta vez no va a poder salir corriendo para abandonarlo de nuevo. Se merece una explicación y probablemente una disculpa.

El hombre soltó una carcajada que se vio interrumpida por un severo ataque de tos.

—Mi hijo. Sé muchas cosas de mi hijo, he seguido sus correrías desde la distancia durante años. No eres el tipo de mujer con el que esperaba que se enredase un sinvergüenza como él.

—No estoy enredada con él, no en el sentido sucio que está insinuando. Y no se atreva a insultarlo. Como bien ha dicho, Vincent ha tenido que pagar por los pecados de la gente que debería haberlo protegido. Entre ellos, los suyos. —Alex apretó los labios arrepentida por su vehemente defensa.

Se preguntó qué debería haberle ocurrido a ese hombre durante esos años para haberse convertido en el tipo de persona que era ahora. Desde luego, no se parecía en nada a la imagen del maestro de pueblo que lucha contra viento y marea por conseguir a su amada.

—Tu novia te defiende con uñas y dientes, Vince. La gatita tiene agallas —dijo trabajosamente mirando hacia la puerta.

Alexandra giró la cabeza y se levantó de golpe de su silla al ver la alta y sombría figura de Vincent en la puerta de la habitación, con una mirada indescifrable, la mirada más dura que le había visto jamás.

30

—¿Qué demonios estás haciendo aquí? —La voz de Vincent era tan intimidante como su mirada. No le gustaba que la gente traspasara los límites que establecía, mucho menos en un tema tan delicado como ese, y ni siquiera a Alexandra se lo iba a consentir.

—¿No es obvio? —contestó ella poniéndose de pie y doblando unas mantas que ya estaban perfectamente dobladas, con el fin de mantenerse ocupada en algo y disimular su nerviosismo.

—Lo único obvio es que has ignorado lo que te he pedido.

—Discúlpame, pero deberías probar a ser más explícito con tus peticiones. A menudo hay una severa discordancia entre lo que deseas y lo que dices.

—Alexandra, no es un buen momento para provocarme, créeme —le advirtió Vincent con los dientes apretados.

—¿Y cuándo lo será? ¿Quieres que vuelva mañana a la hora del té? —Ni ella misma podía entender de dónde estaba saliendo toda esa rabia en esos momentos, solo sabía que su forma de comportarse, intentando marcar de nuevo la distancia entre ellos, la había desbordado. De repente solo podía recordar todas esas veces en las que la había tratado como a una diosa, haciéndola creer que realmente la deseaba, para acto seguido lanzarle a la cara un jarro de agua fría en forma de palabras cortantes. Igual que la noche anterior, cuando, tras la pasión más desbordante, su actitud se había vuelto tosca e hiriente delante de Jacob, pretendiendo desvincularse de ella por completo.

—¿A qué viene todo este numerito? Si lo que quieres es saciar tu recién descubierta vena altruista, podrías hacer como las esposas de los demás. Hornea galletas, borda algo bonito y dónalo para alguna de esas escalofriantes reuniones que mantenéis. Pero ahora vas a volver a casa y vas a quedarte allí quietecita o iré yo mismo a atarte.

Alexandra lo miró arqueando las cejas, recordando como había sido él quien se había dejado atar en su cama.

—Tu argumento hace aguas por todas partes. —La cara de perplejidad de Vincent resultaba casi cómica, sobre todo, porque ambos parecían haber olvidado que no estaban solos en la habitación y que se habían enzarzado en una discusión absurda antes casi de poner un pie en aquel cuartucho—. En primer lugar, yo no soy tu esposa. En segundo lugar, si te hubieses molestado lo más mínimo en conocerme, sabrías que odio bordar.

Vincent se pasó las manos por el pelo y emitió algo parecido a un gruñido.

—Conozco perfectamente las cosas que te agradan y las que no. ¿En serio vamos a hacer una jodida competición en este momento para ver quién conoce más cosas de quién?

Alexandra ignoró deliberadamente su comentario y dejó las mantas mal dobladas sobre una silla.

—En tercer lugar, esta no es tu lujosa mansión de Mayfair. La única persona que puede echarme de aquí es tu padre.

Vincent miró a su progenitor y le hizo un gesto con las manos instándolo a hablar.

—¿Padre? ¿No piensas decirle que se marche? Sabes tan bien como yo que ella no debería estar aquí. Ni siquiera te conoce.

Malcolm parpadeó, sus ojos se veían cansados y apenas tenía fuerzas para hablar, a pesar de que la escena le estaba resultando extraordinariamente entretenida.

—Pensaba... hacerlo hasta hace unos minutos. Pero acabo de cambiar de idea.

—Esto es increíble —resopló Rhys, recorriendo la pequeña habitación como si fuera un tigre enjaulado. Alexandra sonrió satisfecha.

—Nora subirá dentro de un rato para cuidarle durante la noche, tú puedes hacer lo que tu conciencia te pida, Vincent. Señor Rhys, si no tiene inconveniente, volveré por la mañana.

El hombre se limitó a asentir como pudo con la cabeza y Alexandra salió de la habitación con la actitud más digna que pudo componer. Antes de llegar a la puerta exterior, la mano de Rhys la sujetó por el brazo y la hizo volverse.

—Deja de comportarte como una cría caprichosa. Ni te imaginas la de cosas espeluznantes que te pueden ocurrir en un barrio como este antes siquiera de que tus caros botines pisen la mugre de la calle.

—Will me espera abajo.

—Alexandra, no consentiré que deambules por estas calles infestadas de maleantes como si tal cosa. Si te pasara algo, no me lo perdonaría. Deja que yo me ocupe de esto como mejor me parezca.

—Deberías dejarte ayudar de vez en cuando.

—No necesito ayuda. Mantente alejada de aquí. No voy a permitir que toda la suciedad que impregna mi mundo te salpique.

—Pues lo siento, pero ya es tarde. Me has metido hasta el cuello en tu mundo.

—Alexandra…

—No, Vincent. Ya tienes suficientes heridas sin cicatrizar en tu vida. Si tú no quieres cuidarle, yo lo haré. Pero no voy a permitir que, con el paso del tiempo, te tortures pensando que murió solo.

Alexandra se soltó de su agarre, pero no se libró de su presencia, ya que la siguió bien de cerca mientras bajaba hasta la calle y llegaba a su carruaje, totalmente tocado por sus palabras. Rhys le ofreció su mano para ayudarla a subir, pero en el último momento, como si no soportara estar un segundo más cerca de ella sin tocarla, la abrazó por la cintura y la pegó a su cuerpo atrapando sus labios en un beso rápido y furioso, que ella le devolvió con la misma intensidad.

—¿Desde cuándo eres tan obcecada y metomentodo, lady Richmond? —preguntó con tono resignado mientras ella se acomodaba en el asiento, sabiendo que su decisión de volver al día siguiente era inapelable.

—Desde que me das motivos para serlo, señor Rhys.

Vincent vio cómo el carruaje se alejaba por las calles estrechas con una extraña sensación en el pecho. Necesidad, anhelo, inquietud… o puede que fuera otra cosa bien distinta y desconocida para él. Giró sobre los talones para acudir a sentarse junto a la cama del hombre que le había dado la vida, y también la espalda, y que ahora dejaba escapar la suya propia con cada aliento que exhalaba.

Apenas pudo hablar con su padre unas pocas palabras antes de que él sucumbiera al cansancio y se durmiera, con la respiración entrecortada y trabajosa. Tenía miles de preguntas, pero en realidad solo eran reproches por un sufrimiento que ya no se podía borrar. Miró la figura que descansaba en el lecho, pura piel grisácea cubriendo sus huesos puntiagudos, que apenas llenaban la ropa que lo cubría. Se sorprendió de que, a pesar del rencor que había bullido en su interior durante todos esos años, fuera incapaz de odiarle.

Puede que no valiera la pena hacer sufrir a un hombre en su lecho de muerte trayendo de vuelta los fantasmas de un pasado que todos harían bien en olvidar.

Mandó a descansar a Nora, cuyas bolsas violáceas bajo los ojos le indicaron que había pasado muchas noches de vigilia tratando de velar por él. Se acomodó como pudo en la butaca desvencijada, demasiado pequeña para su enorme cuerpo, y apenas dio un par de cabezadas en toda la noche, despertándose cada vez que su padre tosía o respiraba más fuerte de lo normal.

Hacía rato que había amanecido y Vincent sentía que si no tomaba un café urgentemente, sería capaz de quedarse dormido de pie. No sabía muy bien cómo asistir a un enfermo, así que se limitó a obedecer a su padre en sus peticiones, ayudándole a asearse y tomar sus medicinas. Se dirigió hasta el hornillo ennegrecido para ver si había algo con lo que poder prepararle un desayuno decente, pero había tan poca cosa que, si un ratón entraba allí por error, les dejaría una limosna para que se abastecieran.

Unos pasos decididos en la entrada le anunciaron la llegada de la que se había convertido en su salvadora. Alexandra entró en la estancia y el día pareció cambiar de color. Vestía un sencillo vestido gris perla y un sombrero con redecilla, probablemente en aras de la discreción, pero aun así Rhys torció el gesto al verla ocultarse con él. Tras ella entró un lacayo que portaba una enorme cesta y, después de dejarla en el suelo, se marchó con una reverencia.

—¿Nos vamos de pícnic? —bromeó Rhys, acercándose para examinar su contenido.

—La cocina no está muy bien surtida y he supuesto que tendríais que comer.

—Piensas en todo. —Rhys la besó en la mejilla al comprobar que, además de varias bandejas con suficiente comida para todo el día, una de las jarras contenía café caliente. Con una inexplicable sensación de satisfacción vio cómo se dirigía hacia la habitación del enfermo con un tazón de gachas que olía deliciosamente. La observó desde fuera de la estancia, maravillado por la dulzura con la que trataba a aquel desconocido, sin quitarle ni un ápice de dignidad, a pesar de tener que ser alimentado por ella.

Alex le daba conversación, intentando no fatigarle, ya olvidados los primeros momentos tensos del día anterior. Debería sentir rencor e incluso desprecio por aquel hombre que había abandonado a su hijo, pero verlo tan indefenso le impedía mostrarse arisca. No sabía bien por qué, pero Alex podía ver en sus ojos la carga del sufrimiento que él mismo había vivido, sobre todo cuando miraba a Vincent.

El día pasó lento y monótono, solo interrumpido por la visita del doctor enviado por Pearce y por Nora, que de cuando en cuando se acercaba para comprobar si necesitaban algo.

—¿Quiere que le lea algo? —Malcolm sopesó la respuesta mientras Alexandra hojeaba el libro de poemas de Byron que había sobre la mesilla, desgastado por el uso. Vincent, que observaba la calle sentado junto a la ventana, levantó la vista sorprendido por el ofrecimiento.

—¿Te gusta la poesía? —susurró Malcolm con gran esfuerzo.

—Me apasiona leer todo lo que cae en mis manos.

—Incluyendo tratados sobre ganado y sus costumbres gástricas —se mofó Vincent tratando de mortificarla.

Ella lo miró ceñuda fingiéndose enfadada.

—Cuando me vaya puedes quedártelo. Lee un poco, por favor —dijo Malcolm. Vincent no pudo evitar que se le encogiera el corazón ante aquella afirmación. Su padre se apagaba y cada hora que estaba allí podía ser la última.

Alex abrió el libro y pasó unas cuantas hojas, hasta que llegó a una que tenía una esquina doblada para marcarla, como si el dueño no quisiera olvidarla. La voz de Alexandra, dulce, suave y llena de sentimiento, inundó toda la estancia.

> Mujeres más hermosas he encontrado,
> mas no han hecho mi seno palpitar,
> que el corazón ya estaba consagrado
> a la fe de otro objeto idolatrado,
> a la sola mujer que puedo amar.
> Adiós, en fin. Oculto en mi retiro,
> en el ausente nadie ha de pensar;
> ni un solo recuerdo, ni un suspiro
> me dará la mujer por quien deliro...

Una triste sonrisa se dibujó en los labios del hombre postrado en la cama, que con los ojos cerrados se transportaba a otro tiempo en el que una voz de mujer, igual de dulce, le recitaba bajo los cálidos rayos del sol. La voz de su esposa.

Si Vincent hubiera mirado hacia el lecho, hubiera visto las lágrimas traicioneras que resbalaban por las mejillas de su padre, pero toda su atención estaba puesta en Alexandra, en sus dedos finos que pasaban las hojas con delicadeza, en el movimiento de sus labios mientras dejaba escapar los versos.

No podía dejar de mirarla, como tampoco podía dejar de pensar en ella cuando no la tenía cerca.

ϒ

Esa mañana Malcolm se había levantado un poco más despejado que en días anteriores, aunque su estado de salud no daba lugar al optimismo. Alexandra había convencido a Vincent para que fuera a su casa a descansar unas horas mientras ella cuidaba de su padre. Ahuecó los almohadones para que Malcolm estuviese más cómodo y se sentó a su lado para leerle un rato.

—Al principio pensé que hacíais una extraña pareja. —Alex cerró el libro y lo miró sorprendida por un comentario tan directo.

—No... Nosotros no... No hay nada entre nosotros —contestó azorada y con un súbito sonrojo en sus mejillas—. Quiero decir que...

El hombre negó con la cabeza y levantó levemente la mano para que lo dejara continuar.

—Puedo ver la fuerza que guardas en ti. Veo cómo le miras; a mí también me miraron así una vez. —Tomó dos grandes bocanadas de aire antes de continuar hablando, tratando de no perder el resuello—. La gente puede ser cruel, injusta y malvada. Pero tienes que vivir sin importarte lo que piensen los demás. Disfruta de las pequeñas cosas, siente las gotas de lluvia sobre la cara, camina descalza por la hierba fresca, ama sin mesura... y sobre todo no dejes que nadie te diga a quién amar. —Un ataque de tos lo interrumpió y giró el rostro pensativo para contemplar la pequeña porción de cielo azul que se veía por la ventana—. No te justifiques por querer vivir la vida con pasión y, por favor, enseña a Vincent a no tener miedo a vivir.

—Se equivoca. Ha sido Vincent quien ha hecho que yo pierda el miedo a mostrarme como soy. —Alexandra cerró el pequeño libro y lo miró sin entender.

El hombre cerró los ojos con una sonrisa.

—Léeme un poco más, por favor.

Cuando Vincent volvió un par de horas después su padre dormía.

Hasta que no se metió en su enorme bañera no se había dado cuenta de lo entumecidos que tenía los músculos y esas pocas horas que había descansado en su cama le habían dado la vida, y había recuperado las fuerzas para volver junto a la cama de su padre.

Alexandra sonrió al verlo entrar oliendo a su loción de afeitar, vestido con un traje mucho más informal y cómodo que los que solía usar, y aun así tan arrebatador como siempre. El deseo de echarse a sus brazos y besarle debió de reflejarse en su cara porque Vincent la arrastró hasta la habitación de al lado para robarle un par de besos, como si fueran dos chiquillos enamorados escondiéndose de los mayores. Alexandra interrumpió el abrazo casi sin aliento, un poco avergonzada de aquel arrebato de pasión tan cerca de la habitación de un enfermo, pero Vincent no consiguió sentirse culpable por ello. Por primera vez en su vida no tocaba a una mujer para saciar un deseo meramente físico. Lo que necesitaba de ella era algo muy distinto. Tenerla entre sus brazos le proporcionaba un consuelo y una serenidad que no recordaba haber sentido nunca, y era consciente de que no podría estar soportando esas horas tan duras si ella no estuviese con él de esa manera incondicional. Lo que no tenía tan claro era si él podría estar a la altura de lo que ella le ofrecía.

Alexandra se arregló el pelo con las manos mientras miraba por la ventana y observó un carruaje oscuro, que identificó como el vehículo de los Redmayne.

—Will ya está aquí. Tengo que marcharme.

—Me rompes el corazón —dijo con tono lastimero abrazándola por la cintura.

—Volveré mañana. No creas que te vas a librar de mí tan fácilmente —susurró, poniéndose de puntillas para besarle en la mejilla.

—Te acompañaré hasta el carruaje.

—No es necesario, solo tengo que bajar las escaleras. Quédate con tu padre. El doctor dice que sus pulmones… —Deslizó las manos con ternura por sus mejillas y le dio un beso dulce en los labios. Aún se sorprendía de que pudieran besarse y acariciarse con tanta naturalidad—. Aprovecha el tiempo, Vincent.

—Alexandra. —La detuvo cuando estaba a punto de llegar al umbral—. Gracias.

Alex bajó las escaleras con un nudo en el pecho, un nudo que se apretaba por culpa de todas esas emociones que se entremezclaban entre sí. Podía notar la proximidad de la muerte acechando en las esquinas, a pesar de la aparente mejoría de Malcolm. Veía en los ojos de Rhys un dolor que ella conocía muy bien, lo había visto en ella misma las pocas veces que se miraba al espejo mientras cuidaba a su familia: el dolor de la resignación. Pero lo que le había removido por dentro eran las palabras de Malcolm.

Vivir con pasión, vivir sin miedo.

Alexandra daría lo que fuera para que ambos pudieran vivir de esa manera. Daría lo que fuera por compartir su vida con Vincent, pero eso era algo con lo que ni siquiera se atrevía a soñar, consciente de que su acercamiento y complicidad solo eran fruto del momento. Cuando la rutina de ambos volviera, sus mundos se volverían a alejar y Vincent levantaría de nuevo sus barreras.

Agradeció el aire fresco que la recibió al llegar a la calle, a pesar del olor viciado a suciedad y a agua estancada que impregnaba el lugar. Miró a su alrededor y descubrió inquieta que se había confundido y que el carruaje que había visto acercarse desde la ventana no era el que ella esperaba, sino el de algún caballero que venía buscando el servicio de una de las prostitutas y, tras una breve negociación, se marchaba doblando la esquina.

Sacó su pequeño reloj de bolsillo extrañada por la tardanza de su cochero. Ya debería estar allí, no podía tardar mucho más. Relajó su postura intentando no parecer inquieta. El paisaje era desolador. Varios niños jugaban en el suelo entre la basura. Desde una de las ventanas del edificio, un hombre la miraba con los ojos entrecerrados por el alcohol, moviendo los labios como si hablara con alguien que solo él podía ver. Dos prostitutas que esperaban su turno en la acera de enfrente escupieron al suelo mientras le dirigían miradas de asco, y un par de tipos con malas pintas la devoraban con los ojos mientras hablaban entre ellos y soltaban carcajadas soeces.

Sopesó la idea de subir de nuevo y esperar junto

a Rhys, pero al fin y al cabo estaba a solo unos pasos de la calle principal, donde el ambiente era mucho menos inquietante. Solo tardaría un par de minutos y una vez allí podría encontrar con facilidad un coche de alquiler, si no encontraba antes a Will.

Sin pensarlo demasiado comenzó a caminar a paso rápido ignorando los comentarios desagradables, los gritos obscenos y las miradas de desdén que claramente le indicaban que era una intrusa en aquel lugar, con la vista enfocada en el final de la calle, que, a pesar de estar a pocos metros, parecía una puerta a un mundo totalmente distinto.

Giró a la derecha sin levantar la vista del suelo, después cruzó una pequeña y estrecha plaza y, como por arte de magia, la mugre y la ropa desteñida tendida en los balcones desaparecieron para convertirse en una calle normal y corriente, llena de gente que volvía a casa después del trabajo y damas que acudían a hacer sus compras. Respiró aliviada cuando al fin llegó hasta allí y se mezcló entre la gente que deambulaba por la acera entrando a los comercios o simplemente paseando, dispuesta a buscar un medio de transporte para volver a casa.

Un carruaje se detuvo junto a ella y frenó sus pasos pensando que sería su cochero. La puerta se abrió y una conocida voz le provocó un inexplicable escalofrío en la columna vertebral.

Lord Sanders bajó del vehículo para plantarse delante de ella y, dado su evidente estado de embriaguez, fue un verdadero milagro que no cayera de bruces al saludarla con una torpe reverencia.

—Lady Richmond, es un placer extraordinario e

inesperado encontrarla en esta parte de la ciudad. Debe de estar poniéndose de moda, últimamente muchos de mis conocidos vienen por aquí.

—Para mí también es una sorpresa verle, lord Sanders. He venido a visitar a una amiga. Si me disculpa, tengo algo de prisa.

La mirada de Sanders era mucho más inquietante que de costumbre y su sonrisa lasciva mientras recorría su cuerpo con la vista no era mucho mejor que la de los hombres que había visto junto a la casa de Malcolm. Era curioso cómo un hombre tan atractivo y con tan buenos modales, vestido de manera impecable, podía resultarle repulsivo. Alex intentó esquivarlo, esgrimiendo una excusa para continuar su camino, pero él dio un paso en su dirección para impedírselo.

—¿Qué clase de caballero cree que soy para dejar a una dama volver a casa sola? Yo la acompañaré, créame, puedo conseguir que el recorrido sea muy ameno.

—Mi carruaje está a punto de llegar —le cortó secamente al ver que reducía la distancia que los separaba.

—¿Acaso no se fía de mí? ¿Duda de mi honorabilidad? —Alex se sorprendió de que, a pesar del olor a alcohol que desprendía, fuera capaz de hablar sin titubear.

—Por supuesto que no, milord. Yo…

—Ostento un título de prestigio, nuestras familias siempre han tenido buena relación e incluso he ido a visitarla formalmente. ¿Cree que voy a faltarle al respeto, milady? Porque eso me ofendería y me dolería a partes iguales.

Alexandra tragó el nudo de su garganta, intentando contener los enormes deseos que sentía de salir corriendo y alejarse de él.

—Suba, lady Richmond. La gente está empezando a mirarnos con curiosidad.

Alexandra aceptó su brazo para entrar en el carruaje con cada uno de los músculos de su cuerpo en tensión y la terrible certeza de que estaba cometiendo un error. Pero no tenía ninguna razón para hacerle ese desplante a un caballero que siempre la había tratado de forma correcta. Negarse de manera más contundente sería una falta de educación imperdonable e injustificada. Estaba tan tensa que ni siquiera se percató de la dirección que Sanders le había dado a su cochero antes de subir y sentarse a su lado. La dirección de la casa de Rhys.

En cuanto la puerta se cerró, recordó las insistentes palabras de Vincent advirtiéndole de que no debía quedarse a solas con ese hombre bajo ningún concepto.

31

Si Vincent Rhys hubiese pasado por el club los últimos días, hubiese descubierto la expectación que estaba creando en torno a la dichosa apuesta. Los Jinetes del Apocalipsis sabían que el caballo ganador sería Rhys, ya que ninguno podía desbancarlo de la primera posición en cuanto a las preferencias de lady Monstruo, como odiosamente comenzaron a llamarla entre ellos. Tenían dos opciones: prepararse a vaciar sus bolsillos y reconocerlo como vencedor o ampliar el círculo de apostantes y conseguir unos lucrativos beneficios.

La apuesta ahora era más puntillosa y se hablaba en pequeños corrillos sobre cuándo caería ella, dónde o cuántas veces caería antes de que el duque de Redmayne se enterase y obligara a Rhys a buscarse un padrino, bien para celebrar una boda, bien un duelo al amanecer. Necesitaban información y decidieron que la mejor opción era conseguirla desde dentro. Sabían que Rhys no tenía demasiado servicio en su casa y probaron suerte enviando a una chica de la calle a pedir trabajo. La suerte les sonrió, ya que Saint, su mayordomo, no soportaba ver a una mujer desvalida, por lo que, tras su lastimera historia, mitad cierta mitad inventada, le ofreció un puesto de trabajo y un pequeño cuarto en el que hospedarse. La chica comenzó a pasarles información de todo lo que veía y escuchaba en casa de Rhys a cambio de unas cuantas monedas, con las instrucciones de estar especialmente atenta a las mujeres que pasaran por allí.

Por tanto, gracias a la sirvienta, Sanders sabía que Rhys se traía algo entre manos en aquella parte de la ciudad, aunque no había podido averiguar exactamente el qué, y que los últimos días casi no paraba en casa. Pero le faltaban datos, por lo que decidió dar un paseo por allí por si veía algo raro. Sanders se vanagloriaba a menudo de estar tocado por la diosa fortuna, y la suerte le sonrió de nuevo, de manera inesperada, cuando vio la figura de lady Richmond caminando a solas por una zona bastante alejada de su ambiente habitual.

Los planes habían cambiado: ahora Alexandra estaba en su carruaje y Sanders volvía a estar en la carrera. Sacó su petaca para dar un buen trago y soltó una carcajada que, a Alexandra, encogida en su asiento, le resultó espeluznante. No podía creer que lo tuviera tan fácil. Las ocasiones así había que aprovecharlas, y Sanders estaba dispuesto a hacerlo. Conseguir el dinero y humillar a Vincent Rhys. No sabía con cuál de las dos cosas disfrutaría más.

Ganaría la apuesta en ese mismo instante y le dejaría el regalito recién abierto en la puerta a Rhys, para que no hubiera ninguna duda de que él había llegado primero a la meta. Estaba deseando ver su cara cuando se enterara de que todos sus esfuerzos por encandilar al monstruo de Redmayne y llevarla a la cama no habían valido de nada.

—Vista desde este perfil no estás tan mal. —Sanders deslizó el dedo por su mejilla derecha y ella retiró la cara asqueada por la familiaridad que empleaba.

—Lord Sanders, ordene a su cochero que pare. Me bajaré aquí —exigió intentando contener el temblor de su voz.

—Aún no, querida. —Sanders volvió a reír y continuó bajando el dedo por su cuello hasta trazar el perfil de sus senos. Alex le golpeó la mano e intentó levantarse, pero él la sujetó de manera brusca contra el asiento.

—¡Suélteme o gritaré!

—Claro que vas a gritar. Gritarás de placer, como gritáis todas, aunque os guste aparentar que sois unas mojigatas. Todas sois iguales.

Alexandra trató de levantarse de nuevo abalanzándose hacia la puerta del carruaje y esta vez Sanders la sujetó de manera brusca, lanzándola bocabajo contra el asiento de enfrente.

El impacto del borde del asiento en su pecho la dejó sin aire y Sanders apretó su cabeza contra la tapicería para inmovilizarla, arrodillándose tras ella.

—Conozco a las mujeres como tú. Creéis que nadie os querrá y por eso estáis ansiosas por sentir un hombre entre las piernas. Johnson, Rhys o yo. ¿Qué diferencia hay? Una verga es una verga, ¿no es cierto?

Las lágrimas comenzaron a correr por su rostro llevada por la desesperación, mientras sentía cómo él manoseaba su pecho por encima del vestido y apretaba su cuerpo sobre el suyo. Se sentía atrapada en el reducido espacio del carruaje e intentó con todas sus fuerzas empujar el asiento con las manos tratando de incorporarse. Pero a pesar de que su atacante no era demasiado corpulento, no podía contra la fuerza de ese desgraciado.

Las manos de Sanders comenzaron a levantar con brusquedad las capas de su falda y escuchó cómo la tela se rasgaba. Estaba tan borracho que sus movimientos eran torpes, lo cual al menos le daba cierta ventaja a Alexandra. Sentirse indefensa, de esa manera tan indigna y sucia, hizo que se le revolviera el estómago y estuvo a punto de vomitar. Intentó gritar, pero sabía que nadie la escucharía. Estaba paralizada por el pánico y por el dolor, y sobre todo por lo difícil que le resultaba respirar en esa posición.

—Suélteme, por favor —sollozó con la voz ahogada.

—Tengo que terminar esto. No tienes ni idea de lo bueno que sería que tu querido Rhys pudiera verte ahora. Me muero por ver su cara cuando se entere de que he sido yo quien ha tenido tu dulce coñito antes que él.

El carruaje redujo de velocidad y Alexandra notó cómo giraba en una calle, lo que desestabilizó ligeramente el precario equilibrio de Sanders, que continuaba arrodillado detrás de ella peleándose con su propia ropa.

—Tranquila, preciosa, pronto llegaremos a casa de tu amante y le podrás contar todo lo que hemos disfrutado mientras mi semilla aún resbala entre tus muslos —susurró pegado a su oído, provocándole una arcada con su fétido aliento de borracho.

Había aflojado la presión sobre ella y Alexandra entendió que era la única oportunidad que tendría antes de que ese depravado la violara. Cerró los ojos y con un rápido movimiento impulsó la cabeza hacia atrás con todas sus fuerzas, propinándole un cabezazo a Sanders, que con un alarido cayó hacia atrás, aturdido por el inesperado golpe. Se llevó las manos a la cara maldiciendo, mientras la sangre caliente fluía de su nariz rota. Antes de que pudiera reaccionar, Alexandra ya se había abalanzado para abrir la puerta.

El cochero tiró de las riendas al escuchar el impacto de la puerta contra la pared del carruaje al ser abierta de golpe, pero Alexandra no tenía tiempo que perder y se lanzó contra la acera con el vehículo aún en marcha.

La desesperación por escapar de él hizo que no se detuviera ante el dolor que le produjo la caída. Se levantó, con la vista nublada por las lágrimas, dispuesta a echar a correr, pero antes de que pudiera dar más que un par de pasos unas manos la detuvieron cogiéndola por los hombros.

—¡Lady Richmond! Tranquila, soy yo. Soy Will —dijo el muchacho, sosteniéndola mientras ella intentaba soltarse de su agarre con desesperación.

Cuando reconoció al muchacho, se abrazó a él agradecida. El joven, aunque un poco azorado, la llevó hasta su carruaje. Una vez que ella estuvo a salvo se volvió para enfrentar a los ocupantes del otro vehículo, pero este ya se perdía al fondo de la calle.

Emily, su doncella, aplicó un poco más de ungüento en su brazo derecho, mientras Alexandra permanecía con la mirada ausente. Por suerte, solo había sufrido algunas magulladuras sin importancia, pero el daño mayor era el emocional, y esperaba poder olvidarse pronto de esa sensación tan humillante y dolorosa que la mantenía con los nervios a flor de piel.

Habían entrado por la puerta de atrás y solo Emily y Will eran conocedores de lo que había ocurrido. El muchacho, realmente compungido por el suceso, se mantenía estoico, de pie junto a ellas, y le pidió perdón por su tardanza por enésima vez. Aunque en realidad él no había tenido la culpa. Uno de los caballos cojeaba bastante y tuvo que desenganchar el tiro cuando se disponía a ir a buscarla. Había llegado a tiempo de verla montarse en el carruaje de aquel tipo y decidió seguirlos por si necesitaba sus servicios, aunque no sabía por su inexperiencia si estaba obrando bien o debía volver a casa.

Cuando vio a su señora lanzarse del vehículo en marcha, acudió a socorrerla, pero le quemaba en el orgullo no haber podido plantarle cara a aquellos desalmados. Por suerte, habían llegado a una calle residencial, donde no había comercios, y solo un par de caballeros habían presenciado el incidente, pero estaban demasiado lejos como para haberla reconocido.

Si algo así llegaba a saberse, para su desgracia, la hipócrita sociedad destrozaría la reputación de la víctima en lugar de la del verdugo.

—Lady Richmond, si no me necesita, puedo ir a hablar con el señor Rhys. No he visto al atacante, pero sí pude ver bien el carruaje y supongo que usted podrá decirme…

Alexandra parpadeó saliendo de su aturdimiento ante la mención de su nombre.

—Will, te prohíbo terminantemente que comentes este incidente con nadie. Especialmente con el señor Rhys.

—Pero, milady, quien intentó atacarla no puede quedar impune. El señor Rhys se preocupa por usted, en cuanto se entere…

Alexandra se levantó y cogió las manos del muchacho entre las suyas.

—Por favor. Rhys no puede enterarse de esto. Si llega a sus oídos, intentará buscar a ese hombre y no me perdonaría que le ocurriera algo por mi culpa. Fue una irresponsabilidad por mi parte volver a casa sola. Todo ha quedado en un susto y Rhys no pagará por ello. ¿Me has entendido?

El joven asintió, aunque no estaba en absoluto de acuerdo. Si una dama había sido atacada de esa manera, su hombre debía defenderla, así se lo habían enseñado. Y, por lo poco que conocía al señor Rhys, no parecía que fuera a tomarse demasiado bien que le ocultaran algo así. Aunque la dama en cuestión tuviera los suficientes arrestos como para haber escapado por sus propios medios del ataque.

Tras darse un baño con agua bien caliente, que limpiara cualquier huella de ese cerdo malnacido sobre su cuerpo, Alexandra se tomó la infusión que le había preparado la doncella y se metió en la cama.

Cada vez que cerraba los ojos veía la mirada de profundo odio de Sanders sobre ella y no podía entender que pudiese despertar ese resentimiento tan oscuro en alguien que apenas la conocía. La única certeza que tenía era que todo esto estaba relacionado con Rhys.

Puede que fuera solo una competitividad insana entre ellos, parecía probable que Rhys le hubiese quitado una amante en alguna ocasión y que ese fuera el motivo por el que sentía esa necesidad de superarle y hacerle daño. Lo que tenía claro era que solo quería olvidarse de lo que había ocurrido. Pensó en Rhys, lo imaginó sentado junto a la cama de su padre y sintió de una manera casi dolorosa la necesidad de tenerlo cerca. Lo único que en ese momento parecía poder reconfortarla era un abrazo de Vincent.

32

Vincent cogió el libro que Alexandra había dejado sobre la mesilla antes de salir y acarició la tapa sin poder evitar un pellizco en el corazón. Aún conservaba las huellas de la mujer que estaba removiendo todo su mundo a fuego lento, sin prisas, pero barriendo a su paso toda la oscuridad que encontraba. Lo abrió y pasó la primera página hasta encontrar la dedicatoria que, como bien sabía, se escondía allí, y aun así le impactó ver la letra hermosa de su madre, un poco descolorida por el tiempo.

> Sé que no serán tan hermosos como los que tú escribes, pero, por cada minuto que dediques a sentirlos, yo encontraré otro para leerlos contigo.
>
> Con amor,
>
> Ruth

—¿Cómo es posible que lo tengas tú, padre? Mamá me leía este libro mucho después de que tú te marcharas.

—Hay muchas cosas que... —Le hizo un gesto para que le ayudara a incorporarse un poco y Vincent le acomodó los almohadones en la espalda—. Hay cosas que tú no sabes.

—¿Y no crees que merezco saberlas? —preguntó en tono suave, como si no le quedaran fuerzas para exigir respuestas.

Malcolm cerró los ojos y su hijo pensó que no iba a sacarle ni una sola palabra más. Pero sorprendentemente no fue así y comenzó su relato con la voz débil pero clara.

—Nos amábamos por encima de todo y de todos. Y yo estaba dispuesto a sortear cualquier dificultad por ella y por ti. No había un solo día en que tu abuelo no me humillara, con su actitud o con insultos. Según él, era un muerto de hambre con un sueldo miserable, yo no era suficiente para su hija. Tu madre se mostraba reacia a abandonar aquella casa, ¿de qué íbamos a vivir? Estaba acostumbrada a la comodidad, y yo podía manteneros dignamente con mi trabajo, pero de manera sencilla. Creo que tenía miedo de que fracasáramos y tuviésemos que volver con el rabo entre las piernas. Cuando ya no pude aguantar más, le di un ultimátum. Viviríamos solos los tres, alejados de aquel ambiente viciado y hostil. Ella aceptó porque era más que palpable que a ti tampoco te querrían nunca en aquella casa. —Suspiró de manera entrecortada y guardó silencio para recuperarse del esfuerzo emocional y físico que suponía aquella confesión. Pero necesitaba que su hijo entendiera que él lo había querido, que no los abandonó sin más—. Decidimos que yo me marcharía a buscar un trabajo y un hogar donde establecernos y vosotros vendríais después. No podíamos estar dando palos de ciego con un niño tan pequeño. Me recorrí cada pueblo, cada rincón, con ahínco, con mi mejor sonrisa y mis referencias bajo el brazo. Hasta que un día me recomendaron visitar a un párroco de un pequeño pueblo a dos días de camino. Cuanto más lejos, mejor. Tras una breve entrevista conseguí el trabajo en la escuela. Me alojaba en una pequeña posada y me sentí tan pletórico que decidí tomarme una buena cerveza para celebrarlo, antes de volver al día siguiente. —Un sollozo ahogó su voz durante unos instantes y Vincent le dio un poco de agua. Sin pensar en lo que hacía, Vincent sujetó su mano y su padre la apretó impidiendo que se soltara. Posiblemente era el primer contacto verdadero que habían tenido en años.

—Conocí a dos militares. No se me ocurrió pensar que podían conocer a tu abuelo, pero con el tiempo estuve seguro de que seguían sus órdenes. Me invitaron a un par de copas mientras charlábamos. Debieron ponerme algo en la bebida porque lo siguiente que recuerdo es despertar en mi habitación con los estridentes gritos de la posadera. Todo estaba cubierto de sangre: mi cuerpo, mi ropa, la cama..., era espantoso. Ni siquiera me di cuenta de que tenía un cuchillo en la mano hasta que uno de los militares entró y me derribó de un golpe.

—¿De quién era la sangre? —preguntó Vincent horrorizado.

—No lo sé. Probablemente de algún animal. Me tendieron una trampa. No había cuerpo ni delito que probar. Aun así, me llevaron directamente a la cárcel y me dejaron incomunicado en un zulo sin ventanas, durmiendo en un suelo plagado de ratas, hasta que perdí la noción del tiempo. Sin pruebas, ni juicio ni cadáver. Pasé semanas sin hablar con nadie. Un carcelero venía una vez al día a traerme algo de comida, si es que podía llamarse así, y, si me quejaba o preguntaba, me molía a palos. Después de un tiempo me pasaron a una celda a la espera de juzgarme, pero nadie sabía decirme de qué me acusaban. Obviamente nunca hubo juicio, solo un día tras otro, un mes tras otro. Me permitieron escribir un par de cartas, pero sabía que no llegaban a su destino, tu madre me habría contestado.

Las lágrimas se deslizaron por sus huesudas mejillas y Vincent sintió cómo se le destrozaba el alma de nuevo ante la injusticia.

—¿Estás seguro de que fue él quien te tendió la trampa? —preguntó Vincent, aunque ya sabía la respuesta. Su abuelo poseía la maldad y la demencia necesarias para hacer algo así.

—¿Quién, si no? Solo era un maestro de pueblo aficionado a escribir poesía, que ni siquiera había visto el mundo más allá de los ojos de mi esposa. Y él era un alto mando con muy buenos contactos. Yo no tenía familia. Era solo un despojo más dentro de aquellas celdas inmundas. Todos gritábamos que éramos inocentes, a veces me pregunto cuántos estaríamos diciendo la verdad.

—Ese cabrón enfermo..., ojalá estuviera vivo para poder matarlo con mis propias manos.

Su padre movió la cabeza, sabiendo que no podría hacerlo. No tenía el corazón tan podrido como ese viejo, sería incapaz de pagarle con la misma moneda.

—No sabía nada del exterior. Preguntaba a cada nuevo preso que llegaba, pero nadie os conocía y ninguno salía vivo de allí para llevaros noticias. Perdí la esperanza y la dignidad, con cada golpe, con cada vejación... El único crimen que había cometido era amar a una mujer y formar una hermosa familia con ella. Pero no me arrepiento. Lo único que siento es que ella muriera por mi culpa.

—No fue culpa tuya. —Las ansias de Vincent de contarle la verdad eran enormes, pero de qué serviría torturarlo, hacerle saber que su mujer había sido ultrajada de aquella manera tan cruel, cuando las fuerzas lo estaban abandonando con cada respiración. Se culparía por no haberla llevado consigo cuando se marchó.

—Tres años después, un nuevo alguacil, un joven con ganas de cambiar el mundo, revisó los expedientes y le llamó la atención mi caso. Interrogó a los militares que me arrestaron y a los testigos, y, ante lo inaceptable de la situación y la falta de un crimen o una desaparición que imputarme, decidió finalizar aquella tortura. Habían pasado casi cuatro años cuando al fin salí de allí. Dudé si ir a buscaros. Ya no quedaba nada del hombre que había sido. Me habían destrozado, sentía que me habían arrancado el corazón para pisotearlo y estaba a punto de perder el juicio. Pero lo peor aún estaba por venir. Cuando llegué al pueblo uno de los aldeanos me dijo que tu madre, mi Ruth... Fui hasta su tumba y estuve a punto de seguir sus pasos y quitarme la vida, y puede que hubiese sido lo mejor, pero me faltó valor.

—No digas eso, por favor. ¿Por qué no me llevaste contigo? —preguntó Vincent sin rencor, con la voz rasgada, dándose cuenta en ese momento de que su cara estaba empapada por las lágrimas.

—Cuando llegué a la mansión, tu abuelo casi me echó a patadas y amenazó con pegarme un tiro. Ni siquiera se molestó en negar que él había ordenado que me encerraran. Me dijo que su hija se había suicidado porque yo la abandoné y que tú no estabas allí. Él era tu tutor y había decidido enviarte a un internado lejos de Inglaterra. Me dijo que me odiabas por haberos abandonado y le creí. Fui un cobarde. Debí levantar aquella maldita casa hasta los cimientos y encontrarte. Pero estaba destruido, ¿qué podía darte yo? —La voz de Malcolm se quebró y durante unos segundos cerró los ojos intentando recuperar el aliento.

—Tú no tuviste la culpa, padre. Fue ese monstruo. Él..., él la torturaba. Y ella no pudo soportarlo más. Me leía tu libro cada día. Si te hubiese odiado, no habría hecho eso.

—Puede ser. Aun así, no puedo dejar de sentirme responsable. Con el paso de los años, cuando ya eras demasiado mayor para necesitarme, me encontré con uno de los antiguos sirvientes de la casa. Me contó lo que habíais sufrido, las palizas, los castigos, las humillaciones. Me dijo que tu abuelo fue quien le quitó las ganas de vivir a tu madre. Pero eso solo hizo que me sintiera más miserable. Me sentí tan avergonzado por no haber sido capaz de salvarte al menos a ti. No tengo excusa, Vince. Me merezco tu odio.

—No, no es verdad. Todos fuimos víctimas de una u otra manera.

—Perdóname, hijo. Sé que no tengo derecho a pedírtelo, pero perdóname.

Vincent sujetó la mano temblorosa de su padre entre las suyas y la besó.

—Claro que te perdono, pero tú también sufriste. Debiste contármelo, y yo... La última vez que nos vimos no te lo puse fácil, todo fueron reproches y soberbia por mi parte.

—No podía esperar otra cosa después de tantos años. Pero habías salido tú solo de aquel infierno, creí que no merecía interferir en tu vida. —Malcolm se llevó la mano al pecho como si estuviera buscando algo.

—Tu abuela tuvo un último momento de compasión y antes de que abandonara la mansión me entregó algo. Nuestro libro de poemas de Lord Byron, el primer regalo que ella me hizo. Me los recitó tantas veces que me los sabía de memoria. Y esto... —Malcolm, con un gran esfuerzo, sacó la cadena de plata que colgaba de su cuello y la depositó en la mano de su hijo. De la cadena pendía un colgante con forma de círculo que finalizaba en dos manos rodeando un corazón que portaba una corona.

—El anillo de Claddagh de mamá —susurró Vincent sorprendido al reconocer el objeto que llevaba tantos años sin ver.

—Antes fue de tu abuela irlandesa. Pero esa mujer tenía las manos tan pequeñas y finas como una niña. A tu madre le estaba pequeño, pero le encantaba, y decidió hacerse un colgante con él. Quiero que tú lo lleves. Y el libro..., dáselo a Alexandra, ya lo sabes. —Vincent esbozó una triste sonrisa y, tras besar el colgante, se lo puso al cuello ocultándolo bajo su camisa.

—Es una herencia un poco pobre, hijo.

—No se me ocurre ninguna mejor.

—Vince. —Las fuerzas de Malcolm estaban agotándose y su hijo se acercó más a la cama para que no tuviera que levantar la voz—. No la destroces. Ella puede ser tu felicidad, pero si le haces daño será tu penitencia.

—Es inevitable. No sé ser de otra manera. —Vincent suspiró y apretó de nuevo su mano.

—Idiota. Si le haces daño, volveré de los infiernos para patearte el trasero. —Vincent rio, aunque el nudo en su pecho se volvió a apretar ante sus palabras. O puede que fuera por la pena que le producía no haber tenido esta conversación hacía años—. Yo no me consideraba digno de mi hijo y he desperdiciado mi vida alejándote de mí. No cometas el mismo error. —Un ataque de tos lo sacudió y Vincent tuvo la sensación de que su frágil cuerpo se partiría en dos por el esfuerzo.

—Descansa, duerme un poco. —Pero Malcolm sabía que su hora estaba cerca y no podía desperdiciar el tiempo que le quedaba. La muerte le acechaba en la esquina de aquella pequeña habitación que Alexandra había adecentado de manera casi milagrosa.

—Me gusta esa chica. ¿Sabe que escribes? —Vincent negó con la cabeza. Cuando se habían reencontrado hacía unos años le había confesado a su padre a qué se dedicaba, en un desesperado intento de hacerle sentir orgulloso, pero después de su marcha se había arrepentido de abrirle el corazón—. No sé por qué te empeñas en conseguir que no te admire. Ella ya lo hace a pesar de que te comportas como un patán.

—Gracias por el apoyo, papá —contestó sarcástico.

El hombre rio y tosió a la vez.

—Me fastidia morirme ahora y no enterarme de quién es el asesino de tu nueva historia. Los primeros capítulos prometen. ¿Por qué no me la cuentas? Tendré el honor de ser el primero en conocer el final.

Vincent sonrió y comenzó a contarle lo mejor que pudo, a pesar del nudo de su garganta, el desenlace de la historia que la editorial de Pearce estaba publicando en fascículos. No se detuvo, a pesar de que la sonrisa de su padre fue perdiendo intensidad, de que la mano que apoyaba sobre la suya perdía cada vez más la firmeza de su agarre y de que cada respiración era más débil que la anterior. Y así, poco a poco, el alma de Malcolm Rhys iba desvinculándose de la cárcel de su cuerpo con la añorada voz de su hijo como fondo.

Malcolm apenas había vuelto a abrir los ojos desde el día anterior y, aunque nada más le quedaba un hilo de vida, se le veía tranquilo. Después de todo, morir mientras su hijo sujetaba su mano no era un mal final.

Pearce había acudido a visitarlo acompañado del médico, que solo había podido certificar lo evidente: el fatal desenlace no tardaría en producirse. Tras marcharse Nora, Vincent se había quedado en la habitación junto a la cama de su padre, con Alexandra acurrucada en su regazo, exhausta por la falta de descanso. Aunque Vincent no podía imaginar que sus ojeras se debían al repugnante episodio vivido con Sanders. Había insistido en que Pearce la llevara a casa, pero esa noche ella no se marcharía, no lo dejaría solo en un momento así. Acabó aceptándolo, consciente de que solo ella era capaz de calmar su inquietud.

Alexandra había escuchado en silencio mientras Vincent le relataba las vivencias de su padre, esa parte del puzle que él mismo desconocía y que ahora completaba todo el círculo nefasto que su abuelo había forjado. Ella había sufrido con él, llorado con él, y solo su abrazo fue capaz de consolarlo en aquel momento extraño, en que el alivio de la liberación se veía empañado por la inminente pérdida.

Vincent se sentía dividido por la mitad. Ya no odiaba a su padre y, aunque no podrían recuperar jamás el tiempo que deberían haber dedicado a estar juntos, el perdón y la paz estaban cada vez más cerca. Pero otra sensación le impedía sentir el descanso que tanto necesitaba. Era consciente de que jamás podría perdonar a su abuelo por ese daño injustificado y demencial, ni a su abuela por haber encubierto toda esa maldad, y no sabía si algún día conseguiría dejar de odiarlos y cerrar ese capítulo.

Alexandra, con la cabeza apoyada en su pecho, se

revolvió en mitad del sueño y él besó su coronilla apretando su abrazo para tranquilizarla. Su calor, el aroma a primavera que emanaba su pelo y los latidos de su corazón contra su pecho eran lo único que podría reconfortarle y no se veía capaz de seguir viviendo sin eso.

Ella no supo en qué momento de la madrugada Vincent la había llevado a la otra habitación y la había acostado en el sofá, arropándola con una manta. En cuanto abrió los ojos, sobresaltada por un sueño que no recordaba, fue consciente de que algo había cambiado en el aire. La muerte había venido a cobrar su precio y había dejado su huella de frío y pena tras su paso. Se acercó a la habitación de Malcolm con paso vacilante. La luz grisácea del amanecer entraba por las ventanas que permanecían con las cortinas descorridas y las velas ya casi se habían consumido.

Vincent continuaba sentado junto a la cama sin apartar la vista de su padre. Alexandra se detuvo junto al lecho y, tras besar las yemas de sus dedos, los posó en la frente de Malcolm a modo de despedida. Su piel ya estaba fría y, aunque resultara extraño, Alexandra tuvo la impresión de que sus labios se curvaban en una leve sonrisa. Al menos había conseguido algo de paz antes de morir.

Se acercó hasta Vincent, que por fin pareció reaccionar, abrazándose a su cintura, rompiéndose en un llanto silencioso mientras ella le acariciaba el pelo como si quisiera consolar a un niño pequeño. Pero ambos sabían que no había consuelo posible.

ϒ

Nora se sentó junto a la cama de Malcolm y lo peinó pasándole la mano por el pelo con ternura, con los ojos inundados de lágrimas, y Vincent le hizo una señal a Alexandra para que lo acompañara, y así permitir que la mujer tuviera un momento de calma para poder despedirse de él.

Que Vincent era un desastre para enfrentarse a sus emociones no era ningún secreto para Alexandra y no le extrañó demasiado que pareciera haberse encerrado en sí mismo tras el impacto del fallecimiento de su padre. Esperaba, al menos, que después de haber aclarado las cosas la rabia hubiese dado paso a algo distinto. Pero no fue así.

—Nora ya ha dado el aviso. Vendrán esta tarde para llevarlo al cementerio. Me marcho, te dejaré en tu casa de paso —dijo secamente, sujetándola del brazo para dirigirse con ella hacia la calle, como si no pudiera soportar estar en esa habitación ni un segundo más.

—¿Adónde vas?

—Voy a mi casa, a darme un buen baño y deshacerme de este nauseabundo olor a enfermedad que parece impregnarlo todo. Y después puede que vaya a tomarme una copa.

—¿Has perdido el juicio, Vincent?

—No, lo que he perdido es la noción de lo que es mi vida. Y voy a recuperarla.

—Tu padre acaba de morir, aún está tendido en esa cama esperando su mortaja, ¿y tú vas a tomarte una copa? —preguntó Alex con la cara desencajada, conteniendo las ganas de zarandearle y hacerle entrar en razón—. ¿A quién quieres convencer de que no sientes su pérdida, a ti o a los demás?

—Dios. No estoy de humor para ese análisis, cielo, en serio. Vámonos —se quejó, intentando librarse del juicio de Alexandra.

—No puedo creer que seas tan insensible e inhumano como para atreverte siquiera a pensar en algo así.

—Puede que lo haya heredado de mi familia. Bien sabe Dios que por ambas partes había inmundicia de sobra que heredar.

—Siéntate y hablemos con tranquilidad, Vincent. No puedes hacer algo así, no te lo perdonarías.

—¡Perdonar! Estoy harto de esa jodida palabra. ¿Qué quieres que haga? ¿Qué quieres de mí, Alexandra? He pasado aquí hora tras hora durante los últimos días. Lo he velado durante toda la noche. Ya es más tiempo del que él ha invertido en mí durante toda su vida. He pagado su entierro y su lápida, ya he cumplido con creces con mi papel en esta farsa. No me queda nada más que hacer aquí.

Trató de sujetarla del brazo de nuevo para llevársela, pero ella lo esquivó mirándolo con los ojos llenos de lágrimas y una expresión furiosa y dolida.

—No me toques. Después de lo que me has contado, después de lo que él ha sufrido…, ¿de veras crees que este hombre merece ser enterrado solo como un perro? Vete si quieres, pero yo lo acompañaré.

—Yo he vivido solo como un perro la mayor parte de mi vida y reconozco que todo resultaba mucho más fácil que ahora.

Vincent salió de la casa dando un sonoro portazo y Alex se quedó petrificada durante mucho tiempo, con los ojos clavados en la puerta esperando que volviera a abrirse y él apareciera arrepentido por sus duras palabras. Pero la madera permaneció en el mismo lugar, y Vincent no volvió.

33

La tarde no era demasiado apacible y el viento se filtraba entre la ropa de las pocas personas que aguardaban frente a la tumba abierta de Malcolm Rhys. Uno de los asistentes sacó una petaca de su bolsillo y, tras ofrecerla al difunto en señal de brindis, dio un trago y se la pasó a su compañero, que repitió la operación. Jacob Pearce, en un discreto segundo plano, declinó el ofrecimiento con un gesto silencioso de su mano y el hombre volvió a beber, tras encogerse de hombros.

Los sepultureros aguardaban pacientemente apoyados en sus palas, sin inmutarse, y probablemente la ausencia de prisa se debiera a la generosa propina de Vincent Rhys. Alexandra miró la madera noble del ataúd que yacía en el fondo del agujero que sería su última morada y vio cómo algunas gruesas gotas de lluvia se deslizaban por su pulida superficie. Era una paradoja que su féretro fuera mucho más costoso que la oscura habitación donde Malcolm había pasado sus últimos años.

El sacerdote dirigió la vista al cielo cada vez más plomizo y carraspeó, presintiendo que volvería a su casa empapado. Miró por enésima vez a Alexandra, que sacó un pequeño reloj del bolsillo de su chaquetilla para comprobar la hora.

Él no iba a venir.

Una gota resbaló por su mejilla, pero no supo discernir si era una lágrima o una gota de lluvia.

—Señora, lo siento mucho, pero debemos continuar —dijo el clérigo con su voz profunda. Nora la miró con ternura y asintió con la cabeza, y Alexandra se giró hacia el sacerdote dándole permiso para que hiciera su trabajo.

El hombre abrió el libro por la página marcada, mientras ella mantenía la vista clavada en el ataúd, sin poder evitar que sus sentimientos se revolvieran pensando en otros ataúdes y otros muertos, los suyos.

Despedirse de su hermano había sido la prueba más difícil que había tenido que superar, pero al menos tenía el consuelo de haber estado a su lado hasta el último segundo. Esperaba que los últimos días fuesen suficientes para consolar a Vincent y que le hubieran servido para dejar de torturarse. La leve presión de la mano de Nora sobre su brazo la trajo de vuelta a la realidad. Al levantar la cabeza vio al hombre más desesperante, tozudo y enervante que había conocido jamás, andando hacia ellos a grandes zancadas entre los caminos bordeados de lápidas.

—Espere, padre. Su hijo ya está aquí.

Vincent se había torturado durante horas en la soledad de su casa decidido a zanjar cualquier nexo con su pasado, pero pensar en la enorme decepción de Alexandra le hizo abrir los ojos y entender la estupidez que iba a cometer. Sintió el peso del colgante que pendía de su cuello y tuvo claro que debía cerrar ese círculo para poder continuar con su vida. Tenía que estar allí para despedir a su padre.

Llegó junto a la tumba con la respiración agitada por la carrera y, tras disculparse, se colocó junto a Alexandra entrelazando los dedos con los suyos.

Solo se escuchaba el sonido de las manecillas del reloj y el viento frío que azotaba los cristales de la confortable sala donde Rhys pasaba la mayor parte de las horas. Jacob apuró su copa y la dejó en la mesilla. Después del entierro había acompañado a Vincent a su casa para asegurarse de que estaba bien. Habían comido algo ligero y se había instalado en aquel cómodo silencio. No era extraño para ellos pasar horas así, uno junto al otro sin hablar, leyendo o simplemente contemplando el fuego, sabiendo que se apoyarían incondicionalmente pasara lo que pasase.

—¿Qué piensas? —preguntó Vincent, mirando concienzudamente el suave balanceo del líquido de su copa, que ni siquiera había probado.

—¿Sobre qué?

—Sobre todo.

—Que tu abuelo era un auténtico desgraciado y que espero que el diablo lo tenga a buen recaudo. —Pearce lo torturó a propósito sabiendo que la pregunta no iba dirigida hacia ese tema en particular.

Vincent quería saber su opinión sobre Alexandra, quería que le diera el empujón que necesitaba, que lo convenciera de que lo suyo podía salir bien.

—Y pienso que... —Dio un nuevo trago a su copa y la giró delante de sus ojos como si quisiera examinar su textura, sabor y color de manera científica, con la única intención de fastidiarlo con la espera—. Este *brandy* está muy bueno, ¿es el de siempre? Porque juraría...

—Jacob, no me toques los... Las narices —bufó Vincent, apoyando la cabeza en el respaldo y mirando al techo exasperado—. Contesta, maldición.

Jacob rio al haber conseguido su objetivo.

—Pienso que es más que obvio que la quieres. Y que esa mujer pequeña, tímida y con aspecto de gatito asustado es una leona capaz de devorarte a ti y a todo lo que se le cruce por delante. Tiene tesón y es valiente. Más que tú. No se ha dejado amilanar en ningún momento por tus bravuconerías y ha sido capaz de darte la vuelta como si fueras un calcetín. Tiene mucha más fe en ti que tú mismo, a pesar de que no le das muchas razones para ello.

—Puede que su fe sea infundada. Puede que no merezca la pena que una mujer como ella desperdicie su vida con alguien como yo.

—Deja que sea Alexandra quien decida si le merece la pena o no. Y de paso date una oportunidad de ser feliz, la vida puede ser diferente a lo que has conocido hasta ahora. Haz las cosas bien, Vincent. —Jacob sonrió mientras se ponía la chaqueta para marcharse. Los últimos días habían sido duros y su amigo necesitaba descansar—. No sé si te has dado cuenta, pero... —Vincent lo miró intrigado por su sonrisa de suficiencia— no has negado que la quieres, lo cual en sí ya es un triunfo.

—Lárgate y deja de torturarme —dijo con una sonrisa.

—Descansa, mañana volveré para continuar con la tortura, hasta que haga de ti un hombre de provecho. —Le dio una palmada en el hombro y lo dejó solo en la inmensidad de su casa, con sus propios pensamientos como única compañía y una sensación de vacío mucho más honda de la que había sentido nunca.

En esos momentos no había nada que desease más que tener a Alexandra entre sus brazos, con su inagotable fe en él reflejada en sus ojos. Negar que la quería era tan absurdo como negar que al día siguiente volvería a salir el sol.

Vincent maldijo para sus adentros al oír llamar a la puerta principal por segunda vez. Vociferó avisando a Saint, pero recordó que se había marchado pronto. Se levantó con desgana para acudir a la llamada; probablemente sería Jacob, que venía de nuevo para asegurarse de que estaba bien. Se miró al pasar en uno de los espejos del pasillo y se arregló un poco el pelo, ya que después de darse un largo baño, hacía un par de horas, se había colocado unos pantalones y una camisa holgada, y no se había vuelto a preocupar por su aspecto.

Al abrir la puerta sus ojos se abrieron como platos al ver a Alexandra Richmond en el umbral, con el fiel cochero justo detrás de ella, firme como un soldado.

Después del incidente, el muchacho no quería dejar su seguridad al azar y había insistido en acompañarla hasta que estuviera bajo la protección de Rhys. Dejaba al lobo protegiendo a una tierna y suculenta oveja, pero al menos era un lobo conocido. Rhys dejó caer los hombros, resignado.

—¿Qué hay de lo que hablamos de entrar por la puerta lateral?

—Lo olvidé.

—Buenas noches, Will —dijo, mirando sobre el hombro de Alexandra.

—Buenas noches, señor —contestó el joven cuadrándose.

—Puedes marcharte. Yo me encargaré de que lady Richmond llegue a casa sana y salva.

El cochero miró a Alexandra esperando a que ella confirmara la orden. Alex asintió y el muchacho se alejó veloz hasta el carruaje. Vincent cogió la mano de Alexandra y tiró de ella para que entrara en la casa cerrando la puerta rápidamente con la intención de que no se expusiera más aún. Antes de darle tiempo de decir nada, Alex se puso de puntillas y le dio un tierno beso en la mejilla que apaciguó de inmediato el mal humor de Rhys.

—Solo quería saber cómo estabas. Lady Duncan ha vuelto de su breve viaje de lo más absorbente. Estos dos días no me ha dejado ni un minuto libre.

—No pasa nada. Me ha venido bien pensar un poco —dijo mientras le quitaba la capa y la lanzaba de manera descuidada sobre una percha.

—Me das miedo cuando tu cabeza se pone a pensar demasiado. —La voz de Alex se fue apagando conforme Rhys se iba acercando más a ella hasta rodearla por la cintura. Sus manos se deslizaron lentamente por sus caderas en una ligera caricia.

—Puede que sea mejor que no sepas en lo que he estado pensando. Voy a ver si Will aún está por ahí para que te lleve a casa —bromeó para provocarla.

Ella hizo un mohín de disgusto y acto seguido enredó sus brazos en el cuello acercándose más a él. Se había prometido que sería una visita rápida para interesarse por su estado, pero le resultaba imposible no tocarlo, necesitaba su contacto como el aire.

—No me tortures. Vamos, confiesa. ¿En qué has estado pensando?

—En que creo que tienes razón y que no debo torturarme por el pasado, en que debo perdonar y perdonarme. Y olvidar, aunque sea muy difícil. Esto ha sido muy duro, pero era un trance que necesitaba vivir. —Alex sonrió intentando disimular cuánto le emocionaban sus palabras—. También he pensado en otras cosas en mis ratos libres, no creas que todo ha sido tan trascendental.

—Cuéntame —pidió con la voz convertida en un suspiro cuando él se inclinó para depositar un beso en su cuello. Rhys levantó la cabeza y la miró unos instantes antes de contestar.

—En ti, no he dejado de pensar en ti. —La sonrisa se borró poco a poco de su cara y sus ojos se quedaron conectados como si no hubiera nada más en el universo que ellos dos. El aire parecía haberse cargado de una corriente magnética que los conectaba, haciendo imposible separarlos. Rhys deslizó los labios por su mejilla en una caricia lenta y conmovedora, enredó las manos en su pelo, que colgaba en una cascada de rizos hasta su espalda, y recorrió el camino hasta su boca. Susurró con los labios a punto de rozar los suyos como si tuviera miedo de hablar demasiado fuerte por si se rompía la magia—. Te necesito, Alexandra.

Sus ojos ardían por las lágrimas que estaba a punto de derramar, pero no sentía dolor, sino todo lo contrario. Era solo el convencimiento de que estaba preparado para reconocérselo a sí mismo. La amaba. Y la necesitaba en su vida.

Sabía moldear las palabras a su antojo a través de su pluma, dotándolas de vida y sentimiento, pero era muy diferente darles forma en voz alta. No sabía si podría transmitirle todo lo que sentía en ese momento, describir el latido desbocado de su corazón, que casi había saltado de su sitio al verla allí, como si sus pensamientos la hubieran invocado. Necesitaba pertenecerle, ser suyo en cuerpo y alma. Aunque si fuera capaz de abrir un poco más los ojos, se daría cuenta de que en realidad siempre lo había sido. Ambos sabían lo que necesitaban, entregarse sin reservas, sin miedos, sin rencor ni pena, solo ellos y el poder del sentimiento que los envolvía.

En ese momento la conexión entre ellos era tan fuerte que Rhys se dio cuenta de que en realidad no había necesidad de palabras. Alexandra asintió lentamente y él cerró los ojos sabiendo que no había lugar para la lucha contra los remordimientos ni las conciencias, estaba perdida de antemano.

—¿Estás segura?

—Siempre lo he estado.

Subieron a su habitación cogidos de la mano y ella supo que iría con él hasta el mismísimo infierno si se lo pidiese.

Era extraño estar en la habitación de un hombre. La sensación era un poco apabullante, parecía demasiado íntimo a pesar de todo lo que ya habían compartido. Había imaginado un cuarto lleno de excesos y colores atrevidos, acorde con la imagen superficial que a menudo solía proyectar de sí mismo. Pero esa no era la habitación del infame libertino llamado Rhys. Era el reino de Vincent, el chico travieso cuyo pelo se aclaraba con el sol en verano, el muchacho que la besó hacía mil años junto al río.

Las paredes estaban pintadas en un color que, a la luz de las velas, no supo distinguir si era azul o gris, y los muebles eran sobrios y elegantes. La habitación estaba extremadamente ordenada y la única nota discordante era un escritorio situado en un lateral, lleno de tomos de papel, varias plumas y material de escritura. Varios libros se apilaban sobre la mesa y algunas de las sillas, como si durante las noches de insomnio esos fuesen sus fieles compañeros.

Vincent se acercó a su espalda y depositó un tierno beso en su coronilla mientras se mantenía unos instantes inmóvil, disfrutando de la sensación de tenerla allí. A pesar del leve temblor de sus manos, la despojó hábilmente de las horquillas que recogían su pelo apartándolo de su cara y deslizó las yemas de sus dedos, dándole un suave masaje que provocó un ligero ronroneo de alivio.

—Tranquila, gatita. Todavía es pronto para eso.

—Eres insufrible, aún no sé cómo te soporto.

—Yo tampoco me lo explico —se burló intentando relajar la situación. Y, como siempre, sus tiras y aflojas, sus provocaciones carentes de maldad, consiguieron que la ligera tensión desapareciera. Vincent deslizó el dorso de sus dedos por su mejilla marcada acariciando la huella que ella tanto detestaba y que él amaba como al resto de su persona. Sus dedos continuaron bajando hasta deslizarse por la piel redondeada y tersa que sobresalía del escote de su vestido, haciendo que su respiración se entrecortara.

—Creo que necesitas un poco de aire —susurró provocándola, mientras soltaba el cierre de su vestido y su corsé. Pero Alexandra deseaba tanto que lo hiciera que no se quejó por el comentario. De hecho, estuvo a punto de suplicarle que la liberara del resto de su ropa.

Las prendas se arremolinaron en el suelo y Alexandra se mordió el labio mientras él besaba su cuello, bajando hasta sus pechos. Enredó las manos en el pelo de su nuca, como si ese agarre fuera suficiente para no desmoronarse ante las sensaciones que le provocaba. Pero después de cada roce venía otro más intenso y no sabía si sería capaz de soportar aquello.

—Qué descuido tan imperdonable el mío —dijo Vincent, interrumpiendo la caricia—. Aún no he probado tus labios esta noche.

Su boca se apoderó de la de ella en un asalto arrollador, devorándola, tentándola con su lengua y sus dientes, saboreando cada rincón como si fuera un verdadero paraíso. Cuando se separaron, la respiración de ambos era incontrolable, casi tanto cómo sus ansias, y la urgencia comenzó a abrirse paso entre ellos. Vincent se sacó la camisa por la cabeza y la arrojó al suelo ansioso por sentir sus manos sobre él, olvidándose totalmente de todas esas caricias estudiadas que solía utilizar para volver loca a una mujer. Porque ella no era cualquier mujer, era la mujer que amaba, y por fin estaba entendiendo la diferencia entre hacer el amor y tener simplemente sexo. Le bastaba con dejarse llevar y seguir su instinto para que todo fuera perfecto. Su cerebro se negaba a pensar con un mínimo de racionalidad y de lo único que era consciente era del cuerpo de Alexandra arqueándose contra el suyo, de la extrema locura que comenzaba a dominarlos, eclipsando todo lo demás.

La deseaba de una manera tan feroz que dudaba que una noche fuera suficiente, que toda una vida fuera suficiente. Se deshizo de las últimas prendas de Alexandra y la contempló tumbada en su cama, totalmente desnuda y con su pelo oscuro ondeando a su alrededor, extendido sobre la almohada. Había imaginado tantas veces ese momento que ahora dudaba de si aquello era un sueño o si la mujer que lo tentaba a dejarse arrastrar hacia su mundo era real.

Ella susurró su nombre y no pudo recordar haber oído ningún sonido más hipnótico jamás. Se deshizo de su ropa y fue a su encuentro, obediente y entregado a sus designios. La cubrió con su cuerpo y el impacto de su carne y su piel tocándose por completo fue casi mágico. La necesidad de controlarse era casi dolorosa y, por un momento, el ansia de entrar en ella estuvo a punto de ganarle la batalla. Volvió a besarla en los labios, pero no encontraba un rincón de su cuerpo que no quisiera poseer, que no deseara aprenderse con su boca y su lengua. Y lo hizo, disfrutando de su sabor y la textura de su piel.

Descendió desde su garganta recorriendo el pequeño camino irregular de su hombro, ignorando la leve tensión de Alexandra, que apenas duró unos segundos, mientras besaba sus marcas. Pero igual que él estaba luchando para enfrentar sus inseguridades, ella debía erradicar de una vez por todas su miedo a mostrarse ante él tal y como era.

Su boca continuó el recorrido ardiente por cada pulgada de su cuerpo, bajando por el hueco de piel perfecta entre sus pechos, hasta llegar a su ombligo, sin ninguna intención de detenerse ahí. Sujetó con sus grandes manos sus nalgas para colocarla como él quería, con su sexo totalmente expuesto a las caricias de su boca.

Cada vez que Alexandra pensaba que no podía haber nada más placentero, él cambiaba el ritmo o la tocaba en otra zona aún más sensible que la anterior, provocando una descarga de placer con cada movimiento. Vincent se colocó entre sus piernas, incapaz de aguantar ni un segundo más privándose de su cuerpo.

Ella susurró su nombre y él de nuevo se perdió en el sonido.

—Vincent…, por favor.

Y Alexandra se perdió en sus ojos, en su rostro angelical, que sin embargo contenía todo un infierno en su interior. Se maravilló al ver la pureza por primera vez en él desde hacía mucho tiempo, sin disimulos, ni dobleces. Su mirada clavada en la suya solamente transmitía deseo, pasión y verdad.

—Alexandra —susurró con la voz entrecortada mientras su miembro rozaba su intimidad con caricias cada vez más osadas. Ella quería sentirlo, unir sus cuerpos, y no le importaba el dolor que sabía que acompañaría a ese momento.

Arqueó un poco más las caderas hacia él y Vincent entró en ella rompiendo al fin cualquier barrera que pudiera separarlos. El dolor llegó intenso y rápido, pero nada comparado con la sensación de sentir que al fin era suya, que él era suyo y que nada ni nadie podría privarles de ese momento. La besó jugando con su lengua, sin dejar de moverse en su interior, y Alexandra gimió contra su boca, mientras la leve molestia se transformaba en una sensación desconocida.

Nunca había sabido qué esperar de ese momento, pero era mucho más conmovedor de lo que había imaginado. Cada movimiento parecía canalizar un torrente de sentimientos, cada mirada transmitía algo tan misterioso que sería incapaz de describirlo con palabras. Pero, en realidad, no hacía falta ponerle nombre a nada de lo que estaba ocurriendo entre ellos, solo había que saborearlo y dejarse envolver por ello.

Vincent le hizo el amor recreándose en cada movimiento, en una comunión tan fuerte que podría jurar que sus corazones latían a la vez, que su sangre fluía al mismo ritmo. Nunca había sentido el deseo apoderarse de su capacidad de control de aquella forma y jamás habría planeado que algo así sucediera en ese momento. Pero las palabras escaparon de sus labios por su propia voluntad, entrecortadas por el placer, puras y sinceras.

—Alexandra..., te quiero. —Por un momento esperó que la conmoción los sacudiera a ambos, que los cielos se abrieran y el infierno lo tragara. Pero lo único que ocurrió fue que una intensa ola de placer estalló entre ellos, limpiando cualquier resquicio de duda sobre lo que ambos sentían.

34

Alexandra abrió los párpados unos instantes, pero volvió a cerrarlos, pegándose un poco más al cuerpo cálido que la abrazaba bajo las sábanas y que emitió un gruñido de placer. Volvió a abrirlos de golpe, cayendo en la cuenta de que lo que iba a ser un breve descanso de cinco minutos antes de volver a casa, con toda probabilidad, se habría convertido en un sueño de varias horas, a juzgar por las velas que estaban a punto de consumirse.

—Rhys... —susurró a pesar de que seguramente nadie los escucharía—. ¡Vincent! —dijo más fuerte, zarandeándolo un poco—. Tienes que llevarme a casa. Debe ser muy tarde. O muy temprano, lo que sería aún peor.

Rhys levantó un poco la cabeza y entrecerró los ojos para intentar ver la hora en el reloj de la repisa de la chimenea.

—Son las tres de la madrugada, vuelve a la cama. Solo cinco minutos más. —Se volvió a dejar caer sobre la almohada con los ojos cerrados, ansiando volver a sumirse en ese sueño desacostumbradamente tranquilo en el que estaba antes de que ella le despertara.

—Eso dijiste hace tres horas y media. Está bien, quédate ahí, me iré yo sola —protestó mientras intentaba ponerse apresuradamente la camisola, luchando contra unos tirantes que se habían enredado en una posición imposible.

Rhys abrió un ojo para mirarla y sonrió al verla pelearse con su ropa.

—Deja eso y ven, Alexandra. Déjame que me comporte como un amante delicado, voluntarioso e intachable, y te proporcione el mejor orgasmo de tu vida. No me digas que no te resulta tentador.

—Mucho, créeme. Pero ¿tienes idea de lo que pasará si descubren que no estoy en mi cama cuando amanezca?

—¿Y tú tienes idea de la propina que tendré que darle al cochero por hacerle trabajar a estas horas? —se burló, incorporándose sobre un codo.

—Seguro que está acostumbrado a este tipo de servicios.

—Me juzgas de manera precipitada, lady Richmond. Siento decepcionarte, pero aparte de una tal Grace, amante de las fresas y el champán, eres la única mujer que ha entrado en mi casa.

—Para ser un hombre con tanta vida a tus espaldas, hay muchas cosas que estás haciendo conmigo por primera vez —bromeó sin saber si debía creerse esa afirmación, aunque su mirada parecía sincera.

—Cierto. Para que luego digan que soy yo quien te está pervirtiendo a ti. —Se levantó de la cama totalmente desnudo para acercarse hasta ella y Alex estuvo a punto de apartar la vista, avergonzada ante la más que respetable erección que lucía.

—En serio, nunca he traído a una mujer a casa, y mucho menos a mi cama. Ese era uno de mis principios básicos. Y en cambio ahora no quiero que salgas de entre mis sábanas. Puede que me plantee atarte a uno de los postes. —Alexandra rio mientras él le quitaba la camisola de las manos y la abrazaba, haciendo que su erección rozara su vientre—. Pasaríamos semanas así, solo saldríamos para compartir largos baños en mi enorme bañera y para alimentarnos.

—Suena encantador, desde luego. ¿Y qué crees que haría el duque de Redmayne al respecto?

—Dudo entre dos opciones. La primera es que me pegara un tiro, pero moriría tremendamente satisfecho. Y la segunda, que me arrastrara hasta el altar. Tengo entendido que aumentó tu dote sustancialmente y he de reconocer que, contra todo pronóstico, estoy bastante conforme con tus pechos —bromeó recordando una de las pullas más hirientes que le había dedicado durante su estancia en Redmayne, cuando se burló diciéndole que tanto su dote como el tamaño de sus pechos deberían crecer para que se planteara casarse con ella.

—Imbécil —se quejó Alex, apartándolo de un empujón y lanzándole lo primero que encontró a mano, que por suerte para él fue un cojín.

Vincent rio y después de esquivar el golpe la sujetó del brazo para pegarla a su cuerpo. Alexandra siseó al notar una punzada de dolor bajo su agarre. Había procurado no pensar demasiado en el incidente con Sanders y, aunque no le habían quedado muchas marcas, la caída al lanzarse del carruaje le había producido un hematoma en la cadera y otro en el brazo, que bajo la tenue luz de las velas habían pasado desapercibidos para Vincent.

—¿Qué te ocurre, te he hecho daño?

Negó con la cabeza disimulando el nerviosismo que le producía recordar aquello. Pero se había prometido que no sería esclava de malos recuerdos y que no iba a regodearse en el sufrimiento y el asco que le había producido Sanders. Aunque a veces no podía evitar que las imágenes volvieran a su mente, procuraba no dejarse arrastrar por ellas.

—Me resbalé y me caí en el jardín. Solo es una leve magulladura, estoy bien.

—En ese caso, me veo en la obligación de hacer algo para que te sientas aún mejor. —Rhys depositó un suave beso en la mancha violácea con ternura.

Se la echó al hombro como si fuera un saco de harina y la llevó hasta la cama. La soltó sobre el colchón y, antes de que pudiera volver a quejarse, la calló a base de besos y movimientos expertos de su lengua, hasta que ella le abrazó exigiéndole que cumpliera su promesa. Sin dejar de besarla, la acarició hasta que estuvo húmeda y preparada para recibirle, y entró en ella.

Alex jadeó contra su boca sorprendida por la intensidad, mezcla de dolor y placer.

—¿Te duele? ¿Quieres que pare? —preguntó Rhys deteniéndose. Alexandra sonrió negando despacio con la cabeza ante su cara de preocupación y comenzó a mover sus caderas debajo de él, arqueándose contra su cuerpo—. Me vuelves loco, totalmente loco.

—A pesar de mis pechos pequeños —jadeó ella.

—Precisamente por tus pechos pequeños —contestó, mordiendo con suavidad uno de ellos.

Estaba tan conmocionada por las salvajes sensaciones que la estaban traspasando que ni siquiera se dio cuenta de que estaba clavando sus uñas en la espalda de Vincent, aunque él en ese momento no podía sentir otra cosa que no fuera ese delirio capaz de enajenarlos y distanciarlos del mundo real. Vincent sintió cómo su cuerpo hermoso y flexible se arqueaba debajo del suyo separándose del colchón, tensando los músculos, y cómo sus paredes lo apretaban comenzando a convulsionar. Le enloquecía saber que era él quien le proporcionaba ese placer, que era su nombre el que susurraban sus labios encadenándolo a sus dulces jadeos, que nadie podría cambiar el hecho de que era suya.

—Vincent… —susurró Alexandra cuando sus respiraciones se serenaron, mientras, acurrucada contra él, deslizaba sus dedos jugando con el vello de su pecho— yo también te quiero.

—Ya lo sabía —contestó en tono de suficiencia, ganándose un pellizco entre divertido y enfadado de Alexandra.

Había conseguido colarse sin ser vista en su habitación antes del amanecer, a pesar de que el beso de despedida, cobijados entre las sombras del jardín, se había convertido en un nuevo intercambio feroz de caricias, que a punto había estado de llevarlos de nuevo a acabar desnudos y enredados. Rhys decidió ser cabal y darle tiempo a Alexandra para recuperarse, aunque alejarse de ella le había resultado tremendamente difícil. Estaba tan ensimismado con lo que estaba sintiendo que había bajado la guardia. Solo existía la piel de Alexandra, el olor de Alexandra, los besos de Alexandra. Su mundo se acababa de reducir a ese pequeño espacio del universo que ella habitaba.

La euforia le impidió percatarse del carruaje que estaba apostado frente a su casa y que los había seguido durante todo el trayecto hasta la residencia de los Redmayne. No podía sospechar que el vehículo estaba ocupado por lord Travis y uno de los muchos apostantes, que actuarían de testigos en esta ocasión, para verificar el resultado de la apuesta.

Como tampoco se había percatado unas horas antes de que la criada los había seguido hasta ver cómo entraba con Alexandra en su dormitorio, ni que minutos más tarde la muchacha salía de la mansión a toda prisa para darle esa información a Sanders.

Alex se dejó caer en la cama con una sonrisa embobada y, a pesar de sentir sus músculos laxos y el cuerpo cansado, la euforia le hacía imposible dormir. Y qué mejor para templar los nervios que un buen rato de lectura. Abrió el libro de Grace y comprobó con un poco de nostalgia que, a pesar de que estaba ansiosa por conocer lo que les deparaba el futuro a los protagonistas, le daba pena que quedaran pocos capítulos para el desenlace. Cuando una historia la atrapaba de verdad, solía tener esos sentimientos encontrados, porque, a pesar de que sus personajes estarían esperándola siempre entre sus páginas, en el fondo sabía a despedida.

La historia estaba en un momento álgido.

Grace había presenciado totalmente desgarrada cómo el sultán celebraba una recepción en palacio para anunciar el compromiso con su nueva esposa, una muchacha asustadiza y demasiado joven para asumir la enormidad de lo que le estaba ocurriendo. Pero, para mantener el precario equilibrio entre los clanes, el sultán tenía que aceptar el enlace.

Alexandra se sentía incapaz de dejar de leer y comenzó a devorar un capítulo tras otro.

Adil había intentado tranquilizarla haciéndole ver que su vida y su relación con el sultán no cambiarían con la llegada de esa nueva muchacha al palacio. Se trataba de cumplir con la obligación y la tradición de su pueblo, y sería un insulto para el clan que la había ofrecido que el sultán la rechazase. Grace lo sabía y era muy consciente de su papel en palacio, pero no podía evitar sentirse desplazada y humillada, teniendo que añadir una nueva rival a su vida. Un sollozo ahogado escapó de sus labios, sintiéndose desgarrada y sobrepasada por todo aquello, y Adil sujetó sus manos entre las suyas intentando serenarla.

Cuando el sultán entró en la habitación los encontró así, con las cabezas juntas y las manos entrelazadas, y el oscuro monstruo de los celos le revolvió las entrañas.

—Márchate. —Su voz tronó en el cuarto y Adil, con una inclinación de cabeza, se marchó rápidamente de allí. Grace se secó las lágrimas y se giró furiosa dándole la espalda al hombre.

—¿Qué haces aquí? Deberías estar atendiendo a tus muchas esposas, en lugar de venir aquí a perder el tiempo conmigo.

—Eso sin duda te daría vía libre para complacerte con mi sirviente.

—¿Cómo te atreves? —gritó enfrentándolo—. Me arrastras a tu vida, me usas a tu antojo cuando te apetece y después me abandonas para seguir con tus quehaceres, con tus esposas, con tus hijos, con tus estúpidas leyes.

—Tengo obligaciones que cumplir, puede que Adil y tú seáis más libres de lo que yo lo soy, aunque no lo creas.

—¿Libre? Soy tan libre como uno de esos pájaros que encierras en jaulas doradas. Puedo elegir en qué barrote posarme, pero no puedo escapar de ellos. En cuanto a Adil, él es un consuelo para mí, pero solo me ha tocado de esa forma porque tú se lo ordenaste. Es mi amigo. Ojalá fuera capaz de entregarme a él, ojalá pudiera enamorarme de él como lo estoy de ti.

Grace se arrepintió en ese mismo momento de haber hablado tan abiertamente de sus sentimientos, pero no podía seguir fingiendo. Las palabras golpearon al sultán por su franqueza, despertando una parte de él que se empeñaba en mantener dormida.

—Grace, si no hubiese aceptado esa boda, podría haber habido consecuencias. Los clanes aprovechan cualquier oportunidad para enfrentarse entre sí, un insulto de ese calibre hubiese sido nefasto.

—No me pidas que entienda tu mundo, cuando tú no intentas entenderme a mí. Vete. Déjame sola.

—Sé que no quieres que me vaya.

El sultán la abrazó pegándola a su cuerpo y la besó con fuerza. Grace quiso resistirse, pero al final se dejó llevar, tratando de calmar el doloroso vacío de su pecho que le impedía respirar.

—¿Crees que no te entiendo, Grace? Cómo no hacerlo si yo adolezco del mismo mal, si a pesar de tenerlo todo lo único que anhelo es lo prohibido, lo único que quiero eres tú.

—No me mientas.

Acunó su cara entre sus manos, dándole pequeños besos en la mejilla, sobre sus cejas, sus labios entreabiertos, sus sienes, traspasándola con sus ojos oscuros y con sus cuerpos a punto de fundirse por el calor que irradiaban. Grace se sobrecogió al darse cuenta del poder que tenía sobre ella. Lo único que deseaba era que continuara abrazándola, que la tomara de esa manera impetuosa y salvaje en que solía hacerlo. Ansiaba dejarse llevar como siempre que le hacía el amor hasta rebasar sus propios límites, olvidándose del decoro, la decencia y el control. Sin dejar que su mente continuara pensando, decidió que fuera su cuerpo quien tomara las riendas, en busca de esa falsa sensación de felicidad que encontraría en el desahogo físico y el placer que sabía que él le proporcionaría.

Bajó su mano hasta su erección y la apretó con fuerza, puede que demasiada, disfrutando perversamente del siseo que escapó de su garganta al sentir la intensa caricia que rayaba el dolor. Se arrodilló a sus pies tras quitarle los pantalones, sumisa y a la vez, paradójicamente, dueña de la situación. Deslizó su lengua húmeda por toda su longitud una y otra vez, rozando la fina piel con sus labios, saboreándolo con avidez, hasta que lo tomó en su boca, en una sucesión interminable de caricias. El sultán gimió incapaz de mantenerse inmóvil ni un segundo más y la sujetó por el pelo haciendo que lo tomara más profundamente, entrando y saliendo de ella con rapidez, hasta que llegó al clímax dentro de su boca. Pero Grace no hizo amago de retirarse, cualquier perversión le resultaba aceptable si eso implicaba tenerlo para ella, darle el placer que nadie más le daba, conseguir que él la necesitara con esa dependencia insana con la que ella lo necesitaba a él.

—Grace, ¿no entiendes que, aunque no pueda gritarlo a los cuatro vientos, aunque solo podamos amarnos entre estas paredes, yo ya soy tuyo?

Ella se conmovió durante unos instantes por sus palabras, a punto de creerlas, a punto de dejarse arrastrar por la cálida sensación que despertaban en su corazón, pero algo en su interior se revolvió devolviéndola al mundo real.

La vida no era aquella cómoda farsa de placeres y besos libidinosos, la vida no era lujuria y sexo. La vida era lo que ocurría al otro lado de aquellos muros.

—Tu dios y el mío saben que quiero creerte, nada me haría más feliz que asumir esa falacia como una verdad absoluta..., pero ¿cómo te atreves a decir que eres mío? ¿Cómo podrías serlo si ni siquiera te conozco?

—Puede que seas la única persona que me conoce en realidad. Conoces al hombre, no solo a lo que represento.

—Conozco tus gemidos de placer, tu sabor, la forma en que te gusta hacerme el amor con fiereza. Pero ¿cómo podría conocer al hombre, si ni siquiera conozco tu nombre? Eres mi amo, mi señor, mi amante..., pero quiero saber más. Necesito más. ¡Necesito todo!

—Mi nombre —susurró casi para sí mismo—. Eso es imposible. Si tus labios lo pronunciaran...

Entre tus pétalos rosados, extracto del capítulo 20

Alexandra levantó la cabeza del libro dejando la frase a medias a regañadientes, cuando el ajetreo le llegó desde el piso de abajo. Ya había amanecido y su doncella estaría a punto de aparecer para prepararle el baño. Se debatió entre continuar con la novela o ir a ver qué estaba ocurriendo, pero había algo que le decía que debía seguir leyendo. Su nombre. No había tenido en cuenta ese detalle tan importante, a pesar de que jamás obviaba ese tipo de cosas cuando leía. Pero sin saber por qué la situación había despertado algo en su interior, el eco lejano de un recuerdo, un extraño presentimiento que le causaba desasosiego.

Volvió a escuchar ruidos de voces, y cerró el libro resoplando para abrir la puerta de su habitación. El servicio hablaba animadamente, a pesar de la hora tan temprana, y transportaba baúles hacia el interior de la mansión.

Los duques de Redmayne habían vuelto a casa.

35

—¿Qué te ocurre, Saint? Hoy tienes mala cara —preguntó Rhys, dejando la cuchara junto a su plato, mientras lucía un estado de ánimo diametralmente opuesto al de su mayordomo.

Había pasado toda la mañana intentando trabajar en su despacho, conteniendo las ganas de ir a buscar a Alexandra, y no había conseguido deshacerse ni de la sonrisa bobalicona que surgía cuando menos lo esperaba ni de la desconocida sensación de felicidad que le apretaba el pecho. Aunque tampoco podía librarse de otra sensación algo menos bondadosa. Estaba aterrorizado.

Al llegar a casa después de dejar a Alexandra en la seguridad de su hogar, su habitación y su cama le habían resultado desoladoramente frías y vacías. Y no quería volver a tener esa sensación jamás. Quería a Alexandra en su vida, quería amarla, quería hacerla feliz, quería ser el esposo que ella necesitaba. Según sus cálculos, el duque de Redmayne estaría a punto de llegar en los próximos días, y, aunque sabía que Thomas entraría en cólera por su petición, no estaba dispuesto a dejarse achantar. Haría las cosas bien por una vez en la vida, pediría su mano y la honraría el resto de sus días con cada fibra de su ser. Probablemente no era el mejor hombre que ella podría encontrar, pero desde luego estaba seguro de que nadie la amaría tanto como él.

—¿Saint? —volvió a preguntar extrañado al ver que el mayordomo no contestaba.

Saint se encogió de hombros, retiró la sopa y se marchó en busca del segundo plato. Cuando regresó con el estofado de ternera, Rhys volvió a mirarlo intrigado.

—Por cierto, ¿por qué estás sirviendo tú la mesa?

—La doncella se ha despedido esta mañana. Ha sido todo muy extraño. —Rhys, a quien los protocolos y las ceremonias le traían sin cuidado, instó a Saint a sentarse y le sirvió él mismo una copa de vino. Más que su mayordomo era una especie de fiel ayudante y entre ellos no existía ningún tipo de distancia social. Cuando, tras salir de la cárcel, Saint había necesitado ayuda, Rhys le había ofrecido ese trabajo y, a pesar de su curiosa forma de desempeñarlo, había que admitir que llevaba la casa de manera diligente.

—He de reconocer que no siento pena por ello. Esa mujer no me inspiraba demasiada simpatía. ¿Qué es lo que te preocupa exactamente?

—Cuando llegué esta mañana, a pesar de que apenas había amanecido, ella estaba esperándome con sus cosas empacadas, sentada a la mesa de la cocina. Me dijo que dejaba el trabajo y me pidió que saldara sus honorarios. Parecía muy nerviosa, como si estuviese deseando marcharse. Había algo en su forma de esquivar mi mirada que no me gustó.

—¿Crees que ha podido tener algún problema con alguien de la casa?

—No, anoche cuando me marché todo iba bien.

—Entonces, ¿crees que ha podido hacer alguna cosa que...?

Unos contundentes golpes de la aldaba de la puerta principal hicieron que interrumpiera la frase. Saint se apresuró a abrir y Vincent lo siguió, extrañado por la urgencia con la que llamaban. La cara desencajada de Jacob Pearce le dijo, sin necesidad de palabras, que algo grave había sucedido.

—Rhys, tenemos que hablar.

Vincent condujo a su amigo hasta su despacho con una sensación de miedo que le atravesaba la columna vertebral, la sensación de que podía perder lo único que le había importado en toda su inútil vida.

—¿Qué demonios ocurre? —le instó, con un presentimiento funesto.

—Lo que tanto temíamos. Pero no habíamos podido calibrar que tendría este alcance. En todo Londres no se habla de otra cosa más que de Alexandra y de ti.

—No puede ser, estoy seguro de que estás exagerando —contestó, tratando de convencerse a sí mismo de que el desastre aún podría ser controlable, totalmente bloqueado por la información. No podía entender cómo el rumor sobre ellos se había extendido cuando apenas habían pasado unas horas desde que dejó a Alexandra en casa. Si tan solo hubieran podido aguantar los rumores hasta que hubiera podido pedir su mano...

—No exagero, Rhys. Por lo visto, lo que empezó siendo una apuesta a cuatro ha acabado con más de treinta personas implicadas. Y esas treinta se lo han contado a otras treinta y... Esto es como una puta bola de nieve. Me he pasado por el club y es un hervidero. La gente no habla de otra cosa. Todos saben que lady Alexandra Richmond ha pasado la noche en tu cama, que la has arruinado por completo y que la llevaste a casa con aspecto desaliñado antes del amanecer. Vincent, por Dios. ¿Qué coño has hecho?

—Yo..., yo... —Vincent, con la vista perdida y la cara desencajada, buscó a tientas una silla donde sentarse y se dejó caer en ella. Nunca había estado tan cerca de colapsar, de desplomarse, de querer que la tierra se lo tragara a él y a toda la miseria que había ido sembrando durante toda su vida, hasta borrar su huella de este mundo—. Iba a hacer lo correcto, Jacob, te juro que iba a hacerlo —trató de justificarse con un hilo de voz.

Jacob, usualmente calmado y frío, se pasó las manos por el pelo incapaz de pensar en una solución que amainara el desastre.

—Tienes que decírselo a Alexandra y a su familia. El duque te matará si se entera de esa forma.

—¿Crees que me importa una mierda que me mate? ¿Crees que en estos momentos me importa lo que piense Redmayne? —Lo único que quería en esos momentos era golpearse la cabeza contra la pared hasta fundirse con ella—. Voy a ir al club, a intentar apaciguar esto. Lo negaré. Tendrán que creerme. Desacreditaré a los testigos y después iré a hablar con ella.

Jacob asintió, pero era consciente de que esta vez Vincent Rhys no saldría indemne de sus pecados.

Vincent se había tomado su tiempo para intentar aplacar el insoportable estado de ansiedad en el que se encontraba, consciente de que si se dejaba llevar por lo que sentía, sería una presa fácil para esos chacales, aunque había tenido que hacer acopio de toda su fuerza de voluntad para no salir corriendo hacia el club y dar rienda suelta a su sed de sangre.

Debía interpretar el papel del cínico narcisista y despreocupado una última vez, tragarse la bilis y convencerlos de su error, aunque cada vez le costaba más trabajo identificarse con ese Rhys. Se había dado un baño, se había puesto su mejor traje y se había tomado un par de copas intentando que sus manos y su mandíbula dejaran de temblar. Aun así, solo podía notar cómo el deseo caliente y rabioso de asesinar a alguien con sus propias manos subía espeso desde las plantas de los pies hasta posarse en su estómago.

Miró a Jacob antes de abrir la puerta del club. No podría hacer eso sin él, Jacob era la sensatez y la mesura, y en demasiadas ocasiones la acertada voz de su conciencia.

—Tienes que ser convincente, Vincent. No entres en provocaciones. Niégalo rotundamente, y solo así podrás ganar el tiempo suficiente para poder hablar con ella. Piensa en Alexandra.

Vincent asintió tragándose el nudo tenaz que se aferraba a su garganta y se adentró en el club dispuesto a enfrentarse a la jauría. A esas horas de la tarde el club siempre estaba bastante tranquilo, la gente que había acudido a pasar la tarde se marchaba para arreglarse para la cena y los que venían a cenar a los salones aún no habían llegado. Sin embargo, al entrar en la sala donde los Jinetes solían reunirse, se sorprendió al comprobar que estaba a rebosar. Los murmullos comenzaron a elevarse hasta convertirse en una marabunta ensordecedora.

El corazón de Rhys estaba a punto de estallar, el zumbido de sus oídos apenas le permitía prestar atención a las conversaciones, y las caras de poblados bigotes, ojos despreciables y sonrisas repugnantes se difuminaban a su alrededor. Algunos hombres palmeaban su espalda mientras él cruzaba la estancia, como si destrozar la vida de una mujer fuera motivo de celebración, como si mereciera sus felicitaciones por haber demostrado que no tenía escrúpulos. El asco que sentía por todos aquellos seres, y por sí mismo en especial, era infinito.

—Vaya, vaya. El gran triunfador al fin ha venido a cobrar su premio. —Sanders le dedicó una mirada mitad desprecio mitad falsa adulación, mientras Vincent se detenía a pocos pasos de la mesa.

—Enhorabuena, amigo. Nunca dudamos de tus posibilidades —lo felicitó Travis, sin imaginar las enormes náuseas que la palabra «amigo» había provocado en Rhys.

Solo Johnson se mantuvo en silencio y esquivó su mirada cuando Rhys paseó la vista a su alrededor.

—No sé a qué viene tanta algarabía, no ha ocurrido nada de lo que estáis insinuando.

—No seas modesto, Rhys, todos sabemos que la palomita ha caído en tus redes —insistió Travis, levantando su copa en señal de brindis.

—No es cierto. Entre esa dama y yo no ha ocurrido nada deshonesto. —Las palabras sonaron firmes y rotundas, pero le escocieron tanto como la mayor de las mentiras. Ella se lo había dado todo de manera honesta, pero él, como siempre, no había estado a la altura.

—¡Os lo dije! —le interrumpió Sanders con una sonora carcajada—. Parece que quien ha resultado cazado ha sido él. Dime una cosa, Rhys, ¿qué secreto oculto tiene lady Monstruo entre las piernas para haberte puesto a sus pies? ¿Vas a negarlo para salvaguardar su honor? Es un poco tarde para eso.

—Vuelve a llamarla así y tendrás que comer sopa el resto de tu miserable vida. —La amenaza de Rhys era poco más que un susurro entre dientes apretados, pero la sonrisa de Sanders tembló durante unos segundos—. Vais a parar todo este circo inmediatamente, Sanders, o te juro que no respondo de mis actos.

—Debiste pensarlo antes de apostar que serías capaz de robar su honra.

—Yo no acepté la apuesta. Y os puedo asegurar que no he deshonrado a lady Richmond. —Rhys era consciente de que docenas de ojos lo observaban esperando su reacción, de que no tenía defensa ni argumentos y que el peso del sufrimiento que estaba por venir había dejado su mente en blanco y su cerebro hecho gelatina. Solo podía pensar en los ojos confiados de Alexandra y en el dolor irracional que esto iba a desencadenar.

La risotada de Sanders fue acompañada por varios hombres, aunque pocos sabían el motivo del júbilo.

—Sabes que siempre somos meticulosos cuando hay una cantidad considerable. Tenemos testigos. Pero, por si vas a argumentar que dentro de tu casa no pasó nada deshonesto, te aviso de que tu criada tiene la lengua muy larga y el bolsillo muy hambriento. —Rhys cerró los ojos como si le hubieran golpeado en el estómago. Ellos la habían enviado para espiarle, por eso se había marchado al amanecer, antes de que todo se destapara—. La buena mujer nos hubiera traído la ropa de cama con la mancha virginal para exhibirla, como la sábana santa, si se lo hubiéramos pedido.

Rhys no podía entender cómo aún podía mantenerse de pie en medio de aquel desastre.

—De todas formas, eso es irrelevante. Según se han desencadenado los acontecimientos, lady Richmond ha pasado a un segundo plano y el verdadero protagonista ahora eres tú —intervino Travis con la voz pastosa por el alcohol.

—¿Qué quieres decir?

—Todos fuimos conscientes de que no teníamos nada que hacer contra ti. Por eso ampliamos el círculo de apostantes. Y ya sabes lo que pasa en estos asuntos. Una apuesta siempre lleva a otra, y ahora el libro está echando humo. Todos saben que, si tienes huevos suficientes para pedírselo, lady

Monstruo irá babeando al altar tras de ti. —Jacob, que hasta el momento no había intervenido, sujetó a Rhys impidiendo que cumpliera su amenaza de arrancarle los dientes a Sanders, que estaba disfrutando abiertamente de la situación—. El reto ahora será averiguar si asumirás tu papel para restaurar su honor perdido o si el duque de Redmayne te lanzará el guante. ¿Qué opinas, Rhys, el duelo será a espada o a pistola?

Los hombres celebraron la pulla riendo y hablando a gritos, exponiendo sus predicciones sobre lo que iba a ocurrir, como si él no estuviera delante.

—Vámonos, Vincent. Aquí no podemos hacer nada más —le dijo Pearce sacándolo del trance en el que parecía haberse sumido, tirando de su brazo para llevárselo del salón.

Rhys se dejó arrastrar por su amigo como un autómata, sintiéndose inútil, ridículo y totalmente mezquino.

—¡Rhys, olvidas esto! —gritó Travis, lanzándole un saquito de terciopelo negro que tintineó, cuando él, en un acto reflejo, lo atrapó en el aire—. Setecientas libras y doce chelines. —De nuevo un coro de imbéciles celebró el acto.

Rhys abandonó la sala completamente muerto por dentro, con el peso del dinero de la apuesta en su mano, sin ser muy consciente de que llevaba la bolsa apretada entre sus dedos. Todos volvieron a sus copas, a sus conversaciones, a sus juegos, y Sanders se regocijó en medio de su euforia etílica al ver cómo el libro de apuestas se llenaba hoja tras hoja, tras el bochornoso espectáculo.

Solo unos ojos se mantuvieron clavados en la espalda de Rhys mientras se marchaba, los ojos de Andrew Greenwood, conde de Hardwick, que había observado toda la escena desde una discreta mesa situada en el fondo del local.

Alexandra había pasado el día totalmente absorbida por Caroline, que se había esforzado en contarle su viaje con pelos y señales. Por suerte, durante el viaje de regreso el buen tiempo los había acompañado y habían vuelto un día y medio antes de lo esperado. Acarició distraída el precioso pañuelo de seda de brillantes colores que le había traído su cuñada de París y volvió a ojear los libros que le había regalado Thomas, casi todos primeras ediciones. Aunque tendría que perfeccionar su francés para poder disfrutar de ellos como se merecían. Mientras charlaban, su hermano miraba a su esposa con adoración, y, aunque fingía enfadarse al recordar cómo Caroline le había ocultado el embarazo hasta que ya habían emprendido el viaje, no podía negar que la noticia no podría hacerle más feliz. Alexandra los miró mientras le contaban anécdotas, se complementaban las bromas o incluso uno terminaba las frases del otro.

Eran la viva imagen de una pareja enamorada.

No pudo evitar sentir un poco de envidia sana e imaginarse cómo sería dejarse llevar y vivir el amor con Rhys con esa complicidad. Por más que se esforzaba en encontrar alguna razón para rechazar ese sentimiento, no la encontraba. Quedaba el asunto de cómo pensaba digerir Vincent lo que sentía y, aunque a ella no le importaría continuar siendo su amante a escondidas, realmente le apetecía gritar a los cuatro vientos que lo amaba.

Apenas había tenido tiempo en todo el día de centrarse en sus pensamientos, pero Vincent era como una presencia constante en su cabeza. Imágenes tórridas de la noche anterior la asaltaban a cada rato haciendo que se sonrojara sin motivo, y Caroline le había señalado un par de veces que la notaba distraída. Tampoco había podido pensar demasiado en la lectura que la había desconcertado esa mañana, pero en cuanto recordó de nuevo aquel extraño párrafo se le hizo imposible continuar sentada en la salita junto a su hermano y a su cuñada. Se despidió de ellos, que también se retiraron a sus habitaciones para descansar del largo viaje.

Se sentó en el sofá de su habitación y acarició las tapas de suave piel negra del libro. Suspiró con una sonrisa y no pudo evitar hacerse ilusiones pensando que puede que él también estuviese leyéndolo en esos momentos. De pronto cayó en la cuenta de que no había sabido nada de él en todo el día y el desasosiego comenzó a abrirse paso en su interior.

¿Y si se había arrepentido de lo que había pasado entre ellos? ¿Y si no quería seguir avanzando por aquel camino…? ¿Y si para él había sido una experiencia más de las muchas que había tenido? ¿Y si ella había sido solo una más?

Pero no era posible, Vincent le había confesado que la quería. Decidió no torturarse por cosas de las que no tenía ninguna certeza. Puede que simplemente, al igual que ella, hubiese estado ocupado durante todo el día. Abrió el libro y buscó el renglón donde había dejado la lectura aquella mañana.

—Conozco tus gemidos de placer, tu sabor, la forma en que te gusta hacerme el amor con fiereza. Pero ¿cómo podría conocer al hombre, si ni siquiera conozco tu nombre? Eres mi amo, mi señor, mi amante…, pero quiero saber más. Necesito más. ¡Necesito todo!

—Mi nombre —susurró casi para sí mismo—. Eso es imposible. Si tus labios lo pronunciaran, me permitiría soñar cosas que me están prohibidas. Cosas que duelen demasiado…

Alexandra estuvo a punto de soltar el libro con el corazón encogido, pero quería devorar las páginas, leer hasta descubrir adónde llevaba todo aquello. Saber si era solo una casualidad, una cruel burla del destino o si había algo más.

—Cuéntame esos sueños, por favor. Necesito oírlos. Necesito saber que no estoy loca.

Las manos del sultán acunaron sus mejillas con ternura y decidió que era el momento de abrir su corazón, dejar escapar de él ese amor que pesaba como una losa, ese amor que debería hacerlos ligeros como plumas, pero que oculto y prisionero solo conseguía hundirlos en la desesperación.

—Mi dulce Grace, a menudo sueño despierto, con más frecuencia de la que me parece aceptable para mi propia cordura. Sueño que voy hasta un hermoso rincón de uno de esos bosques ingleses de los que tanto presumes. Hay un río de agua cantarina y fresca, rodeado de chopos, olmos y helechos, y en verano el suelo se tapiza con miles de campanillas blancas. Hay también un pequeño puente de piedra medio destruido por el paso del tiempo y, entre las copas centenarias, se puede ver a lo lejos lo que queda de una torre que vivió tiempos gloriosos.

Alexandra no se dio cuenta de que había dejado de respirar. Era una descripción más que exacta de aquel lugar de Redmayne donde siempre se veía con Rhys, el lugar de su infancia donde pescaba con sus hermanos, el lugar donde él la besó por primera vez.

—Sueño que llego hasta allí en una cálida tarde de verano, y tú ya estás esperándome, desnuda sobre la hierba. El sol baña tu piel dorada y tu melena está extendida a tu alrededor, como un halo brillante. —El sultán se acercó a Grace como si un imán invisible los uniera inexorablemente, haciendo imposible que ninguno de los dos se resistiera. Apoyó la frente sobre la de Grace y continuó hablando con su voz convertida en un susurro, con sus alientos entrelazados y sus corazones latiendo a la vez—. Entonces dices mi nombre. Me tumbo junto a ti y trenzo flores de manzanilla y jazmín entre tu pelo, y espigas de trigo y rayos de luz. Y después me pierdo en tu cuerpo, Grace. Me pierdo en ti.

El libro se deslizó de sus manos hasta caer con un ruido sordo sobre la alfombra. Sus ojos, abiertos como platos, se llenaron de lágrimas mientras el aire salía y entraba furioso y ardiente de sus pulmones. Abrió la boca intentando conseguir una bocanada más, mientras sus oídos zumbaban y todo parecía oscurecerse a su alrededor. Las mismas palabras que Rhys le había dicho, las mismas que había clavado en su corazón como dagas, las mismas que la habían torturado, destrozándola, durante noches y noches en vela después de aquel beso maldito. Con las manos temblorosas, recogió el libro del suelo y deslizó las yemas de los dedos sobre las letras doradas grabadas en la cubierta.

Samuel Shyr.

Vincent Samuel Rhys.

Solo había que cambiar el orden de las letras del apellido para darse cuenta. Era tan obvio, tan burdo, que sentía ganas de reírse a carcajadas de su propia estupidez, de su absurda ceguera provocada por aquel ingenuo enamoramiento.

Su cerebro trabajaba a toda velocidad. Jacob Pearce había comentado en más de una ocasión que Rhys trabajaba para él, pero había asumido que se trataba de su labor como intermediario, que le habría ayudado con la compra de algún terreno o una obra de arte. De pronto lo vio todo con claridad, como imágenes que se sucedían veloces delante de sus narices. Apretó los ojos con fuerza. Era incomprensible que una lectora como ella no hubiese notado los paralelismos, los giros, la similitud en el lenguaje. Se dirigió hacia el asiento de la ventana, donde guardaba algunos de sus libros, y sacó los fascículos de la novela publicados por la editorial de Pearce. El autor era un tal S. S.

De nuevo Samuel Shyr. De nuevo Vincent. ¿Cómo había sido tan estúpida? Por eso había insistido tanto en que leyera el libro, por eso se había tomado el trabajo de mostrarle la vida a través de los ojos del sultán.

Se había estado divirtiendo a su costa, ¡pobre ingenua enamorada que se deshacía con cada capítulo, con cada caricia robada, anhelando que el hombre que amaba acabara viendo en ella algo más, mientras rebasaba todos los límites del decoro, en un esfuerzo desesperado de meterse en su mundo, en su piel!

Como Grace.

Vincent Rhys había escrito ese libro y la había sumergido en él, haciéndola interpretar a la protagonista, una dama de bien que olvida todo lo que consideraba honesto y decente para dejarse arrastrar por la perversa pasión que la consume. Sin que ella se diera cuenta, la había atado a él sin necesidad de usar cadenas y la había convertido en su prisionera sin usar una jaula. Necesitaba conocer el final de la historia para saber qué podía esperar, porque con toda seguridad los pasos del sultán serían los pasos de Rhys.

36

Tras haber confesado lo que sentía por Grace, el sultán se sentía incapaz de afrontar su mirada de reproche. Era un hombre poderoso, temido por sus enemigos, idolatrado por sus aliados, justo y ecuánime con sus súbditos. Y, aun así, se sentía como un miserable cobarde.

La amaba, negarlo no tenía sentido. Atreverse a soñar con escapar, alejarse de su vida y buscar un nuevo mundo donde solo fueran dos desconocidos que pasean cogidos de la mano, refugiados en el anonimato, era algo demasiado esperanzador y probablemente inalcanzable.

En su existencia, la esperanza no tenía cabida. Grace tendría que conformarse con esa vida de mentira que él le había diseñado meticulosamente, con esa falsa sensación de normalidad que trataba de transmitirle entre las cuatro paredes forradas de damasco y cintas de oro que formaban su mundo. Podrían ser felices conformándose con esas migajas, con esos minutos y esas horas robados al tiempo, con esas noches furtivas en las que se amaban sin mesura.

Él podría.

Después de hacerle el amor, después de saciar su alma con sus suspiros de placer, después de tomar su cuerpo hasta la extenuación, después de que los primeros rayos del amanecer tiñeran de rosa el horizonte, él volvería a colocarse su lujosa ropa y volvería a ser el sultán.

Sus mujeres, sus hijos, su pueblo…, todo seguiría esperándole cada mañana. Y él acometería el día satisfecho y feliz, sabiendo que, al caer la noche, Grace, la mujer a la que amaba y deseaba por encima de todas las cosas, estaría esperándole para colmarle de amor.

Pero ¿cuánto tiempo podría soportarlo ella? Y lo que era más importante, ¿tenía derecho a imponerle esa felicidad a medias? ¿Tenía potestad para sesgar su vida, para limitar su dicha de esa manera?

Él no había sido educado para amar, sino para gobernar. Y, aun así, no podía deshacerse de ese sentimiento que lo convertía en preso de ella, y no al revés. La amaba y quería mantenerla a su lado a toda costa. Pero a veces el amor no era suficiente garantía de felicidad.

Puede que el mayor acto de generosidad y cariño fuese darle la libertad que nunca debió arrebatarle, permitirle que encontrara el amor que sin duda merecía recibir, de manos de un hombre que estuviera a la altura de su corazón.

Las letras se desenfocaron y solo en ese momento Alexandra se dio cuenta de que estaba llorando. Recordó las veces que Rhys le había pedido que encontrara un buen marido, cuando le había confesado que él no sabía amar, cuando había insistido en que ella merecía un hombre mejor que él.

Simplemente había estado allanando el camino para la despedida desde antes siquiera de que aquello comenzara. Y aquel libro era una prueba más de ello.

Tuvo que luchar consigo misma para no arrojar la magnífica obra a la chimenea, pero tenía que reconocer que Rhys era realmente bueno en lo que hacía. La forma de expresarse, la sensibilidad…, si no estuviera tan dolida y ofuscada se sentiría muy orgullosa de su talento. Pero ahora lo único que podía hacer era devorar el último capítulo del libro con la esperanza de que el sultán recapacitara. Pasó cada página con angustia, furiosa por la cobardía del sultán, que había decidido devolverle a Grace su vida y enviarla de vuelta al mundo al que pertenecía. Solo que ella ya no era la misma persona y la vida de antaño ya no era suya. Grace no pertenecía a ningún lugar, ni a su civilizada vida londinense ni a su apasionada existencia junto al dueño del desierto. No era más que una paria sin rumbo.

Alex lloró con Grace cuando hizo su equipaje y abandonó el palacio sin atreverse a mirar atrás. Maldijo en silencio cuando Adil la acompañó en un arduo y desolador viaje de regreso a la civilización, a través de gargantas escarpadas y del inhóspito desierto. Y, al igual que Grace, mantuvo la esperanza de que tarde o temprano una nube de polvo acercándose veloz le anunciara que él, su amante, su amor, del que ni siquiera conocía su nombre, se acercaba a todo galope decidido a renunciar a todo por ella.

Pero el sultán no fue a buscarla a lomos de su caballo y, tras varios días de viaje, Grace se encontró, exhausta y sucia, ante la puerta que la llevaría a recuperar lo que una vez fue.

Grace observó la puerta de madera de la embajada y el lustroso pomo dorado durante unos segundos interminables, sin atreverse a dar el siguiente paso. Adil apoyó una mano en su hombro y la presionó tratando de infundirle valor, pero eso no era suficiente. Nada lo sería. No quería vivir sin el sultán, no sabía vivir sin él.

—Ven conmigo a Inglaterra. O a cualquier otro lugar. En palacio tú eres tan prisionero como lo era yo —rogó aterrorizada ante la incertidumbre de lo que la esperaba. Si Adil la acompañaba, no se sentiría tan desvalida.

Adil sonrió con tristeza.

—La diferencia es que aquel es mi lugar, mi señora. Soy como un pájaro que se ha acostumbrado a su reducida jaula y tras ser liberado descubre que ya no sabe volar.

—Pues yo te enseñaré. Yo también me he olvidado de volar, pero aprenderemos juntos. —Grace se detuvo al darse cuenta de la desesperación que llevaba impregnada en su voz. Sabía que Adil tenía razón, pero, simplemente, el pánico la dominaba. Tenía que dar un salto al vacío, pero no sería su fiel amigo quien la acompañaría en la caída.

—El sultán me dio esto para ti. —Grace cogió la carta que le entregó con un nudo en el estómago y apenas fue consciente del breve beso que Adil depositó en su mejilla.

—¿Señora? ¿Busca usted a alguien? —Un hombre de aspecto claramente inglés, vestido con un traje arrugado y unas gafas doradas apoyadas en la punta de la nariz, la estudiaba desde el otro lado de la puerta, sorprendido al ver a una mujer blanca allí de pie.

—Soy Grace Davis, busco a mi esposo John o a alguien que pueda ayudarme a volver a casa.

El hombre palideció al reconocer inmediatamente su

apellido y la instó a acompañarle al interior deshaciéndose en atenciones. Antes de traspasar el umbral, Grace se volvió para despedirse de Adil y el resto de sus acompañantes, pero no había ni rastro de ellos, como si todo aquello no hubiera sido más que un mal sueño.

Condado de Devon. Inglaterra. Un año después

Grace miró al cielo y observó cómo las pequeñas nubecillas blancas eran arrastradas por el viento formando abstractas figuras recortadas contra el cielo azul, y decidió que era hora de entrar en casa. Respiró profundamente, deleitándose con el olor del magnolio, la lavanda y la hierba fresca recién cortada. El jardín era una vibrante explosión de color gracias a los lirios, las glicinias y los rosales que lo invadían todo, e ingenuamente pensó que el paraíso debía parecerse bastante a aquel rincón privado. Esos eran los pequeños placeres sin los que no podía vivir, ahora que los bailes, los eventos y las interminables e hipócritas reuniones de la ciudad no eran más que un vago recuerdo. Aunque, a decir verdad, desde que había vuelto a casa de sus padres, la mayoría de las cosas de su vida no eran más que eso, vagos recuerdos.

Pensó en John durante un momento fugaz, al recordar cuánto le gustaba el olor de la lavanda. Le describiría lo hermoso que estaba el jardín la próxima vez que le escribiera una carta y le mandaría un pequeño ramillete prensado para que pudiese olerlo mientras recordaba su hogar.

El reencuentro con su marido había resultado menos desagradable de lo que había esperado, pero, a pesar del alivio que sintieron al comprobar que ambos estaban sanos y salvos, para ambos fue más que evidente desde el primer minuto que recomponer su matrimonio sería imposible. Grace había vuelto a Inglaterra en el primer barco disponible y John había decidido continuar con su flamante carrera diplomática, que curiosamente se había visto fortalecida tras el asalto que desencadenó su secuestro.

Cerró el libro que había estado leyendo y que permanecía hacía rato olvidado sobre la mesita de forja del jardín, y, al cogerlo, un sobre que había guardado entre sus hojas, junto a algunas flores secas, cayó al suelo. Era la carta de despedida del sultán que tantas veces había leído, la que le hacía compañía en las noches más solitarias y que había empezado a amarillear y a arrugarse debido a las muchas horas que pasaba sosteniéndola entre sus manos.

Volvió a abrirla y la leyó detenidamente como si no se la supiera de memoria, como si no fuera capaz de cerrar los ojos y visualizar cada trazo inclinado, cada coma, cada presión involuntaria de la pluma sobre el papel.

Mi amada Grace:

Despedirme de ti es arrancarme un pedazo de mi alma, pero no sería digno del amor que me profesas si no fuera capaz de sacrificar mi corazón a cambio de tu felicidad.

Mi placer a cambio del tuyo. Tu corazón a cambio del mío.

Nuestros mundos son distintos, y el destino, o puede que tu dios o el mío, nos ha juntado en esta vida para que nuestras almas se unan para siempre. Espero que llegue el momento en que pueda ser dueño de mis días, pero por ahora solo soy una pieza más de este ajedrez que es mi vida, y, aunque aparente ser el rey de la partida, soy el más insignificante peón en este juego.

Espero que el destino nos vuelva a unir, y si no me concede esa gracia, te esperaré en otra vida, con las mismas ganas y la misma fe en ti.

Me preguntaste mi nombre, pero fui incapaz de escucharlo de tus labios, por miedo a perderme. El miedo, ¡qué cruel compañero de viaje ha resultado al final!

Debes saber algo, Grace.

Mi nombre eres tú, mi nombre está dentro de ti.

Cada vez que suspires, el sonido tenue saliendo de tus labios me llamará. Cada vez que tus pestañas bajen en un parpadeo enamorado, cada vez que trates de apaciguar tu deseo con tus manos en las noches solitarias, tus gemidos me nombrarán.

Cada vez que maldigas y llores por la frustración de no poder estar juntos, mi nombre también estará ahí. Porque mi nombre eres tú. Porque tú y yo somos una sola alma, un solo nombre y un mismo amor.

Te querré hasta mi último aliento, hasta que mis ojos ya no puedan recordarte, siempre tuyo.

Tu amor

Se limpió una gruesa lágrima que resbaló por su mejilla y un sonido suave parecido a un ronroneo atrajo su atención. Se inclinó sobre el moisés y acarició la pequeña cabecita de cabello oscuro de su hijo. El pequeño Kamil volvió a emitir un sonido complacido cuando su madre lo acomodó en sus brazos, sin sospechar que su existencia era el mejor regalo que Grace había esperado recibir jamás.

El sultán tenía razón, el miedo era un cruel compañero. Pero Grace ya no tenía miedo a vivir. Solo la firme determinación de ser feliz y una enorme razón para no rendirse nunca.

FIN

Entre tus pétalos rosados, extracto del capítulo final

Alexandra cerró el libro despacio, totalmente conmocionada por lo que podía ser, sin duda, la historia más sobrecogedora y emotiva que había leído nunca. Pero, aparte del sabor agridulce que la emocionante historia de Grace le había dejado, no podía evitar leer entre líneas y sacar sus propias conclusiones, acertadas o no, sobre lo que Rhys pensaba.

El sultán no se había atrevido a luchar por Grace, prefiriendo mantenerse en su cómoda, aunque infeliz, rutina. ¿Sería esa la filosofía de vida de Vincent o solo era una ficción que nada tenía que ver con él?

Lo que estaba claro era que en ese libro había mucho del verdadero Rhys y que entre la multitud de sensaciones encontradas que luchaban en estos momentos en el interior de Alexandra había una que destacaba sobre las demás: la furia.

37

Thomas Sheperd se levantó de la enorme mesa de roble de su despacho, donde se acumulaban la correspondencia y los informes desde hacía más de un mes, y saludó a su socio y cuñado con un rápido abrazo y una palmada en la espalda.

—¿Y mi hermanita? ¿Aún no se ha levantado? —preguntó Andrew, sabiendo que Caroline no era muy dada a madrugar si no era imprescindible.

—No, he dado orden para que no la molesten. Los últimos días lo ha pasado mal con las náuseas y está cansada. Pero no creo que tarde en bajar.

—Solo a ti se te ocurre salir de viaje con tu esposa embarazada de tan poco tiempo. Debería darte tu merecido por irresponsable, pero creo que ya has tenido bastante penitencia —bromeó Andrew, aunque la sonrisa no se reflejaba en su rostro tenso.

—Sabes que Caroline no me dio la noticia hasta que estuvimos en alta mar y creo que se decidió a hacerlo porque el contenido de su cena terminó sobre mis botas. Ni te imaginas lo preocupado que estuve los primeros días y... —Thomas y Andrew Greenwood se conocían casi tan bien como a sí mismos, y al duque no se le escapó que su cuñado estaba preocupado por algo—. ¿Va todo bien? ¿Marian y los niños están bien? ¿Qué ocurre, Andrew?

El conde de Hardwick se pasó una mano por el pelo oscuro, soltando el aire con fuerza, sabiendo que no había una forma elegante de contarle aquello.

—Es sobre Alexandra. Creo que tu hermana se ha metido en un problema.

Con diferencia, aquella había sido la peor noche que Vincent había pasado en toda su vida, y si había algo de lo que había tenido en abundancia eran malas noches. Había preferido esperar al día siguiente antes de ir a hablar con Alexandra, ya que cuando salió del club no se sentía capaz de articular palabra y mucho menos de mirarla a los ojos. De poco hubiese servido plantarse delante de ella balbuceando como un idiota incapaz de justificar lo que, por otra parte, era injustificable. Decidió prescindir del carruaje y dirigirse a la mansión de los Redmayne a caballo, para que el aire fresco de la mañana despejara sus sentidos.

Mantuvo la mano en alto unos segundos antes de llamar a la puerta, con los nervios atenazándole el estómago, como si fuera un adolescente dispuesto a reconocerles a sus padres que ha sacado malas notas. Ojalá fuera algo tan trivial e inofensivo como eso. El mayordomo lo recibió con una mirada seria. Rhys le preguntó si los duques habían regresado del viaje y, tras la respuesta afirmativa, el sirviente se mantuvo inmóvil, esperando a que le entregara su tarjeta o se presentara por su nombre.

—Señor... —El hombre carraspeó—. El duque está reunido en estos momentos en su despacho, pero, si me deja su tarjeta, puedo anunciarle y...

Los ojos de Rhys se desviaron rápidamente hacia la escalera de brillante mármol blanco que comunicaba el recibidor con el piso de arriba, y en la mujer que las bajaba majestuosamente, sin disimular su sorpresa al verlo allí.

—No he venido a verlo a él. —Rhys interrumpió al mayordomo al ver a Alexandra, y, sin esperar a que se apartase, lo esquivó para cruzar el recibidor a grandes zancadas.

Alexandra bajó los escalones hasta que su cara estuvo a la misma altura que la de Rhys, para poder mirarle directamente a los ojos. La furia, una emoción que raramente había visto en ella, llameaba en sus ojos oscuros.

—Alexandra, necesito hablar contigo —dijo demasiado ansioso.

Ella cruzó los brazos sobre el pecho en una actitud claramente defensiva. No podía ser que ya lo supiera, no podía ser que los rumores ya hubieran llegado a sus oídos.

—¿De qué quieres hablar, Rhys? —No se le escapó la frialdad con la que había dicho su apellido, prescindiendo de su nombre de pila.

—Aquí no, vamos a algún sitio tranquilo, por favor —le rogó, dirigiéndole una mirada glacial al mayordomo, que se había colocado a su lado erigiéndose como un indeseado guardián del decoro.

Alexandra le hizo un gesto para que los dejara solos, pero no pensaba darle ningún privilegio más, deseosa de tomarse una pequeña venganza por haberla tenido engañada. Rhys le entregó con desgana su sombrero y sus guantes, y el hombre se marchó en silencio.

—Habla, no tengo todo el día. —Rhys se pasó las manos por el pelo, desordenándolo más aún, y ella se dio cuenta de sus terribles ojeras y del nerviosismo que parecía tensar su cuerpo. Su habitual actitud desenfadada había desaparecido—. Voy a ponértelo fácil. Supongo que habrás venido a decirme que no era tu intención burlarte de mí. Que solo querías divertirte de manera inocente y…

—No, no es eso lo que quiero decirte —la interrumpió con la voz ahogada—. Quiero decirte que, pase lo que pase, no debes olvidar que lo que te dije la otra noche es cierto. Lo que hemos vivido es lo mejor que me ha pasado nunca. Te amo desde que tengo uso de razón. Por más que haya querido luchar contra eso por culpa de mis miedos, nunca he podido dejar de quererte.

Rhys se sintió avergonzado consigo mismo por su cobardía al tratar de ablandar su corazón, pero temía que, una vez que todo se hubiera desatado, ya no tuviera ninguna oportunidad de decirlo.

El corazón de Alexandra se saltó un latido ante la conmovedora declaración. Llevaba toda la vida esperando escuchar algo así, pero no podía dejar que la doblegara con un par de palabras bonitas. Quería una explicación y una disculpa. Aunque estuviera a punto de derretirse y echarse en sus brazos para rogarle que la besara.

—Esto no es una cuestión de amor. Es cuestión

de confianza. ¿Tienes idea de lo ridícula que me he sentido? Estaba tan centrada en ti, en la maldita historia y en lo que me hacía sentir, que no pude ver lo que era más que obvio. Samuel Shyr. Dios mío, ¡era tan evidente!

El libro.

Vincent tragó saliva sin saber si debía sentirse aliviado o aterrorizado. Si estaba tan decepcionada por haber descubierto que él le había ocultado que era el autor del libro, no quería pensar cómo se tomaría el resto.

—Quería saber tu opinión sobre la historia sin estar condicionada. Si hubieras sabido que el autor era yo desde el principio, no te hubieras sentido tan libre para opinar. Y... tenía miedo de decepcionarte. Pero ahora eso no es importante.

Alex alargó la mano para acariciar su mejilla al ver la indefensión y el dolor insondable que transmitía su mirada y Rhys cerró los ojos deseando que el contacto durara eternamente.

—Debiste decírmelo desde el principio. Lo hubiera entendido. A estas alturas deberías saber que confío en ti y que puedo entender las razones por las que...

—¡¿Acaso has perdido el juicio, Alexandra?! —La voz de Thomas tronó en los altos techos del vestíbulo, sobresaltándolos.

Estaban tan inmersos en su conversación que no se habían percatado de que Thomas había salido del despacho hecho una furia, seguido de cerca por su cuñado, el conde de Hardwick. Alexandra, sabiendo la tensión latente entre ellos desde la infancia, trató de mediar, llevada por la fuerza de la costumbre, ignorando que el motivo de la furia de Thomas esta vez era más que justificado.

—Thomas, deja que te explique…

—¿Qué vas a explicarme? Todo Londres sabe que te ha deshonrado y tú pretendes entender sus razones, igual que has hecho toda la vida. ¿Vas a justificar que te haya arruinado para ganar una asquerosa apuesta? No puedo creer que aún sigas confiando en él. ¿Qué necesitas para abrir los ojos y aceptar la clase de canalla que es?

La conmoción cayó sobre ellos como si los cielos se hubieran abierto y desplomado sobre sus cabezas. El rostro petrificado de Alexandra fue suficiente para que Thomas entendiera que ella no sabía nada de la apuesta, que se había precipitado llevado por la angustia y la rabia, soltándole aquella dolorosa información sin el menor tacto.

Durante unos segundos Alex se olvidó de respirar, como si hubiese recibido un puñetazo en el estómago o, más bien, como si una mano invisible hubiese exprimido su corazón hasta dejarlo inerte e inservible. Rhys no podía dejar de mirarla a los ojos, que ahora parecían vacíos de vida, y todo lo que les rodeaba perdió su forma y su sentido.

—Alexandra…

—¿Es cierto? —La voz fría y rota de Alexandra salió de sus labios en un tono que ella misma no reconoció como suyo.

Rhys negó con la cabeza, totalmente desolado. Necesitaba que ella le creyera, que entendiera que jamás le haría daño, pero su cerebro apenas era capaz de encontrar una explicación lógica para lo que había ocurrido.

—No lo niegues, Andrew vio cómo recogías el premio —lo acusó Thomas, que parecía un volcán a punto de entrar en erupción.

—Vincent… —suplicó Alexandra. Lo único que necesitaba era que lo negara, que dijera que todo aquello era un absurdo error, y ella volvería a aferrarse a esa absurda esperanza de que todo podía salir bien. Pero en sus hermosos ojos azules solo veía reflejada la culpabilidad.

—No pude impedirlo, pero lo que ha pasado entre nosotros no tiene que ver con ninguna apuesta.

—Lo que ha pasado es que le has destrozado la vida, maldito seas —intervino Thomas apretando los dientes, ansioso por lanzarse sobre Rhys y machacarlo. Pero la mano de Andrew en su hombro lo retuvo, al menos de momento.

—Dime la verdad. —Vincent trató de sujetar su mano, pero ella se liberó con un manotazo, empezando a tomar conciencia de lo que implicaba aquella revelación—. Conseguiste que me enamorase todavía más de ti. Me hiciste creer que tú sentías… ¿Jugaste conmigo, me mentiste? —Su voz se quebró por el dolor y apoyó su mano en la barandilla de madera intentando no desfallecer—. ¿Cómo has podido ser tan cruel?

—Alexandra, no te he mentido. Te lo juro por mi vida. No pude poner freno a lo que sentía por ti. Quizá hubiese sido mejor tratar de olvidarlo, pero has conseguido romper mi coraza y meterte bajo mi piel. Estoy totalmente expuesto y desnudo ante ti, conoces mis peores secretos, todo lo que soy y lo que siento. Te amo como jamás pensé que sería capaz de amar. No hay nada sucio en eso. Solo intenté protegerte, no quería que sufrieras, y por eso no fui capaz de actuar con sensatez.

Las imágenes de las últimas semanas comenzaron a bombardear la mente de Alexandra y, a pesar de su estado de estupor, su cerebro comenzó a juntar las piezas de aquel siniestró puzle.

—Protegerme. Por eso te interponías entre tus amigos y yo. Por eso me avisaste de que tuviera cuidado. —Rhys asintió viendo un lejano atisbo de esperanza, aunque fue tan fugaz como el estallido de un relámpago que desaparece sin dejar rastro—. ¿Cuánto? —Un músculo se tensó en la mandíbula de Rhys. No quería humillarla ni seguir ahondando en la herida, y responder a aquella pregunta era igual de hiriente y humillante para los dos. Ni siquiera sabía por qué había cogido la bolsa con aquel sucio dinero, pero había estado tan bloqueado que ni siquiera se había dado cuenta de lo que había hecho hasta que llegó a casa—. Dime cuánto, Vincent —insistió Alexandra apretando los dientes, sintiéndose cada vez más ridícula.

Quería saber hasta dónde llegaba el escarnio, quería mantener la ira, quería que la furia rebosara por los poros de su piel, quería odiarlo con todas sus fuerzas; cualquier sentimiento sería mejor que la desolación que la estaba destrozando.

—No me hagas sentir más vergüenza de la que ya siento por no haber sido capaz de impedir esto, por favor. Regodearnos en lo que ha pasado no va a hacer que te sientas mejor.

—¡¡¡Dime cuánto, maldita sea!!! —gritó apretando los puños a los costados.

—Setecientas libras y doce chelines —contestó finalmente sintiéndose despreciable.

—¿Ni siquiera mil? ¡Qué decepcionante! —se burló con cinismo tratando de contener las lágrimas.

—Alexandra...

—¡¡No!! ¡Cállate! No quiero escucharte más. Desde que te conozco te has esforzado en demostrarme que no debía confiar en ti, que no eras digno de ello, que eras cínico, mezquino y egoísta. Pero siempre intenté ver más allá de tu fachada, siempre buscando al verdadero Vincent, un Vincent que solo existía en mi imaginación. Pero ahora veo claro que siempre has sido tú por encima de todo lo demás. Al fin has conseguido que te vea tal como eres. No puedo creer que hayas sido capaz de jugar conmigo, de humillarme delante de esos cerdos. Dime, ¿después de verme ibas a contarles cómo iba cayendo en tus redes, les relatabas tus avances mientras os tomabais una copa?

Rhys sabía que, aunque la destrozara, sincerarse y abrirse en canal era la única opción que tenían. A pesar de que sabía que, si la perdía, se quedaría completamente muerto por dentro, tenía que contarle la verdad.

—Jamás haría algo semejante. —Ella merecía saberlo todo, enfrentarse a la realidad por dura que fuera, saber hasta dónde llegaba su culpa—. Yo no quería tener nada que ver con esto. Comenzaron con una apuesta más inocente. Bastaría con un simple beso. Me negué en redondo, más aún al saber que te habían elegido a ti. Pero sabía que nada los detendría y tratar de convencerlos solo serviría para que se obcecaran más en ello. Pensé que si era yo el ganador, todo se acabaría ahí y se olvidarían de ti.

Alexandra negó con la cabeza y cerró los ojos, mientras dos gruesas lágrimas rodaban por sus mejillas, recordando el beso en el jardín de los Talbot. Lo que había sido un momento especial para ella ahora resultaba un acto totalmente vergonzante. Ella había entregado su alma y Vincent, mientras tanto, no había sentido nada más que la satisfacción de ganar a los demás.

—Pero decidieron continuar. Solo intentaba protegerte. Sabía que tenía que decírtelo, pero no sabía cómo hacerlo sin humillarte.

—¿Y crees que así no me has humillado? El hombre más hermoso de Londres jugando a enamorar al monstruo de Redmayne, haciéndome creer que podías desearme, que era especial. Ha debido ser muy divertido, lo reconozco.

El odioso apodo se clavó en Vincent como una daga y la acritud en sus palabras hizo que su alma terminara de romperse.

—Nunca me he reído de ti. No podía permitir que ninguno de ellos llegase hasta ti y, absurdamente, pensé que podría controlar la situación. Sé que me equivoqué. Debí imaginar que no se rendirían hasta conseguir lo que deseaban, debí imaginar que nos seguirían.

—¿Quiénes estaban implicados? ¿Jacob también?

Vincent negó con la cabeza, dolido por no haber sido capaz de ser tan íntegro como su mejor amigo.

—Solo Sanders, Johnson y Travis.

La ira le ganó la batalla a la decepción, seguida por el asco y el deseo de hacerle daño. Algo en el interior de Alexandra se revolvió con el irrefrenable deseo de que sintiera aunque fuera una minúscula parte del dolor que ella estaba sintiendo.

—Sabías que eran peligrosos y, aun así, no me avisaste de lo que estaba ocurriendo. ¡Ese cerdo de Sanders intentó violarme y tú eres tan culpable como él!

La conmoción de Rhys fue tan fuerte que ni siquiera se dio cuenta de que había sujetado con fuerza a Alexandra por los brazos, hasta que escuchó los gritos de Thomas a sus espaldas, maldiciéndole y exigiendo que la soltara. Solo era consciente de las lágrimas de Alexandra, del infinito dolor que veía en sus ojos, que apenas un día antes lo miraban con adoración, y de su inmensa furia, ansiosa por descargar sobre él. Y sin duda sabía que se lo merecía.

—Dime que no es cierto. —Su voz sonó estrangulada por la desesperación, mientras sus ojos se llenaban de lágrimas.

Alexandra no podía detenerse, el miedo que había sentido durante el ataque, y que se había guardado para ella, brotó casi tan doloroso como todo lo que acababa de descubrir.

—Fue mientras tú cuidabas de tu padre. Ese día Will llegó tarde y decidí caminar. Sanders apareció y me hizo subirme con él a su vehículo. ¡Mientras tú creías que me protegías con tu silencio, ese cerdo me manoseaba en su carruaje!

Rhys abrió la boca intentando que el aire entrara en sus pulmones, pero cada bocanada ardía como si millones de cristales penetraran por su garganta. Jamás podría perdonarse que ella hubiera estado expuesta al peligro y a la falta de escrúpulos de ese ser despreciable. Alexandra se soltó de su agarre y él dio varios pasos hacia atrás aturdido por la impotencia y el dolor insoportable que lo sacudían.

Pensaba que conocía el sufrimiento, pensaba que nada conseguiría causarle más dolor que todas las experiencias horribles que ya le había tocado vivir. Pero se equivocaba rotundamente. Nunca se había sentido tan miserable, tan vil, tan rastrero como en ese momento.

Ella tenía razón en culparle. Había permitido que ellos continuaran con sus argucias mientras él estaba demasiado distraído viviendo su propia historia de amor, creyendo que la fuerza de sus sentimientos y su simple presencia serían suficientes para salvarla de todo y de todos.

Debería haber acabado con aquella canallada antes de que empezara, por las buenas o por las malas. Pero no iba a permitir que Sanders quedara impune después de lo que le había hecho a Alexandra, aunque él mismo mereciera el mismo castigo. Se giró sobre sus talones con el rostro convertido en una máscara de piedra y Alexandra comenzó a arrepentirse de lo que le había dicho. Jamás había visto esa expresión de fría determinación, ni siquiera en sus peores días en Redmayne.

Thomas se interpuso en su camino casi tan impactado como él por lo que Alexandra acababa de revelar.

—No pienses que esta vez te vas a ir de rositas, Rhys.

—Apártate —mascull ó con los dientes apretados y un músculo palpitando peligrosamente en su mandíbula.

—Ve buscando un padrino porque vas a tener que responder por todo el daño que has provocado.

Vincent solo tenía un pensamiento en la mente en esos momentos, que no era otro que terminar con la despreciable vida de Sanders, y no iba a consentir que los deseos de venganza del duque lo alejaran de su propósito. Trató de esquivarlo para salir de allí, pero Thomas lo sujetó del brazo. Rhys lo agarró del cuello a punto de levantarlo del suelo, con la mirada totalmente perdida en el odio que bullía en su interior.

—Nunca he sido un hombre de honor y no va a haber ningún duelo, Thomas. —Si había algo que Vincent tenía claro, a pesar de su ofuscación, era que no sometería a Caroline y a Alexandra al terrible momento de ver cómo Thomas se enfrentaba a la muerte para defender su honra. Prefería cien veces quedar como el gusano rastrero que todos creían que era antes que causarle ni un segundo más de sufrimiento a esa familia—. Voy a matar a esa escoria de Sanders con mis propias manos. Después yo mismo cargaré la pistola para que me vueles la cabeza si ese es tu deseo, excelencia. —El tono de su voz era tan duro que durante unos segundos interminables nadie fue capaz de decir nada, mientras Vincent salía por la puerta principal a grandes zancadas dando un portazo.

Caroline, que se hallaba en la escalera y en cuya presencia nadie había reparado, bajó hasta donde se encontraba su cuñada para darle el abrazo que tanto necesitaba. Solo entonces Alexandra fue capaz de dar rienda suelta a su desolación rompiéndose en un llanto desgarrado.

—Puede que se haya comportado como un imbécil y un cobarde. Pero realmente creo que ha sido sincero —dijo Caroline, levantando la vista hacia su marido, sin dejar de consolar a Alex.

—Esto no es una novela romántica, Carol. ¿Acaso no has escuchado lo que le ha hecho?

—¡¡Sí!! Se ha equivocado. Pero es el hombre que salvó tu vida, y yo al menos estoy en deuda con él por haber permitido que mi marido siga a mi lado. —Thomas se pasó las manos por la cara frustrado e indeciso—. ¡¡No os quedéis ahí parados como dos pasmarotes y detenedlo antes de que arruine su vida!! —gritó a su hermano y a su esposo, a los que no les quedó más remedio que obedecer a regañadientes.

38

Había sido un iluso al pensar que podría tener una oportunidad de ser feliz. Su instinto siempre le había dicho que él no estaba hecho para eso, y, si hubiera escuchado la vocecilla mortecina que a menudo le taladraba la cabeza con los pensamientos más funestos, Alexandra no se habría visto expuesta a semejante peligro.

Sanders era un malnacido de la peor calaña y era consciente de que siempre había existido una intensa rivalidad entre ellos. Lo sabía. Y, sin embargo, se había interpuesto entre Alexandra y él, humillándolo, en un primitivo intento de quedar por encima sin tener en cuenta su reacción. Todo había sido por su culpa.

Ella había sufrido la mayor humillación de su vida, su nombre estaba siendo arrastrado por el fango y su corazón hecho jirones. Y todo porque él se había permitido pensar que un final distinto era posible. Ojalá hubiese podido parar el tiempo en uno de sus besos, ojalá pudiera vivir eternamente en una de sus sonrisas. Pero ya era demasiado tarde para eso.

Vincent ni siquiera escuchó los saludos de los pocos caballeros que se cruzó por la escalera que daba al primer piso, donde se ubicaba la sala en la que, con toda seguridad, los Jinetes estarían reunidos tomando un tardío desayuno o, más probablemente, una copa temprana. Tuvo que contener el deseo de subir los escalones de dos en dos, mientras trataba de controlar el temblor de sus manos. Su sangre parecía haber entrado en ebullición rugiendo feroz en sus oídos y sus sentidos estaban alerta como los de un animal que acecha a su presa. Abrió la puerta con tanta brusquedad que la madera chocó con la pared, atrayendo algunas miradas de sorpresa. No se detuvo hasta llegar a la mesa de siempre, donde los tres Jinetes charlaban distraídamente, como si no acabaran de destrozar la vida de una mujer, la mujer que amaba.

Le extrañó ver a Travis tan temprano en el club, pero el dinero le atraía con la misma eficacia que el olor a sangre solía atraer a los chacales, y el movimiento provocado por la apuesta estaba contribuyendo a hacer los días bastante más entretenidos. Los tres levantaron la vista hacia él al ver su sombría y alta figura junto a ellos, y solo Phil Johnson tuvo la precaución de levantarse al ver su expresión. Sanders tragó saliva con un mal presentimiento, aunque lo disimuló dándole una larga calada a su cigarro.

—¿Vienes a hacer tu pequeña contribución a la causa? —se arriesgó a decir Travis, acariciando el pequeño libro donde apuntaban las apuestas.

Rhys no se dignó a mirarle, con toda su furia concentrada en Sanders, que estaba empezando a perder su falsa fachada de tranquilidad.

—Vas a pagar lo que le hiciste —susurró entre dientes con un sonido de ultratumba.

—No sé de qué hablas —mintió Sanders con los nervios comenzando a aferrarse a su garganta.

—Eres un puto cobarde.

Rhys dio un paso más para acercarse y Sanders se puso de pie de un salto escudándose tras su silla.

La cara de Alexandra vencida y destrozada por el dolor volvió a su mente con la fuerza de un disparo y la imagen de los moratones en su brazo y su cadera sacudieron su memoria como una revelación. Rhys perdió totalmente el control al imaginarse las sucias manos de Sanders sobre ella, tratando de ultrajarla, aterrorizándola. Con un rápido movimiento, volcó la mesa, provocando una lluvia de cubiertos y cristales, que atrajo la atención del resto de los caballeros, que comenzaron a levantarse para observar el espectáculo.

—Rhys, ¿qué demonios ocurre? ¿Estás loco? —gritó Travis, sacudiéndose con desesperación el té caliente que se había derramado sobre la pernera de su pantalón.

Pero a Rhys no le importaba otra cosa que no fuese darle su merecido a Sanders, que estaba empezando a ver claramente sus intenciones. Intentó alejarse caminando hacia atrás, pero trastabilló con la silla y cayó al suelo.

Vincent se acercó a él con paso lento.

—¿En qué pensabas, Sanders? ¿Creías que podrías... hacerle daño y que yo me quedaría de brazos cruzados? —Su voz era tan amenazante y la expresión de sus ojos tan letal que cualquiera en su sano juicio se hubiese orinado en los pantalones.

Travis, ofuscado, trató de sujetarlo del hombro y el primer puñetazo voló hasta su cara, lanzándolo contra una de las mesas con la nariz sangrando.

—Señor, acompáñenos e intentemos arreglar esto de forma civilizada. —Dos hombres encargados de la seguridad del club se acercaron hasta él para tranquilizarlo y sacarlo de la sala. En cuanto intentaron ponerle una mano encima, Rhys se revolvió como un animal acorralado, y los puñetazos y las patadas se sucedieron, golpeando la carne con un ruido sordo. Uno de los hombres corrió hacia él intentando derribarle asestándole un puñetazo, pero Rhys, con un certero rodillazo en la entrepierna, lo dejó retorciéndose y aullando de dolor, mientras su compañero yacía medio inconsciente entre los pedazos de una mesa rota. La mayoría de los caballeros que observaban el tumulto comenzaron a marcharse de la sala temiendo que aquella furia incontrolable los alcanzara.

Sanders, que se había quedado petrificado observando la pelea, tomó conciencia de que él era el siguiente cuando Vincent se limpió la sangre de la boca con la manga, clavando sus ojos en él. Intentó escapar, pero Rhys estuvo a su lado en dos zancadas, apresándolo del cuello con su mano convertida en una poderosa garra. Los ojos de Sanders parecían a punto de salirse de sus órbitas, mientras luchaba intentando liberarse.

—Por favor..., apenas la toqué —dijo con la voz enronquecida por la presión, y Rhys aflojó un poco el agarre para escuchar lo que tenía que decir. Sanders malinterpretó el gesto, creyendo que la camaradería entre ellos lo libraría de recibir su merecido—. Lady Monstruo estaba ansiosa por sentir un hombre entre las piernas, es como todas las demás. Un poco de escándalo al principio, pero después se deshacen cuando...

La mano de Rhys volvió a atenazarse con más fuerza que antes sobre su garganta y lo arrastró a través de la habitación, hasta llegar a la pared del fondo. Abrió de una patada la ventana que daba a la calle provocando una lluvia de cristales y sostuvo a Sanders con medio cuerpo fuera.

Durante toda su vida había sentido la necesidad de vengarse por el dolor que le habían causado tantas veces, por las injusticias y las humillaciones, pero nada que ver con esa rabia incontrolable, con esa impotencia que le abrasaba el pecho, con el sufrimiento que le revolvía las entrañas al pensar en Alexandra. Ella era lo único puro y honesto que había tocado su vida alguna vez y la sola idea de que pudiera sufrir algún mal lo destrozaba. Puede que entre ellos ya no fuera posible reconstruir el momento de felicidad fugaz e intensa que habían vivido, pero iba a eliminar de su vida ese recordatorio constante de su dolor.

Sanders trató de aferrarse al dintel de la ventana, a los brazos de Rhys, a cualquier parte que le otorgara algo de seguridad, mientras la mayor parte de su cuerpo estaba suspendido en el aire y solo sus piernas permanecían en el interior de la habitación. Intentó rogar por su vida, pero el agarre sobre su garganta era demasiado fuerte para permitirle hablar. Vincent le empujó un poco más y sus pies perdieron el mínimo contacto que aún tenían con el suelo de madera de la sala. Sus ojos desesperados trataban de suplicar clemencia, pero no la encontraría en Vincent. Solo tenía que abrir la mano, soltar poco a poco los dedos, y el cuerpo de Sanders se precipitaría hasta el suelo varios metros más abajo, a una distancia suficiente como para que el golpe fuera letal.

—Vincent. —La voz suave de Thomas justo a su lado pareció sacarlo del trance que el ansia de venganza le había provocado—. No hagas ninguna tontería, por favor.

Rhys sacudió la cabeza como si estuviera librando una terrible batalla en su interior, pero no tenía dudas. Sanders recibiría su merecido.

—Vamos, matarlo no serviría de nada. —Rhys tomó aire despacio siendo consciente del entumecimiento de sus dedos, que se aferraban con fuerza al pañuelo del cuello de Sanders. Solo tendría que soltar su agarre y la venganza estaría consumada. La mano de Thomas se apoyó en su antebrazo y su voz, aunque pretendía reflejar tranquilidad, no pudo disimular una tensión controlada—. Esto no es lo que Alexandra quiere que pase. Esto no la ayudará —insistió.

Vincent giró la cara despacio hacia él y Thomas vio claro en sus ojos lo que iba a ocurrir.

Alexandra. No la había podido proteger, y solo la suerte y su entereza habían hecho que se librara del ataque. Él le había fallado, pero no le volvería a fallar. Sus dedos se abrieron y la gravedad hizo el resto. Sanders cayó con un grito agudo. Pero ese día no estaba escrito que dejara este mundo, y, de manera casi milagrosa, su cuerpo chocó con el toldo de lona granate que adornaba la entrada del edificio, amortiguando la caída. Su cuerpo quedó tendido sobre la acera, maltrecho, pero vivo.

Rhys ni siquiera se molestó en mirar por la ventana lo que había ocurrido con ese desecho humano. Apoyó la espalda en la pared y se dejó arrastrar hasta quedar sentado en el suelo, totalmente agotado. Permaneció así, con la vista perdida, mientras el conde de Hardwick corría escaleras abajo para comprobar el estado de Sanders e intentar controlar el flujo de mirones y cotillas que pretendía volver a entrar a la sala.

Thomas, mientras tanto, trató de tranquilizar al encargado del club, que se retorcía las manos, nervioso, por la indeseada publicidad que aquello le acarrearía, asegurándole que se encargaría personalmente de abonar los desperfectos y de recomendar el lugar a sus conocidos más ilustres. Cuando Hardwick volvió, el encargado se marchó cerrando la puerta tras de sí, dejándolos a solas.

—Sobrevivirá. Aunque, por lo que he podido ver, tiene varios huesos rotos y pasará una buena temporada en la cama. Pearce está con él, me ha dicho que él se encargará de todo, y eso incluye convencerle para que acepte la sugerencia de no volver a Londres al menos en unos cuantos años —informó Andrew.

—¿Jacob Pearce? —preguntó Thomas extrañado.

—El mismo. Me ha dicho que Alexandra le mandó aviso para que viniera. —Andrew levantó del suelo varias sillas caídas alrededor de una mesa y, tras retirar algunos cristales rotos, le hizo una señal a ambos hombres para que se sentaran—. Bien, creo que debéis tener una conversación. Y, puesto que el tema es complicado, también creo que necesitaréis a un árbitro —sentenció mientras rebuscaba entre las botellas del mostrador. Cuando dio con un licor de su agrado, lo colocó sobre la mesa junto con tres vasos y procedió a llenarlos—. Vamos, maldición. No tengo todo el puñetero día —les apremió.

Rhys se levantó a regañadientes, con la misma mirada sombría que el duque de Redmayne. Se desparramó con pocas ceremonias sobre la silla, sin importarle lo más mínimo que sus acompañantes fueran un duque y un conde, y se bebió la copa de un trago.

—Debí matarle antes de dejarle caer. —Se lamentó, más para sí mismo que para ellos.

—¿Piensas que yo mismo no hubiera disfrutado haciéndolo? Aunque en estos momentos también disfrutaría matándote a ti, créeme. Pero eso no beneficiaría en nada a Alex. Además de su reputación por los suelos, habría que sumar una muerte sobre su conciencia, y su supuesto enamorado acabaría en la cárcel o en la horca.

—No soy su supuesto nada. La quiero. No me importa lo que pienses. Jamás le haría daño a Alexandra.

Thomas giró varias veces el vaso entre sus dedos, sin dejar de mirarle, tratando de descifrar lo que pasaba por la mente de Rhys. Nunca lo había visto tan atormentado y su mirada dolida parecía estar cargada de verdad.

—¿Y por qué debería creerte? Has pasado toda tu vida hiriéndola, humillándola, y esto… Dios, esto es mucho más de lo que cualquiera puede tolerar. ¡Te mereces que te vuele la cabeza! —El puñetazo de Thomas sobre la mesa hizo tintinear la botella y los vasos.

—Pues hazlo. No creas que me resistiré. Alexandra es lo único que me importa. Y en este momento no creo que ella llorara demasiado mi pérdida.

—Lo cual demuestra que no tienes ni idea sobre sus sentimientos. Y, aun así, afirmas quererla. ¿Crees que puedes hacerla feliz?

—Creo que no hay nada que me importe más que su felicidad. —Rhys pareció volver a la vida y se inclinó sobre la mesa, acercándose más a Thomas—. No entré jamás en esa apuesta. Intenté estar lo más cerca posible de ella para que ninguno de esos cerdos la tocara. Cuando me enteré de que la habían hecho pública, traté de desmentirlo, pero ya era demasiado tarde y el rumor se había extendido como la pólvora.

—Es cierto, dijo que todo el asunto era falso y que no había pasado nada entre ellos. Pero ya sabes lo que pasa cuando hay dinero de por medio, nadie quiso escucharlo. Que la verdad nunca estropee un buen cotilleo —intervino Andrew.

—¿Y puede saberse por qué obviaste ese dato cuando me contaste lo de la apuesta, Andrew? —le preguntó Thomas, intentando controlar su creciente frustración.

—No me diste tiempo. En cuanto escuchaste su voz, saliste en tromba del despacho —se justificó el conde encogiéndose de hombros.

Thomas se frotó la cara con las manos y volvió su atención a Rhys.

—Fui a intentar arreglar las cosas y… a pedirle

que se casara conmigo. Estoy enamorado de ella. Esa es la única razón por la que ha pasado todo esto entre nosotros.

—Enamorado —repitió Thomas con tono sarcástico—. Y dime, Rhys, aclárame las dudas, porque aquí hay algo que se me escapa. ¿Cuándo te diste cuenta de que no podías resistirte a ese intenso enamoramiento? ¿Mientras le hablabas de su cicatriz sin ningún tipo de tacto ni consideración, como has hecho siempre? ¿Después de enterarte de que doblé su dote? ¿Antes de arruinarla o cuando cobraste las setecientas libras y doce chelines? Exactamente, ¿cuándo fue?

—No sabría decirte el momento exacto. Puede que fuera mientras nos escondíamos de aquella cocinera tartamuda que teníais en Redmayne para robarle galletas de canela. O aquella vez que me congelé esperándola bajo su balcón, para ir a ver las estrellas. O cuando nos besamos por primera vez hace mil años junto al río donde íbamos a pescar, o cuando me sonreía como si no fuera ese muchacho mezquino e idiota que no era lo bastante generoso como para reconocer que era maravillosa. —Se detuvo unos instantes para tragar el nudo que se apretaba cada vez más fuerte en su garganta y bajó la vista, incapaz de enfrentarse a la mirada inquisitiva de esos dos hombres—. Solo sé que siempre ha sido así, saber que ella me despreciaba y poner distancia entre nosotros consiguió apaciguar lo que sentía, pero nunca he conseguido deshacerme de ese sentimiento del todo.

Andrew rellenó las tres copas, sonriendo disimuladamente ante la cara estupefacta de Thomas.

—Y, por cierto, ¿quieres que te diga por dónde

puedes meterte el dinero de su dote? —añadió Rhys con voz cortante, haciendo que Andrew, que escuchaba en silencio, estuviera a punto de atragantarse con el *brandy*.

—No me hagas reír. ¿Cómo piensas mantenerla entonces? ¿Apostando a los caballos? ¿Jugando al *whist*? —Vincent negó con la cabeza con una agria sonrisa, odiando a Thomas un poco más con cada pregunta que le hacía—. Y, antes de que me digas que no es asunto mío, te recuerdo que soy su hermano, su único familiar, y mi opinión cuenta casi tanto como la tuya.

A pesar de que le revolvía las entrañas tener que justificarse, no iba a permitir que lo ninguneara, por muy duque que fuera.

—¿Quién demonios te crees que administra las tierras de mis abuelos? Siempre has pensado que soy estúpido, y, aunque no tengo que demostrarte nada, si insistes, te lo diré. En los últimos años, con la maquinaria nueva que adquirimos, mis tierras han conseguido ser bastante más rentables que la mayoría de las fincas de la zona. Incluida Redmayne. Además, tengo varios almacenes en el puerto. No me siento especialmente orgulloso de la forma en que los adquirí. Sus dueños estaban con el agua al cuello, me pidieron ayuda para buscar un comprador y les ofrecí un precio razonable, aunque el negocio fue especialmente ventajoso para mí. Solo con las fincas y los alquileres podría proporcionarle a Alexandra un nivel de vida más que aceptable.

—Chico listo —comentó el conde de Hardwick con una sonrisa.

—Y hay otra cosa que... —Rhys resopló y se pasó la mano por el pelo, dudando si debía confesar o no su verdadera vocación. No buscaba la aprobación de Thomas, pero deseaba con toda su alma demostrarle que en su vida había bastante honorabilidad como para ser digno de casarse con Alexandra—. Trabajo para la Editorial Pearce. Soy escritor.

—¿Tú? ¿Tú escribes? —La mandíbula de Thomas se desencajó, totalmente sorprendido.

—Tú pintas, y nadie diría al verte que tienes más sensibilidad artística que un espárrago. Y mi esposa es una virtuosa del piano, y solo toca para la familia. ¿Qué hay de raro? —intervino Andrew de nuevo, sacando un poco más de quicio a su cuñado.

—Esa no es la cuestión, ¡a no ser que vayamos a montar una compañía ambulante de talentos! —lo cortó Thomas frustrado—. Maldita sea, Andrew. ¿Por qué tengo la impresión de que estás disfrutando con esto? —protestó dando un golpe en la mesa.

—Porque al fin creo que entiendes cómo me sentí yo cuando descubrí que tú y mi hermana os estabais... conociendo.

—No es ni remotamente parecido.

—Solo porque no eres tú el que está siendo juzgado. Por el amor de Dios, ha lanzado a un tipo por la ventana por defender a tu hermana, y no es que yo esté de acuerdo con ese método. Tanto tú como yo sabemos lo que es meter la pata hasta el fondo por la mujer que amamos, y míranos. Supimos rectificar a tiempo y arreglar las cosas. Creo que el muchacho se merece una oportunidad, siempre y cuando ella sienta lo mismo. Y, por lo que he visto, creo que es así.

Rhys agradeció la defensa de Andrew con una pequeña inclinación de cabeza.

—Hablaré con Alexandra. Pero no creas ni por un momento que voy a interceder por ti. Considérate afortunado de que no te prohíba acercarte a ella, y sobre todo de seguir respirando. Y si ella no te acepta, la dejarás en paz —cedió Thomas a regañadientes.

Rhys asintió y soltó el aire en un largo suspiro de alivio, mientras Hardwick volvía a rellenar las copas.

—Por las segundas oportunidades. —Hardwick levantó su vaso en señal de brindis, a lo que sus dos acompañantes contestaron con un gruñido casi idéntico.

39

Por tercer día consecutivo, Alexandra vio, escondida tras las cortinas de encaje blanco de su ventana, cómo Rhys salía de la mansión y se montaba en su carruaje, un poco más cabizbajo que el día anterior. De nuevo se había negado a verle y, tras pasar más de media hora encerrado en el despacho con el duque, se había marchado resignado.

Unos suaves golpes la hicieron sobresaltarse y, tras darle permiso, su hermano entró con una sonrisa triste.

—¿Cómo estás? —preguntó Thomas con suavidad sin dejar de frotarse las manos, en un gesto que denotaba que no estaba tan relajado como le gustaría aparentar.

—Igual que las otras dos veces que me lo has preguntado esta mañana.

—Lo siento, estamos muy preocupados por ti. —Alex asintió suspirando y le señaló una silla para que se sentara, mientras ella ocupaba el asiento de la ventana—. Me ha pedido tu mano formalmente, Alex.

—¿Y qué le has dicho? —preguntó, tensándose

sin poder evitarlo. Miró sus manos entrelazadas en su regazo y suspiró. Lo que hasta hace unos días era su sueño dorado ahora solo le dejaba una sensación amarga.

—Que la decisión es tuya y que estoy de acuerdo en que eso sería lo mejor para ambos.

—¿Apruebas que me case con Vincent Rhys, el cretino, prepotente y cínico al que siempre has detestado?

Thomas cogió la mano de su hermana entre las suyas.

—Siempre has estado enamorada de Rhys, era obvio para todos. Entiendo que ahora estés muy decepcionada y dolida con lo que ha ocurrido, pero he hablado mucho con él estos días y, aunque ya sabes que no es santo de mi devoción, le creo. Su estado de ánimo no parece el de alguien que haya pretendido hacerte daño. Pienso que es sincero cuando dice que te ama y que está dispuesto a poner todo de su parte para hacerte feliz. Y más le vale cumplirlo.

—¿Y si no soy capaz de perdonarle? —Alex se soltó de su agarre para que él no notara que estaba temblando y se puso de pie.

—La decisión es solo tuya. No voy a intentar convencerte de que es lo mejor. Eso es bastante obvio. Te entregaste a él porque lo amas. Tu reputación está destrozada y la única forma de repararla es con este matrimonio. Pero, decidas lo que decidas, tanto Caroline como yo te apoyaremos. No estás sola, Alexandra.

—Supongo que no tengo otra opción más que aceptar.

—Nadie te obligará a hacerlo. Solo piénsalo. —Thomas se levantó para marcharse —. Rhys volverá mañana para saber si ya has decidido.

Alex sintió que su estómago se volvía del revés y su expresión se endureció aún más.

—No es necesario. Envíale una nota diciéndole que acepto la proposición y ahórrale la visita —dijo con sequedad.

—¿No sería mejor que se lo dijeras tú misma?

—Aún no me encuentro con fuerzas para hacerlo. Ya lo veré el día de la boda —sentenció, cruzándose de brazos con actitud desafiante.

—Entonces enhorabuena, supongo. —Tras darle un beso en la frente, le sonrió con ternura y salió hacia su despacho para enviarle una nota al que, según parecía, iba a convertirse en su nuevo cuñado.

Jamás permitiría que su hermana tomara una decisión que la perjudicara o que comprometiera su felicidad, pero no podía evitar que su obstinación le recordara la suya propia al principio de su relación con Caroline. Aunque sus comienzos fuesen un tanto convulsos, la intuición le decía que el amor que parecían profesarse sería capaz de vencer todos los obstáculos.

Todo era cuestión de tiempo, lástima que por culpa del escándalo la boda no pudiera posponerse demasiado.

Tras salir Thomas, Alexandra se quedó mirando unos segundos la puerta cerrada con actitud enfurruñada, y cuando estuvo segura de que su hermano no regresaría, volvió a sacar el tomo de papeles que había escondido bajo la tapa del asiento y que Will le había traído con la mayor discreción del mundo: las fechas y los nombres de todos los barcos que cruzarían el Atlántico durante el siguiente mes.

A pesar de que Thomas le había sugerido que le diera algo de tiempo a Alex para asimilarlo todo, Rhys fue incapaz de vencer la necesidad que tenía de verla. Había encontrado a Caroline cuando se marchaba de su reunión con el duque y, aunque le había soltado un severo y merecido sermón por cómo se habían producido los acontecimientos, se había mostrado bastante comprensiva al final. Después de todo, ella tenía a sus espaldas su propia dosis de locuras de amor.

Caroline tenía el convencimiento de que su cuñada, al igual que Thomas, había heredado la testarudez de los Redmayne, y que se equivocaba negándose a darle la oportunidad de aclarar las cosas. Todo aquello parecía un cúmulo de malentendidos que se habían instalado entre la pareja y solo la más cruda sinceridad podría solucionarlo. Por eso no se opuso cuando Rhys le pidió ayuda para colarse en su habitación. Se había comportado como un cretino, pero la duquesa sabía que Vincent Rhys era mucho más que el tipo superficial y mezquino que pretendía aparentar. Puede que un gesto romántico fuera lo que Alexandra necesitaba para darse cuenta de que el rencor no los llevaría a ninguna parte.

Alexandra había perdido la noción del tiempo y seguía sentada frente a su tocador cepillándose el pelo, con la mirada perdida en el papel pintado de la pared, sin prestar la más mínima atención a lo que estaba haciendo.

—Puedes retirarte, Betty. Puedo arreglármelas sola —dijo al oír cómo la puerta se abría y alguien entraba en la habitación, pensando que su doncella había vuelto.

Volvió en sí y se giró con rapidez al escuchar el chasquido del cerrojo al cerrarse.

Apoyado en la puerta de la habitación, Vincent Rhys, tan apuesto como el mismo diablo, la observaba con una mirada indescifrable, y lo único que su cuerpo le pedía a gritos era que se lanzase a sus brazos. Se odió a sí misma por esa debilidad y prefirió concentrarse en el daño que le había causado. Sentirse furiosa era mucho más sencillo y seguro para ella.

—¿A quién has engañado esta vez para que te deje entrar? ¿A Will? ¿A Thomas? Últimamente parece que estáis muy unidos por esa estúpida camaradería masculina —preguntó cortante.

—¿Thomas? Me mataría si se enterase de que estoy aquí.

—Pues entonces la idea de gritar que hay un intruso en mi dormitorio me resulta muy tentadora.

—A mí también me resulta muy tentadora la idea de hacerte gritar —la provocó, fingiendo que era el Vincent de siempre y que su vida no se estaba desmoronando, mientras se acercaba hasta quedar a solo unos centímetros de ella. Jugó con uno de los bucles sedosos de su pelo oscuro y ella se tensó visiblemente, no estaba tan segura de sí misma como quería aparentar. Tragó saliva cuando los dedos abandonaron su pelo y acariciaron su mentón haciendo que lo mirase a los ojos—. Thomas y yo estamos intentando entendernos. No es camaradería. Es solo que ambos queremos lo mejor para ti.

—Y habéis decidido que lo mejor para mí es casarme con el tipo que ha arrastrado mi nombre por el fango y me ha dejado en evidencia por toda la ciudad.

Vincent sintió sus palabras como un puñetazo en la boca del estómago y durante unos instantes apenas pudo respirar. Su actitud cambió por completo y ahora fue él quien dejó expuesta su inseguridad. Dejó escapar el aire de sus pulmones y negó con la cabeza tratando de poner sus ideas en orden, pero era imposible.

—Lo siento tanto… —susurró—. Alexandra, sé que te has sentido decepcionada y herida por todo esto, pero yo no aposté. Te lo juro. Tienes que creerme. Todo lo que pasó entre nosotros fue real, me abrí a ti por completo.

—Llevas toda la vida pidiéndome que no confíe en ti. Y ahora que lo has conseguido vienes a pedirme lo contrario. He sido una idiota. Cómo pude creer que alguien como tú podría sentir algo puro por mí.

—¡He sentido algo por ti desde que tengo uso de razón! —dijo, sujetándola de los brazos. La frustración era tan grande que por un momento deseó zarandearla para obligarla a creerle. Pero ella se soltó bruscamente pareciendo más enfadada a cada minuto que pasaba.

—¿Algo? Sí, supongo que sentiste lo mismo que tu sultán sentía por Grace. No me tomes por estúpida, por eso me hiciste leer el libro. Querías que entendiera que ese también sería nuestro final, que después de todo me dejarías libre y tú seguirías con tu vida. Pero al hacerse pública la apuesta tus planes se estropearon.

—¿Qué? ¿De dónde has sacado algo tan absurdo? Ni siquiera tenía una idea en mente cuando te regalé el libro. Simplemente quería..., yo... quería tu aprobación. Puede que fuera vanidad, pero necesitaba compartirlo contigo, hacerte sentir. Y en cuanto a mis planes, desde el momento en que estuviste entre mis brazos tuve claro que necesitaba compartir mi vida contigo.

Vincent se apretó con dos dedos el puente de la nariz y cerró los ojos intentando encontrar la palabra mágica que consiguiera derretir la capa de hielo que cubría el corazón de Alexandra.

—Lástima que yo no haya tenido la posibilidad de elegir lo que quería. Y en cuanto a mi aprobación, ya la tienes. Ha sido muy instructivo. De hecho, tu obra me ha enseñado mucho sobre el cinismo y la falsedad, y sobre la forma tan diferente en que tú y yo vemos la vida. Y ahora, márchate. Ya nos veremos delante del altar.

Vincent jamás se había sentido tan inseguro y tan pisoteado en toda su vida. Aunque no había querido reconocerlo, siempre había estado seguro de que Alexandra estaría ahí, en una cómoda distancia, pero con su secreta devoción intacta. Se había sentido como un equilibrista que siempre había caminado seguro sobre la cuerda floja sabiendo que la red amortiguaría su caída, y ahora que esa red había desaparecido sabía que la caída era inminente. Esa era otra muestra más de que era un miserable egoísta, especialista en dañar todo lo que tocaba. No podía perdonarse haberla dañado precisamente a ella.

Ya no había candor en los ojos de Alexandra, solo veía ira y desprecio en su mirada, en la tensión de su espalda, en la forma en que su pecho subía y bajaba por su respiración alterada, y él, simplemente, no podía soportarlo. Vincent respiraba al mismo ritmo alocado que ella. Ese dolor en el pecho, esa presión y ese malestar físico que le secaba la garganta, eso debía ser lo que se sentía al amar a alguien más que a uno mismo y necesitarlo para seguir viviendo.

—No voy a irme hasta que entiendas que te estoy diciendo la verdad. Te quiero, Alexandra. Eso es lo único cierto. Y, aunque ahora me detestes, sé que tú también me quieres.

La seca carcajada de Alexandra le congeló la sangre.

—Al fin algo verdadero. Tienes razón, Vincent, te detesto. Y no soy muy optimista al respecto, dudo que eso vaya a cambiar por el momento.

La angustia estuvo a punto de estrangular la voz de Alex, pero siguió asestando el golpe de gracia. Quería herirle, atacar su amor propio, que probara lo que se sentía al verse despreciado y humillado.

—A estas alturas pensé que me conocerías de verdad. He hecho cosas que jamás creí que haría. Por ti, o más bien gracias a ti. Y no te voy a negar que me haya comportado como un imbécil, pero sabes que he intentado por todos los medios que no te hicieran daño.

—Pues creo que no me han hecho tanto daño en mi vida, y, sinceramente, no han sido ellos los que me lo han causado. Tú eres quien me ha traicionado. Yo vivía todo esto como algo mágico con lo que siempre había soñado y tú, mientras tanto, estabas a mi lado por esa maldita apuesta. Que estuvieras haciendo de niñera o de guardián protector no hace que sea menos doloroso. No estabas conmigo porque lo desearas realmente.

—¿Cómo puedes decir eso? Hubiera sido mucho más fácil desvincularme de todo y seguir con mi vida. Quiero pensar que lo hice porque no quería que te sintieras humillada y volvieras a esconderte en tu caparazón, ahora que por fin te estabas mostrando tal y como eres de verdad. Lo cierto es que no encontraba las fuerzas para alejarme de ti y me daba miedo que al saber lo que ocurría tú te alejases, y sé que eso me hace aún más rastrero a tus ojos. Toda la vida he intentado apartarte de mí, convencerte de que no era el hombre que necesitabas. Pero estoy cansado de luchar contra eso, no soy tan fuerte, y, sinceramente, me da verdadero terror pensar en un futuro en el que tú no estés conmigo. Si no hubiera estado seguro de que iba a hacer lo correcto después, no hubiera traspasado todos los límites, no te habría metido en mi cama y desde luego no te habría confesado lo que sentía por ti.

Alexandra apenas era capaz de controlar el torrente de ira que subía por su garganta en forma de bilis. No podía creerle, no podía ceder, no quería volver a caer en sus redes. Era un encantador de serpientes, ella lo sabía y él nunca lo había ocultado, y, aun así, se había comportado como una ingenua desde el principio.

—¡Ya basta! ¡Me revuelve el estómago escucharte! —gritó empujándole. Cuando él intentó abrazarla para calmarla comenzó a golpearle el pecho con los puños, sintiendo que las lágrimas amenazaban con dejarla en evidencia—. ¡Márchate, Rhys! ¡Vete!

Vincent la sujetó por las muñecas para evitar que siguiera golpeándolo y tiró de ella hasta pegarla a su cuerpo. Alexandra gruñó tratando de liberarse, pero lo único que consiguió fue que él la abrazara acercándola más aún, para evitar que siguiera forcejeando. Sentir el aliento cálido de Vincent contra su cuello, su cuerpo duro y protector rodeándola, estuvo a punto de minar su voluntad, pero también sirvió para enfurecerla todavía más. La única idea que cobraba forma con claridad en su cabeza era la de hacerle daño y romperle el corazón.

—Por favor, Alexandra. Mírame —susurró junto a su oído, provocándole un estremecimiento—. ¿Cuántas veces tengo que pedirte perdón para que al fin me creas?

Alexandra se revolvió contra sus propios sentimientos y lo miró desafiante. Sus manos se aferraban a su cintura y ella pudo notar claramente su excitación en cada músculo tenso, en el azul de sus ojos que se veían oscurecidos por el deseo. Si ese era su poder sobre él, lo aprovecharía.

Respiró hondo varias veces intentando serenarse, mientras su cuerpo se desvinculaba de su mente. Era tan tentador dejarse llevar, dejarse consolar por su abrazo fuerte capaz de sanarlo todo, solo que ese abrazo también era capaz de destrozarla. Sus brazos eran un oasis de calma, pero también escondían un suelo plagado de arenas movedizas que la harían desaparecer. Alexandra paseó la vista por su rostro grabando en su memoria sus rasgos, como si no fueran ya un tatuaje que se aferraba a su consciencia sin piedad.

—Siempre me ha fascinado tu cara. Eres tan hermoso que no pareces real. —Paseó las yemas de los dedos despacio por su mandíbula y sus pómulos, hasta llegar a sus labios con una caricia tortuosa—. Tan bello como un ángel, con tu sonrisa perfecta, tus ojos tan claros y engañosamente limpios… —Vincent cerró los ojos un instante tratando de controlar el instinto que le impulsaba a devolverle la caricia. Quería ganarse su confianza y era consciente de que dejarse llevar por el deseo de acariciarla solo empeoraría las cosas—. Con el cuerpo fuerte y esculpido de un dios… Incluso tu voz sugerente es tan hechizante como el canto de una sirena.

Alexandra continuó deslizando su mano por su torso notando cómo su corazón golpeaba frenético su pecho y el aire se atascaba en sus pulmones hasta bajar a su abdomen.

—Alexandra…, no sigas, por favor —musitó sabiendo que la batalla estaba perdida, que no tenía ni ánimos ni razones suficientes para luchar contra sí mismo.

—Por fuera eres perfecto, Vincent. Pero por dentro…, por dentro todo es oscuridad —sentenció, con el tono más sensual que Vincent había escuchado jamás—. Yo también he estado rodeada de esa oscuridad durante años. Sabía lo que me deparaba el futuro, ver la vida desde mi ventana o a través de las páginas de un libro. Me resigné y, a mi manera, era feliz, porque no aspiraba a otra cosa. Y ya no dolía.

—Eso no era felicidad, lo sabes tan bien como yo.

—¡No tenías derecho a quitarme eso! —Durante unos instantes pareció que iba a desmoronarse, dejándose llevar por sus sentimientos, pero respiró hondo y se serenó, al menos en apariencia—. No tenías derecho a traer de vuelta la esperanza y con ella el dolor.

Él pensó que iba a detenerse, pero la boca de Alexandra se acercó hasta la suya hasta casi rozarse y su mano continuó acariciando sus hombros, su pecho, su cintura, bajando hasta posarse sobre su erección, apretándola de manera descarada y disfrutando de la momentánea parálisis de Vincent.

—Siempre preparado, ¿verdad? Esta es la única parte de Vincent Rhys que nunca decepciona.

El corazón de Vincent se detuvo ante el comentario, tan doloroso como una puñalada.

—Déjate de juegos. —El choque entre el deseo insoportable de hacerla suya de nuevo y la sensación de ser tratado como un objeto lo estaba destrozando. Jamás se había sentido tan sucio e insignificante en su vida.

—¿Desde cuándo no te gusta jugar, querido? —Sonrió de manera insinuante rozando sus labios en una caricia casi imperceptible.

Las manos de Rhys se enredaron en su pelo y

durante lo que pareció una eternidad solo pudo observar su boca, sus ojos oscuros que parecían insondables e innegablemente cargados del mismo deseo furioso que lo estaba dominando a él.

—Si hacerme sentir como un pedazo de carne va a hacer que te sientas mejor, adelante. Supongo que me lo merezco.

Alexandra no tuvo tiempo de contestar. Los labios de Rhys atraparon los suyos en un beso salvaje del que ella no pudo escapar. Se aferró a él con rabia, tratando de canalizar toda aquella espiral de dolor en algo que no fuera compadecerse de sí misma. Le arrancó la chaqueta y la lanzó al suelo, y Vincent se detuvo tratando de impedir que su cuerpo lo dominara, pero Alex no estaba dispuesta a darle ninguna tregua.

—No te detengas. Es lo único verdadero que puedo obtener de ti —lo apremió Alexandra con los dientes apretados y las lágrimas a punto de derramarse.

Vincent se odió como nunca antes por no ser capaz de negarse, por volver a besarla y dejarse arrastrar por toda aquella dolorosa frustración. Se desnudaron con tanta brusquedad que algunos botones de su camisa acabaron esparcidos por la alfombra. No había nada delicado ni dulce en su manera de tocarse, ni en la ferocidad de sus besos, que dejaban sus labios enrojecidos e hinchados, ni en sus jadeos, que parecían ruegos desesperados. Pero nada parecía suficiente para apaciguarlos.

Cayeron sobre la cama y Vincent, que parecía ser el único con un mínimo de cordura en esos momentos, agradeció que las habitaciones de los duques estuvieran en la parte más alejada de la casa. Parecía que a Alexandra no le importaba lo más mínimo ser descubierta con su reciente prometido en su habitación, haciendo el amor de manera salvaje.

Clavó sus uñas en los hombros de Vincent cuando la penetró, sin dejar de mirarlo a los ojos.

—¿Esto es lo mejor que sabes hacer? —lo retó deseando destrozar su autoestima, igual que él había hecho con la suya.

Con la respiración alterada y todos los músculos de su cuerpo en tensión, Vincent se quedó paralizado por su dura mirada, por el desprecio y el sufrimiento que veía en sus ojos. Y por la hambrienta necesidad que subyacía debajo de todo aquello y pugnaba por imponerse a todo lo demás.

No podía dejar de desearla, de necesitarla con aquella desesperación y aquella pasión que ahora le parecían tan oscuras y que Alexandra le exigía saciar de manera desesperada. Salió de ella con un gruñido casi animal y con un rápido movimiento la giró colocándola boca abajo sobre el colchón.

—Sé hacer muchas cosas, cariño. Y vamos a tener una vida entera para enseñártelas todas —dijo junto a su oído con voz áspera.

Tiró de sus caderas hasta que Alexandra se sostuvo sobre sus rodillas y volvió a entrar en ella con fuerza, impulsando su cuerpo hacia delante. Alexandra se aferró a las sábanas con su voluntad totalmente anulada por la intensidad de lo que estaba sintiendo y sin fuerzas para seguir odiándolo, rendida ante lo que era más que evidente. Lo amaba con desesperación y tratar de fingir que estaba entregándose a él por otra cosa que no fuera más que un deseo incontenible era absurdo. En cuanto el arranque de furiosa necesidad terminó, ambos se arrepintieron por haberse dejado llevar por aquel doloroso instinto que los dominaba. Sin apenas tiempo para recuperar el ritmo normal de su corazón, Alexandra se apartó de él y se levantó de la cama, cubriéndose con una bata que anudó con fuerza en su cintura.

Se dirigió hasta la ventana y permaneció con los ojos perdidos en la oscuridad de la noche, con su cuerpo aún sudoroso bajo la bata recordándole su propia debilidad, mientras Vincent se vestía apresuradamente.

—Alexandra. Esto no debería haber pasado, no así, no con esta rabia y... —Su tono de voz era tan frío y desangelado como el hielo que estaba empezando a recubrir de nuevo su corazón.

—Márchate. Nos veremos el día de nuestro feliz enlace —contestó con la voz cargada de cinismo, sin dignarse a mirarle ni mover un ápice su postura.

Solo cuando escuchó la puerta cerrarse con suavidad a su espalda se encorvó, liberada de la tensión, y permitió que sus lágrimas rodaran con libertad por sus mejillas. No fue hasta mucho rato después, cuando se dirigió hasta su cama de nuevo, agotada y con los ojos enrojecidos por el llanto, que vio la pequeña caja forrada en terciopelo que Vincent había dejado sobre su mesilla. La abrió y el solitario diamante engarzado elegantemente en un sencillo aro de oro brilló insolente sobre el raso rojo donde descansaba.

Su anillo de compromiso.

Pero en la cajita había algo más. Intrigada, sostuvo unos instantes en alto la fina cadena de oro de la que pendía una pequeña llave, también dorada, que se balanceó ante sus ojos con un movimiento lento e hipnótico.

Ahora sabía que marcharse era la decisión correcta y también sabía que ni siquiera un océano de distancia sería capaz de apaciguar la mezcla de sentimientos que la sacudían y que apenas la dejaban respirar.

40

La cara cada vez más perpleja de Rhys hizo que Thomas estuviera a punto de soltar una carcajada, que tuvo que disimular con un ligero carraspeo. Vincent lo miró por encima de la lista que estaba repasando y Thomas se encogió de hombros evadiendo cualquier responsabilidad sobre las peticiones de Alexandra respecto a la ceremonia.

—¿Conoces a toda esta gente? —preguntó sorprendido ante la extensa lista de invitados que la novia había confeccionado.

—No tengo relación con la mayoría, pero sé quiénes son. Se trata de las familias más influyentes de Londres y una buena dosis de las peores cotillas también. He de reconocer que a mí también me han sorprendido algunos nombres, pero, al fin y al cabo, Alexandra es la hija de un duque. Supongo que habrá soñado en silencio con una gran boda toda su vida.

—Lo dudo.

Vincent apoyó la cabeza en el mullido sillón de su despacho y suspiró, mientras su futuro cuñado, sentado al otro lado de la mesa, trataba de disimular que estaba tan desconcertado como él. No entendía nada. Alexandra se había negado a organizar la boda ella misma y se había limitado a usar a su hermano, el mismísimo duque de Redmayne, como chico de los recados para informar a Vincent sobre sus decisiones. Había sido tajante en la fecha elegida, dos semanas después de desencadenarse el escándalo. Todos se habían sorprendido de que, en lugar de una ceremonia sencilla y privada como Vincent había sugerido, ella se hubiese decantado por una gran boda con más de ochenta invitados. Thomas estuvo a punto de atragantarse con su café cuando Vincent soltó una florida maldición al ojear la siguiente lista.

—Pero ¿qué..., qué pretende, montar un invernadero dentro de la iglesia?

—Lo único que se me ha pasado por la cabeza es que fueras alérgico y quisiera liquidarte antes de dar el «sí, quiero» —bromeó Thomas.

—Muy gracioso.

Vincent volvió a leer la cantidad desmesurada de flores que Alexandra había exigido para adornar el templo. Lirios, dalias, petunias y sobre todo rosas, cientos de ellas. El único requisito era que todas las flores fueran de color rosado y no había que ser un lince para entender el porqué. Quería que Vincent no pudiera olvidar el tema del dichoso libro, ni siquiera en ese momento. Gracias a Dios, no había pedido sustituir el vino de misa por champán y fresas.

—Pues entonces creo que, por alguna extraña razón, mi hermana quiere arruinarte.

—Pues si quiere flores, tendrá flores —contestó resignado frotándose la cara, sintiéndose terriblemente cansado—. ¿Crees que me perdonará alguna vez?

—Creo que hará de tu vida un infierno. Al menos durante un tiempo, pueden ser días o semanas o... Pon de tu parte, demuéstrale cada día que la quieres, que estás arrepentido por haber sido tan rastrero y que es especial para ti. Parece muy obvio, pero a veces tendemos a hacer las cosas mucho más complicadas de lo que son en realidad. Simplemente, no ocultes lo que sientes.

—Y hablando de cosas complicadas... ¿Habéis estado en el club?

Thomas asintió y su expresión se endureció un poco.

—Ni siquiera la influencia de Hardwick ha podido pararlo. Hay demasiado dinero en juego. Aunque, si te sirve de consuelo, el protagonista de la apuesta eres exclusivamente tú. La gran mayoría piensa que saldrás corriendo despavorido en cuanto el cura te eche la primera mirada.

—Pues puedes apostar a que eso no va a ocurrir.

—Ya lo he hecho, ¿qué pensabas? Cien libras a que no saldrás de esa iglesia hasta que mi hermana luzca un brillante anillo en su dedo.

—¿Solo cien? No seas tacaño, tienes información de primera mano —lo provocó Vincent sonriendo, aunque la preocupación estaba haciendo mella en él—. Nunca pensé que tendría que agradecerte algo en toda mi puñetera vida, pero gracias por ayudarme con esto.

—No lo hago por ti. Lo hago porque mi esposa embarazada y terriblemente irascible me ha amenazado con no volver a permitirme acercarme a ella si esto sale mal. —Ambos se rieron, parecía increíble que, después de tantas peleas a lo largo de su vida y de las circunstancias que los rodeaban, hubieran llegado a un entendimiento, pero habían descubierto que se parecían más de lo que habían pensado—. Vuelvo a casa, quizá la futura novia haya imaginado alguna excentricidad más para su boda. Puede que una palmera o un elefante, ambos de color rosa, por supuesto.

—Por supuesto, esperaré ansioso tus noticias.

Los días pasaban a toda velocidad y Alexandra estaba extrañamente tranquila a pesar de que toda su vida iba a cambiar drásticamente. Ya tenía el vestido a buen recaudo, lejos de miradas curiosas, un diseño que Madame Claire se había mostrado reacia a confeccionar en un principio, aunque había cedido al ver su determinación.

Los primeros regalos y cartas de felicitación por su próximo enlace estaban empezando a llegar a la mansión y Alexandra se limitaba a guardarlos sin abrir, alegando que prefería verlos en compañía de Rhys una vez se hubiera producido el enlace. Aunque la verdad era que no le hacía ni la más mínima ilusión abrir los presentes de gente que no le importaba en absoluto.

El mayordomo se acercó hasta ella para informarle de que una visita la esperaba en el salón: el señor Jacob Pearce. Dejó el bordado que estaba destrozando sobre la mesa del jardín, no sin antes volver a pincharse la yema del dedo con la afilada aguja, mientras maldecía a Rhys entre dientes. Odiaba bordar y se le daba fatal, pero Rhys le había robado hasta su máxima pasión: la lectura. Ahora era inevitable recordarlo a él cada vez que cogía un libro, pensar en su magistral forma de escribir, recordar cada párrafo de sus obras y lo que le había hecho sentir con ellas.

Entró en el salón y para Jacob fue más que obvia la tensión en sus gestos, sobre todo cuando retiró la mano de la suya, visiblemente incómoda cuando él la besó.

—Lady Alexandra, me alegro de verla y espero que me perdone por no haber venido antes. Pero creí que preferiría que las aguas se hubiesen calmado antes de recibir visitas.

—¿Considera que las aguas ya están lo suficientemente calmadas? Porque yo personalmente tengo la impresión de que cada vez están más revueltas, sucias e infestadas de tiburones, para ser exactos. Pero, claro, ¿quién soy yo para opinar?

Jacob sonrió ante la libertad con la que hablaba y, por más que se esforzó, no encontró ni rastro de la tímida Alexandra que había conocido. Era más que obvia la furia latente en su mirada, la postura altanera de su barbilla y la crispación con la que sus dedos se aferraban al reposabrazos de su silla.

Le consideraba un enemigo por el simple hecho de ser amigo de Rhys.

—Alexandra, entiendo su indignación. La entiendo perfectamente.

—Qué magnánimo por su parte, señor Pearce —contestó con sarcasmo.

—Solo he venido para ver qué tal se encontraba.

—Tan ansiosa como cualquier novia que está a punto de pasar por el altar, gracias por su interés. Pero quizá le hubiese agradecido más que se preocupase por mí antes de que me convirtiera en la mofa de todos los clubs de caballeros de la ciudad.

—Lo siento. No era una situación sencilla. Rhys solo pretendía...

—Por favor, no estoy de humor para escuchar una encendida defensa de él. Se portó como un cobarde, escudándose en que no quería hacerme daño. Pero ahora ya no importa.

Alexandra sintió cómo el ambiente de la habitación se volvía opresivo y tuvo la urgente necesidad de marcharse de allí. Solo quería estar sola y no le apetecía escuchar nada que le hiciese replantearse la decisión que había tomado.

—Está bien, como he dicho, la comprendo perfectamente. No quería incomodarla y será mejor que me marche. Le he traído esto —dijo, cogiendo una cajita que había dejado en la mesa junto a la puerta y que Alexandra no había visto al entrar.

Alexandra cogió el paquete con la misma aprensión que hubiera cogido una caja llena de nerviosos ratoncillos de campo.

—Tranquila, no muerde —bromeó Jacob, mientras ella dudaba si abrir el envoltorio—. En realidad, no es mío. Me han pedido que se lo entregue.

Lo miró a los ojos unos instantes y al final retiró el papel que lo envolvía con reverencia.

Un libro, cómo no. Alexandra deslizó la palma de la mano por la lujosa piel de color azul oscuro de la cubierta fascinada por su tacto, sintiendo un extraño magnetismo. Además del exquisito material, lo que más llamaba la atención era una placa metálica que hacía de cierre y que se abría con una pequeña llave. Cerró los ojos al recordar la cadena de oro que Rhys le había regalado y que colgaba de su cuello oculta bajo su ropa. Ni siquiera sabía por qué lo había hecho, pero lo cierto era que no había resistido la tentación de llevarla con ella, aunque no supiera qué abría.

—Es el regalo de bodas de su futuro esposo.

—Creo que no me apetece leer un nuevo relato escabroso que haya salido de sus manos.

—No puedo ayudarla con eso, no lo he leído. Nadie en realidad. Es el diario de Vincent, o al menos una parte de él. Me encargó que lo encuadernara y, puesto que no quiere recibirle, también me pidió que se lo entregara.

Alexandra asintió en silencio mientras acariciaba la cerradura, sintiendo la llave que descansaba entre sus pechos como una carga ardiente y tentadora. Una vez que Jacob se hubo marchado, se levantó dejando el libro encima de la mesilla, pretendiendo olvidar su existencia. Pero al llegar a la puerta se detuvo como si ese simple objeto tuviese el poder de gobernarla. Con paso decidido, se dirigió hasta la mesilla, deslizó la cadena hasta sacar la llave de su acogedor escondite y abrió la cerradura con la sensación de que estaba abriendo la caja de Pandora. Pero no pensaba leerlo, solo echar un vistazo para saciar su curiosidad, por supuesto. Su estómago se encogió al ver la letra de Rhys inclinada y elegante.

Aunque la calidad del papel era la misma, algunas hojas parecían amarilleadas por el tiempo y la tinta parecía más oscura en algunas partes, mientras en otras estaba perdiendo intensidad. Pasó algunas páginas y se detuvo en una al azar.

> Me ha sorprendido encontrarla tan cambiada, pero por supuesto no lo iba a admitir. La belleza de Alexandra radica en que ella desconoce lo atrayente que me resulta. Es tan natural, tan auténtica, sin pretensiones ni coquetería. En lugar de hacerle un cumplido he vuelto a herirla con un dardo innecesario. Pero es lo mejor para los dos. De qué serviría que supiera lo que siento. Al menos así ha dejado de mirarme con esa expresión que me cala hasta el alma y me hace aspirar a ser alguien diferente, esa mirada que amenaza con aniquilar al ser repugnante que habita dentro de mí.

Alex se llevó la mano al pecho en un acto reflejo, intentando apaciguar los latidos frenéticos de su corazón. La fecha que aparecía en la parte superior de la página era de hacía casi diez años. Cerró el diario y se marchó a su habitación con la clara intención de guardarlo en el fondo de algún cajón para no volver a abrirlo jamás.

Will había ido a la compañía naviera esa tarde y había traído los pasajes para Alexandra y su doncella. Betty no había puesto ningún impedimento a la idea de instalarse en América, muy al contrario, parecía ilusionada por vivir esa aventura, si bien es verdad que la chica tenía el convencimiento de que no estarían allí demasiado tiempo. Pero Alexandra no sabía si ese viaje sería de ida y vuelta o se quedaría allí para siempre. En cambio, su joven cochero no parecía demasiado contento con la idea y, con la imprudencia que le otorgaba la juventud, había sermoneado a Alex sobre los peligros a los que se exponían dos mujeres jóvenes y solas en un país desconocido.

Las visitas se habían sucedido durante los últimos días y Alexandra estaba realmente agotada. Sentía que sus mejillas dolían del tremendo esfuerzo que tenía que hacer para mantener aquellas falsas sonrisas y ya había agotado todo el surtido de conversaciones banales del que disponía. Pero las damas más elitistas de la alta sociedad estaban ávidas de cualquier detalle que pudieran descubrir sobre el futuro enlace y, lo que era aún más importante, estaban ansiosas por comentar en sus círculos privados la actitud de la futura novia. Nada les hubiera hecho más felices que encontrar en ella un ápice de arrepentimiento o vergüenza por lo que había ocurrido o una furtiva lágrima fruto del nerviosismo. Pero la función no había hecho más que empezar y Alexandra se esforzaba en mostrarse serena, tranquila e ilusionada de cara a la galería. Aunque cada vez le costaba más trabajo mantener aquella máscara de falsedad.

El mayordomo volvió a tocar a la puerta de la salita donde Alexandra y Caroline tomaban el té, y Alex puso los ojos en blanco temiendo que fuera otra indeseada visita.

—Lady Richmond, han traído esto para usted —informó, dejando sobre la mesa una caja envuelta en un llamativo papel perfumado.

Alexandra leyó la nota de lady Duncan felicitándola por el enlace, y tanto ella como Caroline se quedaron con la boca abierta al abrir el estuche y ver la pulsera de brillantes y los pendientes a juego que contenía.

Alex reconoció el conjunto. Se trataba de un regalo que lord Duncan le había hecho a su esposa para celebrar su primer aniversario de casados. Lady Margaret le comunicaba que le haría mucha ilusión que lo llevara el día de su boda.

—Alex, estas joyas son impresionantes —dijo Caroline sosteniendo el collar entre sus manos, embobada con la luz que reflejaban las piedras.

—Guárdalas, por favor. No puedo aceptar un regalo así.

—Pero…

—Caroline, mételas en su estuche. No puedo aceptarlas. Fin de la conversación.

Alexandra salió de la sala con el lujoso estuche dejando a su cuñada con la palabra en la boca. Apenas veinte minutos después llamaba a la puerta de lady Margaret Duncan, con el estuche fuertemente sujeto contra el pecho.

Lady Duncan se levantó de su silla, preocupada al ver la cara descompuesta de Alexandra, y la instó a tomar asiento junto a ella.

—Santo Dios, querida. ¿Ha ocurrido algo? Estás temblando —preguntó, dándole pequeñas palmaditas en la mano.

—No puedo aceptar esto, lady Margaret —contestó con un sollozo entrecortado dando rienda suelta a la tensión que la había atenazado los últimos días—. Es demasiado importante para usted, es el símbolo de lo que sentía por su esposo.

La mujer la abrazó intentando tranquilizarla.

—Si no te gusta, podemos buscar otra cosa que sea más de tu estilo. —La anciana sujetó su cara y la obligó a mirarla, y frunció el ceño al ver la desolación y la tristeza en sus ojos—. ¿Estás nerviosa por la boda o hay algo más?

Alexandra negó con la cabeza, sabiendo que no debería hablar de sus planes, pero la decisión que había tomado estaba empezando a ser una carga demasiado pesada para llevarla ella sola. Cuando quiso contener sus palabras, estas ya habían salido de su boca como un torrente.

—No habrá ninguna boda, lady Duncan. No me voy a casar con Vincent.

41

Alexandra daba sorbitos a su infusión, mientras lady Duncan la miraba con expresión preocupada.

—¿Estás mejor?

Alex asintió y dejó la taza sobre la mesilla, haciéndola tintinear por el temblor de sus manos.

—Lady Duncan, ¿puedo confiar en usted?

—La pregunta sobra, mi niña. Por supuesto. Cuéntame por qué no quieres casarte.

—¿No es obvio? —preguntó sin poder disimular su frustración—. El motivo por el que esta boda va a producirse es por el escándalo de la maldita apuesta. Mientras yo desfallecía de amor por él, Vincent me ocultaba lo que estaba pasando y participaba de una u otra forma de este circo. ¿Cómo puedo empezar una vida en común con alguien en quien ya no puedo confiar? ¿Alguien que me ha ridiculizado, que siempre ha renegado de sus sentimientos? No puedo llegar al altar y aceptar ese destino sin más, solo por el qué dirán. El rencor y la rabia que siento ahora mismo lo empañarían todo.

—Pero no tienes ninguna duda sobre lo que sientes por él. Ni sobre lo que él siente por ti, ¿verdad?

—Sé que Vincent me quiere a su manera. Una vez me dijo que no sabía amar, y tenía razón. Lo peor es que me advirtió muchas veces de que me haría daño, de que no podría darme lo que yo necesitaba... Y, sin embargo, yo me obstiné pensando que sería capaz de soportar el dolor, que valdría la pena tenerlo, aunque fuera una vez. Pero no puedo mirarlo a la cara sabiendo que mientras yo vivía un cuento de hadas, él me ocultaba tantas cosas. Me siento estúpida, ridícula y humillada.

—Quizá debas decirle cómo te sientes respecto a la boda. Todo ha pasado muy rápido, necesitas sanar las heridas antes de tomar una decisión.

—No. No cederé más. Estoy harta de poner siempre la otra mejilla, ante él y ante los demás. Siempre he perdonado los desplantes, las humillaciones, los insultos velados de todo el mundo, incluyendo los suyos. «Pobrecita Alexandra, tan poca cosa, tan monstruosa, tan ingenua...» No puedo cimentar mi nueva vida con él sobre este dolor. ¿Cómo podré mirarle a la cara y fingir que lo que ha hecho no me ha destrozado? No puedo deshacerme de esta rabia que siento ahora mismo contra él, contra todos y sobre todo contra mí misma. Ojalá pudiera. Confié en él, me enamoré de él, creí en él. Y en lo único que puedo pensar ahora es en que fui el hazmerreír de todos sus amigos y que Rhys lo consintió. Sé que me arrepentiré de esto, pero lo único que quiero en estos momentos es que él se sienta como yo me he sentido.

—La venganza puede brindarte una satisfacción momentánea, pero, una vez conseguida, solo te quedará la soledad. ¿Eres consciente de eso? —preguntó una voz femenina a sus espaldas.

Alexandra se levantó de golpe y abrió los ojos como platos al reconocer a la condesa de Hardwick apoyada en el umbral, escuchándolo todo.

—Tranquila, Alexandra. Mi sobrina Marian es de fiar.

Alexandra tragó saliva totalmente descolocada, ya que apenas había coincidido con ella unas pocas veces en casa de los Redmayne. Además de estar casada con el hermano de Caroline, su relación de amistad iba mucho más allá y se trataban casi como hermanas. Dudaba que se posicionara de su parte y, sobre todo, que guardara su secreto sin decirle nada a Caroline o a Thomas. O incluso a su propio marido. Sus planes se estaban empezando a tambalear.

—Alexandra, puedes hablar con libertad. Entiendo cómo puedes sentirte en estos momentos, y no sé cómo reaccionaría yo misma si estuviera en esa situación. Probablemente desearía estrangularle con mis propias manos. ¡Qué demonios, seguramente lo haría! A él y a todos esos malditos cotillas de la nobleza, chacales arrogantes sin principios morales, que se creen mejores que los demás, cuando en realidad son todos unos haraganes, cretinos, y unos... —Marian se detuvo, sonrojándose un poco por su propia vehemencia, al escuchar el intencionado carraspeo de su tía Margaret, que le recordaba sin palabras que ella misma era una condesa y que Alex era hija y hermana de un duque, nada menos.

—Puedes decirnos lo que piensas, querida. Las mujeres estamos para ayudarnos y, si quieres vengarte, no seré yo quien te juzgue, aunque no esté en absoluto de acuerdo con ello —dijo lady Duncan—. Después de todo, me siento un poco responsable al haber propiciado vuestro acercamiento cuando estabas bajo mi protección.

—Yo tampoco te juzgaré, palabra —añadió Marian, levantando su mano con solemnidad—. Y mucho menos sabiendo que, de nuevo, esos buitres repugnantes, carentes de escrúpulos, van a llenar sus bolsillos con una nueva apuesta...

—¿Cómo dice? —preguntó Alex perpleja, y lady Duncan movió la cabeza amonestando a su sobrina por su incontinencia verbal.

—No me mires así, tía. Tiene derecho a saberlo. No somos dulces palomitas a las que haya que mantener en la ignorancia. Somos mujeres hechas y derechas. Y Alexandra merece saber todo lo que se cuece a su alrededor y que tiene que ver directamente con su persona. Necesita toda la información para tomar una decisión correcta, y, si decide escoger el camino erróneo, que sea por su propia voluntad.

—Estoy de acuerdo, Marian. Pero me encantaría que pulieras un poco tu sentido del tacto.

—A estas alturas, prefiero la verdad, por dura que sea. Toda la verdad —las interrumpió Alexandra—. ¿Quiere decir que hay una nueva apuesta sobre mí?

—Dudo que Rhys tenga algo que ver con ello, Alexandra. Andrew me ha dicho que en todos los clubs no se habla de otra cosa. La apuesta es sobre el enlace. Muchos dudan que Rhys sea capaz de asumir su deber.

Alex se puso de pie y comenzó a pasear de un lado a otro de la habitación con las manos en su estómago, conteniendo las náuseas. Su rostro ardía al sentir de nuevo la vergüenza y el escarnio sobre ella. Otra vez la trataban como si no fuera más que un títere insignificante, diseñado para entretener a los demás. Marian se puso de pie y la cogió de la mano intentando tranquilizarla.

—No me gusta dar consejos, pero no debes precipitarte, Alex. Y, ante todo, no tomes tu decisión en función de lo que los demás opinen. Ellos no vivirán bajo tu techo, ni dormirán en tu cama. Si de verdad lo amas, si crees que eso te dará la felicidad…

—Lo único que tengo claro es que quiero alejarme de Vincent Rhys todo lo posible, lady Marian. —Alexandra apretó sus sienes con los dedos, intentando ordenar sus pensamientos—. De él y de todos los demás. Quiero marcharme de aquí, no quiero pasear por la calle sintiendo las miradas de lástima de los demás, ni las burlas ni los juicios. Quiero estar lo más lejos posible de este ambiente viciado y tóxico, e incluso América en estos momentos se me antoja demasiado cercana —contestó Alexandra con los dientes apretados.

Se arrepintió de haber hablado demasiado en cuanto levantó la vista y vio las miradas que las dos damas que la acompañaban intercambiaban entre sí. Pero recordó que, si en toda Inglaterra podían existir dos mujeres capaces de desafiar los convencionalismos y la prudencia, en esos momentos, ambas estaban sentadas en el sofá frente a ella.

—Entonces, ¿estás decidida a obtener tu venganza? ¿A pesar de las consecuencias? —preguntó lady Duncan.

—Nunca he estado tan segura de algo.

—Bien, pues no perdamos más el tiempo.

Lady Hardwick miró por la ventana cómo Alexandra se montaba en su carruaje, después de haber hecho multitud de cábalas y haber trazado minuciosamente su plan de venganza, y suspiró. Alex se había mostrado un tanto reacia al principio, pero al final había confesado los detalles de su plan de coger un barco y cruzar el Atlántico.

—¿Crees que realmente será capaz de llevar a cabo su decisión hasta el final, tía Margaret? —preguntó Marian, preocupada.

—Sinceramente, espero que no. Es más que evidente que están enamorados, pero ella necesita sacar fuera todo ese rencor y esa ira o, de lo contrario, no podrán ser felices. No vale de nada que intentemos convencerla de que se está equivocando, tiene que cometer sus propios errores para abrir los ojos. Y casarse a la fuerza, con ese lastre a las espaldas, sería la semilla perfecta para un matrimonio infeliz y lleno de reproches. Supongo que esto es una dura prueba que ambos deben pasar, y si la superan, nada podrá destruirles.

—Seguro que Rhys consigue hacerla entrar en razón. Será mejor que me marche, tengo que hablar con Jack para que nos ayude con esto, es la única forma de adentrarse en el club sin levantar sospechas.

—¿Ese hombre es de fiar?

—Por supuesto, es uno de los hombres de confianza de Andrew. Es mucho más que un sirviente, y si le pido que nos guarde el secreto, lo hará.

Lady Duncan asintió mientras jugaba distraídamente con sus pulseras, pensando en todas las cosas que podían salir mal en aquel descabellado plan y rezando para que Alex recapacitara antes de echar por tierra su felicidad.

La mañana había amanecido tranquila, con unas cuantas nubes revoltosas que se empeñaban en esconder el sol de cuando en cuando, pero sin duda no era un mal día para cambiar el destino de una persona.

Rhys esperaba junto al altar con su amigo Jacob a su lado, empalagado por el exagerado olor a flores, e irremediablemente incómodo por las docenas de ojos de los invitados clavados en su nuca. Entrelazó las manos en su espalda intentando contener su ligero temblor, después de comprobar por enésima vez la hora en su reloj de bolsillo.

La duquesa de Redmayne, sentada en uno de los primeros bancos, le dedicó una sonrisa tranquilizadora, aunque ella misma no conseguía deshacerse de los nervios que estaban amenazando con provocarle unas inoportunas náuseas. Alexandra se había mostrado totalmente hermética los últimos días y ni siquiera le había permitido entrar en su habitación mientras se arreglaba esa mañana, pero Caroline quiso pensar que se debía al nerviosismo por la inminente boda.

Rhys tenía un mal presentimiento, y la verdad era que la actitud esquiva de su prometida no era demasiado alentadora.

La puerta de la iglesia al fin se abrió dejando entrar la claridad del exterior y, recortadas contra la luz de la mañana, aparecieron las siluetas de Alexandra y de su hermano. A medida que avanzaron por el pasillo las cabezas de los invitados se volvieron hacia ellos y los murmullos, poco disimulados, se fueron extendiendo como una ráfaga de viento que mece la hierba alta.

Vincent se giró y apenas pudo contener la mezcla de sensaciones que le golpearon en ese momento. Alexandra, más bella y segura de sí misma de lo que nunca la había visto, llegó hasta él del brazo de un Thomas que parecía querer que se lo tragase la tierra, enfundada en un espectacular vestido completamente negro, como si en lugar de a una boda estuviese asistiendo a un funeral. Vincent intuyó que en realidad era así y que el muerto sería su propio corazón. El escote de barco dejaba ver sus hombros, exponiendo totalmente todas y cada una de las cicatrices que Alexandra había tratado de esconder con esmero durante toda su vida. Su pelo estaba recogido en un apretado y favorecedor moño bajo, que despejaba su cara, y su único adorno eran varios capullos de rosa de color rosado coronando su tocado. La única joya que lucía era una fina cadena de oro que se perdía en el interior de su escote y que él reconoció inmediatamente.

El sacerdote comenzó la ceremonia a pesar de que ni Vincent ni Alexandra le estaban prestando la más mínima atención, perdidos el uno en los ojos del otro. Rhys lo supo en el mismo instante en que la vio llegar hasta él con la majestuosidad de una reina, rebelde y altiva, enfundada en su vestido de luto. Todo estaba pensado para interpretar magistralmente aquella función, rodeados de ostentosidad y con la flor y nata de la sociedad como testigos.

Pero, a pesar de ser consciente de que él sería el sujeto de sacrificio en aquel circo, cuando el sacerdote le preguntó, Vincent juró amarla, honrarla y respetarla hasta el fin de sus días, porque no podía ser de otra manera.

Así sería.

Aguantó estoicamente mientras el clérigo le hacía a Alexandra la misma interminable pregunta y soportó sin pestañear los segundos de vacilación de ella antes de responder. Los ojos de Alex brillaban por las lágrimas que amenazaban con derramarse y su boca se entreabrió como si todo el aire de Londres no fuera suficiente.

Y entonces Vincent asintió de manera casi imperceptible para los demás, dándole el beneplácito para que lo destrozara delante de su familia y de todos aquellos que le importaban mínimamente. Todas aquellas hienas a las que había invitado, seres mezquinos en su mayoría, nobles corruptos y matronas colmadas de rancios principios, servirían como testigos de su merecido escarmiento, y se regodearían durante semanas, puede que incluso durante meses.

Ella necesitaba su venganza y él no podía más que aceptarlo lo más dignamente que fuera posible. Alexandra había decidido mostrarse sin corazas ni velos, dolida y destrozada, pero capaz de resurgir como un ave fénix de toda aquella insana amalgama de sentimientos. Y él se lo concedería gustoso, no como un acto de generosidad, sino todo lo contrario, por egoísmo. Porque no podía vivir pensando que ella no era feliz, y, si su dicha estaba en pisotearlo y abandonarlo después, lo aceptaría. Vincent podía leer la verdad, el amor y el dolor que luchaban en sus ojos, como en un libro abierto, pero eso no hacía que el inevitable desenlace fuera menos hiriente.

Por eso fue el único que no se sorprendió cuando la voz de Alexandra sonó segura y fuerte en el interior del templo.

—No, no quiero ser tu esposa.

Vincent estaba seguro de que había notado el momento exacto en que su corazón se había hecho pedazos e ingenuamente pensó que ya no sería capaz de seguir latiendo, pero para su desgracia continuó bombeando vertiginosamente la sangre por sus venas. Solo pudo dejar escapar despacio el aire que había retenido en su pecho sin darse cuenta.

Ya estaba hecho. Todo había terminado. La esperanza, el amor, la complicidad, la vida..., todo se había esfumado como si se tratase de un absurdo sueño infantil que se desvanece con los primeros rayos de luz del amanecer.

Extendió la mano como un autómata cuando Alexandra le entregó el anillo de compromiso.

—Enhorabuena, Rhys. Ya eres libre para recuperar tu vida —sentenció, sabiendo que él jamás se repondría de ese golpe.

Vincent estuvo a punto de soltar una siniestra carcajada ante lo absurdo de la afirmación, ya no había nada que recuperar, ninguna vida a la que desear volver. Alexandra había entrado en su interior, había abierto las ventanas de su alma y lo había inundado todo de luz y aire limpio. Ahora, sin ella, el moho y la oscuridad volverían a cubrir cada rincón a una velocidad de vértigo. No, realmente no había ninguna vida que recuperar si ella no estaba presente. Vincent se limitó a girar sobre sus talones, y salió de la iglesia en silencio, con paso seguro y sin volver la vista atrás, como si nunca hubiese estado allí.

¿Libre?

Jamás se había sentido tan prisionero en su vida, porque si había algo que estaba claro es que viviría para siempre encadenado a ese amor que se había vuelto una auténtica condena.

Quien dijo que la venganza era dulce probablemente no se había tenido que vengar por amor en toda su existencia.

Puede que ese fuera el punto de inflexión que Alexandra necesitaba para comenzar una nueva vida, puede que ese momento doloroso en el que el tiempo parecía haberse detenido fuera una catarsis necesaria para romper con todo aquel dolor, pero mientras caminaba hacia la salida del templo con los ojos de todos sobre ella se sentía totalmente vacía por dentro. Sin embargo, esa sensación de vacío no era la que ella ingenuamente había esperado sentir, un vacío limpio, una página en blanco donde empezar a escribir un nuevo destino. Más bien tenía la impresión de que un huracán había arrasado con todo, dejando solo escombros y tierra yerma a su paso.

Mientras caminaba por el pasillo de la iglesia, Alex había imaginado que el mundo al otro lado de la puerta habría sufrido un cataclismo igual de contundente que el que acababa de sacudir su vida. Esperaba encontrar los adoquines agrietados y las puertas del infierno invitadoramente abiertas para ella, el cielo convertido en una nube de aire rojizo e irrespirable, lleno de cenizas y jirones de almas perdidas. Pero para su enorme decepción el mundo permanecía ajeno a su traición, las pequeñas nubes blancas seguían persiguiéndose en un cielo de un azul brillante, y las palomas continuaban revoloteando por la plaza entre los carruajes, como cualquier otra mañana.

Alexandra trató de concentrarse en algo que no fuera el dolor ardiente de su pecho, en el hueco donde hasta ese día suponía que debía estar su corazón y en el que ahora parecía que solo quedaban rescoldos y cenizas.

Thomas, que estaba a punto de vomitar fuego por la boca, le había exigido que volviera a casa mientras él trataba de apaciguar a los invitados y poner orden en aquel desastre en el que se había convertido el que debería haber sido el mejor día de su vida.

Eso le daría tiempo para continuar con su plan. Si durante esos días, en algún breve momento, su idea de alejarse de Londres había flaqueado, ahora sabía que no tenía otra alternativa si no quería volverse loca. Todo, absolutamente todo estaba impregnado de Rhys. Sería incapaz de salir a la calle sin que cada cosa que viera le recordara a él, y hasta en su propia habitación los recuerdos de sus encuentros la asediaban tortuosamente.

Hasta ese instante no había visto con claridad la trascendencia de lo que pasaría después de plantarlo en el altar. Hasta que no vio la comprensión en sus ojos, la aceptación de lo que ella deseaba y necesitaba, no fue capaz de calibrar la verdadera intensidad de su amor. Ahora ya era demasiado tarde y tenía que huir como una cobarde, incapaz de asumir que había destrozado con sus manos su propia felicidad y la del hombre al que amaba.

No podía quedarse allí. ¿Qué pasaría cuando Rhys volviera a su vida, a sus correrías, a sus amantes...? Alexandra no sería capaz de soportarlo, aunque fuera tan responsable como él de aquel desastre.

Se limpió las lágrimas bruscamente cuando se detuvieron en el callejón de la parte trasera del club de caballeros, sabiendo que no tenía ningún derecho a derramarlas. Ella era la causante de aquel sufrimiento, su verdugo y su víctima a la vez.

Un golpe en la puerta del carruaje la sobresaltó y, cuando abrió, la cara tosca de Jack, el hombre de confianza de los condes de Hardwick, apareció con el sombrero calado hasta las orejas, tratando de pasar desapercibido.

—Aquí tiene, señora —dijo, entregándole una pesada bolsa de piel que tintineó al depositarla sobre su mano—. Enhorabuena, ha sido usted la única ganadora.

—Gracias por su ayuda. —Alexandra abrió la bolsa con intención de darle una propina por sus servicios, pero el hombre se negó y se alejó sigilosamente como si nunca hubiese estado allí.

Alex pensó que quizá más tarde disfrutaría de su triunfo, pero desde luego en esos momentos sentía cualquier cosa menos satisfacción. Cuando lady Marian le habló de la apuesta, la furia había reverberado de nuevo en sus venas y había deseado darles una lección a todos aquellos avariciosos inconscientes, a los que no les importaba apostar sin ningún escrúpulo ni remordimiento sobre el sufrimiento y las vivencias de una persona.

Como siempre había ocurrido a lo largo de su vida, la habían infravalorado. Nadie imaginaba que una mujer, y mucho menos ella, se negaría a aceptar la imposición de un matrimonio para restaurar su honor perdido. Lady Alexandra Richmond, el monstruo de Redmayne, con su cara repugnante y sus marcas atroces, debería estar terriblemente agradecida de que los astros se hubieran alineado para que consiguiera cazar al libertino más hermoso y deseado de la ciudad.

Muchos apostaron que Rhys no aparecería en la iglesia, otros, que enmudecería de pánico al ver de cerca y a la luz del día a su espantosa novia o que Thomas Sheperd tendría que llevarlo a punta de pistola hasta el altar. Pero nadie predijo que la pequeña y tímida Alexandra Richmond tuviera los arrestos necesarios para decir que no delante de Dios y de los hombres.

Y ahora, gracias a ello, era mil libras más rica.

En un principio pensó en enviar a Will para que realizara la apuesta, pero era demasiado joven e inexperto y jamás había pisado un lugar como ese, por lo que era bastante fácil que metiera la pata y diera al traste con sus planes.

Lady Marian, al escuchar el maquiavélico plan, decidió que su sirviente sería mucho más adecuado para aquella labor. Jack se dirigió al club para registrar la apuesta justo a última hora del día anterior, unos minutos antes de finalizar el plazo. Así se aseguraban de que ningún otro caballero se enterase y pudiera secundar esa opción, consiguiendo que Alexandra fuese la única ganadora.

La ayuda de lady Duncan y su sobrina había sido inestimable, sin duda, pero de nuevo la habían vuelto a infravalorar y Alexandra ya había tenido más que suficiente de todo eso.

Su barco con destino a América saldría de Bristol al día siguiente, y los pasajes parecían quemar escondidos en su baúl de viaje. Lady Duncan había tratado de convencerla de que la mejor opción era llegar hasta allí en carruaje y ofreció el suyo amablemente para que Alex no tuviese que viajar en uno de alquiler. Alexandra no se negó, haciéndole creer que aceptaba gustosa la idea, aunque era perfectamente consciente de que, si elegía esa forma de transporte, no llegaría a Bristol con tiempo suficiente para embarcar. Aun así, fingió que la habían convencido con el fin de que nadie se fuera de la lengua antes de tiempo, aunque ya tenía preparados los billetes para marcharse hasta allí en tren.

Para cuando el cochero de lady Duncan fuera a buscarla, ella ya estaría a mucha distancia de Londres y absolutamente nadie podría detenerla. Todo estaba perfectamente calculado y el plan se estaba ejecutando milimétricamente, como si fuera una máquina perfectamente engrasada.

Solo había un pequeño problema, y era que, aunque se empeñara en querer negárselo a sí misma, era plenamente consciente de que la vida sin Vincent Rhys no tenía sentido, y destrozarlo dolía más que destrozarse a sí misma.

42

Rhys siguió enrollando una y otra vez la cadena con el colgante de su madre en su mano. Acarició el anillo de Claddagh, que simbolizaba el amor entre sus padres, un amor eterno y puro que no les habían dejado vivir.

Tras salir de la iglesia, había deambulado en su carruaje sin saber adónde ir, incapaz de encontrar un lugar que le pudiese aportar algo de sosiego. Sin saber muy bien por qué, le había pedido a su cochero que se dirigiera hasta el cementerio.

Sonrió con tristeza. Él también había encontrado lo que creía imposible. Un amor verdadero que se había pegado a su piel y del que no se podría desprender jamás.

—Puede que nuestra familia sufra una extraña maldición que nos haga encontrar a la persona perfecta para perderla después —se lamentó junto a la tumba de su padre.

Recordó sus últimas palabras, pidiéndole que no dañara a Alexandra. No había sido capaz de evitarlo. No podía culparla por odiarlo, ni por aquel deseo de venganza. Había pasado la mayor parte de su vida como un fantasma tras los muros de Redmayne Manor, viviendo a través de los libros y los ojos ajenos. Y ahora que por fin había decidido abrirse a la vida, descubría de esa manera tan dolorosa que el mundo no estaba preparado para su honestidad y su pureza.

Daría todo lo que tenía por haber podido protegerla de la crueldad de los que no la conocían lo suficiente para apreciar su valía, pero ahora ya no servía de nada lamentarse. Ojalá pudiera dar marcha atrás, ojalá pudiera borrar todos esos momentos que habían compartido. Volver al punto en el que su vida había dejado de pertenecerle y darle la oportunidad a Alexandra de ser feliz, de andar un camino sin decepciones, sin obstáculos ni sufrimientos. Un camino en el que él no se hubiera entrometido, una senda en la que su nociva presencia no estuviera contaminándolo todo.

Se levantó del solitario banco y acarició la fría y áspera piedra de la lápida antes de enfilar el camino de salida para volver a casa. Una casa que ahora se le antojaba más inhóspita que nunca.

El severo sermón de Thomas duró más de lo que Alex había esperado. Aunque lo que más le dolió fue la mirada entristecida y decepcionada de Caroline, que no lograba entender cómo había sido capaz de humillar a Vincent de esa manera y de paso renunciar a la más mínima posibilidad de ser feliz. Después de eso se habían retirado a sus habitaciones para tratar de descansar y olvidar ese día agotador, cosa que Alex agradeció, ya que al mirarlos no podía dejar de pensar en la nueva decepción que sufrirían al día siguiente, cuando descubrieran que se había marchado.

Apenas había podido conciliar el sueño. Con la determinación de no dejar cabos sin atar, decidió que usaría un coche de alquiler para que su cochero Will no supiera la hora exacta de su partida, por si en el último momento la traicionaba.

La niebla espesa hacía que el día se resistiese a desperezarse del todo y las calles aún se veían oscuras y húmedas. Varios viajeros se subieron al tren y un muchacho encogido por el frío de la mañana se acercó hasta Alexandra para llevar sus maletas al interior del vagón. Ella le dio una moneda y le indicó su equipaje, pero, cuando fue a coger el pequeño baúl de su doncella, Alexandra se lo impidió.

—No puedo hacerte esto, Betty. —La muchacha la miró confundida—. Sé que estás enamorada de Will, y debes vivir tu historia de amor. No puedo garantizar que este viaje sea de ida y vuelta.

La muchacha asintió con los ojos llenos de lágrimas.

—Pero no puedo dejarla sola, milady. En ese barco seguro que habrá gente de bien, pero también habrá otro tipo de personajes con los que usted no está acostumbrada a lidiar.

—Te lo agradezco, pero al menos una de las dos merece ser feliz. No puedo arrastrarte conmigo a esta aventura. Necesito que me hagas un último favor, no vuelvas aún a casa. Espera al menos unas dos horas antes de avisar de que me he marchado. Ten algo de dinero para el coche de punto.

Alex le dio un rápido abrazo a la joven, que no era más que una chiquilla. Betty se quejó e insistió en acompañarla, pero Alexandra fue tajante. Había ideado aquella locura ella sola y no arrastraría a nadie más.

No había dejado ningún detalle al azar y, ante todo, trataba de concentrarse en la satisfacción que le había producido demostrarse a sí misma que había sido capaz de llevarlo a cabo. Alex se despidió de la doncella desde la ventanilla de su compartimento agitando la mano, y por un momento las dudas intentaron abrirse paso a través de la excitación de la partida.

A medida que el tren iba alejándose de Londres, Alexandra iba tomando conciencia de la realidad que la esperaba. La idea de comenzar una nueva vida era emocionante, pero no se sentía en absoluto feliz. Había querido huir de Vincent Rhys, creyendo ingenuamente que podía deshacerse de él poniendo distancia entre ellos. Pero no se podía separar de lo que llevaba grabado debajo de su piel, porque Rhys era una parte de ella.

Una parte molesta, un verdadero incordio..., pero, siendo sincera consigo misma, era la parte más viva de ella.

Alexandra sabía cómo era Rhys desde el principio, y, aun así, decidió bailar con el diablo. No se arrepentía de haberse entregado a él, de haber vivido de manera honesta y apasionada lo que sentía y de haberse dejado llevar por toda aquella magia que había surgido al fin entre ellos. Aunque ahora su alma estuviera en carne viva y no se sintiera con fuerzas para reconstruir sus piezas. Sintió la llave que pendía de la cadenita que colgaba de su cuello, como si fuera una brasa ardiente entre sus pechos, y acarició el libro que Jacob Pearce le había llevado. El diario de Rhys. Era un acto de debilidad y era consciente de que debería haberlo lanzado a la chimenea, pero no podía deshacerse de él, de sus pensamientos y deseos plasmados en aquellas hojas.

Abrió el libro y comenzó a leer, tratando de respirar a pesar del nudo que estrangulaba su garganta. Comenzó a pasar página tras página, una frase tras otra, repasando las fechas e intentando casarlas con sus propios recuerdos. Devoró cada palabra sin poder contener las lágrimas ante lo que parecía ser la historia de su propio amor, pero visto desde un prisma diferente, desde los ojos de Vincent.

> Me duele alejarme, pero sé que quedarme junto a ella nos dolerá a los dos. No puedo ofrecerle amor, serenidad, comprensión... cuando yo mismo no lo encuentro en ninguna parte. Vivo constantemente huyendo, pero, en cuanto me detengo, todos los demonios, todo el dolor y los malos recuerdos me alcanzan y me vuelven a destruir. Alexandra ya tiene bastante con su propio tormento como para cargar con el de alguien que no vale ni el esfuerzo de ser mirado dos veces.

Alexandra pasó las páginas, totalmente absorta, sin percibir cómo los minutos avanzaban y los kilómetros eran devorados por la maquinaria pesada del ferrocarril, hasta que encontró lo que había escrito desde que se habían reencontrado en Londres. Apenas habían pasado dos meses y se le antojaba toda una vida, una vida en la que solo estaba él.

Puedo compartir mi cuerpo con otras, puedo convertirme en un objeto sin otro valor que el de proporcionar un placer efímero, que apenas vale para calentar las sábanas unos minutos. Pero mi boca es solo suya. Jamás he podido profanar su huella porque la primera vez que la besé sentí que había una pequeña porción del universo que nos pertenecía solo a nosotros.

Y ahora, por más que me esfuerce en negarlo, hay algo invisible e indestructible que vuelve a unirme a Alexandra, que me obliga a abrir los ojos y ver con claridad que hasta que llegó ella viví rodeado de cosas muertas.

Y continuaba:

¿Y si no fuera imposible, y si de verdad pudiera deshacerme de esa pesada losa que a menudo me impide respirar? Valdría la pena intentarlo, si no fuera porque mi fracaso la hundiría conmigo.

No debí besarla. No debí. Menos aún por un fin tan indigno. Aunque en realidad lo haya hecho para salvarla, ella no lo entendería. Y lo peor de todo esto es que soy yo quien no tiene salvación, si cada vez me resulta más difícil no rendirme ante ella. Daría mi vida por protegerla de esta miseria que rodea mi mundo. Si alejarme de Alexandra la salvara, me marcharía de nuevo como he hecho tantas veces. Pero esta vez es diferente, esta vez siento que solo yo puedo protegerla, y esa falsa sensación de invulnerabilidad me llena de orgullo, como si en lugar del ser decepcionante que soy, fuera un caballero andante capaz de matar dragones.

Cada párrafo traía sus propios recuerdos:

Hoy mi boca ha vuelto a entregarse a su legítima dueña, como un guerrero que vuelve al hogar a reclamar su sitio y su paz. Pasan las horas y su huella ardiente no desaparece. Paseo mis dedos por mis labios y ella sigue ahí, posesiva, entregada, tan viva que es capaz de contagiarme y hacer que esta roca oscura que hace las veces de corazón vuelva a latir.

Me siento incapaz de contenerlo. Ya no me hago falsas ilusiones ni me engaño pensando que es un capricho. La amo. Lo sé. Siempre lo he sabido y siempre he sido capaz de guardar ese sentimiento en un cajón, manteniéndolo adormecido con excesos y cinismo. Pero ahora brilla demasiado para poder esconderlo, tanto que me ciega y me imposibilita para hacer otra cosa que no sea buscarla, desearla, adorarla, pensarla.

La amo. Y siento un miedo atroz de ser correspondido…

Y más aún:

«Sálvela, y se salvará a sí mismo.» Las palabras de esa bruja aún resuenan a menudo en mi cabeza. No la creí, o no quise creerla, porque estaba convencido de que mi salvación no era posible.

Aún no sé a qué se refería esa mujer, dudo que yo la

haya ayudado en algún aspecto. Puede que, al salvar la vida de su hermano Thomas, la librara de una nueva pérdida que hubiera sido nefasta para ella. No lo sé.

Pero sí tengo claro que ella me ha salvado a mí. Me ha salvado de mí mismo y de mi rencor, abriéndome los ojos y cerrando mis heridas.

Me ha salvado ayudándome a perdonar y a perdonarme. Me ha salvado cerrando las cicatrices de mi alma.

Al escuchar los fuertes golpes en la puerta, Rhys estuvo a punto de caerse del sofá en el que se había quedado dormido poco antes del amanecer. Cuando se incorporó, un profundo dolor de cabeza, fruto de la ingente cantidad de alcohol que había ingerido, comenzó a martillear de manera insoportable, y se maldijo en todos los idiomas que conocía por no haber sido lo bastante valiente como para sobrellevar la angustia estando sobrio. Miró el reloj que había sobre la chimenea, extrañado de que alguien viniera a su casa a esas horas, y se dirigió hacia la puerta de entrada todo lo rápido que su estado le permitió.

—¿Will?

—¡Señor! —El muchacho lo miró de arriba abajo sorprendido por su lamentable aspecto.

—¿Qué ocurre? ¿Alexandra está bien? —preguntó ansioso, recuperando de golpe la lucidez al ver allí al sirviente de los Redmayne.

—No lo sé. —El chico vaciló, retorciéndose las manos con evidente nerviosismo—. Supongo que sí, señor.

—¿Supones?

—Se ha marchado, señor. —El joven comenzó a titubear y eso fue más de lo que Vincent pudo resistir, teniendo en cuenta su nefasto estado de ánimo. Cogió de la pechera al muchacho y lo sacudió para sacarle la información.

—Habla claro. ¿Cómo que se ha marchado?

Rhys soltó su agarre como si la sangre se acabara de licuar en sus venas y de un tirón metió al muchacho en su casa, instándole a contarle todo lo que supiera. El joven, que solo conocía los planes de lady Alexandra a medias, sabía que esa mañana partiría en el tren con destino a Bristol junto con su doncella Betty y desde allí zarparían. Pero cuando él se levantó para ir a despedirse de su amada Betty, descubrió que ya se habían marchado.

Por una extraña lealtad hacia Alexandra, y sobre todo por el deseo de darle un último beso a su doncella, se había dirigido a la estación para ver si estaba aún a tiempo de encontrarlas, pero su alivio y su preocupación se dispararon a la vez al encontrar a Betty sola, sentada en un banco de la estación.

—Señor Rhys, ya era bastante preocupante que dos mujeres emprendieran ese viaje a través del océano sin un destino claro. Pero lady Alexandra se ha marchado sola, y solo Dios sabe las situaciones difíciles que se puede encontrar. Tiene que encontrarla antes de que zarpe.

—¿Océano? ¿Quieres decir que…? —Rhys movió la cabeza intentando asimilar la escasa información que el nervioso Will le daba—. ¿El duque lo sabe?

—Betty fue hasta allí para contárselo, pero yo pensé que usted debería saberlo también.

Rhys apenas podía pensar con claridad, a pesar de que el efecto de la borrachera se había disipado de golpe. Subió a su habitación a grandes zancadas y, tras darse un rápido baño con agua fría, que lo despejó del todo, y cambiarse de ropa, se reunió con Will en un tiempo récord. No dijo una sola palabra en el breve trayecto hasta la mansión de los Redmayne, más aterrorizado de lo que había estado jamás, y con miles de imágenes, a cual más preocupante, bombardeándole la cabeza. En esos momentos se maldijo por tener tanta imaginación.

Cuando entró en el despacho de Thomas, se sorprendió de ver allí a hora tan temprana a los condes de Hardwick, a una muchacha llorosa, que supuso que era Betty, y a una Caroline mortalmente pálida que no dejaba de abanicarse. Thomas parecía un tigre enjaulado paseando de un lado a otro del despacho, mientras la pobre Betty contaba lo poco que sabía.

—Gracias a Dios que estás aquí —sollozó Caroline, y Vincent solo pudo parpadear en respuesta, como si acabara de tomar conciencia de lo que estaba pasando.

—Creo que todos la hemos subestimado —dijo Marian, atrayendo la atención de los allí presentes—. Ha ejecutado su plan de manera magistral. A estas horas se suponía que debía montarse en el carruaje de mi tía Margaret para emprender el viaje hacia Bristol, desde donde zarpará el barco hacia América. Al ver que no llegaba, hemos venido a ver qué ocurría, esperando que se hubiese echado atrás. Por supuesto que nuestra idea era que no llegara a tiempo de embarcar. Mi tía confiaba en que Vincent corriera tras su amada para impedir ese viaje y..., bueno, el resto ya os lo imagináis. Besos, lágrimas de emoción y un final feliz para todos. Pero ella debió intuirlo y se ha marchado en tren para llegar a tiempo.

—¿Y puede saberse por qué demonios querría marcharse de esa manera? Como si fuera una vulgar delincuente, de manera furtiva. Entiendo que odie a Rhys en estos momentos, pero nosotros no le hemos hecho nada más allá de apoyarla —se lamentó Thomas con muy poco tacto, llevado por la frustración.

—Gracias, excelencia. Es justo lo que necesitaba oír en estos momentos —dijo Vincent con cinismo.

—Estaba furiosa y quería obtener su pequeña venganza —continuó Marian.

—¿Cruzar el Atlántico te parece una pequeña venganza, cariño? —preguntó Andrew, mirando a su mujer con cara de pocos amigos. Cuando se había enterado de que ella era conocedora del plan, pero había guardado silencio, casi se había vuelto loco.

—Está enamorada de Rhys hasta la médula, y sentía que, si se quedaba en Londres cerca de él después de rechazarlo en el altar, no podría superar lo que sentía. Sinceramente no pensábamos que llegara tan lejos.

—Santo Dios, ¿acaso no ha pensado en lo peligroso que puede ser un viaje así para una mujer sola? ¿Y qué hará cuando llegue allí? ¿Cómo piensa sobrevivir en un país desconocido, sin su familia, sin su protección? ¿Y si no encuentra un trabajo digno para poder vivir, y si...? —Caroline se llevó la mano al estómago, intentando contener las náuseas, y Thomas le acercó un vaso de agua y pasó el brazo por sus hombros intentando calmarla.

Marian se miró las punteras de los zapatos y a su marido el gesto no le pasó desapercibido.

—¿Marian?

—En realidad no creo que eso sea un problema. En estos momentos es mil libras más rica que ayer.

Los ojos perplejos de todos se clavaron en la condesa, que pareció ruborizarse por momentos ante el intenso escrutinio. Mientras la condesa de Hardwick relataba todo lo referente a la apuesta ante la estupefacta mirada de Thomas, de Andrew y de una abatida Caroline, Rhys solo podía sentir admiración por Alexandra. Su plan había sido sublime y les había dado una lección usando las armas con las que ella había sido herida.

Simplemente era una forma perfecta de cerrar el círculo y, si no hubiera estado tan mortalmente preocupado, incluso se hubiera reído por su osadía.

Pero en ese momento lo único en que podía pensar era en que Alexandra les llevaba casi dos horas de ventaja, y no podría soportar la idea de no volver a verla. Lo primordial era que estuviera a salvo y tratar de evitar esa alocada huida hacia delante, que lo único que hacía era comprometer su seguridad. Si después de encontrarla ella seguía con la idea de cruzar el Atlántico, él mismo organizaría el viaje para que pudiera hacerlo de manera sensata.

Rhys sintió que se tambaleaba ligeramente y cerró los ojos para digerir toda la información. Apretó sus sienes con los dedos intentando controlar el molesto dolor de cabeza que se intensificaba con cada nuevo comentario que escuchaba.

—Tenemos que detenerla. Si le ocurre algo, no me lo perdonaré. Si después de eso es incapaz de tolerar mi presencia, prometo que seré yo quien desaparezca, pero no puedo permitir que se marche sola de esa manera.

Thomas miró el mapa extendido sobre su mesa intentando dilucidar a qué distancia de Londres estaría en esos momentos.

—Siento ser agorero, pero es casi imposible. Ni un caballo ni un carruaje podrían alcanzarla antes de que llegue a su destino, y no hay ningún otro tren hacia Bristol hoy. Para cuando consigamos llegar, el barco ya habrá zarpado. —Andrew confirmó lo que todos ya sabían y ninguno se atrevía a verbalizar.

—Aquí parados desde luego no vamos a conseguir nada, debemos intentarlo. Voy a por mi caballo —anunció Thomas, dirigiéndose hacia la puerta—. ¿Rhys? ¿Me acompañas?

Rhys acarició el colgante de su madre como si fuera un talismán, intentando ordenar el torrente de imágenes que se agolpaban en su cabeza sin un orden definido, hasta que la sonrisa ilusionada de Alexandra tomó forma sobre todas las demás.

—Luigi —susurró para sí mismo—. Creo que tengo una idea mejor —dijo saliendo del despacho a la carrera ante la atónita mirada de los presentes.

43

—Señor Rhys, sabe que le estoy muy agradecido y me honra que haya pensado en mí..., pero creo que no tiene usted claro en qué consiste un viaje en globo exactamente —dijo Luigi mientras continuaba asegurando los lastres en la canasta de mimbre. Pronto la gente comenzaría a dar sus paseos matutinos y todo tendría que estar listo para los posibles clientes.

—Luigi, es la única opción que tengo para alcanzarla. No puedo seguir perdiendo el tiempo discutiendo contigo mientras ese maldito tren se aleja kilómetro tras kilómetro. —Vincent se pasó las manos por el pelo empezando a desesperarse—. Cuando estabas tirado en la calle, yo fui el único que creyó en ti. Me lo debes.

—No es que no quiera ayudarle, pero tiene que entender algo. Los globos no tienen timón, surcan los cielos guiados por el viento, en la dirección en que este sople. Podemos aprovechar las corrientes de aire a nuestro favor usando nuestra pericia, subir y bajar según nos convenga, pero no dirigirnos a un punto exacto. Y, por supuesto, la velocidad máxima también depende de la fuerza del aire. Pongamos una media de unos cincuenta kilómetros por hora, sería imposible alcanzar un ferrocarril.

—Mejor eso que nada. Cada metro que avance estaré un poco más cerca de ella. Querías probar este trasto, las nuevas válvulas y todos tus arreglos, no tendrás una ocasión mejor.

Luigi suspiró, siempre había sido un romántico y había sido testigo de las miradas y los gestos de complicidad de Vincent y Alex durante el pequeño paseo en globo.

—Mi abuela siempre decía que, por mucho que corras, que tomes atajos o que te pares a descansar, si algo está destinado para ti, las fuerzas de la naturaleza o la divina providencia conspirarán para que lo consigas. Sobre todo, en cuestiones de amor.

—¿Y bien? —preguntó Vincent ansioso.

—Bristol está al oeste… —dijo Luigi casi para sí mismo, mientras sacaba de un maletín de piel que tenía guardado en un compartimento de la canasta un aparato con unas pequeñas cazoletas metálicas y ruletas con flechas: un anemómetro casero que había fabricado él mismo. Se alejó unos pasos ascendiendo la ligera pendiente de la colina para hacer unas comprobaciones—. Es usted un maldito cabrón con suerte, Rhys —dijo con una enorme sonrisa.

Alexandra leyó la última frase con el corazón en un puño.

El resto de las páginas espero completarlas mientras tú miras lo que escribo apoyada en mi hombro.

Deslizó frenéticamente los dedos sobre el resto de las hojas hasta el final del libro, y descubrió que estaban en blanco. Cerró los ojos y la imagen de Rhys parado delante de ella ante el altar la conmovió una vez más. Abrazó el diario contra su pecho, y se levantó teniendo muy claro lo que tenía que hacer.

Vincent la conocía mejor que nadie y había sabido leer en su mirada sus intenciones. Y, sin embargo, se había mantenido sereno y firme esperando que ella le asestara la estocada final, un golpe de gracia que, aunque a ojos de los demás no le haría recuperar su honor, sí le devolvía su amor propio. En un acto de generosidad, al notar ese fugaz momento de inseguridad en ella, había asentido con la intención de darle el empujón que necesitaba para poner punto y final a lo que habían compartido, sin importarle su propio dolor, su propia vergüenza, solo para que ella obtuviera su venganza.

No podía olvidar lo traicionada que se había sentido al saber que su nombre había estado envuelto en toda esa situación tan bochornosa, pero ¿de qué servía mantenerse encerrada tras el muro de su orgullo si no podía estar con el hombre al que amaba? Vincent se había sincerado con ella, le había contado sus secretos más íntimos, abriendo unas heridas demasiado dolorosas, y las palabras del diario la habían conmocionado. La había amado desde siempre, con más errores que aciertos, y el sufrimiento que llevaba dentro le había impedido entregarse a lo que sentía. Si ella se marchaba, estaría cometiendo ese mismo error.

Estaba asustada por la fuerza de sus sentimientos y sobre todo porque era consciente de que su felicidad dependía también de la felicidad de él. Pero, como le dijo una vez, uno no podía permitir que un poco de miedo le impidiera vivir cosas maravillosas.

Alex avanzó por el pasillo intentando llegar a los primeros vagones, hasta que se topó con uno de los revisores.

—Necesito hablar con el maquinista —dijo Alexandra, intentando encontrar la petulancia y severidad propias de la hija de un duque, aunque, dado que nunca había hecho uso de ellas, más que autoritaria sonó un tanto histérica.

—Señora, discúlpeme, pero no podemos molestarlo durante el trayecto, a no ser que sea un asunto de fuerza mayor. Dígame qué le ocurre, puede que yo pueda ayudarla —contestó el revisor, tratando de tranquilizarla.

—Tienen que parar el tren, tengo que bajarme inmediatamente.

El hombre miró por la ventanilla y solo vio pastos, grupos dispersos de árboles aquí y allá y campo.

—¿Aquí? No hay ningún pueblo en varios kilómetros a la redonda.

—No me importa. Caminaré hasta encontrar uno.

—Señora, debo insistir en que vuelva a su asiento y desista de esa idea.

—Insisto, señor. Será mejor que no perdamos el tiempo y haga lo que le pido.

El hombre la condujo a uno de los compartimentos vacíos para no alterar al resto del pasaje y averiguar cuál era el problema.

—No le estoy pidiendo que den la vuelta por mí, solo que paren y me permitan bajar.

—Señora, estamos en mitad de ninguna parte. No podemos abandonar a un pasajero sin más, sería una irresponsabilidad imperdonable, aparte del retraso que eso conllevaría. Me gustaría ayudarla, pero solo estamos autorizados para hacer las paradas estipuladas.

—Usted no lo entiende, tengo que volver a Londres. —Alex se aferró a la chaqueta del hombre con los ojos humedecidos por las lágrimas y una expresión desolada—. Le he hecho daño a alguien, un daño que no se merecía, y tengo que arreglarlo antes de que sea demasiado tarde.

Alex sorbió sonoramente como si fuera una niña pequeña y sollozó, y al hombre le recordó a su propia hija, que tendría aproximadamente la misma edad.

—Si no paran el tren, soy capaz de lanzarme en marcha.

—Parece usted buena persona, no creo que haya hecho nada tan imperdonable como para hacer una locura semejante. —El revisor, un hombre de unos cincuenta años y de aspecto afable, la miró con una expresión bastante parecida a la ternura.

—Sí lo he hecho, algo terrible. —Volvió a sollozar mientras aceptaba el pañuelo que él le tendía.

—¿Ha matado a alguien, ha robado un banco, tal vez? —preguntó bromeando.

—Peor. He dejado al hombre que amo plantado en el altar —confesó intentado deshacerse del peso que llevaba sobre los hombros. Le parecía mentira estar desahogándose con un auténtico desconocido, pero tenía que darles voz a sus pensamientos o acabaría volviéndose loca—. Yo... he dejado que el rencor dominara mis actos y le he hecho mucho daño.

—A veces, cuando estamos asustados, hacemos muchas tonterías.

—Él piensa que le odio, y ya ha sufrido bastante en su vida como para añadir esta mentira. Tengo que hablar con él cuanto antes.

—Cuando somos jóvenes queremos hacerlo todo con prisas, pero con el paso de los años nos damos cuenta de que todo pasa cuando tiene que pasar. Ni un minuto antes ni uno después. Si a ese hombre le importa de verdad, estará esperándola cuando vuelva. —El revisor suspiró y le dio una palmadita en la mano—. Lo siento, pero me resulta imposible ayudarla. Cuando lleguemos a Bristol, yo mismo me ocuparé de buscarle un medio de transporte para que vuelva a Londres cuanto antes. Y ahora trate de tranquilizarse. Le traeré un té.

Alexandra había hecho un gran esfuerzo intentado tranquilizarse, como el revisor le había aconsejado. Había bebido té, releído algunas de las páginas del diario y hasta contado los pequeños puntitos marrones, que supuso que serían vacas que pastaban a lo lejos, en el espacio verde y ocre que se extendía a sus pies. Pero después de más de casi dos horas sentada sobre una dura piedra a la orilla de las vías, la tranquilidad y la paciencia parecían estar mermando vertiginosamente.

Se levantó de nuevo para acercarse hasta la locomotora, donde los maquinistas intentaban, sin mucho éxito, hacer que ese mastodonte de hierro dejara de echar humo y comenzara de nuevo a andar. Pero, aparte de emitir unos ruidos bastante extraños, cada vez que intentaban volver a ponerla en marcha, la maquinaria parecía ahogarse y se negaba a funcionar.

Parecía una broma del destino que un rato antes estuviera desesperada por que el tren se detuviera y ahora, por culpa de una avería, se diera cuenta de lo absurda que había resultado su reacción infantil. Mientras tanto, solo podía esperar que una intervención divina los condujera en una u otra dirección. Cualquier cosa sería mejor que la impotencia de estar allí parada, viendo cómo los minutos se transformaban en horas. Se había planteado seriamente comenzar a caminar hasta encontrar algún pueblo donde poder alquilar un carruaje, un caballo, un asno, una cabra —una grande, por supuesto—, lo que fuera que pudiera llevarla de regreso a Londres. Pero no sabía con exactitud dónde estaba, y, por lo que algunos pasajeros habían dicho, se habían alejado bastante de la ciudad. Lo único que podía hacer era actuar con sensatez, tal y como le había dicho el revisor, y esperar.

Un carruaje de unos aldeanos se acercó por uno de los caminos que pasaban paralelos a las vías y Alexandra se levantó inmediatamente para interceptarlo, pero los trabajadores del ferrocarril llegaron antes que ella.

Uno de los hombres se apeó acercándose a curiosear y se ofreció a llevarlos al pueblo más cercano que estaba a más de una hora de distancia para pedir ayuda. Alexandra vio su oportunidad de salir de aquella cuneta y estaba a punto de pedirles ayuda cuando las exclamaciones asombradas de los pasajeros que paseaban alrededor del tren para estirar las piernas llamaron su atención.

Alex siguió la dirección de sus miradas y se colocó la mano sobre la frente a modo de visera para proteger sus ojos del sol y ver con claridad qué ocurría. Una enorme estructura redonda de color rojo y ocre surgió por encima del bosque, sobrevolando sus cabezas a una altura considerable.

Abrió los ojos como platos al reconocer el globo aerostático de Luigi y no pudo evitar que la esperanza se abriera paso en su corazón de nuevo. Todos sus sentidos le decían que él estaba allí, que a pesar de todo Vincent había ido a buscarla. Era solo una intuición, pero no tenía ninguna duda de ello, como si pudiera percibir su presencia. Estaba segura de que aquella locura tenía que ser obra de Vincent.

Todos los viajeros comenzaron a señalar el objeto, emocionados por la visión de aquel extraño artefacto, y solo unos pocos se dieron cuenta de que el globo había hecho un giro extraño y comenzaba a perder altura a demasiada velocidad. Alexandra se llevó la mano a la boca para contener un grito de horror al ver que el globo bajaba con rapidez hacia una zona poblada de árboles, perdiéndose de la vista a los pocos segundos.

Todos estaban tan ensimismados comentando aquello que nadie se percató de que Alexandra se había subido al carruaje de los aldeanos aprovechando el descuido y se dirigía a toda velocidad campo a través hacia el lugar a donde se había precipitado el globo. De nada sirvieron los gritos y las imprecaciones a sus espaldas, todos sus sentidos estaban concentrados en una sola cosa. En encontrar a Vincent Rhys.

—¿No crees que nos estamos desviando demasiado hacia el sur, Luigi?

El hombre sonrió intentando transmitirle tranquilidad a Rhys, pero la tensión entumecía los músculos de su cara. Jamás había volado en el sentido estricto de la palabra. Se había elevado del suelo, pero siempre con una firme cuerda anclándolo a la tierra. Se había dejado llevar por la euforia y por la deuda moral y de lealtad que tenía con Rhys, pero realmente no podía evitar estar bastante acongojado. Por una parte, estaba agradecido de poder estar viviendo aquella aventura y llevando a la práctica su sueño, pero, por otra, no sabía si su globo estaba preparado para soportar un vuelo de tanta distancia.

El viento en campo abierto estaba resultando ser bastante más fuerte que en la ciudad y no sabía si tendrían suficiente combustible para avanzar mucho más. Pero, como bien había dicho Rhys, cada metro que avanzaran estaría más cerca de su amada.

—¡Mire! ¡Son las vías del tren! —señaló Luigi emocionado al ver los raíles zigzagueando como una serpiente entre los grupos de árboles. Iban por el buen camino. Un ruido sobre sus cabezas hizo que las risas jubilosas se disiparan rápidamente. Luigi perdió su eterna expresión amable y optimista y sus ojos se abrieron como platos al ver cómo la costura que unía las lonas comenzaba a abrirse rápidamente—. ¡Santo Dios! ¡Debemos descender o nos estrellaremos! —gritó, manipulando la válvula para disminuir la potencia del hornillo.

Pero la lona siguió abriéndose como si fuera la cáscara de una fruta madura y, dando varios bandazos incontrolables, el globo comenzó un vertiginoso descenso hacia un pequeño bosquecillo.

—¡Deja eso y agáchate! —vociferó Rhys ante el inminente choque, temiendo que Luigi saliera despedido de la canasta.

El globo chocó con las copas de los árboles que bordeaban el prado, provocando que la cesta de mimbre se sacudiera peligrosamente, y, tras varios tumbos, impactó contra el suelo. El aire abandonó los pulmones de Rhys al golpearse violentamente contra el borde de la canasta. Todo había ocurrido en cuestión de segundos y, sin embargo, había tenido tiempo suficiente para maldecir su puñetera mala suerte, que iba a impedirle alcanzar a Alexandra. Por suerte, los árboles habían amortiguado la caída, que hubiera sido nefasta de llegar a impactar directamente contra el suelo.

—¿Luigi?

—¡Tranquilo, estoy bien! —gritó mientras apagaba el pequeño incendio que el hornillo había provocado en la lona tras el impacto.

Vincent se tumbó sobre la hierba fresca, mirando el cielo e intentando recuperar el ritmo de su respiración. Los pájaros graznaban asustados por la inesperada invasión y una lluvia de hojas caía de los árboles. Una vez resuelto el conato de incendio, Luigi se sentó junto a Rhys con una sonrisa de oreja a oreja, sin importarle la brecha que sangraba en su frente ni el dolor de sus músculos tras el golpe.

—Mierda —dijo Rhys con los ojos aún clavados en el cielo azul, pasándose la mano por las magulladas costillas en un intento de aliviar el molesto dolor—. Ya no hay remedio posible. Tengo que asumir que la he perdido para siempre. Pero, aunque tenga que cruzar el océano a nado, no permitiré que le ocurra nada. Tengo que protegerla.

—Todo pasa por algo, señor Rhys. Puede que el destino quisiera que acabáramos en este prado. Quizá no sea vuestro momento.

Rhys suspiró y cerró los ojos durante un instante. No podía creer que todo hubiera acabado de aquella manera. Había intentado ser valiente, romper con su pasado y dar un salto hacia delante. Pero todos sus esfuerzos se habían estrellado contra una barrera, igual que el globo de Luigi. Puede que tuviera razón y no fuera su momento, pero la perspectiva de levantarse cada mañana sin tener a Alex en su vida era desoladora. No podía deshacerse de su olor, del sabor de su piel, de sus sonrisas, a veces pícaras, a veces inocentes, ni de la manera tan sensual en la que pronunciaba su nombre.

De hecho, en ese momento, a pesar de que con seguridad estaría a kilómetros de distancia de allí, fraguando su propio destino, le parecía estar escuchando su voz llamándolo en la lejanía.

La voz sonó un poco más clara esta vez, y, extrañado, se palpó la cabeza por si se había golpeado demasiado fuerte y estaba sufriendo alucinaciones. Se incorporó un poco y lo que vio le dejó atónito. Una mujer corría hacia ellos gritando su nombre. Y no era cualquier mujer, era Alexandra.

—Mi abuela nunca se equivocaba —dijo Luigi con una sonrisa, y se alejó un poco, fingiendo que trataba de arreglar la maltrecha aeronave.

Sin darle tiempo a ponerse de pie, Alex se lanzó a sus brazos, llorando de alivio al ver que estaba bien. Vincent gruñó de dolor por el impacto de su cuerpo sobre el suyo, pero la rodeó en un fuerte abrazo. Alexandra había visto cómo el globo se precipitaba sobre los árboles y, en cuanto le fue imposible seguir avanzando con el carruaje, casi se lanzó de él para acortar la distancia que les separaba a la carrera. Su respiración estaba tan agitada que ni siquiera podía hablar y el dolor intenso de su pecho parecía taladrarla.

—Vincent..., yo... —Las manos de Rhys acunaron su rostro y borró con el pulgar una gruesa lágrima que rodó por su mejilla.

—Shhh. Escúchame, por favor. No es necesario que huyas de mí ni que cometas ninguna temeridad. —Si Alex no hubiese estado tan preocupada, hubiera puesto los ojos en blanco ante la ironía. ¿Cómo podía hablar de temeridad el hombre que acababa de estrellarse en un globo pilotado por alguien que no había volado jamás?—. Te quiero demasiado como para permitir que arriesgues tu seguridad por escapar de mi presencia.

—Escúchame...

—Solo he venido para llevarte a casa o adonde quiera que desees ir. Pero nada de alocadas fugas, Alexandra. Casi me muero por la preocupación.

Vincent notó cómo la espalda de Alex se tensaba y apretaba los labios en una fina línea.

—Pero es que yo… —intentó intervenir, pero él volvió a interrumpirla.

—No hay ningún pero que valga —continuó, deseoso de decir todo lo que llevaba dentro, temiendo que ella volviese a esfumarse entre sus dedos—. Siento lo que pasó, me equivoqué, y entiendo que no quieras verme más. Daría mi vida si con ello pudiese librarte del sufrimiento que todo esto te ha causado. Y, aunque me tenga que arrancar el corazón, te prometo que no te buscaré más, si es lo que deseas.

—Vincent…

—Ojalá pudiera dar marcha atrás. No puedo pretender que confíes en mí cuando nunca he podido sincerarme, si ni yo mismo me he mostrado como…

Alexandra gruñó frustrada por la nueva interrupción y, puesto que no la dejaba terminar ni una sola frase, decidió ser un poco más contundente en su declaración. Posó las manos en sus mejillas y lo besó con toda la pasión que contenía en su interior y que parecía querer desbordarse en cualquier momento. Rhys se quedó paralizado por la sorpresa, pero, en cuanto lo labios de Alexandra comenzaron a acariciar los suyos, enredó las manos en su pelo desordenado por la carrera, pegándola más a él, uniéndose en un beso capaz de purificar hasta el alma más torturada.

Cuando Alex al fin consiguió separarse, apenas recordaba todas esas cosas que tan minuciosamente había planeado decirle. Lo que ambos sentían era tan evidente que no necesitaban palabras para definirlo, pero, aun así, Rhys se merecía unas disculpas.

—Siento mucho lo que te he hecho. Aunque te hayas comportado como un cretino, un ruin y un inconsciente... —Sonrió y le dio un beso en la nariz para quitarle hierro a la situación arrancándole una sonrisa—. Por culpa de esa apuesta volví a sentirme como ese fantasma que vivía oculto de todos y que tenía que disimular cuando escuchaba una burla o un insulto. No quiero ser más esa mujer que se esconde. ¿Lo entiendes? Tú me salvaste de ser esa Alexandra. No te merecías que te pagase humillándote de esa manera.

—Puede que un poco sí me lo mereciera. Te he tratado mal tantas veces a lo largo de mi vida... Pero yo tampoco quiero volver a ser ese Vincent. Quiero ser alguien que merezca tu amor.

—Lo eres, lo has sido siempre. Antes incluso de saber lo que eso significaba. —Vincent apoyó la frente en la suya y sonrió mientras intentaba asimilar lo que estaba ocurriendo—. He leído tu diario.

—¿Y qué piensas?

—Que hemos malgastado demasiada energía tratando de huir de nosotros mismos. Y que, si estás dispuesto a empezar de cero, me encantaría ayudarte a rellenar todas esas páginas en blanco que faltan por escribir.

—Por supuesto, las escribiremos juntos. Y será la mejor historia de amor que jamás se haya contado.

Vincent atrapó sus labios en un beso mucho más ardiente que el anterior, un beso capaz de ser el bálsamo que necesitaban para cerrar sus heridas y borrar todas las cicatrices de sus almas.

—Por cierto… —preguntó, perdiéndose en la profundidad de sus ojos oscuros, que brillaban como brasas bajo los rayos del sol, mientras le apartaba de la cara con gesto dulce los rebeldes mechones que mecía el viento—. ¿Qué diablos hacías corriendo por mitad del campo?

Alex soltó una carcajada, y su risa fue tan vital y vibrante como el canto de los pájaros sobre sus cabezas.

—Tendrás que esperar a que lo escriba en tu diario para averiguarlo. —Sonrió provocándolo y, rodeando su cuello con los brazos, le robó otro beso.

—No sé por qué, pero intuyo que pronto necesitaremos muchas más páginas para continuar nuestra historia.

Epílogo

Unos golpes en la puerta hicieron que Rhys levantara la vista de los papeles, para ver entrar a Saint con el periódico de la mañana y una bandeja con un desayuno ligero. Llevaba escribiendo desde el amanecer y el olor a café recién hecho lo sedujo inmediatamente. Se quitó las gafas y se apretó el puente de la nariz acusando el cansancio.

—¿Algo interesante? —le preguntó a su mayordomo, que tenía por costumbre leer el periódico antes de llevárselo.

—El ambiente sigue algo convulso en la banca y parece inminente que el Banco de Inglaterra vaya a hacer una inyección de capital para frenar la quiebra. El precio del algodón no ayuda, desde luego. Y el Parlamento va a debatir de nuevo una propuesta sobre el trabajo infantil… —Rhys asintió. Estaba totalmente en contra de las precarias y peligrosas condiciones en las que los niños de las familias empobrecidas se jugaban la salud, y a veces la vida, para llevar una hogaza de pan a su casa—. Y en cuanto a las páginas de sociedad…

Rhys trató de arrancarle el periódico de las manos al ver su mirada burlona, pero con un gesto rápido Saint escondió el brazo alejándolo de su alcance.

—Saint, sé que nunca en tu vida has pisado una casa decente, pero tal vez deberías empezar a instruirte sobre la forma adecuada en que un maldito mayordomo debe comportarse.

—¿Quieres que te cuente lo que dicen hoy del «enamoradísimo libertino reconvertido en abnegado esposo»? —le provocó con tono burlón.

—Estás despedido.

—Tómate el café. No es saludable despedir a nadie antes de haber desayunado.

—Pues vuelve dentro de diez minutos para que pueda darte una patada en el trasero y mandarte de vuelta a la cloaca de donde te rescaté.

Saint dejó el periódico sobre la mesa, y, con una pomposa y exagerada reverencia, se dirigió hacia la salida.

—En ese caso, voy a robar la plata antes de marcharme —bromeó antes de perderse silbando por el pasillo.

Rhys sonrió mientras se servía el café y comenzaba a ojear el periódico, resistiendo la tentación de empezar por las páginas de cotilleos, de las que se habían convertido en protagonistas involuntarios en los últimos meses. Habían pasado tantas cosas que todavía le costaba trabajo hacerse a la idea de su nueva realidad, especialmente porque nunca creyó que pudiera ser tan feliz. Alexandra y él se habían vuelto la comidilla de la ciudad después de hacerse público el asunto de la apuesta, de ser plantado en el altar por una novia vestida de luto y de haberla perseguido en globo a través de la campiña como un tonto enamorado. Movió la cabeza sin poder deshacerse de la sonrisa que se dibujaba en su cara cada vez que recordaba esos días.

Después de su efusiva reconciliación, Alexandra y él necesitaban tiempo para estar solos. Si ella quería viajar a América, Rhys la complacería encantado. Tras casarse en una discreta pero emotiva ceremonia con la única compañía de la familia y los amigos más íntimos, emprendieron su merecida luna de miel a través del Atlántico. Visitaron varias ciudades, entre ellas Boston y Nueva York, y Alexandra se mostró realmente encantada con todo lo que veía, con el bullicio, la actividad incesante y el carácter tan diferente de la gente.

Aunque, para ser sinceros, lo único que necesitaba para ser feliz era pasear cogida del brazo de su esposo, daba igual en qué rincón del mundo estuvieran. Estaba tan segura de sí misma que ya no le importaba su apariencia y, una vez sanadas las cicatrices de su alma, la marca de su cara parecía haberse desvanecido, eclipsada por su enorme sonrisa y el brillo de sus ojos.

A pesar de haberse marchado de Londres tras su boda, los ecos de todo lo que había ocurrido seguían resonando aún cuando volvieron, casi dos meses después, y cualquier evento que se preciase debía contar con la presencia de los enamorados Rhys. No había nada más atrayente que un libertino redimido, sobre todo si la mujer que había obrado el milagro estaba emparentada con uno de los títulos más poderosos y acaudalados de Inglaterra.

Era la historia de amor con la que todas las jovencitas enamoradizas soñaban y el blanco ideal para los cínicos y descreídos que estaban convencidos de que tarde o temprano la burbuja de amor que les hacía flotar explotaría. Por eso se había convertido en una costumbre que, cada vez que asistían a una cena o al teatro o a cualquier otro lugar, fueran el centro de todos los cotilleos. Aunque a ellos realmente les traía sin cuidado lo que pensaran los demás. Se amaban, se entregaban a la pasión que sentían sin inhibiciones cada día y cada noche y se hacían felices como nunca se habían permitido soñar. Todo el sufrimiento, toda la soledad y la pena vividos habían sido compensados con creces con una dicha que los hacía caminar elevados varios centímetros por encima del suelo.

La cara somnolienta de Alex apareció en la puerta de su despacho y Vincent sintió que el sol acababa de hacer acto de presencia en ese instante.

—Buenos días, dormilona —saludó con una sonrisa radiante, mientras ella se acercaba para sentarse en su regazo y le daba un beso en los labios—. ¿Quieres un café?

—No, gracias. Le he pedido a Saint que me traiga té. Espero que estas horas hayan sido productivas, o no te perdonaré que me hayas abandonado en la cama antes del amanecer —le regañó intentando parecer enfadada.

—Sí, he avanzado bastante con el nuevo libro. Pearce dará saltos de alegría.

Alex se fijó en el periódico que Vincent había estado hojeando hasta que ella llegó, mientras le quitaba la tostada a su marido para darle un mordisco.

—No me digas que vuelven a hablar de nosotros.

—¿Como lo has adivinado, cariño? —bromeó Vincent, estirando el periódico para leerle la crónica de sociedad—. «Lady A. R., desafiando a cualquier ley lógica del universo, cada vez parece estar más radiante, como si la felicidad que parece vivir el enamorado matrimonio se filtrara por cada poro de su piel. Él, por su parte, ha dejado de ser un fiero león para convertirse en un animal domesticado que contempla a su esposa con ojos de cordero degollado y una sonrisa obnubilada en el rostro.»

Alex puso los ojos en blanco y Vincent continuó leyendo sin poder contener la risa.

—«Alguien debería amonestarles ante semejante descortesía para con el resto de los mortales. De seguir así, las matronas y los vigilantes padres dejarán de interesarse por nobles de buena cuna y condición, para examinar con lupa a hombres de dudosa reputación a los que pulir como si de un diamante se tratase, intentando encontrar a un libertino al que redimir para deleite de sus delicados retoños.»

—¡Qué cosa tan absurda! —se rio Alex—. Y yo que pensaba que los matrimonios enamorados no estaban de moda.

—Nosotros sí —dijo Vincent antes de continuar con la lectura con una voz solemne—. «Todos los observan fingiendo deleitarse con sus abnegadas miradas, pero no nos engañemos. Lo que buscamos con ansia, en realidad, es el momento en el que la verdadera bestia que habita dentro del señor V. R. asome sus pezuñas y sea sorprendido con los ojos o las manos en el escote de alguna actriz o alguna viuda alegre.»

Alex abrió la boca indignada y Vincent no pudo evitar que se le escapara una carcajada.

—No te preocupes, cariño. Mis manos solo se perderán en tu escote, te doy mi palabra.

—No puedo creerlo. Deberías hablar con Jacob para que dejen de publicar esa basura.

—Él no tiene nada que ver con esto. Jacob lleva la editorial y el periódico es asunto de su padre y de su hermano. Si ven que hablando de nosotros pueden ganar aunque sea un penique, seguirán haciéndolo. Sinceramente, a mí me da igual lo que digan, pienso seguir mirándote como un corderito enamorado —se burló haciéndola rabiar.

—¿No hablan de nadie más? Dudo que no haya ningún otro chisme en Londres.

—Una leve mención a Kensington y a Isabelle Taylor. Menos simpática que la nuestra, desde luego. —Vincent carraspeó como si quisiera otorgarle más seriedad al relato—. «El duque de K. ha vuelto a ignorar a su prometida, la señorita I. T., paseándose del brazo de cierta baronesa viuda cuyo apellido empieza por H., y que de nuevo intenta clavar sus garras y sus dientes en un hombre muy cotizado e influyente. ¿Conseguirá lady A. H. hacerse con el gran trofeo, convirtiéndose en el escándalo de la temporada, o se quedará en un romance en la sombra como de costumbre? Lo que está claro es que la señorita I. T. ostenta el dudoso honor de ser la novia eterna, y tendrán que pasar muchos años para que alguien pueda desbancarla de tan flamante pódium.»

—Son realmente crueles con esa pobre chica —se lamentó Alex sin poder evitar sentirse identificada con ella—. Aunque la verdad es que no entiendo por qué ese tal Kensington actúa de esa forma, humillándola ante todos. Si no desea casarse con ella, más valdría que rompiera el compromiso en lugar de ignorarla.

—Conozco a Sebastian muy bien, estuvimos en el internado juntos y hemos frecuentado mucho tiempo el mismo club. No somos íntimos, pero sí amigos. Y realmente creo que es un tipo honesto, aunque algo déspota. Dudo que pretenda romper el compromiso, pero nunca le oí decir ni una sola palabra sobre su prometida —dijo, encogiéndose de hombros.

Alexandra se levantó de su regazo mientras jugaba con su colgante, la pequeña llave dorada que él le había regalado y que abría el diario, el diario de los dos.

Durante su viaje ambos habían plasmado sus vivencias en las hojas en blanco y ella disfrutaba releyéndolo una y otra vez.

—Por cierto, he estado escribiendo algo en el diario. ¿Quieres leerlo?

—Por supuesto —contestó con una sonrisa, y apuró su café mientras ella iba a buscar el libro de piel azul.

Alexandra volvió con un brillo especial en los ojos y una sonrisa misteriosa que intrigó a su esposo, y tras abrir el cierre metálico con la llave se lo entregó. Vincent buscó la última hoja escrita y la miró extrañado al ver que la última entrada la había escrito él y era de hacía dos semanas. Deslizó el pulgar por las siguientes páginas y vio que estaban en blanco.

Volvió a mirar a Alex, que se mordía el labio, nerviosa.

—Tienes que mirar un poco más adelante. No he escrito algo que haya pasado ya. Es una especie de premonición.

Intrigado, continuó pasando páginas hasta llegar casi a la mitad del libro. Se detuvo al ver la letra redondeada y perfecta de Alex. La fecha del encabezado era de la primavera siguiente.

—«El tiempo parece pasar tan deprisa que a veces creo que no soy capaz de absorber toda la felicidad que tengo a mi alrededor. Hoy he entrado a la habitación y Vincent... —la voz de su marido se estranguló en su garganta por la emoción y una lágrima furtiva se deslizó por la mejilla de Alexandra mientras lo observaba— de pie junto a la ventana mecía a nuestro bebé con dulzura. Creo que es lo más bello que he visto jamás.»

Vincent dejó el libro sobre la mesa, se puso de pie y se acercó hasta ella, acunando sus mejillas con sus manos, que no dejaban de temblar.

—¿Estás segura? —Alexandra acarició con dulzura las manos de su marido sin poder dejar de sonreír y asintió casi sin voz—. Nunca pensé que pudiera llegar a ser feliz, pero cada día, aunque parezca imposible, lo soy un poco más.

—No te adelantes. En las siguientes páginas pone que me ayudas diligentemente a cambiar los pañales.

Vincent rio y la besó con toda la ternura y la emoción que en esos momentos lo llenaban de algo que no había conocido hasta ahora.

—A veces tengo miedo de que esto no esté pasando de verdad —dijo con sus labios aún rozando los de su esposa.

—Está pasando. Es real y estoy aquí. Y muy pronto él o ella también estará aquí para ponernos la vida del revés.

—Intuyo que el diario se va a quedar pequeño para contar todo lo que nos queda por vivir —dijo con una sonrisa emocionada.

Alexandra lo besó y luego suspiró, acurrucándose contra su pecho un poco más.

—Añadiremos más hojas, Vincent. Muchas más. Y por cada minuto que tú encuentres para escribirlo, yo encontraré otro para leerlo contigo —susurró Alexandra, mientras su marido le daba un tierno beso en la coronilla, sintiéndose el hombre más afortunado del planeta.

SERIE LOS GREENWOOD

Los tres primeros libros
de Noa Alférez

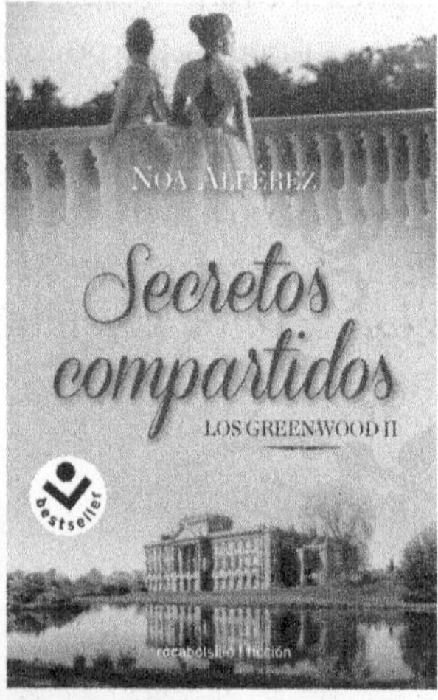

Noa Alférez

Noa Alférez es una almeriense enamorada de su tierra y de la vida sencilla. Siempre le han gustado la pintura, las manualidades, el cine, leer... y un poco todo lo que sea crear e imaginar. Nunca se había atrevido a escribir, aunque los personajes y las historias siempre habían rondado por su cabeza. Tiene el firme convencimiento de que todas las situaciones de la vida, incluso las que *a priori* parecen no ser las mejores, te conducen a nuevos caminos y nuevas oportunidades. Y sobre todo la creencia de que nunca es tarde para perseguir los sueños.